Barbara Wood

Los dioses guardianes

BARBARA WOOD

Los dioses guardianes

RBA

Título original: *The Watch Gods*

Traducido de la edición de Dell Publishing Co., Inc.,
Nueva York, 1981

Publicado por acuerdo con Lennart Sane Agency AB
Obra cedida para esta colección por Grijalbo Mondadori, S. A.

Pérez Galdós, 36 bis, 08012 Barcelona

Proyecto gráfico y diseño de la cubierta: Joan Batallé
Fotografía de la cubierta: © Zardoya

ISBN: 84-473-1869-9
Depósito Legal: B-8920-2001

Impresión:
Printer industria gráfica, S. A.
Carretera N-11, km 600
Cuatro Caminos, s/n. Sant Viçenc dels Horts (Barcelona)

Impreso en España - Printed in Spain

EGIPTO: EL PRESENTE

Se detuvo en el oscuro corredor para secarse el sudor de los ojos y pensó: «De modo que morir es eso...».

Había hecho un buen trecho a rastras, utilizando el brazo sano, medio reptando, medio deslizándose hacia el fondo de un pozo que medía treinta metros, y estaba seguro, sin tener que recurrir a una linterna, de que se hallaba cerca de la antesala; el aire olía a rancio.

Se hallaba tumbado boca abajo, el sudor iba goteando en su frente y notaba un agudo dolor en el hombro derecho, donde le habían acuchillado el brazo. La extremidad ahora colgaba, pues el hueso estaba prácticamente partido, y de vez en cuando rozaba las paredes de toscos cantos del estrecho pozo. Era el único que quedaba de la expedición; los otros seis habían muerto. Era el último miembro vivo, y consciente de que le quedaba poco tiempo. Iba a morir, a soportar una larga agonía, pero no le importaba. Lo único que tenía importancia para él en aquel momento, antes de que los demonios lo agarraran, era llegar a los ataúdes. Luego todo habría acabado.

Consciente de que se iba acabando el tiempo, apretó rabiosamente los dientes, se apoyó en el brazo sano y cubrió a rastras los últimos metros.

De pronto le falló el suelo y cayó en la oscuridad. El frío suelo de piedra de la antesala se levantó y le golpeó, cortándole la respiración. Se quedó un instante tumbado de costado, aturdido, con los labios extendidos en un mudo gesto agónico.

«Voy a quedarme así —pensó—, y moriré. Qué fácil sería...»

Sabía, sin embargo, que aquello no era posible, no lo era hasta que hubiera hecho lo que tenía que hacer con los ataúdes. Entonces podía recompensarse a sí mismo con el lujo del sueño final.

Una punzada de dolor en el muslo le cortó la respiración y le obligó a darse la vuelta. Palpó por debajo de su cuerpo y sacó un largo objeto metálico. Una linterna. Abandonada poco antes por alguien que corría presa de un pánico ciego.

Apretó el interruptor y una luz ámbar iluminó la pequeña sala. Vio que no estaba solo.

—¡Ah! —murmuró haciendo esfuerzos por incorporarse—. Estáis aquí.

Siete misteriosas siluetas, con los rostros de perfil, miraban sin expresión al intruso, clavando cada una de ellas su frío ojo en él.

—Hijos de perra —susurró, respirando aceleradamente. Le resonaba la garganta—. Todavía no habéis vencido. No vais a vencer mientras me quede una pizca de aliento. Todavía no..., estoy destrozado...

No respondieron, los Siete, pues no eran más que imágenes pintadas en el muro:

Amón, el Oculto, áureo, desnudo y musculoso.

Am-mut, el Devorador, una bestia con las patas traseras de un hipopótamo, las delanteras de un león y la cabeza de un cocodrilo.

Apep, perteneciente a la Cobra, un hombre de cuyos hombros brotaba una serpiente, en el lugar donde debía situarse la cabeza.

Ajej, el Alado, un antílope con las alas y la cabeza de un pájaro grotesco.

El Erecto, un jabalí con brazos humanos que se sostenía sobre las patas traseras.

La Que Encadena La Muerte, una mujer esbelta y bien formada con cabeza de escorpión.

Y finalmente, Set, el asesino de Osiris, el más formidable de los antiguos demonios egipcios, una bestia primaria del terror, de encendido pelo rojo y resplandecientes ojos como ascuas.

El hombre notó que la garganta se le encogía de ira; soltó un gruñido. Abandonando la linterna y echando la cabeza hacia atrás, exclamó:

—¡No venceréis!

Una serie de imágenes destellaban en su cerebro, cargadas de recuerdos contra los que intentaba combatir; las siluetas de seis muertes inhumanas e inenarrables. Cada una de ellas, cada uno de los miembros de la expedición, se veía derribado por un invisible y sobrenatural poder; cada uno de ellos convertido en la víctima torturada de uno de los Siete que custodiaban la tumba. Uno a uno, todos muertos, todos desaparecidos, dejándolo a él solo: el último en combatir.

El hombre soltó un sollozo.

—Voy a pelear... Llegaré a los ataúdes y venceré...

La cámara empezó a tambalearse; él sabía que se estaba muriendo. La conmoción había detenido la hemorragia del hombro, no tardaría en detenerlo a él.

Cayó de espaldas, se golpeó la cabeza contra la piedra. A su alrededor declinaron y fluyeron las tinieblas; durante un instante, permaneció en el aire en una dimensión desconocida, y luego todo pudo enfocarse nítidamente otra vez. Oyó decir a su propia voz:

—Hijos de puta. ¿Teníais que matarla? ¿Teníais que hacerlo?

Después recordó los ataúdes. La razón primordial por la que había llegado allí, no en aquellos momentos sino tres semanas antes. Los sellados ataúdes que contenían las respuestas a todos los misterios. Tres catastróficas e infernales semanas; pero antes de éstas, cuatro meses. Cuatro meses y tantos acontecimientos desde el comienzo que le habían llevado a aquel momento increíble.

A buscar quién durmió allí, quién yacía enterrado en aquel lugar, y por qué su secreto había sido guardado con tanto esmero, tan laboriosamente.

1

«Eran tales las actitudes sexuales de los antiguos egipcios que no tienen parangón en la sociedad actual. Si bien la Literatura de la Sabiduría nos instruye en el camino de la virtud y la honradez, hasta el punto de que a veces nos recuerda el protocristianismo, y el Libro de los Muertos enumera los pecados por los cuales puede negarse al hombre el derecho al paraíso, la cuestión de la probidad sexual jamás constituyó tema de discusión. No estamos afirmando, sin embargo, que perdonaran la promiscuidad, por cuanto sabemos que se condenaba y castigaba el adulterio; ahora bien, ello no surgía de la moralidad, como ocurre en nuestra sociedad profundamente puritana, sino de la necesidad de mantener el orden público. En otras palabras, Mark Davison, está usted hablando, como de costumbre, como si se estuviera tirando un pedo.»

Levantando el pulgar de la tecla de la grabadora, Mark echó una ojeada por la ventana. Entre él y el brumoso horizonte, la enfurecida y abismal extensión de agua del mar. En la parte inferior, bajo el suelo de su dormitorio que se aguantaba sobre unos pilares, las olas batían contra las rocas y a menudo la casa de armazón de madera se estremecía. Mark acercó de nuevo el micrófono a sus labios y dijo en voz baja:

—Borrar el último párrafo, es chabacano.

Echando una última mirada llena de desdén, Mark Davison cogió la copa que tenía vacía y se fue hacia el mueble bar, donde se sirvió un trago de bourbon con un cubito. La sala de estar era cada vez más oscura y sombría, pero él no hizo gesto alguno para encender la luz.

Aquella tarde, en su vida se había producido un giro de ciento ochenta grados: la llamada de Grimm. Aquel hijo puta. Menudo nombre el de Grimm.

—Lo siento, Mark —había dicho Grimm, en un tono parecido al de un ordenador—, te han rechazado en la votación. Lo siento muchísimo. Pero quiero que sepas que...

Mark no había oído el resto. Era algo así como que podía seguir dando clases y tal vez el próximo curso, si había una vacante, bla, bla, bla. Todo lo que él había sacado en claro era el aplastante veredicto final que acababa con doce meses de esperanzas. Aquella mañana, al levantarse bajo el deslumbrante y nítido azul del cielo de febrero, el doctor Mark Davison, egiptólogo de treinta y seis años, había tenido la seguridad de ganar la votación. La noche anterior —la misma noche anterior, maldita sea—, Grimm, sentado en aquel mismo sofá, le había dicho:

—De verdad, Mark, el puesto es tuyo. No tendrás ni un voto en contra.

Y luego, el batacazo, la llamada impersonal y el último resquicio de esperanza se había esfumado en la vida de Mark Davison.

Bebió de un trago lo que le quedaba en la copa y, con los ojos fijos en el ondulado y oscuro mar, se sirvió otro.

Mark pensaba en el artículo para la revista que tenía a medio dictar en el aparato. Luego pensó en los años que tenía por delante y en los centenares de artículos que iban a llenar aquellas cintas. Imaginó los libros que iba a escribir, las conferencias que daría: en clubs femeninos, clases nocturnas, seminarios de fin de semana. Algo para llenar el tiempo, para sacar algún dinero y conseguir que Mark Davison pensara que estaba haciendo algo con su profesión.

Porque una cosa sí estaba clara: no sería profesor. El puesto de adjunto en la Universidad de Los Ángeles tenía que haber sido suyo. Había trabajado duro para conseguirlo. Había dado clases durante seis años en un nivel elemental, había publicado su último libro más de cara a la universidad que pensando en sí mismo, concediéndoles el máximo crédito; se había metido en política, en campañas, para congraciarse con las camarillas académicas. Había trabajado, suplicado para conseguir el puesto de adjunto.

Y luego Grimm le dice: «Lo siento, Mark...».

En esta ocasión prescindió del hielo y se tomó el bourbon de un trago.

La egiptología en la actualidad tenía el inconveniente de ser un callejón sin salida.

Mark dejó la copa sobre el mueble y se fue hacia el sofá. Encendió la lámpara de sobremesa que tenía en la mesilla del extremo y pensó en encender el fuego. Se acercó a la chimenea y se quedó un momento inmóvil, contemplando los tres rostros que le miraban desde la repisa. A la derecha y a la izquierda, Nefertiti y Ajenatón; no eran originales sino unas copias fenomenales. Mark se concentró en el tercer rostro que tenía delante, el del espejo, de ojos cansados; el rostro con barba que le hacía parecer algo mayor de lo que era en realidad.

Le habían dicho que era atractivo, pero él no opinaba así. El cinismo había cavado dos profundas arrugas en sus mejillas y la oscura barba ocultaba los surcos que iban del extremo de cada una de las ventanas de la nariz hasta las comisuras de los labios. Sus ojos eran normales, tal vez algo cansados, pero la frente parecía la de un hombre mayor. El pelo oscuro tenía prematuras mechas grises en las sienes, si bien Mark no tenía claro si se trataba del gris de la madurez. En fin, lo importante era que tenía treinta y seis años, se veía mayor y bajaba en picado la pendiente que iba a llevarle al anonimato.

Grimm, evidentemente, no estaba de acuerdo con ello. «Eres un hombre famoso, Mark. Eres lo que hoy en día se llama un "científico popular". Del estilo de Carl Sagan. Alguien que pone la ciencia al alcance del ciudadano corriente. Al público le encantan tus libros sobre Egipto.»

El público era también algo inestable, y a menos que consiguiera sacar un libro cada dos o tres años, en poco tiempo se habría convertido en un popular don nadie. Y en egiptología, si no se organizaban excavaciones y no se hacían nuevos descubrimientos, como sucedía en aquellos momentos, resultaba muy difícil sacar un libro con algo nuevo e innovador.

Mark inclinó la cabeza y la apoyó sobre los brazos, que tenía cruzados. Miró fijamente la ennegrecida chimenea, la capa de ceniza y los restos de leña a medio quemar con la sensación de haber llegado al final del camino.

La llamada en la puerta era tan discreta que, en un primer momento, Mark ni siquiera la oyó. Cuando tomó conciencia de que llamaban, primero miró su reloj, que marcaba las cinco y media, y luego, hacia la puerta de entrada. Al tercer golpe, acudió a abrir.

En el umbral, contra un fondo de coches que avanzaban a toda velocidad por la autopista de la costa del Pacífico, se encontró ante un hombre al que no había visto en su vida.

Aquel desconocido, de poco menos de sesenta años, alto, distinguido, de pelo plateado, impecable y meticuloso bigote, llevaba un conservador traje con chaleco y, en la mano, un maletín. Se inclinó un poco ante Mark y, con voz suave y nasal, le dijo:

—¿Doctor Davison? ¿Es usted el doctor Mark Davison?

Mark le miró con cautela:

—Sí...

—Tengo aquí algo que le interesará.

Mark dirigió la vista hacia el maletín y, disponiéndose a cerrar la puerta, respondió:

—Ya tengo una parcela en el cementerio, muchas gracias.

—Disculpe, señor Davison, es el profesor Grimm quien me ha dicho que le encontraría en casa.

—Él no tiene por qué dar mi dirección a nadie.

—Y no lo ha hecho, se lo aseguro. Por favor, señor Davison, que se avecina la tormenta. ¿Puedo pasar?

—No.

—Me llamo Halstead, doctor Davison. Sanford Halstead. —El hombre permaneció un momento en silencio como si esperara alguna señal de reconocimiento, y luego siguió—: Le aseguro que llevo aquí algo de interés capital para usted...

—No estoy de humor para recibir visitas, señor Sanford.

—Halstead —rectificó enseguida el forastero—. Comprendo que no desee ver a nadie ahora mismo, doctor Davison. Me hago cargo de cómo tiene que sentirse al haber perdido su puesto de ayudante.

Frunció el ceño y observó más a fondo el rostro del hombre iluminado por la tenue luz de la bombilla desnuda que tenía Mark sobre la puerta de la calle. Los ojos de aquel extraño tenían un punto de agudeza en el que no había reparado en un primer momento, y su fina boca reflejaba una cierta seguridad en sí mismo. El hombre se mantenía ostensiblemente erguido, como un maniquí; sin embargo, daba también la impresión de hallarse totalmente relajado, muy tranquilo.

—¿Cómo se ha enterado?

—El profesor Grimm me ha advertido de que tal vez usted no deseara recibir visitas y me ha explicado por qué. Pero le aseguro, doctor Davison, que en cuanto vea lo que tengo que mostrarle...

—De acuerdo. —Al ocurrírsele de pronto la razón por la que podía haber acudido a él aquel hombre, Mark retrocedió un paso y abrió la puerta.

El forastero lo siguió después hacia la sala de estar y se sentó en el sofá. Viendo ya que las gotas de lluvia salpicaban los ventanales que iban del suelo al techo, Mark tomó asiento frente al visitante.

El maletín permaneció sobre las rodillas de Sanford Halstead mientras decía:

—He acudido a usted, doctor Davison, porque preciso la opinión de un experto. Usted tiene una fama considerable, incluso entre los profanos, y dos de sus colegas en la Costa Este me han recomendado encarecidamente que me dirigiera a usted.

Mientras el forastero hablaba en tono cultivado y comedido, Mark cogió la pipa y se dispuso a llenarla. Se dio cuenta de que todo lo que tenía que ver con aquel hombre era extraordinariamente impecable, hasta las puntas de los dedos, con una manicura de lo más pulcro.

—Sus credenciales son impresionantes, doctor Davison. Becario Fullbright en 1967. Dirigió personalmente cuatro excavaciones en el valle del Nilo y codirigió otras dos. Fue el asesor técnico principal del proyecto del templo Dendur, y ha dado clases de arqueología en la Universidad de Los Ángeles durante los seis últimos años. He leído todos sus libros y artículos.

Mark retacó el tabaco en la pipa, apuntó la llama hacia él y aspiró el Borkum Riff con gran habilidad. Mientras el purpúreo humo formaba volutas a su alrededor, la refinada voz de la visita seguía:

—He venido aquí, doctor Davison, porque necesito su consejo en un tema que es de vital importancia para mí.

Los ojos de Mark parpadearon de nuevo dirigiéndose hacia el maletín. Sabía lo que iba a suceder. Una historia que había oído cientos de veces. Siempre acuden a los arqueólogos personas que creen tener en sus manos un objeto de un valor incalculable. Una estatua de bronce, una tablilla de arcilla, incluso un papiro. Pero la mayor parte de las veces se trata de falsificaciones, de objetos que se hallan en un estado deplorable o bien son demasiado corrientes como para prestarles atención, como por ejemplo un escarabajo. Observando el maletín que el señor Sanford Halstead sostenía con gran cuidado, Mark intentó adivinar qué podía contener.

—Iré directo al grano, doctor Davison. Lo que me propongo es ir a Egipto.

Mark exhaló con aire pensativo una bocanada de humo y observó cómo la lluvia caía con más violencia contra los cristales.

—Hay una agencia de viajes en Sunset, señor Halstead.

—Creo que sabe a qué me refiero, doctor Davison. Lo que tengo en mi poder es algo que estoy convencido de que va a obligarle, como me ha sucedido a mí, a ir a Egipto inmediatamente.

—¿No cree que debería decidirlo yo?

—Por supuesto.

—Es decir, si es que llego a plantearme la posibilidad. Cosa que dudo mucho. Mire, señor Halstead, soy un hombre ocupado. No dispongo de tiempo...

—Lo comprendo, doctor Davison —replicó el forastero con suavidad. Aquella boca, que parecía poco proclive a la sonrisa, se arqueó ligeramente por las comisuras—. Actualmente está escribiendo un artículo sobre el modelo sexual entre los antiguos egipcios para una popular revista femenina.

Las cejas de Mark se dispararon.

—Y está también preparando un borrador para su próximo libro, en el que tratará la cuestión de quién fue el verdadero faraón del Éxodo. Tengo entendido que usted está de acuerdo con la poco popular teoría de Ajenatón, igual que Sigmund Freud.

Mark apartó la pipa de sus labios y se inclinó hacia delante.

—¿Cómo ha...?

—Sé muchas cosas de usted, doctor Davison. Probablemente le sorprendería comprobar todo lo que sé. Por ejemplo, su descontento en cuanto al estado actual de la egiptología. Considera que su ciencia está en crisis. No existe interés suficiente para mantenerla viva hoy en día; el dinero que debería invertirse en excavaciones se está empleando en acabar con la matanza de focas y en la lucha contra la construcción de centrales nucleares.

Mark miró fijamente al hombre, atónito.

—No hago más que repetir sus propias palabras, doctor Davison, y tengo que asegurarle que estoy totalmente de acuerdo con ellas. Yo soy un hombre dispuesto a financiar una excavación, algo que usted pensaba que no volvería a suceder. Desde la construcción de la gran presa de Asuán no se ha llevado a cabo ninguna excavación importante en el valle del Nilo. Usted y yo sabemos bien, doctor Davison, que hoy en día no existe interés por el antiguo Egipto. En la actualidad nadie encuentra un patrocinador como los que existieron en décadas anteriores, del estilo de Carnarvon y Davies. Hoy en día, el egiptólogo tiene que contentarse con el aula o con analizar objetos excavados hace muchísimo tiempo e intentar descubrir nuevas teorías sobre ellos.

Mark intentaba reprimir una irritación que iba en aumento.

—Al parecer usted sabe muchas cosas sobre mí. Incluso repite las citas con gran precisión, sin embargo, no me imagino de dónde ha sacado todo eso, pues lo he comentado únicamente con los amigos más íntimos. En fin —dijo, levantándose de pronto—, que ya no me interesa lo que usted tenía que enseñarme.

Sanford Halstead se mantuvo allí imperturbable.

—Por favor, doctor Davison, tiene que escucharme. A usted le interesa tanto como a mí. Le estoy planteando la oportunidad de volver a hacer trabajo de campo, y sé que es algo que usted desea fervientemente.

—Mire usted, señor Halstead, tal vez haya algo de mí que usted no sepa: que no me gusta que nadie me diga lo que estoy pensando. O la impresión que ha de causarme algo. De forma que le sugiero que se vaya de aquí usted y su precioso objeto.

El forastero se levantó y pareció ocupar toda la sala.

—Doctor Davison —dijo fríamente—, no puede permitirse el lujo de rechazarme. Le estoy ofreciendo lo único que desea usted desesperadamente en la vida. El trabajo de campo.

—Váyase, por favor, señor Halstead.

—De acuerdo. —Pero en lugar de darse la vuelta y dirigirse hacia la puerta, el esquivo Sanford Halstead hizo algo curioso. Se detuvo a contemplar el turbulento mar color pizarra y luego, con gran meticulosidad, colocó el maletín sobre la mesilla de madera, lo abrió y sacó de él un paquete cuadrado envuelto en un papel. Lo dejó sobre la mesilla, se incorporó y, mirando fijamente a Mark Davison, dijo:

—Volveré mañana a las seis de la tarde.

Y se fue.

El hombre había gesticulado de una forma tan inesperada e hipnotizadora que Mark no pudo hacer más que quedarse allí plantado y observar su salida, sin apenas echar una ojeada, en cuanto se abrió la puerta, al Rolls-Royce cubierto de resplandecientes gotas de lluvia que se alejaba sin prisas de la casa.

Mucho después de que se cerrara la puerta tras el enigmático señor Halstead, Mark se dirigió al mueble bar y se sirvió otro bourbon.

Ante sus ojos se desencadenaba una violenta tempestad. La lluvia azotaba los ventanales con una furia comparable a la pasión que embargaba el espíritu de Mark. Fuera quien fuera el tal Halstead, lo odiaba profundamente. Lo odiaba por estar tan al corriente de la frustración que carcomía a Mark Davison.

Lo que más le inquietaba en aquel borrascoso atardecer era Nancy, su prometida. El maldito puesto de profesor adjunto había llegado a tener más importancia para ella que para el propio Mark; era lo que ella había deseado, para poder casarse, tener hijos y establecerse como la gente normal. En aquellos momentos, su sueldo de profesor no bastaba para mantenerla a ella y a la familia; cada mes aumentaba algo el alquiler de aquella miserable choza de Malibú. Nancy, la primera mujer a quien había dirigido la frase «Te quiero», la primera mujer por la que se había sacrificado en su vida. Cuando se habían conocido, siete años antes, él se dedicaba al trabajo de campo en arqueología, pero al quejarse ella de sus frecuentes ausencias y comprobar Mark que la amaba y la necesitaba, intentó hacerse un hueco en la docencia, dando clases, publicando estudios, dando conferencias, a fin de poder estar más tiempo con Nancy. Una vez tuviera la plaza, iban a casarse e iniciar una vida juntos. Mark tenía tan clara la plaza que incluso habían fijado la fecha de la boda.

Y ahora resultaba que se había quedado sin el esperado empleo y no sabía cómo planteárselo a Nancy.

Murmurando «la hemos fastidiado», se sirvió otro trago.

La sombría sala de estar, atestada de antigüedades auténticas e imitaciones, repleta de libros y polvo, se estaba convirtiendo en una jaula. Lo que más ansiaba era el desafío y el agotamiento físico de la excavación: los días de desbordante sol que dedicaba a examinar la arena buscando pistas sobre antiguos misterios, sudando entre las ruinas de un pueblo que tanto admiraba, luchando por comprenderlo.

Finalmente dirigió la mirada al paquete envuelto en papel que había dejado Halstead.

El sonido del pico partiendo la piedra, el tacto de la pala hundiéndose en la tierra, el griterío de los trabajadores árabes cada vez que se desenterraba algo...

Pasó un rato mirando el paquete.

¿Quién demonios era el tal Halstead? Un excéntrico que creía tener en sus manos un objeto de tanto valor que era capaz de mandar a toda prisa a un arqueólogo a Egipto con la pala en ristre.

Dejó la copa vacía sobre el mueble y se acercó a la mesilla con una sensación en la que se mezclaba la curiosidad y la desgana. El bourbon lo había mitigado algo, lo había hecho un poco más receptivo.

Con la idea de echar un vistazo al irrisorio paquete, Mark se sentó en un extremo del sofá y retiró lentamente el papel marrón del envoltorio.

Tuvo la gran sorpresa de comprobar que de él salía un gran libro antiguo encuadernado en piel.

2

Se despertó poco después de que saliera el sol, torciendo la vista y volviendo la cabeza para evitar el rayo de luz que atravesaba las nubes de tormenta. Consciente del gruñido que estaba soltando, parpadeó y echó un vistazo a la sala de estar. Al darse cuenta de que se había dormido en la butaca después de leer el diario de Neville Ramsgate, Mark Davison se frotó el cuello y a duras penas logró incorporarse.

«¡Ahí es nada! —murmuró, observando el pesado volumen encuadernado en piel que tenía a sus pies—. ¡Qué barbaridad!»

Se dirigió a tientas a través de la penumbra hacia el baño, se desvistió y tomó una ducha caliente. Mientras se enjabonaba el pelo y la barba, fue situando poco a poco los acontecimientos del día anterior: la abrumadora llamada telefónica de Grimm; el poco efectivo intento de seguir con el artículo para la revista; la inesperada visita de Sanford Halstead; el diario.

Minutos más tarde, mientras se secaba vigorosamente con la toalla intentando insuflar algo de vida a aquel cuerpo, Mark reflexionó sobre la importante historia que había leído aquella noche.

Una vez se hubo vestido y sintiéndose ya algo mejor, a pesar del ligero y persistente dolor de cabeza y el vacío que notaba en el estómago, Mark Davison se fue directamente al teléfono que tenía en el dormitorio. Marcó el número de Ron Farmer, dejó sonar el aparato veinte veces y luego colgó. Volvió a los ventanales que le ofrecían la panorámica exterior y comprobó que, en algún momento de la noche, la lluvia había cesado.

Tomando una súbita decisión, dio media vuelta, pasó a la sala de estar y recogió el impermeable del perchero que tenía junto a la puerta. Afuera, el destartalado Volvo, cuya placa rezaba «Excavador», seguía en la intemperie. Mientras se calentaba el motor, pensó de nuevo en la increíble historia que había leído aquella noche.

Mark tenía noticia de Neville Ramsgate y había leído los pocos informes que se habían publicado sobre las expediciones del viejo profesor por el Nilo. Se sabía que en 1881 Ramsgate había dirigido una excavación en algún punto de la región de Tell el-Amarna en busca de la mítica tumba del rey Ajenatón. Sin embargo, nada se sabía sobre qué fue de Neville Ramsgate ni de su expedición. Se tenía noticia tan sólo de que el explorador victoriano, unos cien años atrás, había organizado una excavación en algún punto cercano a Tell el-Amarna, había trabajado en ella una temporada y había desaparecido de forma misteriosa sin que se supiera nada más de él.

Aquello era lo que Mark y el resto de arqueólogos del mundo sabían sobre Neville Ramsgate. Hasta aquella mañana. Hasta que un forastero llamado Sanford Halstead se presentó ante la puerta del doctor Mark Davison con un diario escrito por el curioso Neville Ramsgate. Las memorias del pionero egiptólogo que había vivido en el siglo XIX; el diario de Neville Ramsgate constituía el relato personal de su exploración en la antigua ciudad de Ajenatón, en Egipto.

Cuando el motor del Volvo se encontró dispuesto para arrancar, Mark esperó un instante de calma en el denso tráfico matutino de la autopista de la costa del Pacífico, se metió en ella y se dirigió hacia el sur.

Al cabo de media hora ya estaba en Marina del Rey.

Avanzando lentamente a lo largo del aparcamiento reservado a los propietarios de barcos del canal B, Mark divisó el viejo Skylark de Ron Farmer, con la pegatina que decía: «Los arqueólogos las preferimos antiguas», y aparcó junto a él. Paró el motor y esperó un momento mientras ponía en orden sus ideas.

Siempre resultaba fácil localizar a Ron Farmer. Sólo podía estar en tres lugares: en el cuarto oscuro de su casa, en la biblioteca de la universidad de Los Ángeles o en su barco. Teniendo en cuenta que no había cogido el teléfono en su casa y que la biblioteca todavía estaba cerrada, Mark tenía la seguridad de encontrar allí a su mejor amigo.

El portal estaba abierto y Mark pudo bajar hacia las gradas sin tener que saltar la verja. El barco de Ron estaba amarrado en el extremo, de forma que Mark tuvo que pasar entre dos hileras de embarcaciones que iban moviéndose lentamente, crujiendo, resplandecientes en la grisácea luz de la mañana. Al llegar al final de las gradas, vio a su amigo agachado en el pontón de estribor del barco, un trimarán de ocho metros de eslora llamado *Rey Tut*.

—¡Hola! —gritó Mark.

Ron miró hacia él, le saludó con la mano y dirigió de nuevo su sombría mirada a la escotilla de estribor.

Mark saltó a bordo, se agarró a uno de los obenques para mantener el equilibrio y comentó:

—¿Problemas?

Ron ni siquiera levantó la vista.

—La lluvia que se ha acumulado en el pantoque, ¡rediez!

Mark forzó una sonrisa y se frotó las manos con gesto impaciente.

Ron Farmer, un hombre de treinta y cinco años, de apariencia mucho más joven, llevaba unos tejanos con parches y una sudadera de color azul marino, algo manchada, con la marca Bruins bordada en hilo dorado un poco deslucido. Su largo pelo rubio le cubría los hombros ydisimulaba la expresión de descontento del rostro.

Mark echó un vistazo a la cabina y vio que encima del raído cojín de vinilo estaba el equipo habitual de su amigo, lo que identificaba a Ron Farmer: una botella de Giallo Chianti, una novela de Stanislaw Lem y su OM-2. Mark estaba al corriente de sus planes: Ron navegaría hasta el final del canal, se situaría al pairo, orzaría y aguantaría el oleaje hasta acabar con el vino. A veces estaba fuera unos días, pues en el último minuto había decidido zarpar hacia las islas Channel o hacia Catalina. Entonces, Mark no lo veía en una semana. Estaba contentísimo de haberlo pescado a tiempo.

—¿Ron? —Mark temblaba un poco al notar el azote del viento del mar.

Por fin el otro se encogió de hombros, soltó la tapa de la escotilla y se puso de pie. A pesar de que tenía la misma estatura que Mark, la estructura esbelta, angulosa, de Ron, su aspecto larguirucho, le hacían parecer más alto que su amigo. Tenía asimismo un aire más joven, pese a llevarse un año de diferencia; con su fino rostro, los ojos azul aciano y el pelo de color platino que le llegaba hasta los omóplatos, el doctor Ronald Farmer parecía un surfista de diecisiete años.

—¿Qué sucede? —preguntó—. Jamás te he visto aquí a estas horas. ¡Ahí va, vaya aspecto tienes!

—Me siento fatal, Ron, no he dormido en toda la noche. Tienes que acompañarme hasta casa. He de enseñarte algo.

—¿Ahora? Tengo trabajo: Hay que sacar el agua del pantoque antes de que me oxide el casco.

Mark se pasó los dedos por el pelo e inspeccionó el *Rey Tut*. Por más que Ron estuviera constantemente trabajando en el barco, siempre parecía medio abandonado. De todas formas, Ron jamás se había preocupado por su aspecto. El *Rey Tut* podía alcanzar los trece nudos en nada.

—Oye, Ron, ¿has oído hablar de Neville Ramsgate?

El otro saltó a la cabina y empezó a revolver las cosas.

—Sí —gritó—. Es uno de los primeros egiptólogos. Anterior a Petrie, creo. Llevó a cabo muchas mediciones de pirámides.

—También excavó en Tell el-Amarna.

—Eso he leído. —Ron metió las manos en los compartimientos montados en los pontones y murmuró—: ¡Mierda!

—¿Qué ocurre?

—No encuentro la bomba.

—¿No puedes hacer eso más tarde, Ron?

Por fin Ron Farmer se incorporó.

—¿De qué va todo esto?

Mark estaba deseando soltárselo todo, comunicar de golpe a su amigo la emoción que le agarrotaba el estómago. Pero se contuvo.

—Tengo algo en casa que me interesaría que vieras.

Ron se apartó del rostro unos mechones de pelo rubio.

—¿Algún objeto?

—Ven conmigo.

—¿No puede esperar?

Mark negó solemnemente con la cabeza.

—Oye... —Ron forzó la vista para observar el cielo y soltó un suspiro—. Parece que lloverá otra vez.

Se fueron en el Volvo de Mark. Durante el viaje, Mark contó a Ron la breve y desconcertante visita de Sanford Halstead, esforzándose en recordar todo lo que el hombre le había dicho. Rozó el tema pero no desveló qué contenía el paquete de Halstead y acabó diciéndole:

—Tenía miedo de que la noticia de Grimm me hubiera afectado hasta el punto de agarrarme a lo que se presentara. Eso de Halstead deseando que me vaya a excavar a Egipto me pareció una exageración. De modo que se me ha ocurrido que tú podrías valorar la situación y darme tu opinión al respecto.

Al salir del Volvo y notar en el rostro la suave llovizna, Ron dijo:

—Primero tendrás que invitarme a café. Yo también he pasado casi toda la noche en vela.

Mark buscó en el bolsillo la llave de casa.

—¿Trabajando en lo de Ajenatón?

—Revelando el carrete de las fotos de delfines que tomé en Catalina. De treinta y seis tan sólo una obra de arte.

La fría humedad de la casa obligó a Ron a cubrirse el cuerpo con sus largos brazos.

—¿Cómo puedes vivir así?

—Enciende la chimenea si quieres —le dijo Mark de camino hacia la desordenada cocina.

Al cabo de cinco minutos, cuando la lluvia empezaba a caer a raudales, los dos egiptólogos estaban ya sentados ante un buen fuego, tomándose el humeante café. Sin mediar palabra, Mark ofreció el antiguo ejemplar a Ron.

—¡Vaya antigüedad!

—Un siglo, para ser exactos. Lee la primera página.

Ron observó con atención la florida caligrafía spenseriana.

—Neville Ramsgate... ¿Qué es esto?

—Es lo que me trajo anoche Sanford Halstead. Lo leí entero, pero no hace falta que tú lo hagas. La primera parte es un relato pomposo sobre El Cairo y el viaje de Ramsgate por el Nilo en vapor. Pasa al mes de junio, aproximadamente a la mitad, y empieza a leer a partir del día veinte.

Ron alzó aquellos fríos ojos azules y dijo:

—¿Cuenta lo que encontró en Tell el-Amarna?

Mark evitó la mirada de su amigo y, fijando la suya en el fuego, respondió tranquilamente:

—Limítate a leer...

3

—¿Qué me dices?

Ron Farmer levantó la mirada con expresión de desconcierto.

—No lo terminó. El último párrafo acaba de manera brusca en medio de una frase.

—¿Qué opinas de la historia de Ramsgate?

Ron cerró el diario y lo dejó con cuidado sobre la mesilla. Se levantó, se desperezó y se acercó a la puerta corredera de cristal. Observando cómo el gris océano se levantaba en inmensas olas para alcanzar la fuerte lluvia que volvía a intensificarse, dijo en voz baja:

—Yo diría que Neville Ramsgate encontró la tumba de Ajenatón.

Tras él, apoyado contra la repisa de la chimenea, Mark hacía esfuerzos por contenerse. Las palabras de Ron habían hecho realidad la desenfrenada esperanza que había estado albergando desde que había leído el diario.

—Hace un siglo —dijo con tranquilidad, haciendo un esfuerzo por calmar el tono—, Neville Ramsgate dirigió una expedición compuesta por siete personas; subió por el Nilo hasta Tell el-Amarna, donde estableció el campamento con la idea de excavar las ruinas de la llanura. Luego, una racha de suerte le proporcionó la prueba de una tumba inexplorada. Centró toda su atención en la búsqueda de dicha tumba —que sospechaba pertenecía al faraón Ajenatón— y, siguiendo una serie de pistas, la encontró. Sin embargo —la voz de Mark decayó—, el diario acaba la víspera del día en que se tenía que abrir la puerta de la tumba...

Ron miró el río de agua que iba deslizándose por el otro lado del cristal; sus ojos pasaron del azul intenso al grisáceo, el color del mar, y su rostro palideció. Se dio la vuelta, se apoyó en el frío cristal y cruzó los brazos.

—No creo que fuera erróneo pensar que la tumba sigue allí sin abrir. En la última entrada del diario, Ramsgate afirma que habían despejado el último peldaño y podían examinar toda la puerta...

—En la que se veían todavía los sellos colocados por los sacerdotes.

—Algo le debió suceder a Ramsgate antes de que abriera la puerta, pues, en primer lugar, no acabó su diario, y en segundo lugar, jamás he oído hablar de la tumba que describe. Lo más probable es que hubiera muerto antes de abrirla y que, por la razón que sea, nadie siguió su camino para abrirla.

—Probablemente se llevó el secreto con él, Ron —dijo Mark, mirando con ceño el pesado volumen—. Lo que acabamos de leer sucedió cien años atrás. Neville Ramsgate tropezó con la tumba por casualidad, murió antes de conseguir abrirla, y el secreto de su emplazamiento, de su existencia, diría yo, quedaron enterrados con él. —Mark se apartó de la repisa y se dejó caer en el sofá—. La tumba sigue en algún lugar de la zona, intacta.

Ron observó con aire pensativo a su amigo y luego dijo:

—¿Crees que se podría encontrar de nuevo?

—No fastidies, Ron —murmuró—. La tumba de Ajenatón. El más famoso, más importante, de los faraones egipcios. El descubrimiento de su tumba podría tener más importancia que la de Tutanjamón. Y la persona que la encuentre...

—Para ella será la fama y la fortuna sin límites. Se convertiría en un héroe, en alguien más famoso que Howard Carter. Suponiendo que... —Ron descruzó los brazos y pasó al otro lado de la sala de estar en cuatro zancadas—. Suponiendo que pueda descubrirse de nuevo.

Mark observó a su amigo con mirada inquieta.

—¿Acaso no la encontró Ramsgate?

—Evidentemente, pero según su diario, contó más que nada con la suerte. La vieja que le entregó el primer fragmento de piedra.

—Creo que —se apresuró a decir Mark— todo lo que hay que hacer es reconstruir los pasos de Ramsgate.

—No sé, Mark, hay muchos puntos oscuros. Hace un siglo, Ramsgate no escribió su diario por encargo de nadie. Son recuerdos personales. Sabía perfectamente de lo que hablaba y no tenía necesidad de añadir muchos detalles. Por ejemplo, el emplazamiento preciso de la tumba.

—De todas formas, presenta pruebas suficientes. De no ser así, no sabríamos que está en Tell el-Amarna.

—Y eso es todo lo que sabemos. ¡Maldita sea, Mark, no sé si te das cuenta de que estás hablando de treinta y seis kilómetros cuadrados de arena, cañones y barrancos! Y encima él tropezó con ello. Escucha esto —Ron cogió el diario y fue hojeando entre sus frágiles páginas—: Aquí está —abrió el libro sobre sus rodillas y empezó a leer en voz baja—:

Día 1 de julio de 1881: Poco después de la puesta del sol, entró en el campamento una anciana con un burro. Contó a Mohammed que había estado escarbando las ruinas en busca de *sebbaj* (antiguo adobe que los habitantes de la zona utilizan como abono para sus cultivos) cuando dio con algo que consideraba que podía interesar a «los forasteros del norte». Mohammed estaba a punto de echar a la mujer cuando intervine yo, diciendo que iba a examinar su hallazgo.

Cuál fue mi sorpresa al comprobar que aquellas nudosas manos sacaban de la alforja del burro la piedra superior de una estela perfectamente conservada, de las que se suelen encontrar grabadas en los riscos de la zona. Pero, por desgracia, la piedra no estaba entera, y por la línea de fractura deduje que la estela había sido dividida en tres partes. Demostrando poco interés por el objeto por temor a que la *sebbaja* me pidiera un precio desorbitado, pregunté a la anciana de dónde había sacado la piedra.

Mohammed me tradujo sus palabras, pues no conozco el dialecto de la zona. Había encontrado el fragmento enterrado en la arena de la llanura, a poca distancia del nacimiento del gran cauce del río. Pregunté a la anciana dónde estaban los otros fragmentos, pues sospeché que utilizaba el viejo truco de los árabes de romper un objeto y venderlo en tres partes para sacar más provecho, pero mi sorpresa aumentó cuando respondió que no lo sabía.

En aquel punto, la conversación tomó un mal derrotero, pues me pareció que la *sebbaja* se asustaba y se disponía a salir con el burro del campamento. Le dije a Mohammed que le ofreciera una libra egipcia (¡sin duda una fortuna para ella!) por aquel fragmento y dos más si nos ayudaba a localizar los otros dos, pero la mujer se negó, aduciendo que no quería dinero.

Sir Robert y yo sospechamos que nos habían tendido una trampa, conscientes de que no existe una raza más avariciosa que la de los árabes, pero Mohammed nos contó que los habitantes de la zona estaban deseosos de deshacerse de la piedra, pues, desde que las temibles lluvias las habían transportado a través del curso del agua unos meses atrás, la mala fortuna se había cernido sobre ellos.

Mientras hablaban, y Mohammed intentaba retener a la anciana y sacarle más información, observé minuciosamente lo que tenía en mis manos, ya que se me ocurrió que el fragmento pertenecía a una estela funeraria —es decir, la piedra que marca la entrada de una tumba— y parecía indicar la sepultura de alguien perteneciente a la familia real, por tanto mi emoción fue en aumento.

¿Procedía de la llamada Tumba Real? Se lo pregunté a Mohammed. ¿Acaso la piedra había tapado la tumba que queda a unos seis kilómetros ascendiendo por el lecho del río? La mujer negó resueltamente con la cabeza, diciendo algo sobre una Zona Prohibida.

Intenté presionarla, pero no hubo manera. Aumenté mi oferta de dinero y volvió a rechazarla, parloteando con gran nerviosismo en su confusa lengua. En cuanto se hubo marchado, Mohammed me tradujo lo último que dijo y las palabras que había pronunciado la anciana antes de alejarse atemorizada fueron éstas: la piedra había marcado un Punto Prohibido, que sus antepasados habían evitado durante siglos, y ahora la tormenta y la lluvia habían roto la señal situada debajo del Perro y sus fragmentos se habían dispersado. Se habían liberado los demonios.

Éstas fueron las palabras exactas que utilizó Mohammed.

Ron miró a Mark.

—Primera pista: la estela que marcaba la entrada de la tumba estaba situada bajo un Perro, pero un rayo la había partido en tres trozos y la corriente había precipitado uno de los fragmentos hacia la llanura. Entonces, Ramsgate se propuso descubrir la tumba con la ayuda de dicho fragmento, buscando el Perro, que no sabía exactamente qué era...

—Y la encontró.

—Sí, pero también por casualidad. No gracias al fragmento de piedra. Durante una serie de páginas narra la búsqueda del Perro, y cuando lo encuentra, no precisa dónde está, se limita a escribir: «Por fin he encontrado el Perro».

—Supongo que se trata de un afloramiento rocoso de forma parecida a la de un perro.

Ron encogió los hombros.

—Pasemos a la segunda pista.

Mientras hojeaba las amarillentas páginas, un relámpago se dibujó entre las agitadas nubes y un segundo después se oyó el ensordecedor estrépito del trueno.

—Tenemos la tormenta aquí mismo —murmuró Mark, levantando la vista hacia el techo.

—Aquí —dijo Ron con calma.

Día 3 de julio de 1881: La estela tiene algo extraño. Anoche examiné detenidamente sus grabados y llegué a la sorprendente conclusión de que no se parece en nada a las que hemos conocido hasta hoy. En su parte superior no hay ninguna representación humana, sino siete siluetas bastante curiosas y enigmáticas que yo aseguraría que son dioses. Tan sólo se distingue un nombre, el cartucho de un faraón desconocido llamado Tut-anj-ammón. No tenía noticia de él y sir Robert tampoco.

Al parecer se trata de algún tipo de señal, a pesar de que los jeroglíficos, dispuestos en columnas horizontales, que se leen de derecha a izquierda, se diría que subrayan una advertencia.

Ron pasó la página y otro estruendo sacudió la casa de madera.

Día 4 de julio de 1881: He descifrado la piedra. Se trata, tal como sospeché, de un indicador funerario que marca el emplazamiento de una tumba perteneciente a alguien a quien llaman «El que no tiene nombre». Desgraciadamente, en este punto se interrumpe la estela y me veo incapaz de descifrar la identidad de El que no tiene nombre.

—Tiene que tratarse de Ajenatón —dijo Mark, con la mirada fija en el encrespado mar—. Tras ser derrocado, los sacerdotes de Amón establecieron que pronunciar su nombre constituía un delito.

Las delgadas manos de Ron iban pasando páginas.

—Luego, su capataz, Mohammed, el 10 de julio encontró el segundo fragmento de la estela, aunque Ramsgate no precisa dónde. —Ron levantó la vista, sin cerrar el libro que tenía sobre las rodillas—. En todas estas páginas, Mark, Ramsgate se extiende hablando de la excavación: las zanjas, los pozos circulares, los agujeros de prueba, incluso la vida en el campamento, bastante agotadora por aquellos días. Pero en ningún momento cita el lugar donde está excavando.

—Sigue leyendo, Ron. Busca el pasaje en el que habla del enigma.

—Ah, claro, el jeroglífico. Pista número tres. —Siguió avanzando en el libro y exclamó—: El pasaje crucial.

Día 16 de julio de 1881: Poco después de la salida del sol, cuando los equipos estaban ya trabajando en el lecho del río, apareció el tercer fragmento.

No se trata de una piedra suelta sino de la base de una firme roca que se levanta en la arena. La estela fue grabada en roca viva. Por ello, la base está fija, inamovible. Si bien está más deteriorada que los demás fragmentos, puede leerse su inscripción, y he trabajado con tesón durante todo el día en la interpretación del último de los jeroglíficos.

Mientras la pobre Amanda duerme inquieta bajo las mantas, gimiendo en sus pesadillas, yo me esfuerzo por resolver el significado de las palabras que he sacado a la luz.

Siguen con la advertencia, que ordena al viajero en repetidas ocasiones permanecer alejado de allí, hasta la última columna, que reza: «Cuando Amón-Ra desciende siguiendo el curso de la corriente, el Criminal permanece debajo; para conseguir el Ojo de Isis».

Sir Robert y yo hemos trabajado toda la noche intentando descifrar el jeroglífico. Sin duda la última línea se refiere al emplazamiento de la tumba, y sin embargo no encuentro mención alguna de un «perro». ¿Qué relación puede tener este texto con lo que nos ha contado la vieja *sebbaja*?

—¡Maldita sea! —murmuró Mark, dirigiéndose hacia el mueble bar—. ¡Como si quisiera despistarnos!

Mientras Mark se servía un trago de bourbon y echaba una ceñuda mirada al implacable océano, Ron seguía repasando el diario.

Tras unos minutos de silencio, interrumpidos de vez en cuando por el fragor de la tormenta, Ron dijo en voz baja:

—Ésta es la parte que más me intriga. La inscripción que encontró Ramsgate en la puerta de la tumba...

Pero Mark no le escuchaba. Con la vista fija en las embravecidas y grises aguas, notando el temblor de la casa a cada embestida, se sintió presa del trastorno que le producía su propia indecisión.

Halstead le había pedido ir a Egipto. Y tan sólo una cosa le impedía lanzarse a la aventura: una promesa.

Mark pensó de nuevo en Nancy, vio su rostro encantador, su suave y tranquilizadora sonrisa. La había conocido hacía siete años en el Museo de Arte de Los Ángeles, donde él había dado una conferencia sobre la reina Nefertiti. Habían iniciado una relación fruto de la casualidad, que se había ido intensificando con las sucesivas vueltas a Egipto de Mark, hasta que tras su último viaje se habían dado cuenta de que estaban enamorados y no querían separarse de nuevo. Nancy, sin embargo, no soportaba viajar y deseaba estabilidad, y en el curso de sus encuentros, durante las largas y agradables noches que habían pasado en su cama, Mark se había mostrado de acuerdo con ella.

Le había prometido que abandonaría las excavaciones, sentaría la cabeza y le proporcionaría estabilidad. Y hasta el día anterior, hasta el momento en que llamó por teléfono Grimm, Mark había permanecido fiel a su promesa. Luego había aparecido Halstead, ofreciéndole la única maravillosa oportunidad que puede presentarse en la vida de un egiptólogo. Sólo un idiota, independientemente del amor que sintiera por Nancy, no aprovecharía tal oportunidad.

Tras él, parecía que la voz de Ron le llegaba de muy lejos:

—Los siete demonios y las siete maldiciones en la puerta de la tumba, Mark, durante todos los años en que he estudiado Egipto, nunca he oído nada igual. Santo cielo, escucha:

Respeto a los Guardianes del Hereje, ya que observan una vigilancia eterna. Tal es la venganza de los Terribles:

Uno os convertirá en columna de fuego y os consumirá.

Uno os obligará a comer vuestros propios excrementos.

Uno os arrancará el pelo de la cabeza y os despojará del cuero cabelludo.

Uno os desmembrará.

Uno surgirá en forma de cien escorpiones.

Uno ordenará a los insectos del aire que os devoren.

Uno os causará una imponente sangría que vaciará vuestro cuerpo hasta la muerte.

Ron cerró lentamente el diario.

—No puede ser cierto. Ramsgate debió equivocarse en la traducción. Los egipcios jamás pusieron frases de este estilo en sus tumbas...

La voz de Ron fue bajando de tono mientras Mark se debatía entre sus pensamientos. Sabía que no podía romper la promesa que había hecho a Nancy; y al mismo tiempo tenía que ser sincero consigo mismo.

Sujetó con tal fuerza la copa que sus dedos quedaron exangües. La indecisión le hacía temblar.

Hasta donde se remontaban sus recuerdos, la egiptología lo había supuesto todo para él.

Mark Davison procedía de una primera generación de jornaleros agrícolas de Bakersfield. Su padre, un gigante de ancho cuello, había arrastrado a su familia desde Dust Bowl al valle San Joaquín, siguiendo las cosechas a la vez que machacaba a sus cuatro hijos con un estricto respeto a la Virgen María.

Mark no había vivido la rebeldía de joven, tan sólo había experimentado una profunda mezcla de temor reverencial y odio respecto a su padre. Inclinado en los campos de Salinas bajo el tórrido sol, junto a su padre y sus tres hermanos, recogiendo alcachofas, ya a los cinco años, Mark había empezado a comprender que el destino tenía que depararle algo mejor. Ni siquiera sabía en qué momento se había despertado su interés por lo antiguo, aunque no recordaba un solo día sin las uñas llenas de tierra. Al principio, se lo habían puesto difícil, ya que su padre sentía poco respeto por la educación y la familia nunca permanecía suficiente tiempo en un lugar para que Mark pudiera finalizar un curso escolar; ahora bien, a medida que fueron pasando los años y George Davison fue sucumbiendo al alcohol y la desilusión, cuando fueron abandonando la casa uno a uno los hermanos mayores, dejándole solo con un padre borracho y la sombra de una madre, se apoderó de él una imperiosa necesidad de buscar una salida.

Trabajó en distintas gasolineras y asistió a cursos nocturnos. Solicitó una beca, que le fue concedida, para entrar en la Universidad de Chicago. Un profesor interesado en el tema y con dotes de persuasión le contagió su obsesivo interés por Egipto; Mark tuvo que trabajar duro y sacrificarse por dicho sueño, manteniendo dos empleos y dedicando hasta el último minuto libre al estudio y a los trabajos que habían de llevarle al doctorado a los veinticinco años. No había conocido la vida social, lo había sacrificado todo por la egiptología y, por consiguiente, había entrado en el mundo científico completamente solo, protegido por el duro caparazón de la seguridad en sí mismo. Y por encima de todo se había dedicado con tesón a dicha ciencia. Tantos años de estudio y sacrificio, y en aquellos momentos...

Con gesto impulsivo, Mark se giró y dijo:

—Ron, yo voy para allá.

—¿Y Nancy?

Sus dedos se movían nerviosamente por encima del cristal. Aquello podía significar perderla, era consciente de ello.

—No lo sé. Tan sólo puedo esperar que lo comprenda. Aquella tumba, Ron, está allí, es mía.

Ron se sentó de nuevo en el sofá observando a su amigo. No había visto a Mark tan decidido, tan alentado por la ambición, desde el proyecto del templo Dendur, cinco años atrás. La conciencia de lo que sentía en aquellos momentos su amigo —su emoción, la perspectiva de un sensacional descubrimiento— transmitió a Ron parte de aquella electricidad.

Se miraron mutuamente a través de la penumbra; cada uno de ellos pensaba en las divergentes sendas que les habían llevado a aquel instante trascendental.

A Mark le había acompañado la suerte. Había conseguido entrar en algunas de las excavaciones organizadas a raíz de la construcción de la presa de Asuán, había escrito una serie de libros que habían alcanzado la popularidad, y como consecuencia de todo ello había conseguido una plaza de profesor en la Universidad de Los Ángeles. A Ron, al contrario, le había tocado alejarse de su campo para poder subsistir. Para hacer frente al alquiler de su habitáculo del canal en Venice, California, Ron escribía novelas góticas utilizando tres seudónimos femeninos distintos. Con los derechos de autor sufragaba los gastos de cámaras y revelado de fotos; seguía en contacto con su carrera por medio de los trabajos eruditos, a los que la comunidad arqueológica solía responder con elogios entusiastas.

Su especialidad eran las momias. Ya desde la presentación de su tesis doctoral había conseguido, por medio de las publicaciones, mantener cierta reputación en dicho campo; el año anterior había sido invitado por la Universidad Wesleyan de Connecticut a colaborar con un equipo médico que iba a desenvolver y analizar una momia de la XX Dinastía que había recibido como donación su museo de historia natural.

Mark y Ron se habían conocido discutiendo: hacía ocho años, en un seminario en Boston, donde participaban ambos; la conferencia de Mark se había centrado en la teoría de la corregencia de Ajenatón y Amenofis III; la de disertación de Ron refutaba dicha teoría. Se habían visto por primera vez en un almuerzo preliminar, donde habían iniciado la discusión ante un plato de huevos Benedict, la habían seguido en el anfiteatro, después durante el cóctel y la cena, y más tarde en el bar hasta que lo habían cerrado. A la mañana siguiente, se habían buscado mutuamente, excluyendo al resto de los participantes, y se habían sumergido en el debate de sus opiniones enfrentadas durante el resto de la semana.

Las diferencias se habían convertido en el vínculo de unión de los dos hombres. Cada uno por su cuenta era mejor egiptólogo que el otro, algo que tuvieron que aceptar de mala gana. Mark poseía un sexto sentido por lo que se refiere a la tierra, sabía en qué debía fijarse y en qué no, y era capaz de desenterrar cualquier objeto sin alterar un solo grano de arena. La cabeza de Ron, por otra parte, trabajaba en lo abstracto, él intuía la historia oculta tras el objeto; era capaz de coger un jeroglífico, un trozo de hilo o un mechón de pelo y descifrar el drama que encerraban. Ron no soportaba tocar la tierra pero superaba a Mark en el terreno del análisis. Sin embargo, formando equipo, el resultado era superior a la suma de los dos.

—Ron —dijo Mark despacio—, quiero que me acompañes.

Su amigo sonrió y negó lentamente con la cabeza.

—¿Por qué?

—En primer lugar, porque necesitaremos un fotógrafo. Y en segundo lugar, caso de encontrar una momia, tú eres el experto que puede examinarla.

—Estoy de acuerdo, Mark, ahora bien... —Ron se levantó y se desperezó su larguirucha estructura—, tengo una fecha límite para el informe de Ajenatón...

—No me vengas con historias. Tienes ante ti la oportunidad de enfrentarte precisamente al cadáver de la persona sobre la que estás trabajando, la oportunidad de ver con tus propios ojos si Ajenatón era asexual o no, una oportunidad de oro, ¡maldita sea! —Mark se pegó una palmada en la rodilla—, para escribir un libro que podría hacer tambalear la lista de libros más vendidos del *New York Times* y todo lo que se te ocurre es pensar en el plazo de entrega de un artículo para una revista de poca monta con una tirada de doscientos ejemplares.

—Oye, no te alteres. No me apetece ir y ya está.

—¿Qué te da miedo, Ron?

—No me da miedo nada. Que tú albergues el secreto deseo de vivir como Wayne Newton no significa que a mí me ocurra lo mismo.

—Tú vives en una chabola en Venice, llevas una ropa que parece sacada de la beneficencia, escribes novelas y navegas en una cáscara de nuez que flota por pura casualidad, cuando sabes mejor que nadie que podrías situarte en la cima de tu carrera.

—Para ti es distinto, yo soy feliz así.

—¿Lo dices en serio? No me digas, Ron, si te pasas el tiempo dándole vueltas al tema para conseguir que cuadre tu última y estrafalaria teoría. No es cierto que creas que Ajenatón era asexual...

—Pues estoy convencido de ello.

—No creo. Hace un año ni se te había ocurrido, y habías hecho fotografías de esta estatua cientos de veces. Ahora resulta que tienes que rascar el casco de tu barco, una operación cara, y de repente te das cuenta de que nadie ha escrito ni una línea sobre la estatua de un rey que lo muestra desnudo y sin genitales. Estás prostituyendo tu profesión, Ron.

Ron permanecía en silencio, con la mirada fija en el negro y frío agujero de la chimenea.

—Si encontramos la tumba y en su interior está la momia, Ron, quiero que estés allí para ser el primero en inspeccionarla —dijo Mark; se acercó a Ron y apoyó su pesada mano en el hombro de éste—. Me hace falta un fotógrafo. En una excavación, quien mejor puede llevar a cabo esta tarea es un egiptólogo. Ésta es la oportunidad de emplear en una buena causa el caro equipo de que dispones.

—No tengo experiencia en trabajo de campo, Mark. Una cosa es disponer de un cuarto oscuro en casa y otra muy distinta montarlo en una tienda.

—Podrías utilizar una de las tumbas.

—Sacrilegio.

—Ven conmigo, Ron. Con el dinero que conseguirás podrás rascar todo el *Rey Tut* y además comprarte un barco para ganar la Transpacífica.

Ron reflexionó un momento y luego dijo:

—¿Crees que la encontrarás?

—No lo sé. Amarna es una zona bastante grande y se ha explorado a conciencia. Además, el diario nos ofrece poca información al respecto.

—¿Por dónde empezarías?

—Me imagino que en primer lugar intentaría descubrir dónde estableció Ramsgate su campamento y luego pasaría al trabajo de detective por si pueden localizarse los fragmentos de la estela. Tienen que seguir allí, bajo la arena. Luego me dedicaría a la búsqueda del Perro, a determinar qué es en realidad, y tal vez con ello se pudiera resolver el enigma. Ramsgate afirma que todas las pistas están ahí, que todo es cuestión de resolverlo.

—Es un enigma que no tiene ninguna lógica, Mark. De entrada, Amón-Ra no se desplaza en el sentido descendente de la corriente. El sol va de este a oeste, jamás de sur a norte, ni siquiera en Egipto. Y yo nunca he oído hablar de un Ojo de Isis ni de que se hubiera manifestado en alguna ocasión como un perro. Me da la impresión de que Ramsgate tradujo mal.

—Con todo, Ron, descubrió la tumba.

—Sí, la descubrió...

—Y no entró en ella. Sigue allí. —Mark le dio la espalda y se dirigió hacia el mueble bar. Se dio cuenta de que la tormenta se estaba calmando—. ¿Qué crees que les pasó a los del equipo para que desertaran de la forma que lo hicieron? Y esas extrañas muertes...

Ron encogió los hombros.

—Yo opino que los de allí quisieron deshacerse de los gringos para apoderarse del tesoro. Imagino que los *capos* de la zona, o bien pagaron a los nativos que había contratado Ramsgate para que desaparecieran, o bien los ahuyentaron de alguna otra forma. Las dos muertes que él mismo menciona tienen todo el aire de viles asesinatos.

—Lo que yo no me explico es por qué aquella gente puso tanto empeño en deshacerse de los de fuera para ni siquiera abrir la tumba. Claro que —prosiguió Mark, metiendo un cubito en la copa— durante años ha habido peleas entre los pueblos fronterizos, El Till y Hag Qandil. Espero que no nos veamos atrapados entre dos fuegos.

Ron se alejó de la chimenea y se plantó frente a la ventana, observando el encrespado mar.

—¿Qué sabes del tal Halstead?

—Nada. Estuvo aquí menos de diez minutos.

—¿Tiene dinero?

—Eso creo.

—¿Cómo sabes que es de confianza?

—Pues no lo sé.

—¿De dónde sacó el libro?

Mark encogió los hombros.

—Tal vez sea una búsqueda inútil —apuntó Ron.

—Tal vez.

—Además —dijo Ron, frotándose los brazos, consciente de repente del frío que reinaba en la habitación—, han pasado cien años. Se ha producido mucho vandalismo en Tell el-Amarna. Muchos saqueos. Puede que se haya asaltado la tumba y no tengamos noticia de ello.

—Ron, deberías estar aquí esta tarde cuando vuelva Halstead.

—¿Tienes vino?

—Sólo una botella grande. Pero si quieres me acerco a la tienda.

Ron dirigió una sonrisa a su amigo. Luego, otra idea ensombreció su semblante.

—¿Sabe ya Nancy que no has conseguido la plaza?

Mark frunció el ceño, observando la copa que tenía en la mano, y luego la vació de un trago.

—Tendré que encontrar la forma de decírselo.

—Llévatela a Egipto.

—No, no soporta viajar y mucho menos el desierto. No va a ser un viaje de placer de todas formas...

—Hay algo que me preocupa —dijo Ron, metiéndose las manos en los bolsillos de los tejanos.

—¿Qué es?

—¿Qué le sucedió a Ramsgate? ¿Por qué no se supo más de él ni de los miembros de su expedición?

—No lo sé.

—¿Y por qué interrumpió su diario dejando una frase a medias?

4

—Es él.

Ron se incorporó de un salto y miró su reloj.

—Puntual. Acaban de dar las seis.

Habían estado descansando tras una cena a media tarde que había consistido en pollo frito encargado por teléfono.

De pronto, Mark se dio cuenta de que se sentía muy inquieto; notaba las manos húmedas, y por más que las intentara secar contra los pantalones, seguían pegajosas.

Abrió la puerta a tiempo para ver cómo el Rolls-Royce se alejaba de la casa, conducido por una oscura silueta. Ante él tenía a Sanford Halstead, con idéntico aspecto que la noche anterior, aunque en esta ocasión no llevaba nada en la mano. Al fondo, el incesante tráfico de la autopista de la costa del Pacífico avanzaba por la reluciente calzada.

—Exquisita puntualidad —dijo Mark, con la mano en el tirador.

Sanford Halstead inclinó educadamente la cabeza y entró. Al cerrarse la puerta, vio a Ron Farmer junto al fuego y dijo con una suave voz nasal:

—Ya veo, doctor Farmer, que ha podido arreglarlo para acompañarnos.

Mark y Ron se miraron, y los dos se dieron cuenta, al entrar la alta y seria visita, de que el ambiente cálido e íntimo de la sala de estar parecía enfriarse de golpe.

—¿Le apetece una copa, señor Halstead?

—No, gracias, doctor Davison. No tomo alcohol. Y tampoco fumo.

—Pues tome asiento y pasemos al asunto.

En cuanto los tres se hubieron sentado y el resplandor de la chimenea iluminó sus perfiles, Halstead empezó:

—Me imagino que habrá leído el diario.

—Lo hemos leído los dos.

—¿Y qué opinan?

—No quisiera aventurar nada, pero existen posibilidades de que la tumba esté allí.

—¿Y permanezca cerrada?

—Cuando se descubre una tumba, señor Halstead, o bien se informa de ello a las autoridades, o bien se mantiene en secreto para el comercio ilegal de su contenido. En cuanto al primer caso, el informe legal aparece en los diarios oficiales y al cabo de poco la comunidad científica tiene noticia de ello. En el segundo caso, incluso el hallazgo que se mantiene más en secreto llega a oídos de alguien por la circulación de antigüedades ilegales en el mercado negro. Sobre todo por lo que se refiere a objetos relacionados con los ritos funerarios; dichos objetos llaman enseguida la atención pues suponen el descubrimiento de una nueva tumba de la que no se ha informado oportunamente. Durante los últimos años, no podemos hablar de muchas novedades. Unas cuantas estatuas, tal vez, algo de joyas y escarabajos. Aparte de eso, nada que pudiera proceder de una tumba de la XVIII Dinastía.

—Podría darse el caso de que la tumba estuviera vacía.

—Lo dudo. Ramsgate afirma que los sellos colocados por los sacerdotes estaban intactos. Lo que significa que quien estuviera enterrado allí tenía en la tumba todas sus posesiones, pues así es como se enterraba a los egipcios, con todas sus pertenencias.

—¿Qué posibilidades tenemos de encontrar la tumba?

—Depende de una serie de factores. En primer lugar, hay que ir a Amarna y explorar la zona. Buscar el campamento de Ramsgate, tarea que no va a resultar fácil. Comprobar si siguen ahí los fragmentos de la estela. No debemos olvidar que no sabemos qué ocurrió con la expedición de Ramsgate. Tendré que pedir información a El Cairo antes de valorar las probabilidades de encontrar algo.

—¿Cómo planeará la búsqueda de la tumba?

Mark se inclinó un poco hacia delante, apoyó los codos en las rodillas y juntó las manos.

—El diario nos da tres pistas: los fragmentos dispersos de la estela que marcaba la entrada de la tumba, el Perro y el jeroglífico de la base de la estela.

—¿Ha sacado algo en claro del enigma, doctor Davison?

Mark cogió el libro, lo colocó encima de la mesita y lo abrió por la página de la entrada con fecha 16 de julio de 1881. Leyó en voz alta:

—«Cuando Amón-Ra desciende siguiendo el curso de la corriente, el Criminal permanece debajo; para conseguir el Ojo de Isis.» —Cerró el libro y se echó hacia atrás—. Según Ramsgate, la tumba está exactamente en el lugar que marca el jeroglífico. Y bajo el Perro, sea lo que sea éste.

—Pero en el jeroglífico no se menciona ningún perro.

Mark extendió las manos.

—Se supone que aquí tenemos todos los datos que precisamos. Pero no es así, pues el doctor Farmer y yo no logramos comprender el enigma. Mire usted, señor Halstead, Amón-Ra es el sol, y corriente abajo significa dirección norte. El jeroglífico afirma que cuando el sol se desplaza hacia el norte...

—Entonces aquí hay un error.

—Eso parece, aunque Ramsgate no lo cita en el diario. Cuando por fin descubre el Perro, por casualidad, afirma que corrobora perfectamente el jeroglífico.

Sanford Halstead reflexionó sobre ello y luego dijo:

—¿Usted cree, doctor Davison, que se trata de la tumba de Ajenatón?

—Ramsgate no encontró nombre alguno en la puerta de la tumba, si bien la estela se refiere al Criminal. Éste es el nombre que utilizaron los sacerdotes de Amón para referirse a Ajenatón tras su muerte. Hay que tener en cuenta que los egipcios tenían una gran fe en el poder del nombre de una persona. Utilizando el nombre de un hombre, se le confería fortaleza y poder. Si se le robaba el nombre, se le robaba la identidad y de ahí la fuerza. Ésta es la razón por la que todas las momias y todas las tumbas deben llevar el nombre inscrito, de lo contrario, el espíritu del muerto no reconocía su identidad y sin ella no podía esperar una vida futura.

»Comoquiera que Ajenatón intentó acabar con el sinfín de divinidades antiguas y obligar a sus súbditos a adorar a un solo dios, Atón, los sacerdotes de Amón, el dios más antiguo, se vengaron convirtiendo en ilegal el nombre de Ajenatón tras su muerte, robándole con ello el espíritu o la identidad. Pues sí, señor Halstead, creo que Ramsgate descubrió la tumba de Ajenatón.

—¿Por qué no fue enterrado en la llamada Tumba Real que se excavó en uno de los cañones en 1936?

Estirando el brazo para coger la pipa, Mark respondió:

—Porque nadie fue enterrado en las tumbas de Amarna, señor Halstead. —Llenó la cazoleta, retacó el tabaco y dijo—: Cuando murió Ajenatón, la ciudad quedó desierta. Quienes tenían familiares enterrados en las tumbas exhumaron sus restos y los enterraron de nuevo en Tebas. Ajetatón, nombre que recibió dicha ciudad, fue declarada territorio maldito por los sacerdotes de Amón, y por ello nadie quiso dejar a sus muertos allí. Incluso se exhumaron los restos de la madre de Ajenatón de su tumba de Amarna y se enterraron de nuevo en Tebas. En dicha ciudad recibieron también posterior sepultura su padre, sus dos hermanos y su hermana. Me imagino que ya sabe que uno de los hermanos era Tutanjamón.

—Entonces, ¿por qué no enterraron a Ajenatón en Tebas con el resto de su familia?

—Supongo que los sacerdotes de Amón no quisieron profanar su territorio sagrado. No olvide, señor Halstead, que Ajenatón fue un hereje. Cuando accedió al trono, hacia 1350 a.C., con el nombre de Amenofis IV, Egipto había vivido dos mil años de esplendor, y durante todo este tiempo se habían adorado allí cientos de dioses. Luego, cuando el joven Amenofis subió al trono y cambió su nombre por el de Ajenatón, decidió abolir el politeísmo, la adoración de múltiples dioses, y obligó a sus súbditos a adorar a una deidad benefactora, Atón. Los sacerdotes de los demás dioses tuvieron que ocultarse durante el reinado de Ajenatón, pues había hecho cerrar sus templos, y a partir de ahí tramaron su secreta venganza. Así, cuando murió de repente en su sagrada ciudad, en Tell el-Amarna, los sacerdotes salieron a la luz, declararon que su dios era falso y prohibieron que se pronunciara el nombre de Ajenatón. Se le llamó el Criminal de Ajenatón. Precisamente por ello, los sacerdotes no quisieron que su cadáver se enterrara en el territorio sagrado del Valle de los Reyes, ya que su espíritu habría estado cerca de ellos para perseguirlos. Yo diría que prefirieron dejarlo donde estaba, en su propio territorio maldito.

Sanford Halstead frunció los labios.

—Dígame, doctor Davison, si los sacerdotes de Amón odiaban y temían a Ajenatón hasta tal extremo, ¿por qué no destruyeron su cadáver? Tengo entendido que, según la teología egipcia, el alma no puede existir sin el cuerpo. ¿Por qué se molestaron en enterrarlo?

—Porque eran personas con un alto sentido religioso, señor Halstead. Y según la religión egipcia, el faraón era un dios, a pesar de que éste fuera Ajenatón, un personaje tan odiado. Era un dios y no podían exponerse a la ira de los demás dioses infligiendo algún daño a su cuerpo. Supongo que le temían y le odiaban al mismo tiempo, por ello lo enterraron en su propio territorio, para mantener su espíritu lo más alejado posible de donde estaban ellos, aunque lo enterraron para aplacar su ira.

—Entonces, ¿por qué construir una nueva tumba? ¿Por qué no utilizaron la que ya existía, la llamada Tumba Real?

Mark dirigió una rápida mirada a Ron y frunció el ceño.

—Es algo, señor Halstead, que soy incapaz de explicar. Ha de tratarse de uno más entre los misterios que envolvieron el trágico fin de la XVIII Dinastía, y supongo que cuando descubramos la tumba encontraremos la respuesta.

Sanford Halstead asintió lentamente con la cabeza, mientras en su plateado pelo se reflejaba la luz de la lumbre.

—¿Nos concederán el permiso, doctor Davison?

—Si en la actualidad no se está realizando otro trabajo arqueológico en la zona, sí.

—¿Puede usted disponerlo todo?

—¿Me concede libertad absoluta?

—Me interesa que usted se haga cargo de todo, doctor Davison. Que contrate a quien le parezca y compre lo que haga falta. Y ahora dígame, ¿cuándo podemos partir?

—Normalmente la temporada de excavaciones va de octubre a abril. Voy a comprobar en qué fechas cae el Ramadán este año; los musulmanes utilizan el calendario lunar y sus meses no se corresponden con los nuestros.

—¿El Ramadán?

—El mes sagrado del ayuno. No comen ni beben desde la salida hasta la puesta del sol, ni siquiera tragan su propia saliva. Evidentemente, resulta imposible conseguir trabajadores en tal época. Octubre es el mejor mes, y con ello dispondríamos de siete u ocho meses para solucionarlo.

—Me interesaría partir cuanto antes, doctor Davison.

Mark negó con la cabeza.

—No le aconsejo llegar antes de octubre, créame.

—Dígame simplemente, doctor Davison, cuánto tiempo tardaría en tenerlo todo dispuesto.

—Pongamos un plazo prudente de tres meses, tal vez cuatro.

—Excelente, y entonces iríamos para allí.

Mark dejó la pipa en el cenicero y se inclinó hacia delante con aire serio.

—¡En Egipto, nadie excava durante los meses de junio y julio, señor Halstead! ¡Hace un calor insoportable!

—¡Cuanto antes, doctor Davison!

Mark reprimió su impaciencia y miró a Sanford Halstead mientras Ron Farmer decía en voz baja:

—Dígame, señor Halstead, aparte de los tres que estamos aquí, ¿alguien más ha visto el diario?

—Únicamente mi esposa.

—¿De dónde lo sacó? —preguntó Mark.

—Lo compré en una subasta hace unos meses. Soy coleccionista de objetos antiguos y antigüedades, doctor Davison. La dueña de la propiedad en la que se encontraba el libro era una viuda de un aristócrata de Beverly Hills que murió a los noventa y seis años sin dejar herederos. El diario formaba parte de una propiedad que se vendió por unos cuantos millones de dólares. Le compré su colección de arte y una serie de recuerdos memorables victorianos que fui incapaz de ordenar hasta mucho después de haberlos recibido. Consulté con su abogado y me enteré de que el diario había estado en posesión de la anciana durante muchísimos años.

—¿Sabe cómo llegó a sus manos?

—Pues no. Todo lo que sé del libro es lo que he leído en él, y no abordé su lectura hasta mucho tiempo después de haberlo adquirido.

—Pero en cuanto lo leyó —saltó Mark, estudiando detenidamente los austeros rasgos de su huésped—, enseguida se dio cuenta de qué se trataba.

—Más bien al contrario, doctor Davison. Después de leerlo, tuve tan sólo una ligera noción de lo que había adquirido. Mi interés se centraba en el valor del libro en sí, no en el contenido de sus páginas. Me puse en contacto con un antiguo amigo de Boston, un asiriólogo, y le resumí el diario. Me dijo que lo consideraba de un gran valor y me sugirió que hablara con alguien especializado en Egipto. Así pues, me dirigí a una egiptólogo de la ciudad de Nueva York, un tal doctor Hawksbill. ¿Lo conoce usted?

Mark esbozó una sonrisa poco amistosa y recogió su pipa.

—Sí, es uno de los que han estado difundiendo excéntricas teorías que afirman que los egipcios eran antiguos astronautas procedentes de otra galaxia.

—De todas formas, es egiptólogo.

—De ultimísima fila.

—Sin revelarle el contenido del diario, le hablé al doctor Hawksbill del tema y se emocionó mucho. Según pude comprender, Neville Ramsgate fue alguien que rompió moldes en esta ciencia, y con ello no pretendo hacer un juego de palabras, de forma que un diario escrito por él tenía que tener un gran valor. Por no hablar de la tumba sobre la que escribió.

—Y entonces usted decidió ir a la búsqueda de la tumba.

—¿Acepta el trabajo, doctor Davison?

Mark se levantó del sofá y se dirigió hacia los ventanales que daban al porche. Una nueva tormenta agitaba el mar; unas hinchadas nubes negras avanzaban lentamente hacia la costa con la misma furia que mostraban las negras aguas que tenían debajo. Mark pensó que en unos minutos la tormenta atacaría Malibú.

—Antes de llegar a casa esta tarde, usted ya sabía que yo aceptaría el trabajo.

—Entonces tenemos que empezar a prepararlo todo.

—Si ha decidido excavar en junio —dijo Mark, tras aspirar unas bocanadas de humo de la pipa—, tendré que ponerme en marcha mañana mismo. Hay que ponerse en contacto con una serie de personas. Debo averiguar si el capataz con el que suelo trabajar, Abdul, está libre. Hay que llamar también al departamento de antigüedades de El Cairo. Necesitaremos equipo, provisiones, tiendas...

—Lo dejo todo en su mano, doctor Davison.

—Me imagino que ya sabe que lo que encontremos debe quedarse en Egipto.

—No me interesa el tesoro, doctor Davison, lo que deseo conocer de una vez por todas es la auténtica naturaleza del misterioso Ajenatón.

Sobresaltado, Mark se volvió.

Una sombra de sonrisa pasó por los finos labios de Halstead.

—¿Le sorprende, doctor Davison?

—Dejémoslo en que me imaginaba otros motivos.

—Soy un hombre que dispone de una inmensa fortuna, señor Davison. No necesito hacerme con algún tesoro antiguo, y mucho menos ilegal. Mi único interés radica en el descubrimiento y en la ilustración. Todo lo que pretendo es descubrir la verdad sobre el legendario faraón que ha provocado las mayores controversias de la historia.

Mark fijó la vista en un grabado de imitación en piedra caliza que colgaba en la pared junto a la cocina, un perfil del faraón Ajenatón adorando a su revolucionario dios, Atón. Observó el extraño cuerpo del rey, sus femeninos pechos, los amplios muslos, la hundida barriga, el largo rostro de prominente mandíbula, la ineludible fealdad del hombre. ¿Quién o qué era aquel enigmático ser que había escapado a los eruditos durante siglos? Algunos, Sigmund Freud, por ejemplo, lo consideraban como la primera persona que introdujo en el monoteísmo a los hebreos. Otros opinaban que tan sólo había sido víctima de una extraña enfermedad, un rey desquiciado. Ron Farmer estaba convencido de que era asexual, ni varón ni hembra. Mark Davison creía que Ajenatón simplemente había sido un inquietante soñador a quien nadie había comprendido.

—He leído un poco sobre el faraón Ajenatón —dijo Sanford Halstead— y me he enterado de que nadie sabe qué fue del herético rey. Reinó durante diecisiete agitados años y luego, casi misteriosamente, desapareció. Ajenatón accedió al trono tras su padre Amenofis III, trasladó la corte, que había estado en Tebas, y construyó su propia ciudad, Ajetatón, en un territorio árido, situado a muchos kilómetros de allí siguiendo el curso del Nilo, para poder adorar en paz a su nuevo dios. No obstante, después de su muerte, se abandonó la bella ciudad, el pueblo volvió a las prácticas anteriores y se maldijo el nombre de Ajenatón. Ahora bien, ¿qué sucedió con su famosa esposa, con Nefertiti? ¿Quién era ella, de dónde procedía? Y Tutanjamón, su hermano, ¿por qué fue asesinado cuando llevaba unos años en el trono? Espero, doctor Davison, que la tumba de Neville Ramsgate nos conduzca a todas esas respuestas.

Mark se apartó de la ventana, se fue hacia el mueble bar y se sirvió un bourbon.

Halstead se levantó con la máxima suavidad, como lo hubiera hecho un gato.

—Le agradeceré que me tenga informado de todo. Mi secretario se pondrá en contacto con usted todos los lunes por la mañana a las nueve en punto, momento en que usted le informará de cómo sigue todo y del dinero que precisa. Recibirá un cheque todos los lunes a las tres.

Cuando Halstead se disponía a salir, Mark dijo:

—Un momento, no hemos hablado de salarios, ni cosas por el estilo.

—Mi secretario le enviará los contratos y un informe detallado sobre los plazos de pago. Puedo asegurarle que serán de su agrado.

—¿Podré establecer contacto con usted cuando precise?

—No hará falta que hable conmigo, doctor Davison. Nos veremos de nuevo en el aeropuerto, cuando salgamos para Egipto.

Mark lo siguió hasta la puerta y se dio cuenta de que, con sus casi sesenta años, Sanford Halstead se encontraba en una excelente forma física.

—Le comunicaré la partida en cuanto pueda.

Halstead se volvió al llegar a la puerta y, como si hubiera estado esperando el momento oportuno, añadió:

—Otra cosa, doctor Davison, mi esposa me acompañará.

Mark abrió la puerta y, a través de la intensa lluvia, vio el brillante Rolls negro; la puerta de atrás estaba abierta y junto a ella, sosteniendo un negro paraguas, la indefinida sombra del chófer.

—Esperemos que ella comprenda que no se trata de una excursión al campo.

—Le aseguro, doctor Davison, que mi esposa está preparada para ello. Buenas noches, caballeros.

En cuanto se hubo cerrado la puerta y el Rolls arrancó, Mark notó la presencia de Ron a su lado. Luego, oyó que su amigo decía en voz baja:

—Creo que tendré que acompañarte. No me fío de este hombre, Mark.

Y Mark Davison, con la mirada fija en la puerta cerrada, murmuró:

—Yo tampoco, amigo mío, yo tampoco.

5

Mark se alegraba de tener que realizar un largo e ininterrumpido viaje en tren; aquello le proporcionaba la oportunidad de poner en orden sus ideas e irse adaptando a las intensas emociones. ¡Tenía tanto en qué pensar! Apoyó el hombro contra la ventanilla y se dedicó a mirar sin ver las interminables plantaciones de caña de azúcar que iban desfilando ante sus ojos. Eran las primeras horas de la mañana y se veía cómo los habitantes del Nilo desplegaban una gran actividad: los burros avanzaban por los caminos junto a los montones de caña cortada; muchos niños desnudos y perros hambrientos se acercaban corriendo a las vías para saludar al tren; las mujeres vestidas de negro, con las ánforas llenas de agua en equilibrio sobre la cabeza, se detenían a observarlo. Hacía una hora que habían dejado el núcleo de población; en cuanto quedaron atrás los barrios periféricos de El Cairo, fue desplegándose ante su vista la antigua e invariable panorámica del valle del Nilo.

Pero Mark Davison no la estaba saboreando. Sentado en un vagón de primera clase junto a sus cinco silenciosos compañeros, aspiraba con aire meditabundo la fría pipa intentando abordar cada uno de los temas que lo atormentaban.

No podía plantearse sin experimentar una profunda emoción el problema de Nancy, el principal motivo de sus tres noches de insomnio en el Nile Hilton de El Cairo. Por más que intentaba quitárselo de la cabeza y concentrarse en los miles de detalles de la expedición, Mark no conseguía liberarse del recuerdo de la última noche que habían pasado juntos.

Cuando, cuatro meses atrás, había confesado a Nancy que le habían denegado la plaza de profesor, ella se había mostrado amable y comprensiva. Tendría otras oportunidades, había dicho, y de no ser así, como mínimo tenía un contrato para escribir otro libro, además ella le ayudaría y le apoyaría. En el momento en que la conversación se desvió hacia el tema del matrimonio, Mark le había comentado lo de la excavación.

Mark era consciente de que Nancy tenía mucho carácter; él mismo se había encontrado en más de una ocasión en el ojo del huracán irlandés-latino. Por ello, al soltar la noticia, Mark se había armado de valor para la batalla; le había sorprendido comprobar cómo Nancy lo había observado durante un largo y desconcertante rato, luego perdió la esperanza y finalmente la mirada reflejó una triste resignación. Seguidamente, ella había dicho: «Creo que desde el primer día he tenido claro que sería así. Fue ingenuo por mi parte pensar que podía retenerte aquí o esperar que mantuvieras la promesa».

Al intentar él protestar, ella había añadido en un tono terriblemente amable: «En mi vida he estado tan enamorada de ti. Ello me basta para dejar que te vayas. Y no me refiero a Egipto, me refiero a que salgas de mi vida. Tú necesitas la excavación, Mark, y yo necesito un hogar e hijos. No iré contigo y, no de nuevo, no voy a casarme contigo esta tarde. No cambiaría nada. Haz lo que tengas que hacer, Mark, y si sigo ahí cuando vuelvas...».

No había acabado la frase, y ahora lo que no se le iba de la cabeza, mientras el tren traqueteaba a lo largo de los canales de riego, era la última noche en sus brazos, haciendo el amor, amándola, pegado a ella, que sollozaba en silencio junto a su cuello. No había acudido al aeropuerto a despedirlo, y cuando Mark había intentado llamar a su casa desde la sala de espera de primera clase, le había respondido una grabación que precisaba que aquel número había cambiado de abonado.

El crujido de unos papeles apartó aquellos pensamientos de su cabeza. Se volvió y miró a Ron, quien, frente a él, de espaldas a la dirección del tren, estaba inclinado sobre su bloc de notas y escribía con avidez. Ron había aprovechado los tres días que habían pasado en El Cairo, había ido al museo egipcio y entablado amistad con el conservador. Éste le había permitido visitar la cámara reservada a las momias y había disparado dos carretes de fotos de los antiguos reyes y reinas, tras lo cual había dedicado otro a la escultura de Ajenatón que tantas especulaciones había desatado.

Ron Farmer estaba especializado en anatomía de la antigüedad y basaba en una serie de esculturas y grabados de Ajenatón su nueva teoría: que el rey no tenía órganos sexuales. Había tomado también fotos de polémicas inscripciones en bajorrelieve en el museo, que apoyaban su tesis, por cuanto insinuaban que las famosas seis hijas de Ajenatón tal vez no fueran hijas suyas sino hermanas.

Abrumado por tan conflictiva tesis, Ron no se fijó en que habían llegado al Egipto Medio y que se acercaban a su punto de destino.

Mark echó una ojeada a sus compañeros sentados en el vagón de primera clase.

Sanford Halstead tenía la cabeza recostada en el asiento, los ojos cerrados, apenas se movía, apenas respiraba; se le veía tan sereno y tranquilo que parecía muerto. A su lado, hojeando una revista de modas, de forma que las pulseras de jade que adornaban su fina muñeca campanilleaban, estaba Alexis, la impresionante esposa de Halstead.

Mark se había quedado pasmado al conocer a Alexis Halstead tres días antes en el aeropuerto internacional de Los Ángeles; en la sala de espera de primera clase de dicho aeropuerto, se había preguntado quién podría ser la despampanante belleza que acompañaba a Sanford Halstead. Tendría unos treinta años menos que su esposo, era alta, morena, de cuerpo atlético, con una cabellera pelirroja suelta y unos ojos verde musgo que transmitían la calidez de un lago glacial. Halstead los había presentado escuetamente, casi de una forma rutinaria, e inmediatamente la pareja se había apartado de los dos egiptólogos. Alexis apenas había dirigido una mirada a Mark, pues se había limitado a asentir con la cabeza, y ni siquiera se había fijado en Ron.

Mark la había seguido con la vista hasta el otro lado de la sala de espera de primera clase: a primera vista había comprobado que tenía algo que le resultaba extrañamente familiar. Y luego, observando su perfectamente contorneado perfil, semejante a un busto esculpido en mármol marrón, pensó de nuevo en aquella escurridiza familiaridad.

Apartó la mirada de la mujer y la centró en Hazim al-Sheijly, el joven representante del ministerio de Antigüedades, asignado a la expedición.

Se habían conocido dos días antes, en El Cairo, al acudir Mark al ministerio para comprobar si les constaba algo de Ramsgate en sus archivos. El ministerio disponía por desgracia de poca información sobre la malograda expedición de Ramsgate y lo poco que constató allí no hizo más que crearle nuevos interrogantes, pero se enteró de un par de detalles sorprendentes.

La primera sorpresa le llegó en forma de orden gubernamental, firmada por el bajá en 1881, y en ella se afirmaba que, habiendo sucumbido la expedición de Ramsgate a la viruela, tenía que establecerse una cuarentena en la zona y quemar el campamento. A pesar de que aquello aclaraba el misterio de lo que había sucedido con el grupo de Ramsgate, a Mark le inquietaba la desconcertante disparidad en las fechas: la orden del bajá llevaba fecha del 5 de agosto de 1881 y la última entrada del diario de Ramsgate la llevaba del 1 de agosto.

¿Cómo se explicaba que toda una expedición, que el 1 de agosto no experimentaba ningún tipo de síntoma (pues Ramsgate no mencionaba enfermedad alguna) contrajera la viruela y muriera cuatro días después, la expedición al completo, sin dejar supervivientes?

La segunda sorpresa la tuvo Mark al investigar los siete certificados de defunción amarillentos y descoloridos, cumplimentados en árabe y firmados por un tal doctor Fuad. En ellos constaba la muerte a causa de la viruela de Neville Ramsgate, su esposa Amanda, su capataz Mohammed y tres hombres más. En el certificado de defunción de sir Robert, sin embargo, constaba el cólera como causa de ésta.

Para colmo del desconcierto, en el miserable archivo no se mencionaba qué había sido de los cadáveres.

Por fin, Mark apartó de su pensamiento al elegante y joven agente gubernamental y se fijó en el último miembro de la expedición, recordando la conversación que había tenido con su capataz al llegar al aeropuerto internacional de El Cairo tres días antes.

Abdul Rageb había acudido a esperar a los cuatro americanos a la puerta del control de aduanas. Era un árabe alto, austero, de porte aristocrático y edad indeterminada, que había acudido a recibir a su amigo Mark vestido como era habitual en él: una chilaba de un blanco inmaculado que exageraba su esbeltez y resaltaba el tono oscuro de su piel. Abdul le dio un abrazo a la vez cálido y reservado, hablándole despacio en un inglés abrupto; había ido dando la bienvenida a cada uno de los visitantes como si fuera el rey de aquel país, inclinándose ligeramente a cada presentación, con las manos juntas y ocultas bajo las holgadas mangas de la chilaba. Se dirigía a Mark llamándole *effendi*, palabra turca de otra época que hizo pensar a Mark que Abdul era mucho mayor de lo que aparentaba.

Habían ultimado detalles en el interior de la limusina Mercedes, de camino hacia el Nile Hilton.

—¿Todo a punto para remontar el Nilo, Abdul?

—Todo en orden, *effendi*, saldremos dentro de tres días, *inshallah*.

—¿Alguna novedad en los envíos?

—Ninguna, *effendi*. Las cajas llegaron en perfecto estado y ahora están en la estación Ramsés. Mañana iré para allá y prepararé el campamento para que todo esté dispuesto cuando lleguen ustedes. He reservado también todo un vagón de primera clase en el tren para que usted y sus compañeros viajen tranquilos.

—Excelente. —Mark notaba cómo su emoción iba en aumento al abandonar el desierto y entrar en los barrios de El Cairo, al pasar por los poblados distritos, delante de los descuidados edificios gubernamentales. Un carrito tirado por un camello había producido un embotellamiento en un cruce y desencadenado una barahúnda de bocinas de coche. Le parecía agradable estar de nuevo en Egipto—. Hábleme de la situación en Amarna. ¿Alguna hostilidad?

La expresión de Abdul se fue velando.

—Nada que no pueda solucionarse, *effendi*. Me he reunido con el *umda* de cada pueblo y hemos establecido las tarifas. Diez piastras por día y hombre, trabajando en un sistema rotatorio de equipo para no dejar desatendidos los cultivos.

—Pero se planteará un problema.

—Ningún problema, *effendi*. Desde que usted se fue, en los pueblos se ha vivido mucha intranquilidad. Muchos jóvenes han dejado la agricultura para trabajar en los campos de petróleo y en las minas de fosfato del mar Rojo. En esta nueva era, a nadie le gusta cultivar la tierra como un esclavo.

Mark observó el duro perfil de aquel hombre. Seguía considerando que veía algo inquietante en el porte de Abdul.

—¿Algo no funciona, Abdul?

—No, *effendi*.

—De acuerdo, ¿y cómo vamos a solucionar lo del alojamiento en Amarna?

—Dispondremos de tiendas. No creo que les apetezca vivir en las casas del pueblo.

—¿Y el asunto del agua?

—Lo he solucionado todo, *effendi*. Habrá una cisterna, una bomba y un hombre encargado de que esté siempre llena. En cuanto lleguemos a Amarna, visitaremos primero al *umda* de El Till, pues es el más influyente. Después iremos a ver a los demás.

—¿Electricidad, lavabos, cocinas?

—Todo está previsto, *effendi*, como las otras veces.

Mark observó al árabe por el rabillo del ojo.

—¿Seguro que no les importa que estemos aquí?

—La gente está emocionada con la perspectiva, pues usted les lleva diversión y dinero. Han pasado muchos años desde que trabajamos en las ruinas de Amarna.

Mark levantó las cejas.

—¿Nosotros? ¿Usted trabajó en Amarna?

Abdul seguía evitando la mirada de su compañero.

—Hace muchos años, *effendi*, cuando los británicos estuvieron allí, yo estaba de capataz. Colaboré en la excavación del Palacio del Norte.

—¡No tenía noticia de ello! Sería muy joven por aquel entonces. Así pues, me resultará de más ayuda de lo que pensaba.

El tráfico se hizo más denso, cada vez más demencial; los bocinazos, los chirridos de los frenos, los mugrientos autobuses atestados de árabes asomados a las ventanillas, colgados de los estribos.

—Me interesa que instale el campamento al pie de los riscos orientales, en el extremo sur del Cauce Real —le ordenó Mark—. El doctor Farmer será nuestro fotógrafo, por tanto necesitará una tienda como cuarto oscuro. Por lo que recuerdo, Abdul, usted conoce bien el sistema.

—Sí, *effendi.*

—¿Se ha ocupado de la comida especial para el señor Halstead?

—Todo lo que dispuso en sus cartas se ha hecho, *effendi.*

—¡Fantástico! —Mientras la limusina se abría paso entre la aglomeración de la plaza Tahrir, con el complejo del Hilton al fondo a la derecha y el turbio Nilo un poco más allá, Mark se frotó vigorosamente las manos, presa de la emoción. Había tenido suerte al poder contar de nuevo con Abdul Rageb como capataz—. Y un último detalle: ¿qué hay del médico? En una de mis cartas le planteaba que nos haría falta un médico en el equipo, pues vamos a estar algo aislados, y mi jefe es una persona importante.

—Aquí se ha presentado un problema, *effendi*, pues es difícil encontrar médicos dispuestos a instalarse en el desierto. Ni siquiera por la generosa suma que usted ofrecía. Estamos en verano, una época en que nadie en su sano juicio trabaja bajo el sol. Aparte de que cada día hay menos médicos en Egipto. Cuando terminan la carrera, se van a Europa o a América, donde se gana más.

—No vamos a remontar el Nilo, Abdul, sin nadie que...

—Pero ya me he ocupado de ello, *effendi.* Conozco bien a alguien que estudia medicina, una persona educada, dispuesta a acudir cuando termine las clases.

—¿Es todo lo que puede encontrarse?

—Está en el último curso de la carrera y ya está trabajando en una clínica en El Cairo.

—De acuerdo, voy a confiar en su juicio, Abdul. Si usted considera que él es lo que precisamos, puede contratarlo.

—No es un hombre, *effendi*, es una mujer. ¿Tal vez eso le haga cambiar de parecer?

Mark tuvo que reflexionarlo, pues no sabía qué opinaría Halstead. Abdul se apresuró a añadir:

—Esta señorita conoce bien las expediciones arqueológicas y tiene un gran interés por el pasado de Egipto. Sus conocimientos médicos son los de un profesional; tiene mucha fama.

—De acuerdo. —El deslumbrante Mercedes estaba subiendo la avenida que conducía al Hilton y un portero uniformado acudió a abrir las puertas—. Que venga con nosotros. Incluso podría ser una buena compañía para la señora Halstead.

En aquellos momentos, sentado en el tren y observando a Yasmina Shukri, la estudiante de medicina, Mark pensó: «¡Qué equivocado estaba!». Recordó el momento en que la había visto por primera vez, aquella mañana, en la estación Ramsés. La hostilidad que reflejaban sus ojos, cuando se la habían presentado, le había sobresaltado. A pesar de que había dicho con cierto recato: «Encantada de conocerlo, doctor Davison», sus oscuros y brillantes ojos le habían comunicado: «Le odio pero pienso tolerarlo porque, por el momento, mi país le necesita».

Finalmente el tren redujo la marcha y apareció un desvencijado indicador que ponía Mellawi en inglés y en árabe. Mientras sus compañeros se levantaban con parsimonia e iban desperezándose, Mark saltó directamente al andén cuando aún chirriaban los frenos.

Abdul surgió de las sombras de la minúscula taquilla.

—*Ah-laan, effendi.* Todo está a punto. Hemos instalado el campamento y conectado los generadores eléctricos. Todo está como usted ordenó, *inshallah.*

El agobiante calor del mes de julio se apoderó de los recién llegados al descender uno a uno del tren. Apareció un desconocido al lado de Abdul, un hombre que dirigía su altiva mirada por encima de las cabezas de los componentes del grupo y mantenía la espalda rígida como si se la sostuviera una baqueta. Era un hombre con cara de halcón y piel cobriza, tensa por encima de las hundidas mejillas; un gigante con chilaba azul, turbante y un rifle colgado de uno de sus fornidos hombros. Abdul se lo presentó como el jefe de policía, el *ghaffir*, el encargado de proteger la expedición.

Mark estudió al hombre y se dio cuenta de la mancha que tenía en el ojo, producida por un tracoma.

—Buen trabajo, Abdul. *Shukran.* ¿Están ahí los coches?

—Por aquí, *effendi.*

Acompañó al grupo hacia un camino que discurría paralelo a un canal de agua salada, tan plagado de moscas que su zumbido resultaba ensordecedor. En la ciénaga del extremo del canal, dos hombres jugaban a *trick-track* en cuclillas. En la «carretera» había tres viejos Chevrolets aparcados, negros y abollados, y en la parte superior llevaban el material de la expedición. Mark repartió el grupo y luego se metió en el último coche con Ron, Hazim y el *ghaffir*, quien colgó el rifle en la parte exterior de la ventanilla para aprovechar el espacio.

El trayecto por el camino lleno de baches fue bastante agitado; los tres coches traqueteaban junto a los canales, los campos de algodón y bajo las copas de las palmeras. El sol del mediodía deslumbraba por entre las frondas mientras los vehículos saltaban los baches y aceleraban ante multitud de niños que les saludaban gritando, envueltos en la nube de polvo que dejaban atrás. Llegaron al río y todavía nadie había abierto la boca. Los conductores abrieron las puertas y todo el mundo saltó al suelo, tosiendo y sacudiéndose el polvo.

Mark echó una ojeada general al grupo mientras se quitaba el polvo de los ojos. Alexis Halstead, fría e imperturbable, se alejó del coche con las manos apoyadas en su esbelta cintura. Sanford Halstead, que llevaba pantalón beige y polo blanco, observaba con aire cauteloso las falúas que avanzaban por el río. Abdul, junto al *ghaffir* y a sus dos ayudantes, ayudó a los conductores a descargar el equipaje y lo colocó en una plataforma de madera. Hazim al-Sheijly se acercó a Yasmina Shukri, que estaba sujetando su largo pelo negro con un pañuelo, e iniciaron una discreta conversación.

Ron, con la cámara colgada al hombro, se situó junto a Mark y le murmuró:

—¡Vaya calor!

Mark seguía con la mirada fija en los dos barcos que describían un serpenteante camino en el río en dirección hacia donde estaban ellos.

—Y esto no es más que el principio, amigo mío.

El Nilo se extendía ante ellos como un vasto campo de color marrón, con la superficie sinuosa por el rastro de las falúas y la brisa del norte que azotaba el valle. Los miembros de la expedición buscaron refugio en la primera sombra que encontraron.

—¿Qué me dices de Hazim, Mark? ¿Confías en él?

—No hay problema, conozco a la gente de su estilo. Joven, ecologista y con ansias de sentirse importante. Su gobierno intenta solucionar la falta de excavaciones extranjeras en el valle del Nilo preparando a los jóvenes, lo que ocurre es que no les funciona porque a nadie le apetece excavar. Lo que persiguen es una placa y un despacho. No vamos a tener problemas con Hazim. Acaba de salir de la universidad y es un idealista, todavía no le ha atacado la corrupción. De momento.

—¿Cuándo piensas hablarle del diario?

—Esta noche.

Ron apartó una mosca que se le había plantado en la cara.

—Parece que Halstead resiste bien.

Aquel hombre de cincuenta y nueve años estaba apoyado contra una palmera, presionando ambas manos en un ejercicio isométrico.

—Se conserva bien, por lo que parece —dijo Mark con una carcajada.

—Menudo monumento, su mujer. Apuesto a que se casó con él por el dinero. A ver cuánto aguanta sin criada.

Mark observó cómo Alexis se dirigía a la orilla del río. Su espesa cabellera reflejaba con gran fuerza la luz del sol. Vestida, igual que su marido, como si asistieran a un partido de polo, Alexis daba la impresión de frescura y de que el polvo no se acercaba a ella. Mark consideraba decepcionante su feminidad; Alexis Halstead lucía un adecuado tono muscular y su aspecto era el de una persona rotundamente segura de sí misma. Al observarla, Mark se sintió de pronto repugnante.

—No creo que le caigamos bien a la otra.

—¿A quién te refieres?

Ron señaló con la cabeza a Yasmina Shukri, que se estaba riendo mientras conversaba con Hazim.

—No es que nos haya recibido con los brazos abiertos...

Yasmina llevaba un pantalón caqui, una blusa y el pelo sujeto con un pañuelo, y tenía el mismo aspecto de la mayor parte de jóvenes egipcias que había visto Mark durante los últimos años: emancipada, culta, una persona que rompía con las viejas tradiciones. Apoyando el peso del cuerpo en un pie, los brazos cruzados, la cabeza ladeada mientras Hazim le hablaba discretamente en árabe, tenía el aire de una militante. Un rifle en su espalda no habría desentonado.

—Confío en el criterio de Abdul. Dice que está acabando la carrera con excelentes notas y ya tiene tres buenas ofertas de trabajo para cuando acabe. Además, no se ha podido encontrar nada mejor.

Ron encogió los hombros, murmuró algo sobre tomar unas fotos y se alejó con aire cansado.

Mark no podía evitar comparar a las dos mujeres de la expedición. Las separaban unos diez años: calculaba que Alexis tendría treinta y dos o treinta y tres años, y Yasmina, veintidós o veintitrés. Alexis Halstead era fría y deslumbrante como un zafiro; Yasmina, cálida y oscura como el ébano encerado. Ambas eran atractivas, pero cada una a su manera. Las dos eran calladas, pero también de forma distinta. El desdén que reflejaban los verdes ojos de Alexis Halstead era fruto de su arrogancia y su vanidad; el resentimiento de los apagados ojos de Yasmina se debía al odio que sentía por los extranjeros. A Mark se le ocurrió que, por distintas razones, habría que andar con pies de plomo con las dos mujeres.

Dio media vuelta, se acercó a la orilla, donde el agua ondulaba el barro, y avanzó hacia las palmeras que crecían ufanas en el extremo opuesto. Más allá se veía la arenosa llanura de las ruinas de Ajenatón.

Ahí de pie, con las puntas de las botas rozando el agua, Mark observó con los ojos entornados la extensión de tierra yerma que iba desde el final del terreno cultivado, detrás de El Till, hasta los riscos que empezaban a unos cinco kilómetros de allí. Reflexionó de nuevo sobre los escasos detalles, tan frustrantes, de que disponían a partir de Ramsgate en cuanto al emplazamiento de su campamento, a la vez que se preguntaba si habían acertado decidiendo instalar el suyo justo en la desembocadura del Cauce Real. Ramsgate podía haberse instalado en cualquier punto de aquella zona compuesta por treinta y seis kilómetros cuadrados.

Mark cerró los ojos y, notando la cálida brisa en el rostro, intentó conjurar la imagen que se le aparecía de los deslumbrantemente blancos templos y palacios que en otra época se habían erigido en aquella desolada llanura, trató de conformar la imagen mental del faraón Ajenatón y la reina Nefertiti circulando por las calles en su reluciente carro chapado en oro y plata, al tiempo que oía los vítores de miles de súbditos saludando a su Dios Viviente. De Ajenatón, «el Horizonte de Atón», la antigua ciudad más romántica y misteriosa, hoy no quedaba más que un montón de escombros de lo que en otra época habían constituido los edificios de la ciudad.

Algo había sucedido allí tres mil años atrás, algo violento e inexplicable, algo que había obligado a los sacerdotes de Amón a declarar maldita aquella tierra baldía y a cerrar herméticamente en el interior de una tumba desconocida el cadáver del herético rey...

—¿*Effendi*?

Mark se volvió inmediatamente.

—Dispense, no le he oído.

Mark, al oír por fin el griterío y observar un tumulto de brazos alzados y rostros airados en la plataforma, dijo:

—¿Qué ocurre, Abdul?

—Ha surgido un problema, *effendi*.

6

El problema se había planteado entre los dos propietarios de las falúas, pues ambos reclamaban el derecho a trasladar al grupo al otro lado del río. Mark resolvió el incidente satisfaciendo a todo el mundo al dividir el grupo en dos y pagar cinco libras a cada barquero. Abdul se llevó a sus dos ayudantes, al *ghaffir* y todo el equipaje en uno de los barcos, mientras Mark se trasladó con los americanos, Yasmina y Hazim en el otro.

Tardaron media hora en atravesar el ancho río; todo el mundo permaneció en un silencio reflexivo, mientras la antigua embarcación crujía, escuchando cómo el Nilo chapaleaba contra los tablones.

En la otra orilla se había concentrado mucha gente.

La gente del pueblo, que había abandonado el arado ante una ocasión tan especial, observaba en silencio a aquellos forasteros que andaban por el barro. La única voz que se oía era la de Abdul, repartiendo severas órdenes mientras supervisaba el traslado del equipaje a lomos de unos burros. Cuando Halstead ayudaba a bajar del barco a Alexis, la última pasajera, un disparo de rifle desgarró de pronto la intensa atmósfera del mediodía. A éste se le juntaron otra serie de disparos procedentes de los riscos circundantes, que fueron esparciendo el eco hasta sumergir el valle en una momentánea tronada. Cuando finalizó ésta, Abdul se acercó a Mark diciéndole:

—Le han dado la bienvenida oficial, *effendi*.

La multitud de campesinos se alejó ante la mirada de los forasteros, con el rostro lleno de curiosidad, y cuando Mark alzó el brazo para gritar, «*¡Ah-laan!*», le respondieron con el enérgico grito de «*¡Ah-laan wah sahlaan!*». Seguidamente, los campesinos se situaron detrás de ellos y les siguieron.

Abdul dirigió el grupo por un camino de tierra que dividía dos campos recién arados: unas llanas extensiones de tierra que se veían interrumpidas por una red de acequias y de vez en cuando un pequeño bosque de palmeras datileras. Se había recogido ya la cosecha de trigo de invierno; preparaban el terreno para la de verano, las legumbres. Al pasar el grupo por delante de una joven jornalera agachada en la tierra, amasando pasta de maíz en unos redondos recipientes de madera al sol, ésta les sonrió con timidez, levantando el velo por encima de los labios. Cerca de allí, chirriaban las ruedas de la *saqiya* del pueblo al empujar su palanca un buey, un saco de huesos que avanzaba describiendo un eterno círculo. Las mujeres que recogían el agua se detuvieron a observar el paso de los forasteros, apresurándose a cubrir su rostro con los negros velos.

En el pueblo se veía una gran masa de tierra dividida entre exuberante cultivo y árido desierto. Sus feas casas de adobe, apiñadas, cubiertas con haces de leña menuda, quedaban algo camufladas por las palmeras, las acacias y los sicomoros que las rodeaban. Los forasteros avanzaron siguiendo un polvoriento camino por delante de la *birka* del pueblo, una balsa de agua estancada y verdosa que se utilizaba como abrevadero para los animales y piscina para los niños, además de proporcionar el agua para los adobes y para la colada. Su penetrante olor hizo arrugar la nariz y volver la cara a los del grupo.

Junto a la *birka* se hallaba la era comunitaria para aventar el grano, una extensión cubierta de tierra y excrementos de vaca batidos. Un muchacho, sentado sobre una sólida madera provista de unas púas dispuestas para cortar la paja, guiaba el ingenio y el búfalo por encima de los tallos frescos. Otros, apoyados en sus horcas de cuatro púas, echaban de vez en cuando un vistazo a los desconocidos.

Por todas partes, las moscas y los profundos olores dominaban el ambiente; Mark miró hacia atrás y vio que Alexis Halstead sujetaba un pañuelo con esencia junto a su nariz.

Se dirigían a ver a la autoridad suprema del pueblo. Si bien cada provincia de Egipto está gobernada por un agente a quien se conoce con el nombre de *ma'mur*, el cual dispone de policía armada, quien en realidad tiene el máximo poder es el *umda*, un anciano del pueblo escogido entre los campesinos. Se trata de un hombre a quien todo el mundo reverencia, de gran prestigio, en general el único que dispone de teléfono. El *umda* de El Till, el principal pueblo de Tell el-Amarna, era un hombre de muy avanzada edad, cuya casa era la única del pueblo que estaba encalada.

Acompañaron a los visitantes hacia una polvorienta «calle» tan estrecha que tenían que avanzar por ella en fila india. En su ambiente, charlando entre ellos, los del pueblo que los seguían no perdían de vista la deslumbrante cabellera roja de Alexis Halstead y comentaban la calidad de la alheña que llevaba. De las estrechas puertas se escapaban distintos olores, entre los que predominaba la pestilencia de la combustión de excrementos de búfalo. Mark y sus compañeros libraban una batalla continua con las moscas, y cuando llegaron a la pequeña y soleada plaza en la que estaba la casita blanca del *umda*, todos sudaban y se sentían impacientes por llegar al campamento.

Pero había que seguir el ritual y nadie podía saltarse las formas. Habían extendido piezas enteras de tela en el suelo para que se sentaran los invitados. Y una serie de tímidos niños descalzos les ofrecieron ramas de palmera que les sirvieron de abanico y para ahuyentar las moscas. Mark tomó asiento con aire paciente, cruzando las piernas sobre la tela; sus compañeros hicieron otro tanto mientras sonreían a la concurrencia, intentando captar el menor gesto de hostilidad. Al parecer no se produjo ninguno.

Mark estaba totalmente al corriente de los eternos problemas causados por las enemistades entre los pueblos situados en la cuenca del Nilo. Las peleas por los derechos de riego, los límites en los campos o el honor de una hija podían acabar con sangrientos enfrentamientos e incluso con la muerte. Cinco años antes, cuando habían estado excavando en el Delta, una cabra de un pueblo de al lado se había perdido y había ido a parar al *qurn* para la trilla de un pueblo vecino. El campesino ultrajado se había lanzado sobre el propietario de la cabra llenándolo de insultos. Al enterarse de la pelea, los amigos y parientes habían acudido veloces, muchos de ellos con sus herramientas de trabajo; se empujó sin querer a uno de los hombres, y éste quiso desquitarse. Se armó un gran barullo y el *ma'mur* tuvo que mandar a su policía para separarlos. Más tarde, durante la noche, cuando se hubo recuperado la calma, alguien entró en el pueblo y degolló la cabra. Al día siguiente, el búfalo del campesino agredido apareció envenenado. A todo ello le siguieron dos días de sangrientos enfrentamientos, durante los cuales los dos pueblos aunaron fuerzas en defensa de la familia y el honor tribal. Dos hombres resultaron muertos, tres gravemente heridos, y la policía del *ma'mur* tuvo que desplegarse en ambos pueblos hasta que pasó el mar de fondo. La rencilla no quedó saldada hasta al cabo de un año.

Mark echó una ojeada a los campesinos que se agolpaban junto a los forasteros, a los jornaleros de piel oscura y constitución robusta de El Till. Los hombres llevaban unas largas y sucias chilabas, iban descalzos y sonreían mostrando sus mellados dientes. Las mujeres, la mayoría embarazadas, sujetando a los pequeños junto a la cintura mientras los demás se agarraban a sus faldas, llevaban unos vestidos de estampado desdibujado hasta el tobillo, brazaletes de plástico de vivos colores en la muñeca y unos largos y negros velos en la cabeza, que podían bajar a toda prisa para esconder su rostro ante los forasteros. Casi todas llevaban alheña rojiza en el pelo, las palmas de las manos y las mejillas teñidas también con este pigmento; los ojos estaban contorneados con una gruesa capa de kohl negro.

Mark tuvo cuidado en no mirar demasiado a alguna de aquellas mujeres, pues podía encontrarse con un padre, un marido o un hermano que se lo tomara como una ofensa y descargara su irracional ira contra Mark y contra la propia mujer.

Observó detenidamente a los hombres. Como raza, Mark sabía que aquellos campesinos pertenecían a un grupo de gran pureza, aislado, protegido durante siglos por el desierto y los riscos que se extendían en paralelo junto al Nilo. Los anchos cráneos y caras, las estrechas frentes, los pómulos prominentes, las anchas narices y las consistentes mandíbulas habían resistido cincuenta siglos de invasión extranjera; no se habían casado con los griegos, los romanos, los árabes, los franceses o los turcos. Era un pueblo que vivía y trabajaba de la misma forma que lo habían hecho sus antepasados durante miles de años, que mantenía las antiguas tradiciones pese a la infiltración del islamismo y el cristianismo, y además conservaba idéntica apariencia física. Prácticamente descendientes directos de los campesinos del valle del Nilo de la época faraónica, los *fellahin* de El Till pertenecían a la misma reserva genética que había cultivado la tierra y proporcionado alimento a la corte del faraón. Aquellos eran los súbditos de Ajenatón: inalterables e inmutables.

La muchedumbre se agitó al salir de la casa un anciano que llevaba la barba más blanca y larga que había visto Mark en su vida. Ataviado con chilaba blanca y sandalias, avanzó apoyándose en un palo. El *umda* llevaba en la cabeza un casquete blanco de punto, que significaba que había peregrinado a La Meca. Mark se fijó en que todo el mundo guardaba silencio y volvía los ojos hacia el anciano que avanzaba, como un patriarca bíblico, hacia la luz del sol, luego se detuvo un momento y finalmente se sentó con el cuerpo rígido en una silla de mimbre que tenía cerca de la puerta. En aquel pueblo, el *umda* era el rey.

—*Ah-laan wah sah-laan* —dijo en un tono áspero.

Mark respondió al saludo añadiendo:

—*Sab-bah innur.*

El anciano le dirigió una sonrisa bondadosa y levantó su nudosa mano. Enseguida salió de la casa una joven que llevaba el rostro cubierto y argollas de bronce en las muñecas y tobillos. Sostenía una bandeja de bronce con vasos de té.

Con gesto humilde presentó la bandeja a Mark, y él cogió el vaso, que reconoció como procedente de los almacenes Woolworth, y antes de probarlo ya sabía que sería empalagosamente dulce: en el fondo del recipiente se veía una generosa capa de azúcar. Mark tomó un sorbo de té, chasqueó los labios y dijo en árabe:

—Un té delicioso. El mejor que he tomado en mi vida.

El *umda* sonrió mostrando sus oscuros dientes que contrastaban con la blancura de la barba y el bigote y dijo:

—Que Alá me perdone por tener que servir a mi honorable huésped un té que no satisfaría ni a un burro, pero es todo lo que tengo.

Mark, que estaba seguro de que el brebaje pertenecía a la reserva especial del *umda* y que su esposa había pasado toda la mañana preparándolo con gran meticulosidad, respondió:

—No soy digno de esta bebida.

Salió una mujer de la casa y se situó detrás del anciano. Era bajita y arrugada, con el pelo rojizo que blanqueaba en las raíces, la cara curtida y marchita, las manos cubiertas de tinte de color naranja y las muñecas adornadas con brazaletes de oro; era la mujer más respetada y envidiada de El Till.

El *umda* dijo:

—Le presento a mi esposa, la madre de Ahmed.

Mark inclinó la cabeza con gesto educado ante la anciana sin prestarle una atención excesiva. Era costumbre referirse a una mujer sin llamarla por su nombre sino por el de su hijo mayor.

El *umda* siguió dando la bienvenida, llamándolos por su nombre, a todos los hombres del grupo de Mark, prescindiendo de las mujeres, y acabó diciendo:

—Que Alá sonría ante su trabajo y les conceda un gran éxito.

Aquella fue la señal de inicio del trabajo. Empezó Abdul explicando al *umda* que Mark iba a precisar dos equipos compuestos por diez hombres cada uno, que podrían relevarse cada quince días o bien según las necesidades agrícolas. El *umda*, a quien Abdul llamaba *hayy*, que significa peregrino, escuchaba con aire benévolo. Luego se volvió hacia Mark y con su acento del Egipto Medio le dijo:

—Para todos es muy importante que haya venido usted, doctor Davison. Nuestra gente necesita trabajo, usted necesita ayuda y todos reverenciamos lo que consideramos *qadim*. Ha pasado mucho tiempo desde el último trabajo que se hizo en las ruinas.

Mark asintió con la cabeza e intentó, sin la menor mueca, tragar el empalagoso té. *Qadim* significa lo que es antiguo, y el campesinado que vivía a orillas del Nilo, supersticioso y temeroso de su pasado ancestral, veneraba todo lo que tenía unos siglos de antigüedad. Consideraban que todo lo perteneciente a su pasado remoto tenía un poder mágico.

Seguidamente habló Sanford Halstead, inclinándose hacia Mark, murmurando:

—¿Será tan amable de traducírnoslo todo?

—No son más que formalidades, señor Halstead. Hace semanas que Abdul se ocupó de todo, y todo está en orden. Ahora no hacemos más que dedicarnos a la pequeña representación que exigen las costumbres.

—Es una pérdida de tiempo.

—Estoy de acuerdo con usted, pero hay que hacerlo, de lo contrario ofenderíamos al anciano y podríamos vernos en dificultades. Tal vez no lo parezca, pero el *umda* es el señor supremo de este territorio y todo el mundo cumple sus órdenes.

Sanford Halstead irguió el cuerpo e hizo una mueca mirando el té. Ni lo había probado.

—Y le aconsejo que se tome eso.

—Preferiría no hacerlo.

—Va a ofenderle, y nadie se toma las ofensas tan a pecho como esta gente. No aceptar la hospitalidad de un egipcio es como escupirle a la cara. Haga el favor de bebérselo.

Mientras Sanford Halstead hacía un esfuerzo por tragar el tibio líquido, manteniendo el rostro impertérrito, Mark dijo al anciano:

—A mi amigo le apetecería otro vaso de té.

El anciano sonrió y transmitió una orden a su hija, quien se metió en la casa en el acto.

Siguió el protocolo.

—No tendremos problema para suministrarle una serie de trabajadores dispuestos a obedecerle, doctor Davison. Qué duda cabe que todo el mundo desea trabajar para los americanos. Durante estas últimas semanas he tenido que tomar serias decisiones; no resulta fácil decidir quiénes van a ayudarle a usted y quiénes han de permanecer en los campos.

Mark era consciente de que aquél era el punto crucial. Sabía que entre los de El Till y los de Hag Qandil había una gran rivalidad; se vería obligado a apaciguar a ambos *umdas*. Mark confiaba en que Abdul hubiera contratado el mismo número de hombres en cada uno de los pueblos.

—En cuanto al salario, doctor Davison, diez piastras al día por hombre serán suficientes. Con ello podrán comprar azúcar y un nuevo arado. Cada cual tiene sus razones para trabajar con usted. Sami tiene un hijo que quiere casarse y no dispone de dinero para pagar el precio de la novia. Mohammed debe dinero a un prestamista que trabaja al cincuenta por ciento de interés. Rahmi tiene que circuncidar a sus dos mellizos. Todos necesitamos un dinero extra, doctor Davison, pues a nosotros nos ocurre lo que a la aguja, que viste a los demás y ella permanece desnuda.

Mark esperaba impaciente, seguro de lo que iba a salir. Por ello, no le sorprendió que el *umda* dijera:

—Pero siento decirle que creo que diez piastras no serán suficientes.

—¿Usted que calcula qué debería pagarse como sueldo, *hayy*? —Mark pronunció el título *hayy* en dialecto del Egipto Medio.

—Consideramos que debería añadir a las diez piastras una ración de té para cada uno de los hombres.

Mark miró a Abdul, quien volvió ligeramente la cabeza y dijo en un comedido inglés:

—Ya lo había previsto, *effendi*. En el equipaje que llevé hace dos días hay un buen cargamento del té más puro y negro que uno pueda encontrar en Egipto. Desde que llegó, dos *ghaffirs* lo han vigilado día y noche.

Mark asintió con la cabeza, consciente de lo maniáticos que eran los *fellagha* egipcios con el té. Al prohibirles el alcohol la religión musulmana, los campesinos del Nilo habían buscado hacía mucho tiempo otro tipo de estimulantes, y comoquiera que el hachís resultaba caro y poco adecuado para el trabajo en el campo, el té se había convertido en la principal adicción de millones de *fellahin*. Mark sabía que ningún *fellahin* iba al campo sin haberse tomado su ración de té fuerte, intensamente azucarado. Constituía su «droga», su distracción física, su único lujo y, por tanto, su única necesidad en la vida. Tomaban litros y litros de aquel concentrado té rematado con kilos de azúcar.

—De acuerdo, *hayy*, tendrán su té.

—Y azúcar, doctor Davison.

—Y azúcar.

—Tengo entendido —siguió el *umda*— que también va a contratar hombres en Hag Qandil. Debo advertirle que son unos sinvergüenzas y que no debe confiar en ellos. Por el momento no tenemos ningún asunto pendiente, pero de noche yo coloco una tabla en mi puerta.

—¿Qué me está insinuando, *hayy*?

—Yo intentaré hacer de mediador entre ustedes y los de Hag Qandil. Tal vez si me rebajara —extendió sus manos con dedos parecidos al bambú y levantó sus huesudos hombros—, podría hablarles en nombre de usted.

Halstead soltó una especie de silbido de protesta:

—¿Qué ocurre?

—El viejo truco del seguro. Pagas y no te rompemos las piernas. —Mark se dirigió de nuevo al *umda*—: ¿Puedo ayudar en algo, *hayy*?

—Yo soy un anciano, doctor Davison, por desgracia tengo los días contados. Tan sólo Alá sabe las salidas de sol que me quedan por contemplar. Un lujo insignificante confortaría mis últimos días y mi pobreza. Algo que para una persona importante y rica como usted ni siquiera contaría. —Su sonrisa se ensanchó—. Desearía coca-cola.

Mark lanzó una impaciente mirada a Abdul, quien se apresuró a decir en inglés:

—Llegó con el té, *effendi*. Una caja.

—¿Lo sabe el *umda* de Hag Qandil?

—No, *effendi*.

—Que no se entere. Sólo faltaría una maldita guerra feudal a cuenta de la coca-cola. —Se esforzó por dirigir una sonrisa al *umda* y añadió—: Hemos hecho un pacto.

El viejo patriarca se tranquilizó, se sentó de nuevo en la silla y la sonrisa contenida llenó su curtido rostro de miles de surcos.

Sanford Halstead, al ver que una mujer capturaba piojos del pelo de su hijo, dijo a Mark:

—¿Tardaremos mucho?

—No mucho. Sonría al anciano y tráguese el té. Si eructa sonoramente, usted y él serán amigos para siempre.

—¡No hablará en serio!

—«Adonde fueres haz lo que vieres», señor Halstead.

—Soy incapaz de dar un trago más a esta bazofia, Davison, y no creo que sea lo más adecuado para mi esposa.

—Su esposa, señor Halstead, tiene tan poca importancia ahora mismo que el *umda* tendría en más consideración a su burro caso de que usted poseyera uno. Dentro de unos minutos nos marcharemos hacia el campamento. Me interesa formularle un par de preguntas sobre Ramsgate.

Mientras tomaba el último sorbo de aquel té tan difícil de tragar, Mark se fijó en un hombre situado en un extremo de la multitud que no parecía de por allí. Un hombre bajo, gordo y untuoso, que a todas luces no se dedicaba a los trabajos del campo, sobre todo si se tenía en cuenta su blanca camisa abotonada hasta el cuello y sus pantalones oscuros. Tenía el rostro rechoncho, el pelo largo, ondulado y reluciente de brillantina. Contrastaba la suciedad del cuello y los puños de la camisa, así como los lamparones de la parte delantera. El hombre estaba apoyado contra una pared manchada de orín, aguzando el oído. Aquel aire de pretendido desinterés intrigó a Mark.

Mark conocía a aquel hombre. Era el griego del pueblo, el vendedor ambulante, el intermediario, el sastre, el oscuro comerciante, el prestamista. En cada pueblo, desde el Delta hasta el Sudán, había uno como él: desde tiempos inmemoriales los griegos se habían trasladado al valle del Nilo para explotar a los *fellahin*, que no sabían adónde acudir en busca de ciertos objetos de consumo. Era un trabajo que pasaba de padres a hijos; casi nunca se casaban con mujeres de allí, pues traían a sus esposas de Grecia; vivían en la zona más apartada del pueblo; no participaban en la vida social; y los crédulos *fellahin* les proporcionaban una vida cómoda.

Mark intentó retener los rasgos porcinos del hombre en la cabeza y luego se volvió hacia el *umda* para decirle:

—Voy a precisar cierta información, *hayy*.

—Cuente conmigo para las respuestas, *inshallah*.

—Hace cien años, un inglés acudió a excavar estas ruinas. Estuvo aquí antes que Petri, *hayy*. Murió a causa de una enfermedad y se sometió a cuarentena a toda la zona donde tuvo instalado el campamento y donde llevó a cabo su trabajo. ¿Conoce usted los límites de dicha zona?

Por primera vez desde que había salido de la casa se nublaron los vivos ojillos del *umda*.

—Es algo que sucedió hace muchísimo tiempo, doctor Davison, y ya no existe ninguna restricción en cuanto a accesos. Tengo más de ochenta años y no recuerdo ninguna prohibición de este tipo.

»Sucedió en tiempos del último bajá turco, antes de que los británicos se hicieran cargo del poder. Publicaron un edicto que prohibía entrar en una zona determinada. Creo que era la parte de las colinas.

»Por aquel entonces, mi abuelo era el *umda* de este pueblo, doctor Davison. Cuando era niño, él me hablaba de los primeros extranjeros que vinieron a excavar. Se llamaban a sí mismos científicos pero no eran más que buscadores de tesoros. Desenterraron las ruinas de nuestros antepasados y se llevaron los bellos objetos que encontraron. No nos dejaron nada.

Nada, pensaba Mark, aparte de las libras esterlinas que les pagaron por ayudarles a excavar.

—¿Recuerda haber oído hablar de uno llamado Ramsgate?

Un silencio apenas perceptible precedió a la respuesta:

—No.

—¿Recuerda algo sobre la zona de acceso prohibido?

—No sé por qué me hace estas preguntas. Si sucedió hace cien años, ¿qué importancia tiene ahora?

—La tiene, *hayy*. ¿Sabría situar la zona prohibida? ¿O acaso a su edad le está fallando la memoria?

Los vivos ojos del anciano se encendieron.

—¡La edad no ha borrado mis recuerdos, doctor Davison! Claro que me acuerdo de que mi abuelo me habló de un explorador británico que murió en las ruinas junto a su esposa y sus amigos. Me dijo que estaban enfermos. Y el gobierno prohibió a la población entrar en la zona.

—¿Dónde sucedió eso, *hayy*?

—No lo sé. Mi abuelo no me lo contó. Cuando fui mayor y pude visitar por mi cuenta los lugares antiguos, se había levantado ya la prohibición, pues teníamos un nuevo gobierno, nuevas leyes y nueva policía. Se había olvidado la legislación antigua.

—¿En qué época?

El *umda* apartó la mirada.

—Cuando yo era joven.

Mark observó el estampado de la tela sobre la que estaba sentado mientras se secaba con la mano el sudor del cuello.

—¿Le suena el nombre de Ramsgate?

—No.

—Así pues, ¿no hay lugares prohibidos por estos alrededores?

—Ninguno.

—¿Y usted dejaría que sus nietos jugaran donde les apeteciera?

—Sí.

—Me ha ayudado mucho, *hayy*, y le estoy muy agradecido. Uno de mis hombres le traerá tres botellas de coca-cola esta noche a casa.

Se produjo un cambio instantáneo en la actitud del anciano: su rostro se iluminó, deslumbrante como la salida del sol.

—¡Me abruma usted con tanta generosidad, doctor Davison!

Entonces, la esposa del *umda*, consciente de que interrumpir a los dos hombres podía suponer una paliza posterior, al intuir que se había producido una pausa en la conversación, se acercó a él y le murmuró algo al oído. Las blancas y pobladas cejas del *umda* se arquearon de placer. Dijo:

—La madre de Ahmed le pide que asista a una fiesta que vamos a organizar esta noche.

—¿Qué tipo de fiesta, *hayy*?

—La circuncisión de la hija de Hamdi.

Halstead llamó la atención de Mark golpeándole suavemente el hombro.

—¿De qué se trata?

En cuanto Mark se lo hubo traducido, Alexis Halstead, que estaba sentada al lado de su marido, exclamó:

—¿La hija?

Mark tuvo que desviar un poco la mirada para dirigirse a ella:

—Aquí se circuncida tanto a los niños como a las niñas.

—¿Y qué pueden hacerle a una niña?

—Quitarle el clítoris.

Aquellas cejas finas como el trazo de un lápiz se dispararon y Mark volvió la cabeza.

—Sería un gran honor para nosotros, *hayy*, pero hemos recorrido una larga distancia y estamos impacientes por llegar al campamento. Dígale a la madre de Ahmed que nos abruma su generosidad y nos apena no poder aceptar.

El *umda* asintió con gesto grácil.

En cuanto hubieron terminado los buenos augurios y todo el mundo hubo expresado los mejores deseos de rigor, se levantaron y se desperezaron. Yasmina Shukri, que había permanecido todo el rato inmóvil como una estatua, hizo algo curioso. Se acercó al *umda*, cayó de rodillas ante él y con la mano derecha se tocó el pecho, los labios y la frente. Cuando se puso de nuevo de pie, Mark la observó bastante sorprendido, sobre todo porque el *umda* aceptó el gesto con una paternal sonrisa y no pareció extrañarle en absoluto.

Por fin se levantó el *umda* y empezó a dispersarse el grupo de *fellagha*. Mark buscó con la mirada al griego en la plaza pero el hombre ya no estaba.

7

A medida que los tres Land Rover avanzaban por la llanura dejando atrás la puesta de sol, sorteando barrancos y levantando un increíble remolino de polvo y piedras, los miembros de la expedición observaban la antigua ciudad que estaban cruzando.

Contemplaron una llanura tan fría y desolada que todos, americanos y egipcios, fijaron la mirada en los montones de escombros, que era lo único que quedaba de la ciudad de Ajenatón, e intentaron conformar, a partir de los derruidos muros y las dunas, la imagen mental de los suntuosos y blancos palacios y las avenidas bordeadas de árboles. Pero resultaba imposible; no quedaba nada.

Frente a ellos el escarpado muro de piedra caliza surgía amenazante haciéndose cada vez más grande mientras iban dejando atrás el Nilo y las tierras de cultivo. Los riscos estaban formados por antiguos estratos de roca desnuda y recordaban un Gran Cañón en miniatura, un paisaje prehistórico reducido a sus capas geológicas. Cuando el campamento apareció en el horizonte, Mark se secó el sudor de la frente pensando: «Volvemos a tiempo».

Por fin se apagaron los motores de los Land Rover y todo el mundo esperó a que el polvo se asentara. A través de la nube que seguía en el aire, veían que acababan de pasar el Cauce Real —un lecho fluvial seco— y habían ascendido un rocoso promontorio que sobresalía de su parte meridional. En una de las laderas del promontorio se veía, con el sol de última hora de la tarde, un mosaico de muros de apenas un metro que recordaban un laberinto por el que podía discurrir una rata gigante. Eran las ruinas que los egiptólogos denominaban el Pueblo de los Trabajadores —el pueblo donde habían vivido los que habían trabajado en las tumbas y sus familias, apartados de la gran ciudad— y en ellas se hacía evidente que se habían vuelto a ocupar algunas de sus «habitaciones»; el grupo que había contratado Abdul había escogido el lugar para instalarse temporalmente y ahorrarse un viaje diario desde los pueblos situados a unos kilómetros de allí.

Al otro lado del promontorio, siete grandes tiendas blancas formaban una especie de círculo. Estaban a resguardo al pie del risco, protegidas del viento y a la sombra durante toda la mañana. Los generadores zumbaban bajo el alpende y unos cables eléctricos llegaban a todas las tiendas. A unos cincuenta metros cuesta abajo se veían dos cabinas con duchas y dos letrinas.

Eran las horas más calurosas del día y los miembros de la expedición bajaron de los Land Rover con aire letárgico, sacudiéndose el polvo de la ropa y observando el campamento con mirada escéptica. Ron, el más enérgico, se dispuso a tomar fotografías enseguida, circulando de acá para allá y retratando a cada uno sin previo aviso para captar el estado de ánimo de la llegada al campamento.

Abdul vociferaba secas órdenes a dos *fellahin* que habían acudido a toda prisa desde el Pueblo de los Trabajadores, del cual podían divisarse desde allí algunos petates y el fuego entre las ruinas, y Mark se paseaba lentamente evaluando y dando su aprobación a las instalaciones.

El resto se había dirigido a las tiendas. Cuatro de ellas iban a constituir dependencias privadas: los Halstead en una, Ron y Mark en otra, Hazim y Abdul en la tercera, y Yasmina Shukri, con su equipo médico, en la última. Una quinta se había reservado como cuarto oscuro para Ron, la sexta se utilizaría como lugar de trabajo y en ella se guardaría el material de excavación, laboratorio y supervisión, y la séptima y más grande se había preparado para servir las comidas comunitarias.

Mark observó cómo tres *fellahin* conducían a Sanford y a Alexis Halstead a su tienda, batallando con el equipaje. Halstead había especificado con detalle sus exigencias en cuanto al acomodo, y Mark casi rezaba esperando que Abdul hubiera cumplido los requisitos.

Cuando desaparecieron en el interior de la tienda, Mark se volvió. Al hacerlo, un insecto pasó zumbando rozándole la cara. Iba a asestarle un buen golpe y tuvo que levantar la vista para pescarlo, pero se detuvo en seco. Colocó la mano a modo de visera y miró hacia la parte superior del risco que se alzaba unos metros por encima del campo. Allí, contra el cielo azul, se percató de una oscura y silenciosa silueta que contemplaba el trajín del campamento.

Estuvo un rato mirando, intentando concentrarse en la persona que permanecía de pie en el llano y luego bajó la mano e intentó localizar a Abdul.

Sabía que en aquella planicie existía aún un antiguo camino, una ruta que habían utilizado los soldados de Ajenatón y que seguían empleando de vez en cuando los *ghaffirs* de la zona en sus patrullas. Aquel hombre, sin embargo, no le había parecido un *ghaffir*. En primer lugar porque no llevaba rifle, y por otro lado, no llevaba mula ni camello. Mark tampoco estaba seguro de que fuera un hombre.

Cuando levantó de nuevo la vista hacia la planicie, la oscura silueta había desaparecido.

Yasmina murmuró «*Shukran*» al hombre y no entró en la tienda hasta que éste se hubo marchado. Luego, se dio la vuelta, extendió la malla por delante de la entrada y la cerró. Yasmina conocía los problemas que podían acarrear los insectos.

Desde allí inspeccionó la tienda; el capataz había hecho bien su trabajo. La cama plegable parecía cómoda; del techo colgaba una mosquitera. En el suelo había una alfombra de vivos colores. Sobre ella, una silla y un pequeño escritorio, así como un banco y estanterías para colocar el material médico. Contra una de las paredes de la tienda, la caja con su equipo y las medicinas.

Caminó con aire lánguido por la tienda intentando poner en orden sus ideas. No había mucho en qué pensar; vivía tantas emociones que precisaba un tiempo para analizarlas. Se sentó en un extremo de la cama y con gesto cansado se quitó el pañuelo del pelo. La espesa cabellera descendió hacia su espalda mientras la joven egipcia soltaba un débil suspiro.

Decidió en aquel momento que aquello era lo primero a lo que debía enfrentarse: la soledad. Una batalla diaria a la que Yasmina Shukri estaba acostumbrada: la soledad que la había acompañado durante sus días de escuela y facultad, tuviera o no amistades, y que sabía que la aguardaría cuando le concedieran el título y abrazara la profesión médica.

No tenía del todo claro por qué había aceptado formar parte de la expedición, aparte de que el dinero era interesante y de que el señor Rageb, el capataz, le había asegurado que no tendría dificultades trabajando con los americanos.

Yasmina, repantigada en la cama, con las manos inertes en su regazo, pensó un momento en los extranjeros, dejando a un lado a los Halstead, por considerar que no valía la pena dedicarles su tiempo, y se centró en los egiptólogos. El rubio parecía agradable, a pesar de que no lo veía muy profesional, pero el otro, el jefe de la expedición, no consideraba que fuera de fiar. Yasmina Shukri había conocido en su vida demasiadas personas del estilo de Mark Davison y por ello conocía a la perfección los motivos que les movían y qué podía esperar de ellos. Sería como los demás, los explotadores a los que tiempo atrás había aprendido a despreciar; decidió, pues, mantener la distancia y utilizarlo para sus propios fines.

Notó que algo rozaba su mejilla. Con gesto ausente lo esquivó con la mano.

El señor Rageb no le había contado lo que buscaban los egiptólogos, claro que ella no sabía si le importaba mucho. Lo principal para la muchacha era el sueldo, que le habían prometido que sería elevado. Además, el generoso patrón, el señor Halstead, le había concedido total libertad en cuanto a la adquisición del material. ¡Menuda diferencia respecto a un hospital del gobierno!

Algo rozó de nuevo su mejilla. Lo apartó de la misma forma.

Por fin su pensamiento permaneció en la persona de Hazim al-Sheijly. Pese a considerarlo tal vez demasiado solícito con los americanos —claro que aquél era su trabajo—, Hazim era un joven que podía caerle bien. Era atractivo y enérgico, y en su trato con ella le había parecido lo suficientemente seguro de sí mismo para no verla como una amenaza. Y mucho más cuando la soledad de Yasmina procedía de las arcaicas tradiciones islámicas que imponían que la mujer tenía que ser inferior al hombre. Todo el mundo se sentía incómodo con ella, incluso sus compañeros de estudios, y huían de la posibilidad de establecer una relación más íntima; dentro de poco sería médico y la perspectiva de encontrar un marido que le permitiera seguir con su carrera y posición en aquel país musulmán le parecía prácticamente nula.

Pasó de nuevo el insecto y en esta ocasión distrajo a Yasmina. Al levantar la mano hacia la mejilla, echó una ojeada general a la tienda que, en aquel momento, estaba bien iluminada pues penetraba en ella a través de la malla de la puerta un oblicuo rayo de sol de la tarde. Buscó el molesto insecto y, al no encontrarlo, pasó los dedos por su cara en busca de un cabello suelto.

Yasmina esperaba que el trabajo durara todo el verano, pese a que el señor Rageb no se lo había podido prometer. Si permanecía allí todo el verano, acabaría con suficiente dinero para...

En aquel momento le pareció notar un ligero batacazo, un sonido parecido al de una mariposa contra el cristal de una ventana; Yasmina se levantó y se dirigió hacia el improvisado lavabo, en el que había una palangana y un jarro, jabón y toallas, y encima de todo ello, colgado de una alcayata de aluminio, un espejo. Se inclinó un poco para examinar su rostro en el punto que había tocado el bicho y vio que empezaba a formarse un pequeño grano rojo.

Yasmina comprobó inmediatamente la malla que cubría las dos ventanas, por si había algún agujero, y luego abrió la caja de provisiones sacando de ella una tira adhesiva para las moscas y un pulverizador contra insectos.

Probablemente sus servicios durante aquel verano iban a reducirse a eso: a curar picaduras de insectos.

Hazim al-Sheijly deshizo su equipaje con gran cuidado y meticulosidad y colocó los objetos de tocador en perfecto orden sobre la mesilla de noche. Llevaba a cabo la tarea con disciplina y puntillo, pues no quería que la emoción lo llevara a la confusión. Siempre se había sentido orgulloso de su pulcritud; tan sólo deseaba que el hombre con el que había de compartir la tienda fuera tan exigente como él. Sospechaba que así sería. Abdul Rageb, por su aspecto y porte, era una hombre concienzudo y tenía fama por su habilidad y eficiencia. Cuando lo contrataron quedó impresionado al saber que tendría que trabajar con Abdul Rageb, a quien todo el mundo admiraba y respetaba tanto.

Aquella expedición superaba las expectativas de Hazim. Se trataba de un chollo al que pocos de sus amigos soñaban con acceder. A él le había ayudado el tener a un tío suyo en un puesto importante en el ministerio. Aquello podía ser un buen comienzo para Hazim al-Sheijly, que tan sólo llevaba dos años fuera de la facultad y pasaba sus horas sin hacer nada en un despacho. Si los americanos conseguían un importante hallazgo —y tan sólo Alá sabía lo que podía quedar en aquel arrasado desierto—, para Hazim podía traducirse en una promoción y un título.

Levantó la cabeza y la volvió.

—¿Sí? —dijo.

La tienda estaba vacía. Ante él penetraban por la abierta puerta unos amarillentos rayos que destacaban las partículas en suspensión.

Agitó la cabeza y siguió deshaciendo el equipaje. Habría jurado, por un momento, que había alguien en la tienda.

Cuando hubo tomado todas las fotos de lo que él consideraba el «caos preliminar», impaciente por comprobar sus dominios, Ron se dirigió a la tienda que le habían asignado como cuarto oscuro.

A pesar de la brisa del atardecer del Nilo y el reflejo de la blancura de las paredes de poliéster de la tienda, el interior de ésta era sofocante, parecía un horno. Ron se detuvo en el umbral de la puerta para que sus ojos se adaptaran a ella y echó una ojeada general.

Parecía increíble. Abdul había cumplido exactamente con lo que él había especificado, hasta el punto de dividir la tienda en la parte «húmeda» y la parte «seca». Ante él, contra la pared del fondo, habían colocado el banco de trabajo de madera, bajo el cual habían dispuesto las cajas que él mismo había preparado y mandado desde Los Ángeles. Por encima de éste se habían instalado tres tomas de corriente con bombillas. Apoyó una rodilla en el suelo y controló mentalmente con gran rapidez cada una de las cajas, numeradas personalmente por él, y se sintió satisfecho al comprobar que todo estaba en orden.

Enseguida se dispuso a abrir las cajas, estableciendo un orden de prioridad; encontró la más voluminosa, con el distintivo #101, cuya etiqueta escrita en rojo avisaba: FRÁGIL. MANEJAR CON EL MÁXIMO CUIDADO. Abrió los listones de la parte superior con su navaja de bolsillo y el ruido de las astillas resonó en la cálida tienda, que al cabo de poco se llenó también de bolitas blancas de embalaje. Aquélla era la caja clave.

Ron se tranquilizó inmediatamente y esbozó una sonrisa. Sacó de la caja una de las botellas de tres litros y medio de Giallo Chianti y la acarició con ternura.

Alexis Halstead inspeccionaba su cuartel general con los brazos en jarras. Las dos camas, adornadas con sábanas de satén y edredones de pluma, estaban separadas al máximo y entre ambas se habían instalado dos mesillas de noche de caoba con incrustaciones de marfil. Como división de ambas estancias, una cortina de hilo colgaba de una varilla que Abdul había sujetado a los mástiles de la tienda. La cortina, que en aquellos momentos estaba recogida, tenía que hacer las veces de biombo para crear dos pequeñas habitaciones en la tienda.

Alexis, sin hacer caso a su marido, que rebuscaba en una maleta llena de ropa de deporte y zapatillas Adidas, apreciaba los pequeños lujos y comodidades que había pensado para ellos Abdul Rageb.

Sobre cada uno de los tocadores había un jarrón y un cuenco de cerámica vitrificada, unas cuantas toallas para las manos recién planchadas, una jabonera y unas cuantas toallas de baño turcas de primera calidad. Sobre cada una de las camas colgaba una adornada lámpara de cobre que se encendía a través de un interruptor situado junto a cada una de las mesillas de noche. Las paredes estaban adornadas con fotos de flores y atardeceres en el Nilo. Junto a cada una de las camas, un ventilador eléctrico. Cubrían el suelo unas alfombras orientales.

Cuando el sirviente dejó la última de las maletas junto a su cama, Alexis se dio la vuelta, bajó el toldo delantero de la tienda y la estancia se sumergió en una semipenumbra, en la que únicamente se filtraba la tenue luz de la tarde a través de la malla de la ventana. Encendió la luz situada sobre la cama, y sin decir palabra desenganchó la cortina y la corrió estableciendo la separación entre las camas.

De pie sobre una de sus maletas bajo la luz que difundía la lámpara de cobre, oyó la voz de su marido al otro lado de la cortina:

—¿Cómo dices, Alexis?

—¿Qué?

—¿Qué decías, Alexis?

—Yo no he dicho nada.

Sanford se asomó al extremo de la cortina con los hombros y el pecho descubiertos.

—Has dicho algo que no he entendido.

—¡No he pronunciado una sola palabra desde que estaba sentada en aquel horroroso pueblo, Sanford! Si vas a hacer ejercicio, tendrás que apresurarte. Se está poniendo el sol.

Él se agachó tras la cortina.

—Habría jurado...

Con un vaso de cartón lleno a rebosar, Ron colocó de nuevo la botella en la caja, que empujó bajo la mesa de revelado. Sabía que tendría que dosificar el vino; ni que decir tiene que no podría conseguir más.

Abrió la segunda caja por orden de importancia, la que contenía el casete a pilas y su colección de cintas de Doug Robertson. Escogió su preferida, la introdujo en el aparato, apretó el botón y la sofocante atmósfera cambió con los delicados acordes de la guitarra clásica.

Iba a levantarse cuando notó que algo rozaba momentáneamente su barbilla. Intentó aplastarlo e inmediatamente se puso a buscarlo en el suelo. No sabía lo que era pero había sido más rápido que él.

—¿Cómo? —Alexis se incorporó, impaciente—. ¿Qué decías, Sanford?

El otro lado de la cortina permanecía en un silencio molesto.

—¿A qué juegas conmigo? —preguntó irritada.

Al no recibir respuesta, corrió de nuevo la cortina.

Su marido no estaba allí.

Los tanques de revelado aquí, el baño de paro allí, la ampliadora más allá, las luces rojas colgadas ahí, y así sucesivamente. Ron canturreaba siguiendo el compás de Doug Robertson y tomó otro trago de vino.

—¡Mierda! —murmuró al notar de nuevo la rápida carrera del bicho sobre el pie. Era la tercera vez.

Mark notaba cómo los últimos rayos del sol se cernían sobre su espalda mientras observaba cómo Sanford Halstead, sudoroso, jadeante aunque en una forma física envidiable, corría alrededor del campamento.

Ron se puso a gatas y fue enfocando la linterna en todas las ranuras y por detrás de cada una de las cajas. Aquello que le había tocado le había parecido de un volumen considerable. Lo suficientemente grande como para encontrarlo sin pasar horas buscándolo.

Pero no lo encontró.

Mark echó un último vistazo al campamento. Se oían los suaves compases de Vivaldi procedentes de la tienda donde estaba el cuarto oscuro. Se dio cuenta de que su amigo ya estaba manos a la obra y no iba a salir hasta acabar con el revelado. A través de la gasa que cubría las puertas de tres de las tiendas, Mark vislumbraba los desdibujados perfiles de su gente, que se estaba instalando. Yasmina Shukri, apenas visible, estaba montando una enfermería en miniatura en su tienda. Hazim al-Sheijly, situado en su pequeño escritorio, estaba ya redactando un informe para sus superiores. Y Alexis Halstead, una sombra vaporosa y elegante, vista a través de la lona de la tienda, al parecer no hacía nada.

Mark decidió echar un vistazo en la tienda comedor.

Antes de que sus ojos pudieran proporcionarle alguna información, los demás sentidos se ocuparon de ello, pues notó un interior oscuro y una atmósfera cargada; percibió los aromas de la comida y oyó el chisporroteo y el crepitar de la carne que se estaba friendo. En unos segundos, sus ojos se adaptaron al entorno y tuvo un sobresalto con lo que vio.

Era la mujer más vieja que había visto Mark en su vida.

La mujer al principio no levantó los ojos de su actividad; al contrario, los tenía clavados en sus pucheros y sartenes. Iba vestida completamente de negro y estaba tan inclinada y torcida que a Mark le recordó un pedazo de madera de deriva. Al cabo de un instante, sin embargo, cuando levantó la cabeza y clavó un ojo terriblemente vivo en Mark, éste enseguida tuvo la visión de la *sebbaja*, la anciana, del diario de Ramsgate.

—¿Cómo se llama usted? —le preguntó, reflexionando por qué de pronto se sentía tan incómodo bajo la mirada de la mujer.

La arrugada *fellaha* sostuvo su mirada un instante —su apergaminado rostro inmóvil en una expresión indescifrable, la frente y las cejas cubiertas por un negro velo— y luego volvió a sus quehaceres.

Mark repitió la pregunta, esta vez en árabe. La mujer no respondió.

La luz de la puerta se eclipsó durante un instante y enseguida encontró a Abdul a su lado.

—¿Y quién es ella? —preguntó Mark.

—Se llama Samira, *effendi*.

—¿Es sorda?

—No, *effendi.*

Mark estudió la curvatura de aquel deshidratado cuerpo, las nudosas manos que asomaban de las negras y voluminosas mangas, el aro dorado de la ventana derecha de la nariz. Parecía una monja encogida.

—¿De dónde la ha sacado? —preguntó Mark.

—Vive en Hag Qandil, pero presta sus servicios en todos los pueblos de por aquí.

—¿Servicios?

Abdul vaciló un poco.

—Es *shayja, effendi.*

Mark hizo un gesto de asentimiento. En cada pueblo del valle del Nilo había alguna o alguno: a los hombres se les llamaba *shayj*, que significaba mago o hechicero. La *shayja* era aquélla a quien se había enseñado la antigua magia, que pasaba de madre a hija; ella conocía los antiguos hechizos, las fórmulas para librarse del mal de ojo, para ayudar a concebir a la mujer, para echar maleficios al enemigo y ensalmos benéficos a las propias cosechas. La *shayja* sabía preparar pócimas para el amor y también asegurar el nacimiento de un varón. La *shayja* practicaba el estilo más incomprensible de conjuros, y cuanto más complicada y esotérica era su magia, más definitiva resultaba.

—¿Por qué la contrató?

—En esta región no resulta fácil, *effendi*, encontrar a alguien capaz de cocinar para los americanos. Ella comprende sus delicados estómagos y sus sensibles gustos. Yo mismo fui a hablar con ella pues conocía su fama. Y también porque muchos años atrás trabajó para los egiptólogos británicos que retiraban los tesoros de los palacios.

Mark miró de soslayo a su reservado capataz y por su mente cruzó la fugaz idea de si Abdul seguía albergando algunas de las supersticiones de su infancia; luego le dijo:

—A mí me importa poco la comida, lo importante es que ella comprenda que tiene que preparar platos especiales para el señor Halstead.

—Sí, *effendi.*

Salió hacia la puesta de sol y se llenó los pulmones con el cálido aire del desierto. Ante él, como una estrecha cinta en el horizonte, se extendía el río: verde, lento y muy antiguo. Vislumbró también los bosques de palmeras en la distancia, que iban oscureciéndose contra el rojo disco del sol poniente. Cerró los ojos un momento.

—¡Todo el mundo a punto! —resonó una voz en el silencioso campamento.

Mark abrió los ojos y vio a Ron avanzando a duras penas por la arena hacia donde estaba él. Tras él, Hazim al-Sheijly, Yasmina Shukri y Sanford Halstead. La cámara de Ron se balanceaba sobre su pecho al andar.

—¡Vamos a sacar la última foto! —Llevaba un trípode.

Mark soltó una suave carcajada y se apartó de la tienda comedor.

—¡Todos juntos! ¿Dónde está la señora Halstead? Vamos a hacer una buena foto del grupo en la primera tarde en el campamento. Ahora mismo disfrutamos de una luz perfecta. ¡Sí, aquí mismo está bien! —Ron movía los brazos como un director de cine—. ¡Más cerca! ¡Así! ¿Dónde está la señora Halstead?

Alexis abrió el toldo delantero de la tienda y salió a la luz como una reina del desierto. Mark no pudo evitar contemplarla un instante. Ella esperó un momento antes de salir de la tienda; su pelo cobrizo ondeaba en el viento. Después de siete años con Nancy, que medía metro sesenta, Mark no recordaba lo largas que podía tener las piernas una mujer. Con su pantalón corto de tenis y su blusa, Alexis Halstead constituía una ilusión de una sexualidad imponente.

Y de nuevo, como el primer momento en que la había visto en el aeropuerto internacional de Los Ángeles, Mark quedó perplejo ante aquello que le resultaba obsesionantemente familiar en el rostro de la mujer.

—¡Ésta para el *National Geographic*! —exclamó Ron, tomando a Hazim por el brazo y situándolo más cerca de Yasmina—. Que se vea que sabemos lo que estamos haciendo aquí. ¿Dónde está Abdul?

—Déjalo, Ron —dijo Mark, completando la fila al situarse junto a Sanford Halstead—. Por mi experiencia, sé que jamás ha permitido que le fotografíen. Apresúrate, que el sol se está escondiendo.

Ron hizo los ajustes pertinentes al trípode, comprobó otra vez el objetivo, fijó el disparador y corrió a colocar el brazo sobre el hombro de Hazim antes del clic de la cámara.

—¡Otra! —dijo cuando ya todos iban a dispersarse.

—Vamos, Ron, estamos cansados y tenemos hambre.

—La última del carrete, Mark. Voy a revelarlo esta noche.

Mark soltó una carcajada de agotamiento con la boca ya abierta para protestar, pero no tuvo oportunidad de decir nada más, pues en aquel preciso instante el silencio de la tarde se rasgó de forma súbita con un agudo y penetrante grito inhumano.

8

¿Usted cree que ésta es la causa de la muerte? ¿Un ataque cardíaco?

Yasmina Shukri estaba sentada, sola, en la más pequeña de las dos mesas de la tienda que hacía las veces de comedor, tomando café. Hizo un lento gesto de asentimiento, pensando en el hombre que habían encontrado en las ruinas del Pueblo de los Trabajadores. Había muerto agachado, probablemente cuando se disponía a preparar el té, junto al fuego. Se encontraba allí solo.

—¿Son corrientes los ataques cardíacos entre esta gente? —preguntó Mark.

—No —murmuró ella. No lograba quitarse de la cabeza el recuerdo del rostro de aquel pobre hombre; habría muerto de repente, experimentando un agudísimo dolor. Lo habían encontrado con los ojos abiertos, la mirada fija, una mueca de dolor en los labios.

Mark apartó la mirada de ella y frunció el ceño ante su taza de café. Un terrible comienzo. En aquellos momentos, cuando tenían que estar estudiando una serie de mapas, Abdul se encontraba en El Till consolando a la viuda del difunto.

—¿Qué programa hay para mañana, doctor Davison?

Mark levantó la vista hacia el hombre que estaba sentado frente a él e hizo un esfuerzo para mostrarse agradable.

—Abdul y yo haremos un reconocimiento del terreno en la llanura y el altiplano para decidir dónde hay que empezar la investigación. Tal como recordará, el diario de Ramsgate nos habla de una estela funeraria que marca la entrada de la tumba. Está grabada en piedra viva, es decir, la roca que sobresale en la arena, y en otra época fue alcanzada por un rayo que la dividió en tres partes. Más tarde, hace unos cien años, una súbita inundación se llevó aguas abajo uno de los trozos, la piedra de arriba, por el barranco que queda detrás de nuestro campamento y de ahí a la llanura. Una anciana, una *sebbaja*, la llevó al campamento de Ramsgate, diciéndole que señalaba el emplazamiento de una tumba que, según ella, estaba «debajo del Perro». Unos días más tarde, Ramsgate encontró la base de la estela, luego el Perro, y a partir de esto, la tumba. Lo que vamos a buscar, señor Halstead, es la base de la estela y algo que se parezca a un perro.

Sanford Halstead le escuchaba educadamente. No le importaba el calor ni el bochorno que se respiraba en aquella tienda; habían entrado en ella algunas moscas, que zumbaban de forma exasperante. El fuerte olor procedente de los hornillos ascendía hasta el techo formando un asfixiante palio por encima de las cabezas de las seis personas que acababan de cenar.

Halstead había tomado una ensalada verde y un yogur, pero los demás habían devorado con avidez el guiso de la anciana Samira: cordero asado con arroz, acompañado por una fuerte salsa hecha con alubias del país y mantequilla, té a la menta frío y un delicioso pan de mijo horneado aquella misma tarde, y de postre, *mehalabeyah*, el pudín de arroz egipcio.

—¿Cómo se llevará a cabo exactamente la investigación, doctor Davison?

—Abdul y yo disponemos de mapas de la zona. Mañana reconoceremos el terreno y confeccionaremos un mapa cuadriculado. Dividiremos en cuadrados la llanura y el altiplano, asignando un hombre a cada uno de ellos. Tengo intención de concentrar la investigación inicial en los barrancos que escurren las aguas de la meseta.

—¿Y el Perro?

Mark no podía mostrar su irritación, pero aquel aristócrata que andaba por Egipto con unos pantalones de color crema y un polo le estaba agotando la paciencia.

—Me imagino que encontraremos el Perro por pura casualidad. Abdul y yo daremos instrucciones a los trabajadores para que mantengan los ojos bien abiertos por si aparece algo que se parezca a un perro.

—¿Podemos confiar en ellos? ¿Cómo puede estar tan seguro de que estos árabes no echarán una siesta en lugar de explorar su cuadrado?

Mark levantó la vista hacia Samira, que preparaba en silencio las verduras. Durante la comida, Mark por casualidad había levantado la cabeza y se había fijado en que su negro velo dejaba al descubierto la frente de la mujer, y ponía de relieve algo que parecía un tatuaje. La anciana se había vuelto a toda prisa para ponerse bien el velo.

—Disponemos de un sistema de recompensas, señor Halstead. La persona que descubra algo de valor recibirá una excelente recompensa. Es algo que funciona, créame.

—¿A qué hora vamos a empezar?

—Muy pronto. En cuanto salga el sol. Antes de que apriete el calor.

—Doctor Davison...

Mark se volvió hacia Alexis Halstead, algo sorprendido de oír su voz. Sus ojos de fina malaquita parecían estudiarlo con gran audacia.

—Me gustaría ver las tumbas de los riscos.

Alzando ligeramente las cejas, Mark respondió:

—Descuide. Pueden incluirse en el seguimiento de la llanura.

Mark se quitó los calcetines que tanto le molestaban con un suspiro de alivio y flexionó los dedos de los pies en el fresco aire de la noche. La cama resultaba agradable a sus nalgas, y sabía que dormiría profundamente hasta que acudiera Abdul a despertarlo por la mañana. Mientras se servía un poco de bourbon de la petaca en el vaso que tenía sobre la mesilla, notó que la satisfacción se apoderaba de él. En realidad se sentía como en casa.

Brindó mirando la foto de Nancy, y pensando «juro que tendrás la marcha nupcial y los hijos que hagan falta después de todo esto» acabó el whisky de un trago.

El toldo delantero de la tienda se movió hacia un lado y entró en ella Ron Farmer. Llevaba en una mano un vaso de cartón con Chianti y en la otra las fotos acabadas de revelar.

—Hay algunas buenas —dijo, sentándose en su cama y mostrando la hoja de contactos a Mark—. ¡Uf! ¡Tengo la impresión de que podría dormir un año entero!

—Trabajas demasiado. Eso podía esperar hasta mañana.

—Tenía ganas de hacerlo. Montar el cuarto oscuro requiere mucho tiempo. De todas formas, mañana tendré que comprobar si hay algún agujero en la tienda, creo tengo un bicho que se pasea por el suelo.

Mark miró las fotos.

—Jesús, ¿ese aspecto tengo yo?

—Pues anda que Halstead parece que lleve enganchada una pinza en la nariz...

Mark se detuvo en la última foto, la del grupo. Seis personas cansadas, cubiertas de polvo ofreciendo su mejor aspecto a la cámara. La sonrisa de Ron era la más amplia, apoyado en Hazim; a su lado estaba Yasmina Shukri, con una mueca imprecisa en los labios. Luego, Alexis Halstead, soberanamente aburrida. Y Sanford Halstead, frío a pesar del ejercicio. Finalmente, Mark.

Frunció el ceño.

—¿Qué es eso?

—¿Qué es qué?

Pasó los contactos a Ron.

—La última foto. La sombra que tengo detrás.

Ron se la acercó a los ojos.

—Pues no lo sé. Probablemente un defecto de la película.

—Bueno —dijo Mark empezando a desabrocharse la camisa—, me voy a la ducha, suponiendo que los Halstead hayan dejado agua, y seguidamente voy a sumergirme en un coma profundo.

Ron le guiñó el ojo.

—¡Adelante!

No obstante, Mark se sorprendió a sí mismo. Después de todo no pudo dormir. Volvió de la ducha y encontró a Ron dormido como un tronco con la camiseta y los tejanos puestos, tumbado con la boca abierta. Sin hacer ruido, Mark extendió la mosquitera por encima de la cama de su amigo y la sujetó bien por los extremos. Seguidamente se tumbó desnudo en su propio capullo esperando que el sueño lo venciera.

Una oleada de aprehensión, sin embargo, inundó su cuerpo, dejándolo a la expectativa, a la espera de que ocurriera algo...

Estaba encima de la manta observando el techo de la tienda a través de la fina malla de la tela mosquitera. Ron respiraba suavemente en la oscuridad. De pronto, un escalofrío se extendió por la tienda, rozó la piel desnuda de Mark e hizo que se estremeciera. Las tiras atrapamoscas, que colgaban junto a la puerta y ventanas a modo de matalobos, se balanceaban ligeramente

Mark permaneció inmóvil mucho rato, hasta la madrugada, hasta que no se oyó ni un solo ruido en el desierto; luego se quedó dormido, sin saber que un intruso, que no dejó huellas en la arena, atravesó el campamento.

Sanford Halstead se agitaba y daba vueltas, incapaz de sentirse cómodo en aquella cama del campamento. Probó primero una posición, luego otra, incorporándose después apoyado en un codo para aporrear con el puño la almohada de satén. Al otro lado de la cortina que lo separaba de Alexis, su esposa estaba profundamente dormida.

Se dejó caer de espaldas, apartó el cubrecama de satén, estiró los brazos colocándolos contra el cuerpo y cerró los ojos.

Estaba cansado, no cabía duda de ello, deseaba desesperadamente dormir, pero el sueño no llegaba. Tal vez tendría que intentar concentrarse en algo aburrido, centrar la cabeza en algo banal para caer en un estado de estupor, porque Sanford, a diferencia de su esposa, que era adicta a los somníferos, se negaba a tomarse una pastilla para dormir.

Evocó el recuerdo de su maletín de ejecutivo e imaginó la voz nasal de su agente de bolsa recitando en tono monótono las cifras de las proporciones precio/ganancias, ventas a corto y largo plazo, porcentajes de garantías, dividendos...

Al fin concilió el sueño.

Empezó de forma sutil, en la distancia: el caminar de unos pesados pasos en la fría arena.

Sanford dormía mientras los pasos se acercaron, llegaron ante su tienda acompañados entonces por una suave y rítmica respiración.

Los pesados pies rodearon la tienda y se detuvieron ante el toldo delantero. Luego pareció que el propio toldo se levantaba solo y una silueta se perfiló contra el fondo estrellado.

Sanford gimió suavemente en su sueño: tenía una pesadilla.

La gigantesca y angulosa silueta se introdujo furtivamente en la tienda y descansó a los pies de Sanford. En su sueño, Sanford abrió los ojos y fijó la vista por un instante en la mosquitera que se juntaba como una carpa de circo por encima de él, y luego, al notar que no estaba solo, levantó la cabeza alarmado.

Apenas podía verse al intruso a través de la gasa, a pesar de que había suficiente luz para constatar que se trataba de un hombre, alto y musculoso, desnudo y fulgurante, con sus vigorosos brazos colgando. Lo que vio Sanford en su pesadilla fueron sus ojos.

Resplandecían como blancos óvalos brillantes; eran unos ojos etéreos, que flotaban en el aire, con dilatadas pupilas, miraban fijamente hacia abajo, hacia él, fijamente, fijamente, como algo salido de una película de terror, sin parpadear, aprisionándolo como un tornillo de banco que lo hizo estallar en un torrente de sudor, provocándole un temblor tan violento que la propia cama experimentó una sacudida.

Aquellos ojos ardían sobre él, y cuando el deslumbrante pecho se hinchó y deshinchó, cuando los músculos pectorales eclipsaron la tenue luz de las estrellas, Sanford Halstead se dio cuenta de que el cuerpo del intruso era de oro. El reluciente y musculoso cuerpo brillaba bajo el rayo de luna: amarillo, metálico, pletórico, fastuoso. Era una visión formada por oro macizo y dos ojos de marfil resplandecientes como faros en la negra noche.

Halstead soltó un sonido ronco, gutural, e intentó moverse pero no lo consiguió.

Luego, el macizo brazo derecho del fantasma se elevó, un deslumbrante dedo dorado lo señaló y un áspero murmullo, que tan sólo se oyó en el sueño de Halstead, articuló:

—*Na-jempur. Najempur...*

Halstead intentó hablar pero no pudo. Aprisionado por aquellos abrasadores ojos, oyó cómo repetían una y otra vez:

—*Na-jempur, najempur, najempur...*

Hasta que, exhausto, se desplomó y quedó sumergido en un letargo reparador.

Mark se despertó al oír que alguien respiraba agitadamente y andaba sin hacer ruido alrededor del campamento. Parpadeó unas cuantas veces, murmuró y se sentó en la cama. Ron estaba sentado a los pies de la suya, secándose vigorosamente su húmedo pelo.

—¡Ha salido el sol! —dijo.

—¿Cómo? ¡Vaya por Dios! ¿Dónde está Abdul? —Mark se abrió camino a zarpazos por entre la mosquitera y descubrió que tenía un dolor de cabeza que iba en aumento.

—Ha entrado hace unos minutos. Le he dicho que yo te despertaría.

Mark se sujetaba la cabeza con las manos.

—¡Madre mía, mi cabeza!

Desde el otro lado del toldo delantero de la tienda se oyó el sonido de alguien aclarándose la voz.

—Dispense, *effendi*.

—¡De acuerdo, Abdul! —gritó Mark, esforzándose por abrir los ojos—. Enseguida voy. —Se levantó tambaleándose y se acercó a la palangana que hacía las veces de lavabo—. Me parece imposible haber dormido tan profundamente. Ni siquiera un sueño. ¡Y yo que quería estar en la llanura a la salida del sol! —Colocó la cabeza por encima de la palangana y vació el jarro de agua fría sobre ella—. ¡Válgame Dios!

Al incorporarse y agitar la cabeza, oyó otra vez cómo se acercaban y se alejaban los suaves pasos.

—Es Halstead —dijo Ron, pasándose por encima de la cabeza una camiseta de Greenpeace.

Mark hizo una mueca.

—Está más en forma que yo. Y podría ser mi padre.

Mark se frotó la cara con una toalla, y luego, después de ponerse los tejanos caqui, levantó la vista y dijo:

—¿Qué ha sido eso?

—Parece una pelea.

Los dos salieron rápidamente de la tienda, andaron a tientas por la fría arena y llegaron a la tienda comedor a tiempo para oír una estridente sarta de insultos en árabe. En el interior, Mark y Ron encontraron a Yasmina Shukri, con las manos en la cintura y una expresión de terrible ira en su rostro, discutiendo a gritos con la anciana cocinera.

Sin prestar atención a los dos hombres que acababan de entrar, la vieja Samira siguió con su descarga ofensiva. Luego cogió un pote vacío, lo levantó tanto como pudo y golpeó con él con todas sus fuerzas sobre la mesa.

—¿Qué ocurre aquí? —preguntó Mark.

Tan sólo Yasmina lo vio; la otra siguió clavando su brillante y enfurecida mirada en su contrincante.

—Doctor Davison —dijo la joven, intentando contenerse a ojos vistas—, se niega a hervir el agua para beber y cocinar.

—¡Vaya, por Dios! —Mark se frotó los desnudos brazos para protegerse del aire matutino y se dirigió a la mujer en árabe. Comprobó, molesto, que ella no le hacía ningún caso y continuaba centrando su envenenada mirada en Yasmina.

Repitió lo mismo, un poco más fuerte, más despacio, pero la anciana siguió sin hacerle caso.

—¿Qué pasa? ¿No me entiende?

—Sí que le entiende, *effendi*.

Mark y Ron se dieron la vuelta. En la puerta estaba Abdul.

—La anciana dice que el agua del Nilo es saludable. Cuando se hierve, se ahuyentan los buenos espíritus.

Mark se frotó suavemente los ojos.

—Hay que hervir el agua para la bebida y para cocinar antes de utilizarla, Abdul. Compruebe que se haga. —Se volvió hacia Yasmina—: Señorita Shukri, ¿no tendrá por casualidad algo contra el dolor de cabeza?

La siguió hacia fuera de la tienda, hacia el resplandeciente amanecer que le obligó a cerrar los ojos. El sol estaba detrás de los riscos, el campamento quedaba a la sombra y la arena que pisaban sus desnudos pies seguía fría, pero ante él se extendía un dorado telón que ascendía y descendía por los inmemoriales montículos como un mar amarillo.

Yasmina entró en su tienda, y Mark la siguió, sin darse cuenta de que aquel gesto la inquietaba.

La muchacha cogió un frasco sin etiqueta de un estante situado por encima de su mesa de trabajo y dejó caer dos blancas tabletas en la palma de su mano. Mark realizó una inspección superficial a aquella «enfermería» y quedó impresionado.

Un mantel blanco e impecablemente planchado cubría la mesa sobre la que se alineaban pinzas, tijeras, frascos con líquidos de distintos colores, un estetoscopio, cuencos metálicos con material esterilizado y, para colmo de sorpresas, un pequeño microscopio. Las estanterías contenían frascos de medicamentos y antibióticos, vendas, material para suturas, guantes quirúrgicos, anestésicos, agujas y jeringas. Un aparato para tomar la presión colgaba de un gancho.

Yasmina vertió un poco de agua de un jarro en una tacita y le dio las tabletas.

Mark se las tragó a la vez con un trago de agua y le devolvió la taza intentando sonreír.

—¡Esperemos que eso ahuyente los malos espíritus!

Pero Yasmina se limitó a mirarle fijamente con una frialdad que casaba con el aire matutino. De pronto, Mark se dio cuenta de que no llevaba camisa y estaba solo en una tienda con una mujer musulmana soltera. Intentando añadir calidez a su sonrisa, mentalmente se pegó una patada a sí mismo y salió de allí a toda prisa.

Había que visitar a los *umdas* de los tres pueblos del sur, pero comoquiera que ninguno tenía el poder del *umda* de El Till, las tres audiencias se redujeron a una breve formalidad. La principal tarea de la mañana consistía en examinar la llanura y el altiplano existentes entre los antiguos límites y trazar un plan de excavación. Partieron en dos Land Rover, conducidos por los ayudantes de Abdul. En el primero se instalaron Mark, Ron, Abdul y Hazim. En el segundo, Alexis Halstead, Yasmina Shukri, con su macuto de primeros auxilios, y el *ghaffir* de cara de halcón con su rifle. Sanford Halstead se había quedado en el campamento; su ejercicio matinal le había causado una hemorragia matinal.

Primero siguieron el recto límite de la llanura en forma de «D», que se extendía paralela al Nilo, y dos horas más tarde se detuvieron a descansar en la punta norte, donde los riscos formaban un arco al encontrarse con el río.

Mientras Ron se agachaba a la sombra de una palmera para cambiar el carrete, Mark se alejó de los coches andando.

Ante él se extendía un quebrado laberinto de humildes muros marrones. Aquello es todo lo que quedaba del famoso Palacio del Norte de Ajenatón. Mark estudió la llanura con sus prismáticos Nikon, y mientras reseguía los estratos de piedra caliza, situados a unos cinco kilómetros de allí, notó que alguien se había acercado a él, y lo que percibió un momento después fue el olor de gardenias.

—¿Me los deja? —dijo Alexis Halstead.

—No hay mucho que ver.

Le dio los prismáticos sin mirarla.

—¿Las visitaremos todas? —preguntó ella, apoyándolos contra sus ahumadas gafas de aviador. Centró la mirada en una serie de agujeros negros en los riscos a medio camino.

—¿A qué se refiere?

—Las tumbas.

—Si disponemos de tiempo para ello. Tendremos que subir hasta allí y hace mucho calor.

Estuvo un buen rato observando el paisaje; su rojo pelo contra el sol del desierto era como un halo de fuego sobre la cabeza. Mark se preguntó qué estaría mirando tanto rato, empezó a impacientarse y no se dio cuenta de que el ritmo de la respiración de Alexis había cambiado.

Dejó los Nikon en el suelo y volvió sus verdes ojos hacia él.

—La tumba de Mahu —dijo ella, sofocada—. ¿Tendremos tiempo para verla?

Mark notó que estaba frunciendo el ceño.

—Si usted quiere. ¿Por qué la tumba de Mahu?

Ella le devolvió los prismáticos.

—Por los murales, doctor Davison. Me interesa ve... los murales.

Al verse incapaz, por un momento, de apartar los ojos de ella, Mark de repente se fijó en lo cerca que la tenía, y la fragancia de las gardenias estrujadas penetró en su cabeza.

Estaba buscando una respuesta cuando oyó, detrás de ellos, un clic. Miró hacia atrás y vio que Ron le saludaba con la mano.

—¡Una excelente foto espontánea!

Cerca de Ron, apoyados contra una gran palmera, estaban Yasmina y Hazim, charlando de sus cosas.

—¿Éste es el Palacio del Norte? —preguntó Alexis, señalando con brazo indolente los montículos y las zanjas.

—Así lo llaman los egiptólogos.

Ella mantenía la mirada fija al frente; su voz se hacía distante.

—¿Eso qué quiere decir?

Mark se apartó de ella y avanzó entre los escombros y los ladrillos que conformaban los límites de lo que habían sido los cimientos del palacio.

—En realidad, nadie sabe para qué servían estos edificios, todo son conjeturas. —Se agachó junto a un muro derruido y pasó la mano por encima de la quebradiza piedra—. La ciudad de Ajenatón, señora Halstead, fue construida, habitada y abandonada, todo en menos de veinte años. Quedó desierta y nadie volvió allí.

Mark se incorporó y se frotó las manos en los tejanos.

La voz de Alexis venía de muy lejos; tenía una nota de tristeza:

—Así pues, a buen seguro que da más de lo que...

Mark negó con la cabeza, bajando la vista hacia la fea tierra que en otra época había visto un suntuoso suelo de mármol.

—Cuando se fueron de aquí, se lo llevaron todo: los muebles, las puertas, incluso las columnas. Y entonces la naturaleza tomó el relevo; los desprotegidos edificios de adobe sucumbieron tras tres milenios de vendavales y terribles lluvias. Luego los turistas, a través de los siglos, fueron deteniéndose aquí, recogiendo un recuerdo para llevarse a casa. Por fin, los *fellahin* de la zona se llevaron los adobes para usarlos como abono. Es un milagro que aún quede algo.

Mark andaba por entre los fragmentados muros, las botas crujían contra los escombros, y Alexis lo seguía de cerca.

—¿Por qué no está tan seguro de que esto fuera un palacio? Creía que se había identificado cada construcción.

Se detuvieron en un tramo de escaleras que no conducían a ninguna parte.

—Todo son hipótesis, señora Halstead; un montón de expertos que se ponen de acuerdo sobre algo que no conocen. Como el edificio que denominamos jardín zoológico de Ajenatón. Lo llamamos así porque sus habitaciones son minúsculas, sin ventanas, no podían utilizarse como dormitorios, en ellas hay frescos de animales y también unas curiosas bañeras de piedra que podían haber sido pesebres. A falta de otro nombre, lo llamamos zoo.

Alexis giró sus verdes ojos, ocultos tras los oscuros cristales, hacia Mark y los fijó en él un momento. Mark, sin saber por qué, se sintió incómodo.

—¿Usted cree que esto en otra época fue un palacio, doctor Davison? —preguntó con suavidad.

Él apartó la mirada.

—No estoy seguro de ello. En primer lugar, no hay cocinas ni dependencias para el servicio. Existen bañeras pero sin el desagüe que vemos en las residencias privadas. En este llamado palacio faltan una serie de comodidades y requisitos para tipificarlo como residencia. Casi se diría que el inmenso edificio no fue concebido como vivienda sino como casa simbólica.

Alexis lo escuchaba con atención: sus ojos fijos en el rostro de él.

Mark se volvió y observó que el resto del grupo daba vueltas por la zona donde estaban aparcados los vehículos con aire intranquilo.

—Así pues, ¿qué es lo que hubo en realidad aquí, señora Halstead? ¿Un palacio u otra cosa? Algo que una mentalidad moderna no es capaz de imaginar, algo propio de una raza de gente que vivió en la zona hace tres mil años y cuyos secretos murieron con ellos.

—La escultura del museo de El Cairo nos lo muestra desnudo y sin genitales. Aquí lo vemos con un vestido que parece de mujer. Se diría que tiene pecho y unas anchas caderas. Sin embargo, su título es el de rey.

La voz de Ron llenaba el frío silencio de la cámara tallada en la roca. Se habían agrupado todos en la tumba de Huya y estaban contemplando, en cuanto sus ojos se habían adaptado a la penumbra, el magnífico relieve esculpido que ocupaba prácticamente todo el muro. Ante ellos, iluminado por el sol que se filtraba a través de la entrada, el faraón Ajenatón, recostado en su asiento, masticaba satisfecho un hueso. A su lado, su esposa Nefertiti tomaba un sorbo de vino. El relieve estaba ligeramente ennegrecido a causa de las antorchas de un sinfín de visitantes a lo largo de los siglos.

—La polémica escultura del museo —siguió Ron— podría tener como explicación el hecho de que Ajenatón se habría retratado como «padre y madre de la humanidad», que era uno de sus títulos.

Ahora bien, Tutmosis III fue también llamado «padre y madre de la humanidad», y siempre se nos presenta como varón. Dicha teoría se desmorona aún más si tenemos en cuenta el arte revolucionario de Ajenatón. Por primera vez en la historia había que presentar el arte tal como era en la realidad, y Ajenatón insistió en que se mantuviera incluso su fealdad facial, siguiendo los dictados de su nuevo arte. En el radical estilo artístico del reinado de Ajenatón hay poco simbolismo, y dado que se reprodujo su cuerpo tal como aparecía en la realidad, tenemos buenos motivos para sospechar que, en realidad, Ajenatón no tenía órganos sexuales.

Seis pares de ojos contemplaban al altísimo y deforme faraón. Ron no sabía si alguien lo estaba escuchando, pero le daba igual.

—Tenemos pruebas de que las llamadas seis hijas de Ajenatón no eran hijas suyas sino hermanas. A menudo se han sacado a colación escenas que muestran a Ajenatón con las seis princesas como maravillosos ejemplos de afecto paterno. Opino que de igual forma podrían considerarse ilustraciones de amor fraternal.

La voz de Ron se fijó en el enrarecido ambiente.

—Otro de los misterios que rodea la misteriosa figura de Ajenatón radica en que su amante esposa, Nefertiti, lo abandonó a finales de su reinado y se instaló en otro palacio. Nadie sabe por qué.

Ron se puso una mano en la frente; sudaba profusamente.

La voz de Alexis surgió como un susurro:

—¿Lo abandonó realmente? Yo creía que habían sido los dos amantes más famosos de la historia.

—Qué duda cabe que lo abandonó, pues después de doce años de reinado, ya no se representa a Ajenatón con Nefertiti sino con su hermano Smenjara, vestido con la ropa de Nefertiti, a quien se concedieron títulos reales. Sabemos que la reina vivía aún porque existen pruebas de ello en uno de los palacios donde residió con el pequeño Tutanjamón. En una estela vemos a los dos hermanos abrazados y parece que besándose.

—¿De verdad? —Los ojos de Alexis se abrieron de par en par—. ¿Podemos verla?

—La estela está en el museo de Berlín —dijo Ron, intentando centrarse en Mark, quien se había apoyado en un muro con aire indiferente, con los brazos cruzados.

Ron dirigió su atención hacia el atractivo joven árabe Hazim al-Sheijly, que estaba diciendo algo, molesto porque el otro hablaba tan bajo que no se oía. Ron frunció el ceño.

—¿Puede hablar en voz alta, por favor, no alcanzo...?

Una gota de sudor penetró en los ojos de Ron nublándole la visión. El calor en la cámara aumentaba por momentos. Ron intentó llevarse la mano a la frente pero le faltaron fuerzas para conseguirlo. Consiguió por fin secarse el sudor de los ojos cuando comprobó que sus compañeros le observaban sin expresión en el rostro. En la mortecina luz, vio que de pronto Mark se apartaba del muro.

Ron notó que la boca se le resecaba totalmente al intentar continuar:

—Existe otra teoría que defiende que Ajenatón era homosexual... —Hizo un esfuerzo por pasar su reseca lengua sobre los labios. Cinco pálidos óvalos lo vigilaban. Uno de ellos, con barba, se abría paso en cámara lenta hacia él.

—Algunos egiptólogos han tomado como referencia la estela... que muestra a Ajenatón en una postura íntima con su hermano para apuntar que no era un enucoide enfermizo. ¡Hace un calor espantoso aquí!

Hazim abrió la boca pero de ella no salió ni un sonido.

Ron notó que el suelo empezaba a inclinarse.

—Necesito aire...

Seguidamente oyó un fuerte estrépito, vio un destello de estrellas y se vio precipitado cabeza abajo en espiral.

9

¿Cómo te encuentras?

Ron parpadeó ante Mark y se encontró sentado en su cama con el aparato de medir la presión en su brazo.

—¿Qué ha sucedido?

—¿No te acuerdas?

—¿He perdido el conocimiento?

Mark asintió con la cabeza.

—¿No recuerdas nada?

Ron se llevó las manos a la cara y cerró los ojos con fuerza intentando condensar lo que recordaba.

—Estábamos en la tumba. Recuerdo vagamente que Abdul y el *ghaffir* me bajaron de la montaña. —Apartó las manos de su cara y contempló la luz anaranjada de última hora de la tarde que inundaba la tienda.

—¿Cuánto tiempo he estado inconsciente?

—Tan sólo un par de minutos.

—¡Pero de eso hace horas! ¿He estado durmiendo?

—Lo creas o no, has estado aquí sentado unas horas hablando por los codos...

—Buenas tardes.

Levantaron la vista y vieron que Yasmina Shukri asomaba la cabeza por la puerta.

—¿Cómo está el paciente?

Mark se levantó y se apartó para dejarle sitio. Yasmina llevaba el macuto. Se sentó en un extremo de la cama y sin decir nada colocó sus fríos dedos alrededor de la muñeca de Ron.

—¿Sobreviviré? —le preguntó él cuando hubo controlado el pulso.

Yasmina sonrió y dijo en voz baja:

—Se lo podré decir luego.

Sacó el estetoscopio del macuto, lo accionó y comprobó la presión sanguínea. Repitió la operación y luego le quitó con gran cuidado la sujeción del brazo. Seguidamente cogió una pequeña linterna y controló las pupilas de Ron buscando los reflejos de luz. Su tamaño era igual y también su reacción.

Se apartó un poco de él y estudió el rostro de Mark con sus líquidos ojos castaños.

—¿Cómo se encuentra?

—Creo que bien, aparte de la cabeza.

—¿Me dice su nombre?

—Primero me tendrá que decir el suyo.

—Ron —intervino Mark—, tienes que cooperar con la señorita.

—Ron Farmer.

—¿Sabe qué día es hoy?

—Viernes.

—¿Y la fecha?

—Diez de julio de 1981. ¿Va a decirme lo que ha sucedido?

—Quiero que me lo diga usted.

—Mark dice que he estado toda la tarde aquí hablando.

Yasmina movió la cabeza; su sonrisa era paciente.

—Es normal después de una lesión en la cabeza y de haber estado inconsciente más de unos segundos. Estaba despierto pero desorientado. Ha sufrido cierta amnesia y no recordaba haber estado en la tumba. Ahora ya lo recuerda, ¿verdad?

—Sí, y también el soliloquio. Eso es lo que me ha producido el desvanecimiento, el aire caliente allí en la tumba.

—¿Me hará el favor de levantar los dos brazos? Así... —ella levantó los suyos—..., apriete mis manos tan fuerte como pueda.

Después de esto, que la obligó a hacer una mueca, Yasmina levantó con gran delicadeza el pelo que cubría las orejas de Mark y las inspeccionó.

—¿Qué busca? ¿El cerebro?

—Compruebo si existe fluido cerebro-espinal.

—¡Jesús!

—Pero está bien. Ahora que ha recuperado la conciencia, creo que está fuera de peligro. Su cabeza ha tenido que soportar un buen golpe.

—Sí. —Con gran cuidado, Ron se tocó el cráneo para localizar el chichón—. Ya lo oí.

Yasmina colocó de nuevo el material en el macuto y se levantó. Mark se fijó por primera vez en lo bajita que era; apenas le llegaba a los hombros.

—El doctor Farmer se pondrá bien. Pero tiene que descansar. Si se produce algún cambio, ya sea desorientación, náuseas o derrame por la nariz, avíseme inmediatamente.

—¡Derrame por la nariz!

Ella sonrió mirando a Ron.

—Sería señal de pérdida de fluido cerebro-espinal. Existe aún la posibilidad de algún edema. Claro que, en mi opinión, no es más que una contusión leve.

—Gracias, señorita Shukri —dijo Mark, abriéndole el toldo de la puerta. Cuando se hubo marchado, miró a su amigo moviendo la cabeza—. Ya veo que harías lo que fuera con tal de llamar la atención.

Ron se rió e intentó apoyar la cabeza en la pared de poliéster de la tienda, pero la apartó instintivamente diciendo:

—Un amigo mío tuvo un accidente de moto. Estuvo tan sólo inconsciente durante un minuto y al cabo de cinco horas todavía no estaba en su sano juicio. No paraba de hablar y nadie conseguía que se callara. Luego, de repente, se despejó y lo recordó todo. A mí se me ocurrió que todo aquello había sido teatro de cara a la indemnización del seguro.

Mark se sentó en su cama y miró a su amigo.

—¿Fue el calor, Ron?

—No sé lo que ha sido, y sé muy bien qué estás pensando. No te preocupes, muchacho, no volveré a desmayarme ante tus ojos.

Apartó la manta y se dispuso a poner los pies fuera de la cama.

—¿Adónde crees que vas?

—Tenemos mucho trabajo, Mark. Aún no hemos inspeccionado el altiplano.

—Abdul y yo iremos para allá enseguida. Calculo que nos quedan unas tres horas de luz. Pero tú te quedas aquí.

—¡Necesitaréis fotos!

—En esta ocasión no nos llevaremos a nadie. Es un viaje accidentado. —Mark se levantó—. Te han ordenado que descanses, Ron. Espero encontrarte aquí cuando vuelva; de lo contrario, te quito los galones.

El altiplano, que se alzaba unos ciento cincuenta metros de la llanura, presentaba una panorámica áspera y desangelada, sobre todo en la tórrida y apagada luz de la tarde. El ayudante de Abdul tenía que abrirse paso a duras penas por el antiguo camino que llevaba a las canteras de Hatnub, avanzando a fuerza de golpes de volante por el escabroso y desigual terreno. Mientras sorteaba las hoyas de más de treinta metros que surgían de repente, Mark y Abdul iban comparando sus mapas topográficos con lo que veían a su paso, tomando notas y decidiendo dónde sería más práctico empezar.

Conforme iba avanzando la tarde y el calor se hacía más intenso, el altiplano fue tomando un aspecto extraterrestre: los profundos y resecos lechos de los ríos se convirtieron en imponentes pozos negros; las quebradas colinas resplandecían con sus sedimentos de alabastro o la acumulación del cristalino carbonato de calcio; las cimas y los barrancos relucían con sus estrías de translúcido espato. No se veía vegetación ni vida animal en aquel implacable desierto: únicamente las vetas que formaban las purpúreas gargantas y las escarpadas cimas que captaban la luz solar con un intenso fulgor.

El Land Rover iba siguiendo los antiguos caminos que en otra época recorrían las patrullas de vigilancia de Ajenatón; en las rutas se veían mojones de piedra caliza y pedernal. A partir de allí, se divisaba abajo la llanura de Tell el-Amarna, las casas de los agricultores y el Nilo al fondo, y también los cultivos de la otra orilla del río, y más allá, más desierto extendiéndose como un mar evaporado hasta los confines del mundo.

Cuando volvieron al campamento, con el sol que se iba hundiendo en el horizonte y cedía paso al crepúsculo, Mark se sentía agotado.

—¿Ha sacado algo en claro, doctor Davison? —preguntó Sanford Halstead, que se hallaba sentado en la tienda comedor ante un cuenco de alfalfa y almendras, oliendo a colonia Brut. Aguantaba un pañuelo blanco e impecablemente planchado junto a la nariz.

Mark estaba en el banco situado frente a él y sostenía el rostro con las manos. La anciana *fellaha* se apresuró a servirlo, mientras los demás ya estaban comiendo, pero Mark no tenía mucho apetito. Notaba el estómago lleno de arena.

—No gran cosa —dijo, sirviéndose una crema de leche jaspeada en el café—. De todas formas, no esperaba ver nada. Hemos dispuesto las cuadrículas para poder organizar los equipos de trabajo por la mañana. Quiero echar también un vistazo a la Tumba Real.

—¿Qué es la Tumba Real? —preguntó Alexis, comiendo sin ganas lo que tenía delante.

—Fue la tumba de Ajenatón, construida en un principio para él y para su familia; pero no se acabó y existen dudas sobre si se utilizó. Echaremos un vistazo de comprobación por la mañana, pero dudo que nos proporcione alguna pista sobre la localización de la tumba de Ramsgate.

Alexis no levantó la vista de su pato asado.

—Ramsgate escribió que tuvo que despejar un tramo de escaleras que llevaban a la tumba del Criminal. Tal vez aún puedan verse.

Mark movió la cabeza y murmuró «*shukran*», cuando Samira le dejó el plato delante.

—Cien años en el desierto pueden enterrar cualquier cosa sin dejar rastro. Esa es la batalla constante del país: apartar la arena.

—¿Dónde empezarán los hombres la búsqueda?

—En el altiplano, en las desembocaduras de los lechos secos de los ríos y en algunas de las gargantas que les parezcan más adecuadas.

El aroma del pato y el arroz especiado de repente abrió el apetito a Mark. Mientras comía, echó un par de ojeadas a Yasmina, que permanecía sentada sola en la otra mesa.

—¿Alguien ha llevado la comida a Ron?

Comoquiera que nadie respondía, Yasmina se volvió hacia Mark y dijo:

—No ha querido quedarse en la cama, doctor Davison. Está en el cuarto oscuro y ha dicho que va a cenar en cuanto acabe con las fotos.

Parecían cadáveres de un campo de concentración.

Los rostros eran terroríficos, como si los hubieran quemado. Como si hubieran desaparecido en el cráneo. Unas bocas sin labios se abrían de par en par mostrando los espantosos dientes, que sonreían como tétrica parodia de la muerte. Los huesudos hombros sobresalían de las hundidas cajas torácicas; los estómagos, esqueléticas cavernas cubiertas por embreada piel. Brazos y piernas, ramas desprovistas de hojas de un árbol abrasado; las manos se abrían, rígidas, ante la sorpresa de la muerte.

Ron sonrió satisfecho. Aquel era el carrete que había utilizado en la cámara de las momias del museo de El Cairo, y cada foto era una joya. Pasó luego a las fotos que había tomado aquella mañana en la llanura.

Cogió la película que colgaba del alambre que iba de punta a punta de la tienda y la colocó sobre la mesa de trabajo. Apagó las luces dejando tan sólo la de seguridad, de color ámbar, que tenía a un metro por encima de su mesa de trabajo, cogió una hoja de papel fotográfico de la estantería y lo puso en el tablero de montaje. Seguidamente colocó los negativos, con la parte opaca hacia abajo, sobre el papel, poniendo luego un cristal por encima. Parpadeando ante la bombilla de siete vatios que quedaba a unos cincuenta centímetros del cristal, contó mentalmente hasta diez, apagó la luz, sacó el papel del tablero y lo sumergió en el líquido de revelado. Al tiempo que removía la bandeja, se inclinó hacia delante intentando ver el termómetro del estante.

Aquél era el mejor momento del día para revelar: a última hora de la tarde. La temperatura no era tan alta, a pesar de que en aquellos momentos le pareció excesiva, y no había tanto peligro de filtración de luz. Había pasado una hora comprobando si había agujeros en la tienda; después había colocado un papel negro opaco sujeto con adhesivo a la ventana. Una tela de color negro, que tenía enrollada por encima de la puerta cuando no estaba revelando, colgaba ahora hacia abajo, asegurada por ambos extremos. Fuera de la tienda había puesto el cartel del Nile Hilton que rezaba, en inglés y en árabe: NO MOLESTEN.

Utilizando la mano libre para apartar el sudor de su frente, Ron sacó la hoja de la solución de revelado, la dejó escurrir unos segundos y la sumergió luego en el baño de paro. Removió la bandeja contando hasta siete y luego pasó la hoja al fijador. Al cabo de dos minutos, encendió de nuevo las luces.

Examinó las fotos, murmuró: «Un asco», y echó un buen trago de vino.

Había algún problema en las fotos. Tendría que repetirlas.

Mark se sentía muchísimo mejor. Abdul tenía razón: Samira, a pesar de su aspecto sospechoso, era una excelente cocinera. El aire era ya mucho más fresco, la luna se levantaba y una cierta serenidad se había adueñado del campamento.

Diez años atrás, Mark no fumaba, pero un «excavador» ducho le había contado que la pipa alejaba a los insectos. De modo que Mark había adoptado la pipa y descubierto que le proporcionaba cierta libertad ante los mosquitos y moscas, que representaban un problema en Oriente Próximo. Aquella noche, sin embargo, al salir tranquilamente de la tienda comedor, fumaba por el placer y la tranquilidad que aquel acto le producía.

Dejó el círculo de luz que conformaban los focos que rodeaban el campamento y se dirigió, por el terreno rocoso, hacia un antiguo muro de adobe que se alzaba a medio metro de la arena. Se sentó allí, cogió el paquete de tabaco y se dispuso a llenar la pipa.

A unos cien metros a la derecha, por debajo de un suave declive, se veían los antiguos muros del Pueblo de los Trabajadores. Tres mil años antes, en aquel laberinto de minúsculos habitáculos habían vivido hacinados los trabajadores y sus familias, en unas dependencias sin ventilación, apiñados, mientras eran explotados en las tumbas de la nobleza. Existían pruebas de que el conjunto tenía una estructura parecida a la de una cárcel, rodeado por altos muros y garitas. Se conocía también que muchos de aquellos trabajadores habían seguido adorando, en secreto, a los antiguos dioses.

Las ruinas estaban de nuevo habitadas, probablemente por primera vez en treinta siglos. Mark veía el resplandor de los fuegos y oía las voces de los *fellahin* circulando por allí aprovechando el fresco del atardecer. En aquellos momentos Abdul estaba allí, explicándoles lo que tenían que buscar al día siguiente y cómo lo harían.

A la luz del Borkum Riff, Mark vio una oscura silueta que circulaba de prisa y en silencio junto a las tenuemente iluminadas tiendas. Era Samira, quien, al haber terminado su trabajo, se apresuraba a volver a las dependencias que había exigido para ella en un extremo del Pueblo de los Trabajadores. Vista y no vista, como una negra mariposa, Mark registró su paso efímero.

Luego, al desaparecer la *shayja* en las sombras, su pensamiento volvió a Nancy: se preguntó qué estaría haciendo en aquel momento, a 15.000 kilómetros de allí, por qué se había hecho desconectar el teléfono, por qué razón no podía esperarlo. Tenía cierta ilusión de que se alegraría con su éxito, caso de que lo consiguiera, se casaría con él y lo aceptaría tal como era.

Unos pasos que crujían en la arena le apartaron aquel pensamiento. Ron se acercaba lentamente con un vaso de cartón lleno de vino en una mano y una hoja de contactos en la otra. En el fragmentado muro había espacio suficiente para que Mark se sentara a su lado.

—¿Qué tal la cabeza?

—Muy bien. Tendré que hacer algo para conseguir aire en esa tienda.

—Coge un ventilador de la tienda de trabajo central. ¿Qué traes aquí?

—No sé, la verdad.

Ron le mostró los contactos.

Mark encendió el mechero y estudió las fotografías con la ayuda de la llama. Permaneció un rato en silencio y luego comentó:

—¿Qué son esas sombras?

—Es lo que no entiendo. Fíjate, aquí, en Hag Qandil, cuando bajas del Land Rover. Y en esa, hablando con el *umda* de El Hawata. Y en la otra —el fino dedo de Ron iba tocando cada una de las fotos—, y ahí, en el Palacio del Norte. Y aquí, al entrar en la tumba de Huya. Maldita sea, en todas y cada una. Y nadie más, sólo tú. Una sombra a tu lado en cada foto.

Mark estudió aquélla en que se encontraba en el Palacio del Norte, de pie en lo que se llamaba la Sala del Trono. Él y Alexis hablando, de espalda a la cámara, y sus sombras, proyectadas por el sol matutino, pasaban a primer plano. No obstante, la otra sombra, la que aparecía en cada foto de Mark, quedaba a su izquierda y daba la impresión, como una ilusión óptica, de no hallarse en el suelo sino de estar vertical, como si estuviera de pie a su lado.

—Tiene que ser un defecto del carrete o del aparato. —Le devolvió la hoja.

—No es cuestión de la película. Fíjate, tiene el mismo tamaño y forma en cada foto y está siempre a la misma distancia de ti, independientemente de dónde te sitúes...

Mark puso la mano sobre el brazo de Ron.

—Oye... ¿no tendremos compañía?

Ron quedó tieso, volvió la cabeza hacia donde estaba mirando Mark y vio, en la oscuridad, una sombra grotesca que avanzaba lentamente hacia ellos. Seguía un paso rítmico, cansino.

—¿Qué demonios es eso?

Mark se levantó.

En cuanto tuvieron cerca de ellos a la monstruosa deformidad, los dos americanos oyeron una respiración áspera y un misterioso gruñido. Luego, el perfil se fundió lentamente en algo reconocible, el camello pegó un bufido y una voz les gritó desde arriba:

—¡Buenas noches, caballeros!

El camello, conducido por un muchacho vestido con chilaba, se arrodilló con un gruñido de protesta y su jinete saltó al suelo con poca gracia.

—Buenas noches —repitió en un inglés esmerado.

Mark se sentó de nuevo en el muro y se dispuso a encender de nuevo la pipa. Había suficiente luz en el campamento para reconocer al forastero. Se trataba del griego de El Till.

—Me llamo Constantinos Domenikos —dijo el fornido personaje, acercándose a los dos egiptólogos, que permanecían sentados—. ¿Cómo están ustedes?

Mark inclinó la cabeza.

—Me imagino que ya conoce nuestros nombres.

—En Amarna, todo el mundo habla de Davison y Farmer, los científicos americanos. —Les dirigió una sonrisa ávida—. He venido a presentarles mis respetos.

Ron miró al hombre con desconfianza, recordando vagamente haberle visto el día antes entre el gentío en El Till. Constantinos Domenikos era un hombre porcino de ojos saltones y gruesos párpados.

—¿No tendrían un lugar donde pudiéramos hablar de forma reservada, caballeros?

—¿Por qué? —dijo Mark.

—Negocios, doctor Davison. Estoy convencido de que puedo serles de utilidad. De buena gana aceptaría un té.

—¿Qué tipo de negocios, señor Domenikos?

Aquellos viles ojos parpadearon ligeramente pero la sonrisa permaneció fija.

—Para mí sería un honor ayudarles en su expedición. Pero, por favor... —extendió sus manos con dedos en forma de espátula—, ¿no podríamos hablar en un lugar... ejem... más adecuado?

—Este lugar es como cualquier otro. Siéntese, señor Domenikos.

El griego echó un vistazo general y luego se sentó en cuclillas en una piedra delante de los americanos.

—Mi expedición dispone de todo lo necesario —dijo Mark.

—Pueden acabarse las provisiones, doctor Davison.

—Mi capataz se ocupará de que no suceda.

—Él no podrá prever los posibles contratiempos.

—¿Por ejemplo?

El griego aspiró con un estridente sonido.

—Corren rumores de que habrá guerra por aquí, señor Davison. Vivimos unos tiempos muy agitados; la frágil tregua entre Egipto e Israel no soportará el gran peso de tanta desconfianza. Yo soy un hombre que vive adelantando las cosas, doctor Davison. Preveo el futuro y me preparo para él.

—¿Le importaría ir al grano, si es que hay algo en concreto?

—Si estalla la guerra, ustedes necesitarán amigos en Egipto.

—Los tenemos. —Mark encendió el mechero y acercó la llama al tabaco. En la efímera luz, vio el aire inexpresivo y calculador de los ojos del griego.

—Situándonos más en la zona, caballeros —siguió aquella voz zalamera—, qué duda cabe de que están al corriente del malestar entre el El Till y Hag Qandil. Durante estos últimos años, en el valle se ha vivido una tensa paz; de un momento a otro puede desencadenarse el conflicto. Y ustedes tal vez se hallen en medio, caballeros, pues cada bando los utilizará como garantía, cada bando les exigirá que se inclinen por ellos. Perderán trabajadores y los *umdas* enfrentados les exigirán una serie de cosas.

—La policía de los *ma'mur* sabe perfectamente cómo manejar a esta gente.

—Evidentemente, pero primero... ejem... ya se habrá provocado un daño considerable.

—Y, claro está, usted, señor Domenikos, nos está ofreciendo ayuda porque es neutral. Si está de nuestra parte, estaremos protegidos, ¿verdad?

—Me impresiona usted, doctor Davison.

Mark se levantó e hizo el gesto de desperezarse.

—Pues bien, no nos hace falta su protección, Domenikos, ni sus amenazas.

—Por favor, por favor, doctor Davison, siéntese, pues no he terminado. ¡Por todos los santos, yo no he venido aquí a asustarle o a amenazarle! ¡Hasta qué punto he podido tergiversar las cosas! —Constantinos golpeó su pecho, que parecía un tonel—. ¡Escúcheme, por lo que más quiera, doctor Davison!

Mark siguió de pie.

—Le doy tres minutos.

—He venido a hablar de negocios con usted, doctor Davison. Éste es verdaderamente el servicio que puedo ofrecerle. Lo demás —agitó su rechoncha mano— eran palabras inútiles. La verdad es que si surgen los problemas y usted necesita ayuda, yo puedo ofrecérsela. Pero esta noche he acudido a ustedes, caballeros, para comunicarles que estoy dispuesto a ayudarles con... ejem, digamos, la distribución de sus mercancías.

El frío aire nocturno planeó entre ellos durante un espacio de tiempo muerto; luego, Mark, sentándose de nuevo, dijo:

—¿Mercancías?

Constantinos Domenikos se inclinó hacia delante, casi resbalando de la piedra, y bajando el tono respondió:

—Usted ha excavado en Egipto antes, doctor Davison, no finja conmigo. Sabe de lo que le estoy hablando.

Mark notó que Ron cambiaba de postura, impaciente.

—Tiene razón, Domenikos, he excavado antes en Egipto, y también he conocido a gente como usted. Se lo diré con toda claridad: yo no hago este tipo de negocios. Aparte de que usted no sabe qué estoy buscando. No sabe que no habrán mercancías.

El griego seguía impertérrito.

—Mi padre ya vivía en este valle antes de que naciera yo, doctor Davison, y antes que él, su padre. He oído muchas historias. Existen mitos y leyendas. Tal vez cuando era niño los consideraba producto de la imaginación de los viejos, pero ahora sospecho que no es así. Existió hace mucho tiempo una zona prohibida. Puede que yo sepa, doctor Davison, lo que está usted buscando, y tal vez también sepa que tiene posibilidades de desenterrar algo de gran valor.

Mark reprimió su repulsión.

—En primer lugar, Domenikos, lo que estamos buscando a usted no le incumbe. Y en segundo lugar, caso de encontrar algo, puede estar seguro de que no acabará en el mercado negro. Se ha equivocado de persona.

—No soy más que un pobre griego, doctor Davison, pero represento mucho dinero. Existen hombres en París y en Atenas que...

Mark se levantó de repente.

—Es usted un gusano, Domenikos. Vuelva a la piedra de donde ha salido a rastras.

El griego sonrió con una mueca glacial.

—Dispense, doctor Davison, pero no me he equivocado de persona. Sé que los científicos están muy mal pagados y que su salario es imposible que case con su ambición. Todos tenemos nuestro precio, doctor Davison, incluso usted, y sé que estará de acuerdo conmigo cuando sepa qué contrato le estoy ofreciendo.

Mark miró a Ron.

—¿Cómo se dice «a tomar por culo» en griego?

Constantinos Domenikos se levantó lentamente, con la misma sonrisa, con el mismo perturbador engreimiento. Hizo un movimiento con la mano y el muchacho de la chilaba pegó un salto y sujetó las riendas del camello.

—Creo que es justo que le avise, doctor Davison, de que en este valle a algunos no les ha resultado grata su llegada.

—¿A quiénes?

—A los ancianos, a los que recuerdan el horror que se cernió sobre esta tierra hace muchos años. Yo suelo aguzar el oído, doctor Davison; los ancianos hablan discretamente, temerosos, entre ellos. Hace cien años, siete extranjeros murieron aquí en unas circunstancias calamitosas, intentando encontrar lo que está buscando usted. Y su grupo está formado por siete personas, ¿verdad?

Mark notó que se ponía rígido.

—No sé de qué me está hablando.

—Creo que sí lo sabe. Yo soy un hombre negocios, no tengo fe en la leyenda. Pero los ancianos son supersticiosos. Murmuran que usted desatará de nuevo los demonios, como antes, y todo acabará como antes, de forma catastrófica.

—Váyase de aquí, Domenikos.

—No volveré, doctor Davison —dijo el griego montando el animal—, será usted quien acudirá a mí. Llegará un día en que me necesitará mucho, se lo prometo.

A Hazim le costaba redactar el informe. Sabía que enseguida sus superiores esperarían noticias sobre el desarrollo de la expedición, y sabía también que el informe desencadenaría la llegada de gente más importante que él mismo. Había comprobado qué había sucedido en otras ocasiones. ¿No era lo que le había ocurrido a su mejor amigo, Mustafa, en el proyecto del templo del sol del Delta?

Presa de la frustración, Hazim tamborileó con la pluma el pequeño escritorio y con ello no se dio cuenta del leve sonido de algo que andaba junto a sus pies descalzos.

El pobre Mustafa, cuando lo enviaron al Delta a comprobar la tarea de la expedición británica, descubrió encantado que se había descubierto el antiguo templo del sol, con la ilusión de que ello representaría para él fama y prestigio, y en cambio sus esperanzas se desmoronaron en cuanto sus superiores recibieron el informe y lo relegaron a secretario de campo.

Algo pequeño, amarillo y reluciente se deslizaba hacia su pie.

De todas formas, a él no le sucedería. Le alegraba que el doctor Davison no hubiera revelado la existencia del diario al ministerio, pues de haberlo hecho, el propio doctor Fawzi hubiera dirigido la expedición y Hazim estaría de nuevo en su despacho de El Cairo.

Movió la silla y apartó los pies; asustado, el escorpión se quedó inmóvil. Cuando Hazim dejó de moverse, siguió su camino hacia los pies de él.

Ellos consideraban que aquél era un proyecto de poca importancia, una locura en realidad, pues, ¿qué podía quedar en las arenas de Amarna? Y Hazim al-Sheijly, a pesar de acabarse de licenciar, no era un insensato. Redactaría su informe...

El escorpión, casi rozando su pie descalzo, levantó la cola.

... con la máxima vaguedad, con muchas ambigüedades. Todavía no, no lo haría hasta que se descubriera la tumba y hubiera asegurado su puesto como único representante gubernamental...

Hazim se movió otra vez. Su mirada captó el movimiento junto al pie. «*¡Ya Allah!*» Se levantó a tal velocidad que la silla voló hacia atrás. El escorpión siguió donde estaba, inmóvil, con la cola en equilibrio. Tembloroso, el joven árabe retrocedió lentamente, sin perder de vista aquel horripilante cuerpo segmentado.

Al chocar contra la pared de la tienda, Hazim se recuperó de la conmoción y buscó rápidamente algo para matar al animal.

Cogió una bota y avanzó con cautela hacia el escorpión, que seguía paralizado.

Hazim notó el leve sudor que se extendía por su frente, el erizamiento de los pelos del cuello, el aire nocturno de pronto le pareció helado.

Apuntó directamente la bota contra el escorpión.

Temblando, con el corazón acelerado, Hazim mantuvo la bota en el suelo unos segundos y luego con gran cuidado la levantó.

El escorpión ya no estaba.

Ella observó durante unos minutos a su marido tendido en la cama y luego, al comprobar que dormía profundamente, se levantó de la suya sin hacer ruido, apartó la mosquitera y se dirigió con gran discreción al otro lado de la tienda.

Habían instalado un gran espejo de cuerpo entero junto a su tocador, y, al irse a situar frente a él, pasó por un remanso bañado por la luna. Caía sobre su cuerpo como un manto de plata, convirtiendo su morena piel en blanca calcita; era una visión de deslumbrante blancura y pureza. Alexis contempló fascinada su perfecta desnudez. Su mirada siguió las exuberantes ondulaciones rojizas que descendían por los pálidos hombros hasta aquellos generosos y firmes pechos. Su estrecha cintura marcaba el ensanchamiento de sus perfectas caderas; tenía unas piernas largas, bien conformadas, de una blancura extraordinaria, al igual que el resto del cuerpo.

Alexis apoyó una mano en su tenso abdomen y notó, bajo el músculo, un pulso que se aceleraba progresivamente. La piel, curiosamente, se notaba enfebrecida y a la vez fría; Alexis se imaginó a sí misma radiante.

Luego se encontró con su mirada en el espejo y sonrió como en un sueño, pues aunque sus ojos estaban abiertos, Alexis Halstead estaba dormida.

Los ojos de Mark se abrieron sobresaltados. Aguzó el oído en el silencio, preguntándose qué podía haberlo despertado. Lo habían sacado bruscamente de un sueño profundo, reparador, y se había despertado totalmente. Tumbado de espaldas, los ojos fijos en la oscuridad, notaba el latido de su corazón, pero no en el pecho sino en el abdomen; un pesado y rítmico latido que le obligó a sentarse. Una película de sudor se iba formando en todo su cuerpo, haciéndole notar el aire nocturno realmente helado. Un doloroso martilleo se fue apoderando de su cabeza.

Entonces lo oyó. Oyó el suave y dulce murmullo del llanto de una mujer.

Sin hacer ruido, se levantó de la cama, consciente de cada uno de los músculos de sus extremidades. Tenía los nervios tensos como el arco de un violín; aquello le producía la sensación de que de un momento a otro su cuerpo iba a estallar. Descalzo, se dirigió hacia la puerta protegida por la tela mosquitera, escuchó la tranquila respiración de Ron, hizo bajar lentamente la cremallera del protector y salió de la tienda.

El aire glacial le golpeó de lleno como si fuera una lluvia helada. Se estremeció, se frotó los brazos y siguió escuchando. Los gemidos, si bien suaves y angustiados, ganaban en intensidad.

Con paso silencioso, avanzó hacia las otras tiendas, escuchando primero ante la de los Halstead, luego ante la de Yasmina. Nada. Todo estaba sumido en la oscuridad y el silencio.

Con aire ausente, pasó los dedos con suavidad por sus sienes; el dolor de cabeza aumentaba. Luego volvió la cabeza en una y otra dirección, levantándola como si quisiera aspirar la brisa. Se vio forzado a seguir el sonido.

La vio más allá de la periferia del campamento, vestida elegantemente y situada por encima de la piedra en que se había sentado unas horas antes el griego, con la cara oculta en el pliegue del brazo. A cada sollozo, subía y bajaba su esbelta espalda de alabastro.

Mark observaba fascinado. Un aura rodeaba a la mujer, un halo resplandeciente que parecía emanar de su cuerpo. Tenía una grácil incandescencia, cubierta con aquella blanca y holgada túnica que se derramaba sobre su frágil cuerpo como si fuera leche. Por un lado le resultaba familiar y por el otro, no. Una extraña a quien tenía la sensación de conocer.

Mark siguió observando inmóvil. Sus ojos recorrieron la delgadez de las piernas de ella, curvadas discretamente, la elasticidad de sus brazos, el arco de su espalda.

Entonces Mark se dio cuenta de que veía la roca bajo los brazos de ella, la arena bajo sus piernas y el risco de piedra caliza por detrás de aquella forma femenina.

La mujer era transparente.

10

Mark removía el frío café de forma maquinal. Esperaba que le hicieran efecto las aspirinas.

Los que estaban en la tienda, Yasmina y Hazim, se encontraban sentados en otra mesa, acabando su desayuno.

Mark se había despertado de nuevo con dolor de cabeza y una cierta sensación de haber soñado. Pero el sueño se había perdido, ni siquiera recordaba de qué se trataba, y todo lo que le quedaba era un espantoso dolor en el interior del cráneo.

Samira intentó obligarle a tomar unos huevos revueltos, pero él se los quitó de delante. Al volverse la mujer, Mark se fijó en una faltriquera de cuero que colgaba de su cinturón y por un momento pensó si procedería de allí aquel olor repugnante que siempre la acompañaba. Sabía que las *shayjas* llevaban siempre consigo toda clase de polvos mágicos, le constaba también que masticaban plantas alucinógenas; sin embargo, aquel olor tenía algo de humano que le hacía pensar que debía proceder del cuerpo de la mujer; por ello anotó mentalmente que tenía que decir a Abdul que la convenciera de que tenía que tomar un baño.

Se levantó la mosquitera de la puerta y Alexis entró en la tienda.

—¿Dónde está su marido? —preguntó Mark—. Ya casi es hora de marcharnos.

—Sanford no vendrá con nosotros. Está indispuesto.

—¿Qué le ocurre? Cuando salía he oído que hacía ejercicio.

—Ha tenido otra hemorragia nasal.

Yasmina levantó la vista, que tenía fija en el té.

—¿Voy a echarle un vistazo?

Alexis no miró a la joven mientras decía:

—No hace falta. Se pondrá bien.

Tomó asiento frente a Mark, doblando los brazos sobre la mesa y mirándole a la expectativa. La anciana *fellaha* se acercó a Alexis y le puso un vaso de té delante; al hacerlo, sus ojillos se clavaron en el rostro de la señora Halstead. Por un momento, aquellos diminutos ojos se abrieron de par en par horrorizados y los apergaminados labios se entreabrieron en un silencioso resuello; luego la anciana retrocedió, tropezó contra la mesa de al lado y se encaminó a ciegas hacia la cocina.

—¿Cuál es el plan, doctor Davison? —preguntó Alexis sin fijarse en la reacción de la *fellaha.*

Él sacó una hoja enrollada del bolsillo, la extendió sobre la mesa y sujetó sus extremos y el pimentero.

—Es un mapa topográfico de la zona, y estas líneas —las trazó con el dedo— conforman la parrilla que vamos a investigar Abdul y yo hoy. Los equipos se dedicarán a la «caza superficial», lo que significa que cada hombre explorará la cuadrícula que se le ha asignado. Mañana se realizará una exploración más específica, y así sucesivamente hasta que encontremos una pista.

—¿A nosotros se nos asignará alguna cuadrícula, doctor Davison?

—He reservado una para mí, pero el resto de ustedes no llevará a cabo excavación alguna. Su colaboración será de gran valor aquí en el campamento en cuanto hayamos encontrado algo.

Yasmina y Hazim abandonaron su mesa para situarse de pie junto al mapa cuadriculado.

—Las letras en rojo —dijo Alexis—, ¿qué significan? ¿Por qué las ha enlazado usted con una línea roja?

—Representan las estelas que utilizaba Ajenatón para delimitar la zona de su territorio sagrado. Algunas de ellas se grabaron en los riscos y aún pueden verse hoy en día. Otras se hicieron con losas de piedra hundidas en la tierra y actualmente están en museos. Cuando Ajenatón trasladó su corte de Tebas y decidió emplazar su nueva ciudad en este territorio, dispuso de sus propios canteros para colocar mojones en los límites de la ciudad. Los recorrió con una cuadriga y ante cada uno de ellos juró a su nuevo Dios, Atón, no volver a salir de la zona. Ni en esta vida ni en la siguiente.

—No ha continuado la cuadrícula más allá del límite marcado en rojo.

—Si los sacerdotes de Amón sentían tanto temor ante el espíritu vengador de Ajenatón como para enterrarlo en una tumba especial, me imagino que intentaron aplacarlo enterrándolo en el interior de sus propias fronteras sagradas. O sea que —Mark enrolló de nuevo el mapa y volvió a metérselo en el bolsillo— a partir de ahora tenemos que hacer un esfuerzo para intentar pensar como los sacerdotes de Amón. ¿Dónde habría excavado yo la tumba?

Siguieron a Mark hacia fuera de la tienda llena de humo y salieron a la vigorizante luz del sol matutino, donde se les juntó Ron. Llevaba una camiseta de «Salvemos las ballenas» y, alrededor de la cabeza, un pañuelo de ferroviario. Mark siguió hasta donde estaban aparcados los Land Rover descapotados y dividió el grupo en dos.

Los conductores eran *ghaffirs* armados y otros, recientemente reclutados, con rifles, permanecían de pie junto a la tienda de trabajo central, donde se guardaba el té y la coca-cola; todo por culpa de Constantinos Domenikos.

La ruta de ascensión al Cauce Real fue un desconcierto total, pues los *ghaffirs* conducían a una velocidad temeraria y a cada momento parecían dispuestos a meterse en una zanja o a chocar contra un peñasco. Alexis Halstead, con sus gafas de aviador semiahumadas, las rojas mechas de su pelo, cual llamas de fuego escapándose del pañuelo y azotándole la cara, permanecía sentada al lado de Mark en un frío silencio. En el asiento de atrás, Ron intentaba proteger el trípode y las cámaras mientras botaba en cada socavón. Detrás de ellos, en el segundo Land Rover, Yasmina y Hazim se agarraban al salpicadero, pálidos de terror.

El cauce seco, ancho y llano en su embocadura se estrechaba lentamente hacia una profunda grieta en el altiplano, y a unos seis kilómetros en su lecho se hallaba la entrada de la tumba real. Cuando se acercaban a ella, Mark levantó la mano, indicando a su conductor y al de atrás que se detuvieran. Se agarró a la barra del parabrisas y estiró el cuerpo para echar un vistazo. Cuando la arena se hubo posado, saltó del vehículo y sus botas empezaron a crujir contra la tierra de aquel lecho seco.

El sol parecía más intenso en aquel desnudo barranco. La brisa que había circulado con la velocidad del todoterreno desapareció de repente, y un calor terriblemente concentrado bajaba a plomo de la fina banda de cielo azul que veían en la distancia.

Hazim al-Sheijly, al bajar del Land Rover, observó detenidamente la arena antes de poner sus pies en ella. Había dormido mal después de la experiencia de la noche anterior: había tenido pesadillas de escorpiones gigantes y de una mujer de finas extremidades que se disponía a abrazarle, y cuya cabeza, en el último instante, se había convertido en las pinzas de un escorpión. Se sentía demasiado inseguro para entrar en la tumba y decidió dejarlo y esperarlos junto a los vehículos.

El *ghaffir* del gobierno que vigilaba la tumba estaba en cuclillas con un amarillento ejemplar de *El Ahram* abierto y colocado sobre su turbante. Hizo un gesto de saludo, se levantó lentamente y palpó las llaves que llevaba en el cinturón.

En cuanto se abrió el portal de hierro, Alexis dijo:

—¿Sirven de protección de la tumba estos portales?

—No. Se puede sobornar a los guardianes.

Encontraron la prueba de ello al entrar en la tumba, pues en sus muros se veían inscripciones de todas las épocas y señales de vandalismo. El interior era sombrío y deprimente. Un pasadizo en pendiente y un empinado tramo de escaleras llevaban al pozo funerario donde en otra época se encontraban los sarcófagos; la penumbra era húmeda y opresiva. Mark llevó al silencioso grupo más allá del «pozo», hacia una sala con paredes decorada con relieves muy deteriorados de la familia real adorando al dios sol, Atón.

—Cuando se excavó esta tumba, en 1936 —dijo Mark enfocando la linterna hacia las caricaturas que surgían amenazantes frente a él—, no se encontró más que un sarcófago hecho pedazos y unas tinajas canópicas, que contienen los órganos internos del difunto. Las que se encontraron en esta tumba no se habían utilizado y el sarcófago estaba vacío. Podemos afirmar con certeza que aquí no se enterró a nadie.

Ron se apartó del grupo y se dispuso a montar el trípode.

—¿Por qué no se utilizaron nunca? —murmuró Alexis, acercando una mano al mural sin llegar a tocarlo.

Mark se fijó en el perfil vuelto hacia arriba de Alexis y de nuevo le asaltó la obsesionante familiaridad de aquel rostro. La forma en que las sombras allí en la tumba jugaban con su singular belleza, poniendo de relieve la prominencia de sus pómulos, la sensual boca y la recta y clásica nariz. En la misteriosa luz de la tumba, el rostro de Alexis parecía cambiar; era como si apareciera un nuevo aspecto que no se veía a la luz del día.

—No lo sé —se sorprendió Mark a sí mismo diciéndolo.

—¿Será como ésa la tumba de Ramsgate? —su voz también había cambiado; era más profunda, más ronca.

—No lo sé...

Ella se volvió ligeramente, sus rasgos cambiaron. Alexis fijó sus semientornados ojos en las grotescas formas del muro: Ajenatón y Nefertiti, adorando a su peculiar Dios.

—¿Por qué se borraron a posta estos murales?

Mark intentó humedecerse los labios, pero la lengua descubrió que su boca estaba completamente reseca.

—Los sacerdotes de Amón no querían que Ajenatón y Nefertiti tuvieran vida.

—¿A qué se refiere?

El aroma de las gardenias estrujadas se le metió en la cabeza. Otro clic, que resonó más fuerte que nunca en la cámara de piedra, surgió de la cámara que tenían atrás. Sin conciencia de ello, Mark estaba murmurando:

—Para los antiguos egipcios, cualquier figura pintada o grabada en las paredes, una vez terminada, poseía vida. Los animales podían moverse, los símbolos de aves podían alejarse del muro volando.

—¿Y las personas?

Mark notó una tensión en los intestinos. Podía tratarse de una claustrofobia latente; de repente deseó salir de la tumba.

—Las personas también. Una figura humana, en cuanto ha quedado pintada en la escayola, poseía vida. Podían alejarse en cualquier momento y caminar...

Alexis volvió la cara, lánguidamente, con suavidad, como si se moviera en un sueño, y desapareció en la oscuridad de la entrada. Ante ella se abría un negro abismo sin fronteras ni límites.

Mark permaneció clavado ante el mural, intentando concentrar su atención en el pálido cuerpo de Alexis. Sus ojos le engañaban: le parecía que ella resplandecía.

—Las cámaras funerarias de las hijas de Ajenatón.

—¿Se utilizaron alguna vez?

Otro clic, el sonido interrumpido del lento obturador, llenó la tumba.

—No.

Alexis se volvió y lo miró desde la negra profundidad de la puerta; su cara quedaba oculta en las sombras.

—¿Dónde enterraron a sus hijas?

Mark pretendía pasar el dedo por debajo del cuello de su camisa pero no controlaba el brazo.

—Nadie lo sabe...

—¿Nadie lo sabe? ¿Los seis desaparecieron?

Mark se esforzó por apartar la mirada de donde estaba ella y fijarla en el mural. Sus ojos quedaron clavados en el rostro de Nefertiti, en su perfil, en su perfil...

La voz de Ron, desde muy lejos, decía:

—No cabe duda de que sus tumbas fueron saqueadas hace miles de años —clic— y que las joyas se fundieron para hacer monedas de oro —clic— y se pulverizaron las momias para obtener polvos medicinales.

El perfil, el perfil de Nefertiti, su perfil...

El cuello de la camisa de Mark cada vez le apretaba más; apenas podía tragar la saliva. Algo se arrastraba en el interior de su estómago. De pronto notó que le fallaban las piernas.

—¡Unas fotos magníficas! —resonó la voz de Ron, mientras plegaba el trípode con un atronador clac—. ¡Unos espectaculares montajes: meros seres humanos a los pies del gigantesco Dios viviente!

La boca de Mark seguía abierta mientras contemplaba a la altísima Reina atrapada para la eternidad en el muro calizo de la tumba, su perfil, el perfil de Alexis Halstead...

Soltando un apagado y breve grito, Mark se tambaleó hacia atrás, giró sobre sus talones y dijo con una voz profunda:

—Estamos perdiendo el tiempo, vamos a salir, ¡maldita sea!

En la tienda comedor había un ambiente sofocante y gran cantidad de humo, pero la otra alternativa era comer fuera con las moscas. Los ventiladores portátiles, que funcionaban a partir de uno de los generadores de gasolina, agitaban el aire, pero allí no entraba la luz suficiente y los olores de la cocina eran casi insoportables.

Samira, con las mangas arremangadas hasta los codos, que dejaban al descubierto sus morenos y marchitos brazos, estaba amasando harina de maíz, tarea que interrumpía de vez en cuando para añadir un poco de agua y semillas aromáticas. Tenía preparadas unas cuantas fuentes redondas de madera para colocar la masa, que posteriormente aplanaría y pondría en el horno de piedra de la parte trasera de la tienda. De aquello resultaría un delicioso pan dorado de suave costra y sin miga; lo llamaban pan de pita, *bettaw*, en el Egipto Medio, palabra procedente del antiguo término faraónico para designar el pan: *ptaw*.

Mark no se daba cuenta de que no perdía de vista a Samira mientras tomaba el té. En una ocasión, se le retiró algo su negro velo y apareció de nuevo en su frente el purpúreo tatuaje, si bien la *fellaha* se apresuró a colocárselo bien sin interrumpir el ritmo de trabajo.

Ron era el único que comía. Añadía pimienta a su *ful*; ante el plato, tenía un vaso de Giallo Chianti.

Sanford Halstead, que picaba pasas y almendras de una bolsa, dijo:

—¿Cuándo vendrá Abdul a informarle?

—Aproximadamente dentro de una hora. —Mark hizo un esfuerzo por apartar la mirada de Samira.

—¿Cree que han encontrado algo?

Mark intentó mostrarse simpático. Le parecía que Halstead, vestido de forma tan elegante con una ceñida camisa deportiva y pantalón blanco, tenía un aspecto irritantemente joven y vigoroso. Se preguntaba cuál era el secreto de aquel hombre; ¿tal vez lo rejuvenecía Alexis con su vitalidad sexual?

—Si hubieran encontrado algo importante, señor Halstead, Abdul me habría informado de ello de inmediato.

—Dígame, doctor Davison —dijo Alexis, que estaba sentada frente a él—. ¿Por qué se persiguió con tanta violencia el monoteísmo de Ajenatón?

En aquellos momentos, contra el vulgar telón de fondo de la tienda comedor y una luz más intensa, Alexis Halstead ya no se veía perturbadora y siniestra. No era más que una mujer de una belleza espectacular. Sin embargo Mark tenía que admitir que el parecido se mantenía, definitivamente. Con el pelo recogido y la aplicación de los antiguos cosméticos egipcios, Alexis Halstead podía ser la reencarnación de la reina Nefertiti.

—Porque alteraba el orden establecido. Los antiguos egipcios creían que el mundo no tenía que cambiar nunca; lo que existió ayer tenía que permanecer hoy y también mañana.

—¿Por qué eran tan contrarios al cambio?

Mark miró a Sanford y se dio cuenta de que una gota de sangre asomaba por una de las ventanas de su nariz.

—Porque los egipcios vivieron en una tierra que era en sí inmutable. La naturaleza en el valle del Nilo es estática; el clima es previsible, no se producen cataclismos ni sorpresas. Su religión y filosofía imitaban la naturaleza. El mundo permanecía siempre igual; por consiguiente, las personas también debían permanecer así. Precisamente por ello no encontramos dioses realmente airados o malévolos en el panteón egipcio.

Mark miró de nuevo a Halstead. Con discreción, se había colocado una servilleta en la nariz y una mancha color carmesí empezaba a aparecer en la tela.

—Comparemos a los dioses egipcios —continuó Mark— con los de Mesopotamia. Con los sumerios, los babilonios y asirios. Son pueblos que vivieron en una tierra con estaciones imprevisibles, imprevistas inundaciones y terremotos. Sus dioses eran la viva imagen de la naturaleza; oscuros y misteriosos, coléricos y vengativos, como el Jehová de los hebreos. Los egipcios, en cambio, al vivir en una imperturbable templanza, en un país donde apenas se producen cambios en las estaciones, jamás concibieron más que dioses felices y benévolos.

La mirada de Mark se desvió otra vez hacia Halstead. La sangre llegaba a su labio superior atravesando el plateado bigote.

—La única excepción fue el dios Set, el asesino de Osiris; el demonio de pelo rojo, el dios de las tinieblas, sin duda procedente de alguna bestia terrorífica primigenia. Y encontramos pocas deidades más que puedan recordarnos a los demonios, si bien tendríamos que calificarlos de espíritus perturbadores.

Halstead, que ya presionaba con fuerza la servilleta contra la nariz, dijo:

—¿De dónde sacó Ajenatón el monoteísmo, doctor Davison?

—No se sabe. Existen muchas teorías sobre ello, pero nada en concreto. Algunos defienden que era Jesucristo en su primera encarnación, quien fracasó porque el mundo aún no estaba preparado para él. En realidad, Ajenatón se autodenominaba Hijo de Dios.

Halstead apartó la servilleta de su nariz y la escondió discretamente bajo la mesa.

—Sin duda, el descubrimiento de su tumba y tal vez de su cuerpo y posesiones constituiría un paso fundamental no sólo para la historia sino también para la teología...

Halstead quedó inmóvil, una expresión de asombro se reflejó en su rostro; segundos después, la sangre empezó a salir a borbotones, como una presa que revienta, de la nariz, salpicando toda la mesa.

—¡Dios mío! —exclamó Ron, levantándose de un salto y situándose al otro lado del banco.

Alexis soltó un grito, y antes de que Mark tuviera tiempo de reaccionar, Yasmina estaba allí. Colocó un brazo alrededor de los hombros de Halstead, agarró el mantel por un extremo y se lo colocó contra la cara.

Mark notó que se levantaba poco a poco con la boca completamente abierta. Sanford Halstead estaba sufriendo una hemorragia y la sangre caía al suelo.

—¡Hielo! —gritó Yasmina, sujetando la cabeza de Halstead contra su abdomen. La sangre iba empapando el mantel a medida que ella lo iba cambiando de posición contra la nariz de Halstead—. ¡Necesito hielo!

Mark se puso en movimiento sin tener conciencia de ello. Bajo unas cuantas cajas, en un rincón, había una pequeña nevera. La abrió, vio que contenía unos pedazos de carne, mantequilla, verduras, un *pack* de seis cervezas, y, en el minúsculo compartimiento del congelador, una pequeña bandeja con hielo. Las manos le temblaban al verter los cubitos en su servilleta. Cuando volvió a la mesa, tanto Yasmina como Halstead estaban empapados de sangre. Ella lo sostenía como si fuera una muñeca; había perdido el conocimiento.

Cogiendo el montón de cubitos que le llevaba Mark, Yasmina apartó el mantel ensangrentado y, asegurando la cabeza de Halstead en el hueco de su brazo, le obturó totalmente la nariz con los dedos de una mano mientras le aplicaba los cubitos envueltos en tela contra la cara.

Durante un momento se paralizó. Por detrás de Mark, Ron soltó un leve sonido. Hazim contemplaba el espectáculo estupefacto; temblaba tanto que tuvo que apoyarse en Mark. Alexis permanecía sentada, aturdida.

Mark fijó por un momento la vista en la camisa y los pantalones de Halstead, empapados de sangre, luego en las manos y los brazos de Yasmina, que parecían haber estado inmersos en un cubo de pintura roja, y luego levantó la cabeza para echar un vistazo general a la tienda.

Samira ya no estaba allí.

El calor descendía por los riscos en sólidas oleadas, y al desplazarse Mark por el campamento hacia la tienda de Yasmina, notó que la camisa que acababa de ponerse ya estaba calada de sudor. Se detuvo en el umbral de la tienda y gritó:

—¡Hola! ¿Señorita Shukri?

El perfil de Yasmina apareció en el otro lado de la diáfana puerta.

—Me preguntaba si tendría un momento para dedicarme. ¿Puedo pasar?

Ella apartó la tela mosquitera.

—Por supuesto, pase, doctor Davison.

Siguió a Yasmina hacia el interior de la tienda y esperó a que sus ojos se adaptaran a la luz antes de sentarse en una de las dos sillas plegables que vio allí. Antes de hablar, miró por encima hacia la mesa de trabajo de la muchacha y se dio cuenta de que había interrumpido su tarea en el microscopio.

—¿Cómo está Halstead?

Instalándose en la otra silla, Yasmina juntó las manos en su regazo y dijo en tono suave:

—Se pondrá bien. Le he suministrado un sedante para que duerma.

—¿Cuál ha sido la causa?

—Creo que está demasiado impaciente por encontrar la tumba, y ello ha afectado a su presión sanguínea. O tal vez tenga la nariz demasiado sensible a la arena. A partir de ahora le obligaré a llevar una máscara protectora.

—Ha perdido mucha sangre.

—Menos de medio litro. Allí derramada parece una cantidad mayor. Lo único que le producirá es cansancio.

—¡Dios mío, pensaba que iba a desangrarse!

—¿Le apetece un té? —preguntó ella tras reflexionar un momento.

Mark negó con la cabeza. Intentaba no fisgonear por la tienda pero sentía curiosidad. Su mirada se detuvo en una tira de papel adhesivo contra las moscas que colgaba sobre la cama de Yasmina. Estaba completamente negra de moscas, algunas de ellas retorciéndose aún. Apartó la vista de allí e inclinó la cabeza hacia el microscopio.

—¿Puedo preguntarle para qué lo usa?

—Se trata de mi especialidad, doctor Davison. Estudio parasitología. En esta zona la gente sufre terribles enfermedades a causa de los parásitos que se hallan en el suelo, que podrían evitarse con una educación adecuada. Ahora mismo estoy estudiando la ancilostomiasis. La transmite un nematode que vive en la tierra y se introduce en la piel. Los *fellahin* hacen sus necesidades en cualquier lugar donde se encuentren, y quienes están infectados, a través de la orina, pasan los parásitos a la tierra. Más tarde, otras personas pasan descalzas por la zona. Las larvas se introducen en el flujo sanguíneo y acaban con los glóbulos rojos. Cualquier persona puede morir a los veinticinco años sin saber lo fácil que es evitar dicha enfermedad.

Yasmina, algo violenta después de haberse precipitado en las explicaciones, bajó la cabeza.

—Me interesaría encontrar la forma de curar esas enfermedades y también la de educar a la gente. Pero son ignorantes.

—¿Por eso no se lleva bien con la anciana?

Yasmina levantó la vista, sus pupilas estaban encendidas.

—Me desprecia por mi estilo de vida moderno.

—¿Sabe usted lo que significa el tatuaje que lleva en la frente?

—Samira es copta. El tatuaje es el año en que peregrinó a Jerusalén.

—Copta...

—Doctor Davison —en aquel momento se dibujó una leve sonrisa en los labios de Yasmina—, no pude evitar el oír su conversación con el señor Domenikos. Aplaudo lo que le dijo.

—Sí, claro... —Mark extendió las manos sobre sus rodillas y buscó la forma de concluir con el tema—. A usted le hace falta un ventilador aquí. Le serviría para ahuyentar las moscas.

La expresión de ella se ensombreció un poco.

—¿Sabe cuál es el problema, doctor Davison? Que cuando abro el toldo delantero para echar una mosca fuera, entran diez. Parece que la tienen tomada conmigo, pues no oigo que nadie más se queje.

Los ojos de Mark se fijaron de nuevo en el papel en forma de destornillador que colgaba de la tienda. Estaba negro de moscas.

—¡Jesús! ¿Cuánto hace que lo colgó?

—Esta mañana.

Mark frunció el ceño.

—Puede que les atraigan las medicinas o algo así.

—Y de noche, cuando las moscas duermen, me acribillan los mosquitos. Parece que la mosquitera no me sirve de mucho.

—Diré a Abdul que lo controle.

Yasmina volvió a sonreír y aquello sorprendió a Mark. En la suave luz y la calidez de la tienda, Mark sintió la necesidad de devolverle la mirada. Ella tenía una forma peculiar de observarlo: lo hacía como si lo estuviera sopesando, como si se hallara ante un hombre del cual desconfiara y a la vez se sintiera atraída por él, por un lado fascinada y por otro desdeñosa.

La muchacha tenía unos ojos increíbles. Era como si un velo cubriera la parte inferior de su rostro, el velo que habían llevado por obligación su madre y su abuela. Generaciones de mujeres, que se remontaban en la historia hasta Mahoma, habían tenido que ocultar las mejillas, la nariz, la boca y la barbilla, y como consecuencia, habían desarrollado unos ojos sensuales y una forma de mirar a un hombre que casi lo aniquilaba.

Mark sospechaba que aquella mirada era algo inconsciente, conseguida genéticamente, y que Yasmina no era consciente del efecto que le producían a él sus ojos. Pero no estaba seguro de ello.

—Creo que tendré que ir a esperar el informe de Abdul. ¿Hará el favor de tenerme al corriente de los cambios que se produzcan en el estado del señor Halstead?

Yasmina se levantó al mismo tiempo que él.

—Descuide, doctor Davison.

Él se acercó a la puerta protegida por la mosquitera, y una vez allí, se volvió.

—Probablemente pasaremos todo el verano trabajando codo a codo. ¿Le parece bien que nos tuteemos?

Yasmina permanecía a unos pasos de él, con una mano apoyada en la mesa de trabajo. Pasó un rato antes de que respondiera con dulzura:

—Lo intentaré.

No habían encontrado nada. Seis horas de búsqueda en la superficie se habían traducido en nada de nada, si bien a Mark no le sorprendió. Los resultados serían fruto del trabajo de las próximas semanas; una exploración a fondo de cada una de las cuadrículas y probablemente la abertura de unos cuantos agujeros de prueba en las zonas donde se intuyera algo.

Se sentó en su pequeño escritorio a leer con la ayuda de la fluctuante luz del generador el diario de Ramsgate, estudiando cada frase, cada palabra, con la esperanza de captar algo que le hubiera pasado por alto. El día 1 de julio, la anciana *sebbaja* había aparecido en el campamento de Ramsgate con el fragmento de la parte superior de la estela grabado con seis figuras inexplicables, y había dicho a Ramsgate que la tumba estaba «bajo el Perro». El 16 de julio, él mismo encontró la base de la estela que, en un jeroglífico, le indicaba el emplazamiento de la tumba: «Cuando Amón-Ra desciende siguiendo el curso de la corriente, el Criminal permanece debajo; para conseguir el Ojo de Isis». Y por fin, el 19 de julio: «Donde mis ojos se posaron más de cien veces, por fin tomó cuerpo el perro».

«Ahora sé lo simple y pueril que es la respuesta al enigma...»

Mark se apoyó contra la silla y se frotó el cuello. No le servía para nada. Ramsgate no especificaba lo suficiente dónde había que excavar: simplemente, *zanjas circulares en la arena y Mahoma dirigiendo a los equipos*.

Mark cerró el libro, cogió la pipa y la bolsa de tabaco y salió de la tienda.

Cruzó el complejo, observando cómo los fuegos que los *fellahin* habían encendido para la cena iluminaban las ruinas del Pueblo de los Trabajadores; oía a lo lejos las baladas que cantaban unos grupos de hombres con el acompañamiento de primitivos instrumentos de madera.

Mark se sentó en el antiguo muro de adobe y encendió la pipa. Pensó en Nancy y se planteó escribirle una carta y disponer que se la mandaran desde El Minya. Le hubiera gustado tenerla allí; habría sido agradable que estuviera a su lado, hablar con ella, hacer el amor, intentar de nuevo hacerle comprender la necesidad que sentía de hacer trabajo de campo...

De repente olió a gardenias.

—¿Puedo sentarme?

Sobresaltado, cambió de postura y levantó la vista. Alexis, contra el fondo estrellado, se perfilaba como una valquiria. Llevaba algo en las manos.

—Será un placer. —Se apartó unos centímetros para dejarle sitio—. ¿Cómo está su marido?

—Hemos tenido que quemar la camisa y los pantalones pues no había forma de quitarle las manchas de sangre. ¿Le apetece un trago?

Mark miró la botella y los dos vasos que tenía ella en la mano; a duras penas leyó la etiqueta: Glenlivet.

—Será un placer.

Alexis sirvió un poco de whisky en cada vaso y pasó uno de ellos a Mark, colocando luego la botella en la arena, entre sus pies.

Bebieron en silencio un momento; Alexis iba levantando su melena de los hombros, echándola hacia atrás; Mark se sentía incómodo con ella. Alexis Halstead destilaba la calidez de un lago alpino; hacer el amor con ella tenía que ser como sumergirse en aguas glaciales. Algo vigorizante pero no satisfactorio.

—¿Cuándo vamos a acabar las visitas a las tumbas, doctor Davison?

—Me temo que no habrá tiempo para ello. Habrá que descartar el turismo. Estamos aquí para trabajar y cada día que perdemos es un día menos que nos separa del Ramadán, así como del calor más intenso del verano.

—¡Qué lástima!

Se sumieron de nuevo en el silencio; estaban muy juntos, prácticamente se rozaban pero no se miraban.

—Huelo a hachís —dijo Alexis.

—Viene del Pueblo de los Trabajadores. Todas las noches fuman.

Ella soltó una breve y melancólica carcajada.

—No me entra en la cabeza el sistema de vida de esta gente. Lo encuentro totalmente inútil y deprimente. Imagínese, cortar el clítoris a una chica. Las mujeres ni siquiera saben lo que se pierden.

Mark no respondió; intentaba recordar la palabra en árabe. Luego le vino a la cabeza: *barda*. Significaba frío, gélido.

—Doctor Davison...

—Dígame.
—Míreme.
Eso hizo Mark.
Alexis se dispuso a hablar pero dudó; sus húmedos labios apenas se abrieron. Una especie de velo pareció caer ante sus verdes ojos; su expresión se detuvo como cuando se paraliza la imagen de una película. Todo ello duró un instante y luego dijo despacio:
—Hábleme de nuevo de las tumbas egipcias, doctor Davison.
Mark, desconcertado, respondió:
—¿Qué le interesa saber?
Ella apartó la mirada, dirigiéndola hacia algún punto en la distancia, sin enfocar los ojos.
—Llegaron a tales extremos en la conservación de sus cuerpos después de la muerte, pasaron tantas calamidades, tramaron tantas estratagemas para esconderlos en las sepulturas... ¿Por qué?
—Porque los antiguos egipcios creían que conseguirían una vida futura únicamente si el cuerpo permanecía intacto. Mientras éste se hallara en perfectas condiciones, el alma disfrutaría del más allá, al que ellos denominaban el Occidente. No se ha vuelto a crear el arte de la momificación, jamás se ha igualado. Aún hoy no conocemos a la perfección los secretos de los antiguos egipcios por lo que se refiere a la conservación de cadáveres. En cuanto a esconderlos, señora Halstead, lo hacían para protegerlos contra los saqueadores de tumbas. Resulta que, para que el alma disfrutara de una vida futura, el nombre de la persona tenía que estar escrito en alguna parte del cuerpo. Se solía grabar en amuletos y brazaletes de oro. Evidentemente, los saqueadores robaban estos objetos, y cuando sucedía, el alma dejaba de existir.
Ella inspiró profundamente, retuvo el aire un buen rato y luego espiró al tiempo que murmuraba:
—Y precisamente por ello..., precisamente por ello...
Mark esperó.
La mirada de Alexis parecía vacía; no respiraba ni parpadeaba.
—Precisamente por ello, ¿qué, señora Halstead?
Alexis se agitó ligeramente y por fin dirigió sus ojos hacia él; la frente de alabastro se frunció.
—¿Cómo dice?
Mark la observó durante un momento.
—¿Se encuentra bien?
—Sí... me encuentro bien. Tan sólo...
—¿Tan sólo, qué?
Ella miró el vaso que tenía en la mano y pareció sorprendida al verlo.
—Estoy cansada, doctor Davison. Anoche tuve pesadillas. Me desperté con la sensación de no haber dormido. —Se levantó vaci-

lante y recogió la botella de Glenlivet—. Tendrá que disculparme, debo retirarme.

Mark observó cómo Alexis se deslizaba por la arena; sus morenos brazos y piernas tenían un curioso tono blanco bajo el resplandor de la luna. Al echar el último trago de whisky, Mark oyó unos pesados pasos que cruzaban el complejo. Unos segundos después, Ron Farmer se hallaba frente a él.

—¿Qué sucede?

—Estoy hecho una furia.

—Siéntate y cuéntamelo.

Ron se dejó caer sobre la piedra, con los hombros inclinados hacia delante, la mirada fija en la arena.

—¿Qué tomas?

—Whisky. ¿Qué pasa?

—Mira. —Le pasó un trozo de película.

—¿Qué es?

—Negativos de las fotos que tomé en la Tumba Real.

Mark intentó examinar la película a la luz de la luna.

—¿Y qué?

—Veladas. ¡Al carajo!

—Quizás entró luz.

—¿Y por qué no se han velado las del resto del carrete? Las que hice antes de salir y las exteriores tomadas más tarde. Perfecto. Justo las de la tumba, las tuyas. Veladas.

—Puede que no hubiera suficiente luz en la tumba...

—Es una carrete de 400 de velocidad, Mark, ¡y en una cámara automática! El aparato no comete errores de este tipo.

—Pues no sé —dijo Mark devolviéndole la película—. Intenta dormir un poco, Ron. Yasmina me ha dicho que te diste de nuevo en la cabeza al caer del banco.

—Fue algo inevitable, el tipo salpicó mi plato de judías con sangre. —Ron se levantó—. ¿Vamos a explorar nuestra cuadrícula mañana?

—He reservado la que considero que tiene más probabilidades para mí. Buenas noches, Ron.

Mark esperó a que desapareciera el sonido de los pasos de su amigo y luego se levantó también. Empezaba a notar los efectos del día. Esperaba dormir algo mejor.

Se volvió.

Vio a una mujer espectral de pie en las sombras, observándolo. Un momento después, había desaparecido.

11

Mark apoyó una rodilla en el suelo, cogió con ambas manos un montón de arena, apartándolo del objeto, y lo observó detenidamente antes de recogerlo. A continuación buscó a Ron con la mirada.

Su amigo se hallaba escudriñando en la superficie a poca distancia de allí, empujando la arena con un palo y examinando el suelo del cañón con una lupa. Sanford Halstead y Yasmina permanecían sentados en la sombra del risco, con la espalda apoyada en la peña y las piernas extendidas. Halstead había insistido en acompañar a Mark aquella mañana, y al no haber podido disuadirlo, Mark había pedido a Yasmina que fuera con ellos. El hombre ya se sentía bien, no había vuelto a tener problemas con la nariz, pero llevaba la máscara de tela blanca que le había prescrito Yasmina.

La cuadrícula que había elegido Mark estaba situada a unos diez kilómetros subiendo por el Cauce Real, donde una de las bifurcaciones de la garganta se ensanchaba formando un arenoso y encajonado cañón, cercado en tres de sus costados por abrupta roca. Había escogido aquel punto porque había tenido una corazonada: una intuición que no le había abandonado durante el sueño, insistiendo en que los sacerdotes de Amón no habrían excavado la nueva tumba lejos de la antigua, y sin embargo habrían elegido exactamente el límite de la frontera de Ajenatón.

Tras cuatro horas de búsqueda en la superficie encontró algo.

—¡Ron! ¡Fotos! —gritó, y su voz resonó en las paredes del cañón.

Segundos después, su amigo estaba junto a él diciendo:

—Pues bien, no vas a observar ese...

—Me interesa una foto *in situ* antes de desenterrarlo.

Mark sacó un fotómetro de treinta centímetros de su tablilla de apoyo y lo colocó a lo largo del objeto.

—¿Crees que es algo importante? —preguntó Ron, enfocando a través de la lente.

—Parece bastante antiguo.

—Puede haberlo dejado aquí cualquiera. Algún miembro de la expedición de Peet-Wooley podría haber llegado hasta aquí quizá cazando chacales.

—No sé... —Mark siguió arrodillado hasta que Ron hubo disparado las seis fotos; luego, con gran cautela, levantó el revólver de la arena.

Había estado siguiendo el suelo del pequeño cañón palmo a palmo, con las botas hundidas en la arena, apartando los pedruscos, inclinándose por encima de la gran lupa y clavando la rodilla en el suelo a cada dos por tres para tamizar la arena con sus propias manos. En un momento concreto, había dado con las puntas de los dedos contra algo metálico.

—¿Entiendes de armas?

—¡Vaya preguntas! Tienes ante ti a una persona que bloqueó durante veinticuatro horas el tráfico de la autopista de la costa del Pacífico para impedir que pasaran por allí los camiones de la Dow Chemical.

Mark sopesó el arma en sus manos.

—No sé si significa algo.

—¿Qué es eso? —gritó Halstead.

Mark recogió su tablilla y se acercó hacia donde estaba Sanford. Le mostró el arma.

—¿Le suena de algo?

Los ojos de Halstead se abrieron de par en par. Se puso de pie de un salto, cogió el arma y le dio la vuelta.

—Soy experto en armas, doctor Davison. Colecciono armas antiguas.

—¿Sabe cuál es ésta y de qué época?

—Un revólver Beaumont-Adams. Se fabricaron en Inglaterra a mediados del siglo XVIII y se hicieron famosos, pues con la presión del gatillo se amartillaba el arma y se disparaba al mismo tiempo. Si no recuerdo mal, funciona con balas de percusión central. —Intentó abrir el tambor de seis balas pero no lo consiguió.

—¿De qué época es?

—Es difícil de precisar, doctor Davison, pues el tiempo la ha deteriorado mucho. —La fue girando entre sus manos, examinando cada una de sus partes hasta que llegó a la culata. La madera había perdido el color y estaba corroída, pero se medio vislumbraba un grabado—. ¿Me permite? —Cogió la lupa y, sin decir palabra, se dispuso a estudiar las letras.

—¿Qué dice?

—Por desgracia, me es imposible descifrar todo el nombre, pero al parecer el revólver perteneció a sir Robert.

Mark cogió el arma y la lupa y procedió a la misma inspección.

—Tiene usted razón —murmuró—. Por lo menos eso parece. —Se volvió de pronto—. Pues bien, Ron, ¡a trabajar!

El encajonado cañón tenía forma trapezoidal, con el lado más ancho situado en el extremo más alejado. Se estrechaba hasta unos sesenta metros en la entrada, la cual a su vez iba menguando hasta convertirse en una estrecha grieta que zigzagueaba hacia el cauce principal. Los todoterreno habían tenido que avanzar despacio uno detrás de otro, y luego el equipo de trabajadores se había desplegado en el cañón utilizando una nueva cuadrícula: en esta ocasión se había asignado a cada persona un cuadrado una quinta parte menor del que había explorado antes. Con todo, se trataba de una amplia zona —la extensión del cañón era la equivalente a dos campos de fútbol— y tardarían días en completar la exploración.

Mientras Abdul y sus dos ayudantes supervisaban a los *fellahin*, asegurando que examinaran con diligencia hasta el último guijarro y piedra y que investigaran la tierra como si buscaran un objeto de oro que se hubiera perdido en ella, Mark y Ron se quedaron junto a los Land Rover, donde habían instalado el cuartel general provisional. Con el nuevo mapa extendido sobre el capó y sujeto con cuatro piedras, Mark iba observando el cañón con sus Nikon. Yasmina Shukri, sentada en el interior del vehículo, permanecía vigilante bajo el calor del mediodía; estaba preparada para actuar en caso de picaduras de escorpión o mordeduras de serpiente. Hazim al-Sheijly iba de un lado a otro garabateando en su bloc de notas. Alexis había decidido quedarse en el campamento alegando dolor de cabeza.

Fue Sanford Halstead quien encontró el pozo de fuego.

Había insistido en colaborar en la investigación y había elegido un fragmento que quedaba bajo la sombra de la peña del risco; llevaba media hora apartando piedras con una palanca cuando hizo el descubrimiento.

Su emocionado grito hizo correr a todos. Abdul, tras ordenar a los *fellahin* un descanso, se puso a caminar de prisa, completamente erguido, por la arena. Yasmina, pensando que Halstead había encontrado una serpiente, acudió corriendo con su macuto. Mark se arrodilló en aquel lugar nada más llegar, y Ron empezó a disparar con la cámara.

—Cucharas y tenedores —dijo Mark, emocionado—. Todo está ennegrecido, requemado, aunque reconocible. Veo aquí unas gafas, de las antiguas, con montura de alambre. ¿Qué es eso? Parece un lápiz. Un pedazo de tela... —Mark hablaba atropelladamente, sin aliento, pero no tocaba nada.

Luego levantó la vista hacia los demás y dijo:

—Eso no es un horno para cocinar, es donde los hombres del bajá lo quemaron todo.

Llegaba un fuerte viento del altiplano, que silbaba a través del cañón, y un silencio impregnado de reverente temor se cernió sobre los seis que contemplaban atónitos los patéticos restos del grupo de Ramsgate. Entonces, Ron vio algo que le hizo estremecerse en el calor del mediodía.

—Mirad eso. ¿Qué es?

Todo el mundo volvió los ojos hacia donde él señalaba.

—Parece un hueso —dijo Hazim.

—¿Es humano? —murmuró alguien.

Sin embargo, nadie respondió. El viento estaba tomando velocidad, azotaba al grupo que se había reunido alrededor de la cavidad consumida por el fuego, haciéndoles volar la ropa y el pelo. Por fin, tras un largo silencio, Mark se levantó y dijo:

—Hay que excavar este pozo.

Había llegado la hora de realizar el trabajo importante en la tienda principal, y Mark se sentía satisfecho de tener una tarea entre manos. En cuanto él y Ron hubieron perforado la arena y acordonado la zona que había que despejar, los *fellahin*, apartando otras piedras, habían encontrado más huesos achicharrados. Todos ellos eran humanos.

Ya no quedaba duda sobre lo que habían hecho con los de la expedición de Ramsgate.

Mark no comprendía por qué le inquietaba aquello, pero así era. Había dedicado toda su vida al estudio de la muerte; había exumado cadáveres. Pero aquello era distinto: se trataba de los restos de unas personas muy parecidas a él, gente que no quedaba muy lejos en el tiempo o en el pensamiento; notaba una proximidad al tocar sus huesos que nunca había experimentado al desvestir momias con tres mil años de antigüedad.

Hazim al-Sheijly fue el primero en notar la náusea. Después de desenterrar un cráneo en el que todavía quedaba algún mechón de pelo blanco, el joven árabe había preguntado:

—¿Quiere disponer un entierro cristiano para ellos?

Mark no supo qué responder. Era ateo y no creía en la vida futura; la sugerencia le desbordaba. Por ello, no respondió a la pregunta. Abdul se ocupaba de que colocaran con cuidado los huesos en una caja y de que en la pira no quedara ni un resto de los del grupo de Ramsgate. Luego, cuando cerraran la caja y la colocaran en su sitio, Mark reflexionaría sobre qué había que hacer con ello.

En cuanto los ayudantes de Abdul llegaron con los primeros objetos excavados, Mark ya estaba a punto.

La tienda era más grande que las demás, pues se utilizaba para guardar todo lo que no fuera comida. Bajo las mesas de trabajo estaban las cajas sin abrir que contenían un equipo completo: picos, palas, paletas, escarpias y estacas. Mientras Mark trabajaba, en un ángulo giraba un ventilador para renovar el aire. En la «sucia» mesa había dispuesto las herramientas para limpiar: cepillos, trapos, escobillas, pastillas de parafina, cubetas de lavado, pinzas y cuchillos de distintos tamaños. Allí depositaron los *fellahin* el resultado de su investigación: pedazos de metal ennegrecidos y retorcidos, trozos de papel y tela quemados, fragmentos de madera y piedra. Cuando hubo limpiado y catalogado cada una de las piezas, pasó a la mesa «limpia», donde tenía sus blocs, lápices, bolígrafos, transportadores y reglas, escuadras, lupas, el microscopio y el cuaderno de trabajo. Procedía en silencio, concentrado.

Yasmina Shukri volvió al campamento con el turno siguiente, dejando a Ron haciendo fotos, a Hazim tomando notas del trabajo y a Halstead contemplándolos. Apareció en la puerta de la tienda de trabajo aclarándose la garganta con discreción.

Mark, que estaba sentado en un taburete, limpiando el hollín de un peine de marfil, levantó la vista.

—Adelante. ¿Qué tal va todo?

—El señor Rageb está acabando con el rastreo.

—Perfecto. Mañana podemos cavar las zanjas. ¿Qué tal se encuentra Halstead? ¿Ha tenido más problemas con la nariz?

Ella encogió los hombros con gesto raro y siguió allí en la puerta con aire dubitativo.

Mark estiró el brazo por debajo de la mesa y sacó otro taburete.

—Creo que me está tapando la mejor luz.

—Disculpe. —Yasmina entró y cogió el taburete. Se sentó en él y apoyando los pies en uno de los peldaños, dijo:

—¿Puedo hablarle de algo que me preocupa, doctor Davison?

Él dejó el peine y se limpió las manos en los tejanos caquis.

—Por supuesto. ¿De qué se trata?

La joven echó un vistazo a la tienda, sin saber cómo empezar.

—De los huesos, doctor Davison, he observado en ellos un problema, un gran problema.

—¿A qué se refiere?

Los ojos de la muchacha evitaban los de él al hablar e intentaba dominar la voz.

—Cuando los *fellahin* sacaron los huesos de la arena y los colocaron en la caja, yo los examiné. En ellos hay largas heridas, doctor Davison, fracturas y hendiduras. Uno de ellos, un cráneo, se ve claro que fue apaleado.

—Tal vez ha sido por culpa de las piedras. O bien se las echaron los hombres del bajá o cayeron de la meseta superior.

—No, doctor Davison. Ya se me había ocurrido, pero las heridas en los huesos no corresponden a los cantos de las piedras que tienen encima. Incluso si fuera eso, las piedras no los hubieran desmenuzado. Los cráneos se han encontrado a unos metros de las costillas y los brazos. Doctor Davison... —Yasmina levantó los ojos hacia él—. Los cadáveres fueron... cómo se dice... desmembrados antes de prenderles fuego.

Mark notó que se le erizaba el pelo de la nuca.

—Tiene que ser obra de los animales que se alimentan de carroña. Chacales, probablemente.

—Cuando un chacal hace trizas un cadáver, se lo lleva lejos para comérselo en paz. Si los carroñeros del desierto hubieran atacado a los cadáveres, habríamos encontrado huesos esparcidos por todo el cañón. Parece como si...

—Como si, ¿qué?

—Como si hubieran cortado los cadáveres en pedazos para arrojarlos al fuego.

—Eso es ridículo. ¿Por qué lo habrían hecho los hombres del bajá?

—Puede que ellos mismos los encontraran así.

Mark la observó algo sorprendido, y estaba a punto de hablar cuando un sonido lo interrumpió.

Yasmina volvió la cabeza.

—¿Qué ha sido?

Mark escuchó con atención. Era un sonido confuso, muy fluctuante, que parecía proceder de un instrumento de lengüeta en su registro más bajo; un clarinete. Tocaba cuatro notas en una repetición monótona, rítmica; curioso que pareciera algo muy lejano y próximo a la vez.

—Un *fellahin* —dijo Mark, frunciendo el ceño— que toca la flauta.

Ella negó con la cabeza.

—Alguien canta, doctor Davison. Fíjese bien: se oye la letra.

Habiéndosele despertado la curiosidad, Mark saltó del taburete y se dirigió hacia el exterior de la tienda; Yasmina lo siguió. Anduvieron alrededor del campamento bajo el intenso sol de la tarde, siguiendo la música, hasta que, detrás de la tienda comedor, encontraron a Samira sentada en el suelo con las piernas cruzadas y el cuerpo doblado como el de una urraca junto al horno de piedra, balanceándose y salmodiando con los ojos cerrados.

—¿Qué ocurre?

—Parece que esté en trance.

La anciana siguió murmurando sus melódicos ensalmos, sin apercibirse de la intrusión. Mark se agachó frente a ella y vio un viscoso líquido marrón que se deslizaba por las comisuras de sus labios.

Notó una sombra contra su cuerpo y tuvo que forzar la vista ante el impresionante cuerpo de Abdul.

—Ya hemos terminado, *effendi*. Los hombres han dejado lo último que se ha encontrado en la tienda de trabajo.

Mark se levantó y apoyó las manos en la cintura.

—Búsqueme sustituta para Samira.

Los hundidos ojos de Abdul parpadearon al ver a la mujer.

—¿Ha hecho algo mal, *effendi*?

—Está colocada, Abdul, está masticando hierba. Lo que haga durante su tiempo libre no me incumbe, pero cuando trabaja para mí, quiero que esté despejada. Búsqueme a otra persona.

Al darse la vuelta para dejarla, la anciana *fellaha* soltó de pronto un gemido, y Mark observó que lo estaba mirando con ojos incandescentes. Samira dejó el lamento y empezó a hablar en voz muy alta, con insistencia.

—¿Qué dice? No la comprendo.

—Le avisa de que corre peligro, *effendi*.

Mark hizo una mueca al observar el arrugado rostro. Vio los finos labios moverse presurosamente sobre las huecas encías, pronunciando unas palabras que por un lado le resultaban extrañas y por otro curiosamente familiares.

—No habla en árabe.

—No, *effendi*, creo que habla en la antigua lengua.

—¿En copto? —Mark se volvió hacia Abdul—. ¿Seguro? Jamás había oído ese idioma.

La voz de Samira seguía en un tono desapacible. Repetía unas frases, y Mark captó alguna palabra conocida.

Para su tesis doctoral, sobre la lengua del antiguo Egipto, Mark había tenido que estudiar copto. Nadie sabía cómo sonaba la lengua de los faraones, pues los egipcios, al escribir, omitían las vocales; los jeroglíficos eran una especie de taquigrafía. Los coptos, grupo cristiano que se inició como tal hace mil quinientos años, afirmaban conservar la antigua lengua faraónica, y por ello, Mark Davison, en un intento de reconstrucción de una lengua con tres mil años de antigüedad con sus posibles sonidos, había seguido la evolución de los términos con raíz copta desde tiempos remotos y había encontrado muchos de ellos en textos jeroglíficos. Se encontró, no obstante, con el problema de que el copto se había alterado algo a raíz de la influencia extranjera a través de los milenios y, por consiguiente, no pudo demostrar su teoría sobre el sonido de dicha lengua.

Miró a la anciana. Escuchándola con atención, captó alguna palabra clave. Concentrado en ello, sintió un escalofrío.

—¿Cuál es su procedencia?

—Vive en Hag Qandil, *effendi*.

—No, me refiero al lugar donde nació. ¿En qué lugar? ¿Dónde pasó su infancia?

—No lo sé, *effendi*.

Intrigado, Mark se arrodilló de nuevo ante la *fellaha* y los minúsculos ojos de la anciana siguieron su movimiento como imanes.

—Anciana —dijo en copto—, quiero preguntarle algo.

Pero Samira seguía con su cántico.

—Parece que no le comprende, *effendi*.

—Se refiere a que no me oye. Apuesto a que está masticando algo muy fuerte. Procedente de algún cactus que ella misma cultiva en su secreta huerta. ¡Anciana, escuche!

—Déjela, *effendi*, contrataré a otra.

Mark alzó la mano.

—Dígame qué está diciendo. Únicamente he captado la repetición del número siete.

—Creo que dice que aquí hay peligro; que existen dos fuerzas enfrentadas y que usted se halla en medio...

—Continúe...

—Es algo ilógico, *effendi*.

—Tradúzcalo, Abdul.

—Dice que hay una fuerza diabólica y también otra del bien, que usted debe discernir cuál es cuál y conseguir que la del bien le ayude. No tiene sentido, *effendi*.

Mark observaba a la anciana, fascinado.

—¡Es increíble! ¡Acierto a comprender casi la mitad de lo que dice. Y habla en un dialecto mucho más antiguo que los que yo he trabajado. Escuche. —La miró fijamente, con fervor, sin apenas respirar—: Uno se alzará en llamas. ¿Es eso, Abdul, lo que ha dicho?

—Sí, *effendi*.

—Uno se alzará en llamas y otro sufrirá una... una... —Miró de soslayo a Abdul.

—Una hemorragia, *effendi*.

—... que le hará sangrar hasta perder la vida. ¡Es algo impresionante, Abdul! ¡Está hablando en un dialecto que se parece muchísimo a la antigua lengua! Tengo que anotarlo.

Abdul Rageb, con su estoica y hermética expresión, fijaba la mirada hacia delante con los ojos entornados. Yasmina, arrugando la nariz, miraba a Mark, volvía la vista hacia la anciana y de nuevo la fijaba en Mark.

—¿Qué dice?

Él la detuvo con un gesto de la mano.

—No tiene mucha importancia. Está en un viaje alucinógeno. Lo interesante es que habla en un dialecto muy próximo a la antigua lengua, ¡y casi me veo capaz de comprenderlo!

La bruja seguía farfullando y Mark escuchaba emocionado.

—Demonios —dijo él—. Ésa es la palabra que repite una y otra vez. Soltarlos... —De pronto frunció el ceño; se le desataron los recuerdos: el diario de Ramsgate. La vieja *fellaha* recitaba citas del diario de Ramsgate.

Mark movió la cabeza con gesto impaciente.

—Abdul, tienes que investigar su procedencia. Su familia, su pueblo. Puede que se haya criado en un remoto reducto de la parte superior del curso del Nilo, donde el aislamiento permitió mantener el antiguo dialecto. Tal vez pueda ayudarme.

—¿No quiere que la despida?

—Todavía no. Puede serme útil.

Mientras aplicaba sus dedos a las sienes, Mark tomaba nota mentalmente de que debía hablar con Abdul sobre el tema de la ventilación de la tienda. A pesar de que los protectores de las ventanas estaban enrollados y de que los ventiladores estaban en marcha, el humo y los olores de la cocina resultaban asfixiantes. Mark apartó el plato. Sus compañeros devoraban el apetitoso cordero *kebab* con arroz y en cambio Mark no tenía apetito. El dolor de cabeza persistía, el mismo que se había iniciado la noche anterior cuando creyó ver a una mujer entre las sombras, que al final resultó ser una ilusión óptica. El fuerte olor a gardenias del perfume de Alexis Halstead lo empeoraba todo.

Mark seguía con los ojos los movimientos de Samira mientras recogía los platos y servía cuencos de *mehalabeyah.* La mujer parecía no recordar el incidente de la tarde; ya no se hallaba bajo las influencias de la droga. Seguía con su actitud de no hablar con nadie.

—¿Podemos hablar un momento, doctor Davison, sobre los hallazgos de hoy? —preguntó Sanford Halstead, quien tenía ante él un plato de nueces y verduras al vapor.

A Mark le apetecía un trago de algo fuerte y se preguntaba si Alexis lo invitaría a una copa de Glenlivet. La observó mientras comía en silencio al otro lado de la mesa, notó que estaba algo pálida y pensó que tal vez por ello había permanecido todo el día en la tienda. Era curioso: parecía cada vez más pálida cuando los demás se iban curtiendo con el sol...

—De acuerdo, adelante. ¿Tiene algo en mente?

—Hoy he explorado con la vista todo el cañón, doctor Davison, y no he encontrado nada que se parezca remotamente a un perro. He recorrido el horizonte centímetro a centímetro y no sobresale ninguna formación rocosa que recuerde la forma de un perro. Me pregunto si Neville Ramsgate no comprendió bien las palabras de la *sebbaja.* ¿Existe otra palabra en árabe que suene de forma parecida a la que utilizan para designar a un perro?

Mark reflexionó un momento. Era algo que no se le había ocurrido.

—La palabra que designa al perro en árabe es *kalb*. Las que más se le parecen por el sonido son *alb*, que significa corazón, y *kahb*, que significa talón. Ramsgate dijo que había encontrado el Perro. No dijo que al final resultara ser otra cosa, como una roca en forma de corazón, ni que se hubiera equivocado pensando que era un perro.

—De todas formas, me preocupa. Creo que vamos demasiado lejos dando por sentado que la tumba se halla en el cañón.

—Jamás he asegurado esto, señor Halstead, si bien de entrada es un lugar como otro para empezar. Hemos encontrado las pertenencias de Ramsgate y probablemente sus restos. En su diario escribe que trasladó el campamento para encontrarse más cerca de la tumba. Pues bien, hemos encontrado el campamento y por ello no creo que nos hallemos muy lejos de la tumba.

Ron, apurando lo que quedaba en la cuchara de pudín de arroz, dijo:

—Hay algo que me fastidia.

—¿De qué se trata?

—Del diario —dijo él—. Si los hombres del bajá lo quemaron todo, incluso los cadáveres, ¿cómo salió de allí el diario?

Mark salió de la tienda, se encontró con la cobriza puesta de sol y aspiró profundamente. Luego extendió los brazos y se puso de puntillas como si pretendiera alcanzar el cielo de color espliego. A unos metros de allí, en un extremo del campamento, Abdul y los *ghaffirs* estaban de rodillas sobre unas alfombras, inclinados hacia oriente. Hazim al-Sheijly, situado fuera de su tienda y también sobre una alfombra de rezo, cumplía con la cuarta plegaria del día. Desde atrás se oía, con suavidad y efecto tranquilizante, la cinta que estaba escuchando Ron en la tienda que hacía las veces de cuarto oscuro. En medio del laberinto de paredes de adobe del Pueblo de los Trabajadores, resplandecían los fuegos en que preparaban la cena.

Mark sonrió satisfecho y se dirigió hacia la tienda de trabajo. Todo funcionaba; se sentía tranquilo.

Se sentó en el taburete y empezó a ordenar los últimos objetos sacados de la cavidad. Más efectos personales: un espejo de bolsillo, un gemelo, el tacón de una bota. Todo achicharrado, ennegrecido, apenas reconocible. Con meticulosidad, Abdul había dispuesto que se colocara absolutamente todo en la caja y por ello Mark tuvo que descartar una serie de piedras y pedazos de carbón. Era una tarea larga y fastidiosa, y al realizarla con la concentración que le era característica, Mark no se dio cuenta de que el día había pasado y la noche cubría todo el valle.

De forma subliminal, atravesando las paredes de la tienda, se oía la voz de alguien que contaba cuentos en el Pueblo de los Trabajadores.

Acompañándose con el *rababa*, un violín de una sola cuerda de tono penetrante, el *sha'ir* cautivaba a quienes le escuchaban con una narración musicada sobre las hazañas del heroico Abu Zayd al-Hilali y su cuadrilla de valientes colaboradores. La voz del *sha'ir*, resonante y melodramática, planeaba en la purpúrea noche, transportando pintorescas frases sobre el atractivo físico de Aliya, la esposa de Abu Zayd, a través de los muros de adobe y hacia el campamento sumido en el silencio.

Mark estaba tan concentrado en su trabajo que no se daba cuenta de la canción ni tampoco de los gritos y el alborozo de los *fellahin* al oír tantas maravillas. Mark cepillaba concienzudamente el polvillo negro de una gran piedra plana que Abdul había metido en la caja; un fragmento de piedra caliza de unos treinta centímetros de largo, veinte centímetros de ancho y unos siete de grueso. La estaba limpiando de forma rutinaria antes de aplicarle la lupa y dejarla en su sitio.

El *sha'ir* cautivaba al público con sus relatos sobre el valor de 'Antar, provocando que los *fellahin* explotaran al grito de: «¡Alá! ¡Alá!». Mark cogió la lupa e inspeccionó la piedra. Era lisa.

El *sha'ir*, al haber finalizado su rítmico relato épico, se dispuso a cantar las alabanzas de Mahoma y Jesucristo, ensalzando las virtudes de ambos profetas y tejiendo con ellas un tapiz sobrehumano. Los *fellahin*, formando un círculo a sus pies, palmoteaban al ritmo de su canto.

Mark dio la vuelta a la piedra. Acercó los ojos a la lupa. Luego se levantó y la colocó más cerca de la luz.

Cuando el *sha'ir* llegó al súmmum con las alabanzas, los *fellahin* se arrancaron con gritos de alegría a la vez que agitaban sus casquetes al aire.

Mark Davison contempló boquiabierto el fragmento de piedra que tenía en la mano.

12

—¡Uf! —exclamó Ron—. ¡Qué calor hace aquí! ¡No sé cuánto tiempo podremos mantener ese ritmo!

Mark levantó la vista, se secó el sudor de la frente y echó una rápida ojeada al cañón.

En la media hora que había estado observando las fotos, había desaparecido hasta el último atisbo de sombra; el sol se hallaba en el cenit y el cañón se había convertido en un horno sin matiz de color limitado por unas paredes y un suelo de un blanco cegador. Los equipos de Abdul, que trabajaban lenta e implacablemente bajo el sol, se habían distribuido en filas: ejércitos de hombres ataviados con túnicas, turbantes y casquetes blandiendo picos y palas. En principio habían acordonado las zanjas; ahora las excavaban. Otra hilera compuesta por jóvenes y viejos transportaba los escombros al estilo de las cadenas que se forman para apagar un incendio. Abdul Rageb, alto y esbelto, reluciente como un obelisco bajo el sol del mediodía, circulaba con garbo entre ellos.

Mark apretó sus gafas de sol contra el puente de la nariz.

—No mucho. Una hora más, supongo.

Volvió a las fotografías que había colocado sobre el capó del Land Rover. Eran de los fragmentos de piedra caliza que habían descubierto la noche anterior.

Él y Ron habían pasado media noche limpiando y examinando las piedras, y ambos habían llegado al alba con una frustrante sensación. Los dos fragmentos formaban parte del primer fragmento de Ramsgate. Y sin embargo, no se parecían en nada al estado en que lo había encontrado el propio Ramsgate. A primera hora de la mañana, Mark había investigado a fondo la cavidad quemada con su propio tamiz y había llegado a la amarga conclusión de que todo lo que quedaba de los dos magníficos fragmentos de estela de Ramsgate eran las ennegrecidas astillas y un puñado de carbón pulverizado.

No obstante, lo que tenían en la mano era suficiente para asegurar que se hallaban en posesión de un objeto antiguo de gran valor.

De entrada, Ramsgate tenía razón en que «había algo raro en la estela». En realidad, tal como había apuntado él, no se parecía a ninguna de las existentes. Tras una inspección minuciosa y detallada, Mark y Ron habían conseguido determinar el perfil de siete figuras grabadas en la piedra; hasta ahora, tan sólo se podían identificar cuatro: Amón, dios protector de Tebas y conocido como el Oculto; Am-mut, animal compuesto por fragmentos de distintos animales y denominado el Devorador; Ajej, antílope con cabeza de ave; y por fin, Set, el dios diablo, prácticamente inconfundible.

Amón, el Oculto, estaba en el centro y los otros seis le rendían homenaje. Ningún ser humano entre ellos. El cartucho de Tutanjamón se leía con claridad, prueba que demostraba que no se grababa a los dioses siguiendo el estilo revolucionario de Amarna. Tras la caída de Ajenatón, le había sucedido Tutanjamón, y el arte había vuelto al antiguo estilo, como si jamás hubieran existido los herejes. Los sacerdotes de Amón habían tomado en mano aquella estela una vez restaurada la tradición.

Mark se colocó las gafas de sol sobre la cabeza para poderse secar el sudor de los ojos.

—Necesitamos la base de la estela, Ron. Sin ella no disponemos de ninguna pista para localizar la tumba.

Hazim al-Sheijly saltó del vehículo, donde había estado tomando notas para su informe y se acercó a los egiptólogos.

—He decidido posponer el contacto con mis superiores en El Cairo, doctor Davison, hasta que podamos informarles de algo que tenga más peso.

Mark asintió con la cabeza, comprendiendo la situación. La llegada de Yasmina, avanzando por la arena, distrajo su atención. Tras ella, con la espalda apoyada en la pared del risco, unos cuantos *fellahin* permanecían sentados, con los ojos cerrados y la cabeza gacha. Al acercarse la muchacha, Mark se fijó en que una película de sudor brillaba sobre su piel morena. Se sorprendió al notar lo agradable que le resultaba su presencia: tan chiquita y con unos rasgos exóticos. Le ofreció su mejor sonrisa.

—Ha desaparecido toda la sombra, doctor Davison. Los hombres tienen que volver al campamento. Van a sufrir una insolación.

Él asintió y volvió la cabeza para llamar a Abdul. En cuanto lo hubo localizado, le hizo una señal con el brazo.

—Vamos a terminar por hoy —dijo a Yasmina.

A Sanford Halstead no le gustaba aquello de la siesta. Le parecía una pérdida de tiempo; incluso a cuarenta grados, ¿acaso aquella gente no estaba acostumbrada a ello?

Miró a través de la cortina que dividía su tienda y vio que su esposa se agitaba y daba vueltas mientras dormía a intervalos. Volvió la cabeza y dirigió la mirada hacia el techo de la tienda con las manos entrelazadas junto al abdomen; volvió a pensar en el problema que no se había quitado de la cabeza durante todo el día. Aquella mañana, Halstead había descubierto sangre en su orina. Tal vez no era nada, quizá se alarmaba por poca cosa; de todas formas, si aquello no se solucionaba, tendría que hablar en privado con Davison.

El *ghaffir*, que se había estado apoyando en el pie derecho, cambió al izquierdo, se descolgó el rifle y lo colocó en el hombro opuesto. Su tarea era de lo más monótona —vigilar la tienda central, donde se guardaba el té y la coca-cola—, pero pagaban bien. Con ella ganaba siete libras a la semana y ya sabía dónde tenía que invertirlas.

El sol se hallaba en su punto álgido y la tienda no proyectaba la más mínima sombra. Todos los miembros de la expedición dormían tranquilamente, para envidia del *ghaffir*, y ante su vista nada perturbaba la inacabable extensión de arena. Cuando el torturador calor y el tedio supremo empezaron a carcomerle de nuevo, el *ghaffir* con cara de halcón pensó de nuevo en el dinero.

Un sonido procedente de atrás le hizo volver la cabeza. La blanca pared de la tienda lo cegó. Contuvo la respiración y escuchó atentamente.

En el interior de la tienda, algo se movía, parecían ratas.

Echó un vistazo al campamento. No se veía a nadie, ni un movimiento; el único sonido perceptible en el vasto mar del despejado cielo era el zumbido de los generadores en la distancia.

Y en el interior de la tienda: rac, rac, rac...

Forzó la vista para mirar por la puerta. Era imposible que algo se hubiera deslizado frente a él y entrado en el recinto. Tal vez había un agujero.

Descolgó de nuevo el rifle, lo sostuvo con firmeza con la mano derecha y dio la vuelta a la tienda despacio, con los ojos fijos en sus paredes, deteniéndose de vez en cuando a escuchar los arañazos del interior. No sabía lo que era, pero tenía que tratarse o bien de un bicho grande o de un montón de ellos.

Volvió al punto inicial con una mueca de satisfacción. Toda su vida había deseado disparar el rifle, aunque fuera contra unas ratas del desierto.

Rac, rac...

Con cautela, para asegurar que no escaparan, apartó el toldo de la puerta y penetró en la oscuridad. La luz del sol entró con él, iluminando las cajas, los taburetes y las mesas de trabajo. Investigó el suelo. No consiguió ver nada.

De repente, le arrebataron el toldo de la mano y éste volvió a sumergir la tienda en la oscuridad. Apenas tuvo tiempo de soltar un resuello y ya le habían arrancado el rifle de la mano; una negra silueta, más oscura aún que el interior de la tienda, tan impresionante y formidable que le hizo temblar las piernas, surgió ante él.

El árabe cayó de rodillas, con los ojos y la boca completamente abiertos, presa de terror. El fantasma se acercó a él: dos ojos ovalados lo deslumbraron, dos imponentes brazos lo levantaron por los aires. El *ghaffir* dijo: «Alá...» y eso fue todo.

Mark sostenía la foto de Nancy a una cierta distancia. Le había infundido vida, liberando con ello el recuerdo de los días felices que habían pasado: cuando se conocieron, los fines de semana en Santa Bárbara, bañándose desnudos a medianoche. La echaba de menos, deseaba que estuviera en la cama de al lado, la que ocupaba Ron. Habrían podido hacer el amor mientras los demás dormían.

Se le cansó el brazo y dejó caer la foto.

No, seguro que no sería como imaginaba. Nancy no haría el amor con él allí, sería incapaz de relajarse, no soportaría el sitio, se quejaría.

Pensó en Yasmina, vio sus negros y soñadores ojos, su piel morena, su pequeño cuerpo, la fragilidad que desprendía. La imagen de Yasmina Shukri fue la que se le apareció con más frecuencia.

Un ruido estridente y chirriante distrajo a Mark de sus ensoñaciones. Parecía proceder de una lechuza o un halcón peregrino. Cuando se repitió, Mark se dio cuenta de que era el grito de un ser humano, y un instante después, él y Ron habían saltado ya de la cama.

Salieron hacia la luz del sol, que durante un instante los cegó, y vieron a otra gente pasar corriendo por allí; oyeron la voz nerviosa de Halstead y de nuevo el chillido penetrante, como de un ave.

Mark y Ron siguieron a los demás y tropezaron con la anciana Samira, quien, con los brazos extendidos como unas negras alas, clamaba al cielo. A sus pies tenía un cadáver.

—¡Válgame Dios! —exclamó Ron—. ¡Santo cielo!

Mark se detuvo en seco, estupefacto.

Sobre la arena, justo delante de la tienda de trabajo que debía custodiar, yacía el cadáver desnudo y contorsionado del *ghaffir*. Tenía el rostro cubierto de una pasta marrón, los ojos vidriosos, fijos, la boca completamente abierta; de ella salía aquella sustancia, que también estaba derramada por el suelo. La misma pasta cubría sus manos y nalgas.

Mark notó, por un instante, que el suelo se movía bajo sus pies;

se recuperó y constató que todo el mundo, a medio vestir, se había congregado allí y guardaba un silencio electrizante.

Halstead se apartó bruscamente y, agarrándose el estómago, empezó a vomitar.

Hazim al-Sheijly, con el torso desnudo al igual que Ron y Mark, se apoyó en la pared de la tienda y fue deslizándose hasta caer al suelo.

Mark buscó con la mirada a Abdul. El sombrío árabe acababa de llegar y permanecía algo alejado del grupo; sus velados ojos, fijos en el abatido cuerpo del *ghaffir*.

—¡Mark! —murmuró Ron—. En el diario de Ramsgate...

—Cállate. ¡Abdul!

El capataz se acercó a él.

—Mande, *effendi*.

—¿Qué ha sucedido aquí?

—No lo sé.

Mark empezó a temblar de rabia.

—¿No sabe quién lo ha hecho?

El rostro del árabe seguía impertérrito.

—No, *effendi*.

—Llévese el cadáver, Abdul, investigue dónde está su familia y luego compruebe si han robado algo de la tienda.

—¡Tengo que saber quién lo ha hecho, maldita sea! —exclamó Mark, pegando un puñetazo en la mesa.

Abdul, manteniendo la compostura de una forma irritante, no abrió la boca.

—No ha sido por la coca-cola, pues no han tocado nada de la tienda. ¡De modo que habrán matado al hombre por cuestiones personales! ¡Alguien le guardaba rencor! Pues bien, eso tiene que terminar ahora mismo, ¿me explico? —Mark miró fijamente a su capataz y, por primera vez en su larga relación, sintió ganas de estrangularlo. El resto de gente en la tienda permanecía en silencio, pálidos. Tan sólo se movía la vieja Samira, siguiendo mecánicamente con su tarea. Le había alterado tanto descubrir el cadáver que a todos les había costado calmarla; sólo lo había conseguido definitivamente la jeringa hipodérmica que le había aplicado Yasmina.

Surgió la comedida voz de Abdul:

—Ese hombre no era muy popular, *effendi*. Surgió un problema de celos. Creo que ofendió a la esposa de otro.

—Escúcheme bien, Abdul, no quiero que mi campamento se convierta en un campo de batalla. Que se ocupen de sus venganzas en otra parte, ¡pero lejos de aquí! ¿Lo ha comprendido?

—Descuide, *effendi*.

Mark se dejó caer sobre el banco y se cubrió el rostro con las manos. El olor de las humeantes lentejas de la cocina le pareció insoportable.

—¿Lo sabe su familia? —preguntó, abatido.

—El hombre tenía únicamente un tío muy viejo en Hag Qandil. Me ocuparé de que se lo comuniquen, de que entierren a su sobrino y haré llegar el sueldo de él a su afligido tío.

—De acuerdo, adelante. Disculpe, Abdul —Mark miró a su viejo amigo—, se lo agradezco.

Una vez se hubo ido Abdul, durante unos minutos nadie se movió ni pronunció palabra alguna. Todo el mundo evitaba la mirada de los demás, centrándola en sus propias manos o en el té que tenían delante. Habían transcurrido tres horas desde el incidente, todos iban ya correctamente vestidos, pero el terror persistía.

Ron rompió el silencio diciendo:

—Lo que no entiendo es... que no se haya oído ni un ruido. Porque muchos estábamos despiertos y no hemos oído nada.

—Esto no quiere decir nada —dijo Mark en tono apagado—. Tal vez lo han matado en otra parte y han arrastrado el cadáver hasta aquí.

—Pero ¿por qué?

«Dios mío —pensaba Mark—, ¡si pudiera saberlo!»

—¿Por qué haría alguien una cosa así si en realidad parecía que él estuviera...?

Mark soltó un profundo suspiro y miró a los ojos a su amigo.

—Vamos a enterrar lo macabro, Ron. Hay que olvidar el incidente.

—Matar a una persona es una cosa, Mark, pero hacerle comer mierda...

—Ron, por favor...

—Parece como si... —surgió la suave voz de Hazim al-Sheijly—, como si alguien quisiera asustarnos.

Mark, consciente de que empezaba a temblar de nuevo, cerró bien los puños y luego los abrió. Tenía que controlarse a sí mismo y conseguir que todo el mundo se tranquilizara. Dijo despacio:

—Hay que olvidar el incidente. El hombre ha sido víctima de la propia forma de justicia de los suyos. Esperemos que eso acabe aquí, pues no nos interesa que la policía de los *ma'mur* interrumpa nuestro trabajo con una investigación. En cuanto a la... forma de matarlo, no ha sido para asustarnos sino para advertir a sus amigos o a quien pueda plantearse vengar el asesinato. Yo sugeriría —Mark se levantó haciendo un esfuerzo— un descanso antes de cenar.

Mark había pasado las últimas horas del día en la tienda de trabajo, examinando de nuevo los lastimosos restos del grupo de Ramsgate. De pronto había aparecido Yasmina diciendo que se sentía inquieta y no podía conciliar el sueño. Estuvieron un rato sentados en los taburetes, tomando té a la canela y hablando tranquilamente; ella le había llamado Mark y parecía más relajada que nunca.

Luego se sintió agotado y se dirigió con paso cansino a la tienda que compartía con Ron. Le sorprendió comprobar que todavía había luz en ella.

En el interior, encontró a su amigo sentado con las piernas cruzadas, en la cama, con el diario de Ramsgate abierto sobre ellas y una foto de la parte superior de la estela sobre la rodilla izquierda. No levantó la vista cuando entró Mark.

—¿Qué haces? —preguntó Mark, desabrochándose la camisa.

Ron tenía un bloc de notas sobre la rodilla derecha; tomaba apuntes en él.

—Estoy identificando a esos dioses.

Mark se volvió, estiró la camisa hacia fuera del pantalón y se la quitó. Encendió la bombilla que tenía junto a la cama, se echó en ésta, cogió la petaca de bourbon y el vasito de la mesilla de noche y se sirvió un trago.

—¿Y qué has descubierto?

Ron dejó la pluma y levantó la vista.

—Me he acordado de que Ramsgate ya había identificado a los Siete cuando descubrió la puerta de la tumba y de que incluye la lista de ellos en el diario. Tú y yo conseguimos identificar a cuatro de los dioses: a Amón el Oculto, el del centro; a Am-mut el Devorador, que se distingue por su cuerpo compuesto, es decir, las patas posteriores de un hipopótamo, las anteriores de un león, y la cabeza de cocodrilo; Ajej el Alado, también destacable por su extraño cuerpo, un antílope con alas y cabeza de ave; y por fin la horrible bestia primigenia, Set, el Asesino de Osiris. A causa del fuego, no se distinguen los tres restantes, de los que no se percibe más que cierto perfil. Por ello he cogido el diario, y puesto que Ramsgate corrobora los cuatro que tenemos identificados, tengo la impresión de que los otros tres son correctos.

Mark se sirvió un poco más de whisky.

—¿Quiénes son?

Ron leyó en el diario:

—«Apep, perteneciente a la Cobra, un hombre de cuyos hombros brota una serpiente, en el lugar donde debía situarse la cabeza y que lleva una guadaña; el Erecto, un jabalí con brazos humanos que se sostiene sobre las patas traseras; y finalmente La Que Encadena La Muerte —Ron levantó la vista—, una mujer con cabeza de escorpión.»

Las comisuras de los labios de Mark reflejaron su sorpresa al tiempo que alzaba las cejas.

—Una impresionante relación de personajes.

—En cinco mil años de historia egipcia no se había visto nada parecido.

Mark dejó el vaso y se quitó las botas refunfuñando con el esfuerzo.

—Se diría que los sacerdotes de Amón decidieron que nadie se acercara a la tumba.

Ron observó un momento a su amigo y luego siguió con el diario:

—«Uno os convertirá en columna de fuego y os consumirá. Uno os causará una imponente sangría que vaciará vuestro cuerpo hasta la muerte. Uno os...»

—Vamos, Ron, que no estamos en una película de Boris Karloff.

Ron siguió leyendo:

—«Uno os arrancará el pelo de la cabeza y os despojará del cuero cabelludo. Uno os desmembrará. Uno surgirá en forma de cien escorpiones. Uno ordenará a los insectos del aire que os devoren. Y uno —levantó de nuevo la vista hacia Mark—, uno os obligará a comer vuestros propios excrementos.»

Un inhóspito viento se levantó en el desierto, bramando en el campamento y haciendo combar las paredes de las tiendas; Mark y Ron se miraron durante un buen rato, mientras oían cómo la fina arena chocaba contra la tienda. Mark alzó la mano y se dispuso luego a quitarse los calcetines.

—Tengo un mal presentimiento, Mark.

Éste, evitando los azules ojos de su amigo, buscó de nuevo la petaca. Empezaba a dolerle la cabeza.

—La expedición de Ramsgate, Mark, todos descuartizados, con los cráneos machacados...

—Déjalo ya.

—¿Qué debieron encontrar los hombres del bajá al llegar al cañón, Mark? Lo que sí está claro es que no encontraron a las víctimas de la viruela. Quien rellenó los certificados de defunción estaría tan horrorizado que ni siquiera pudo reflexionar. Presa del pánico, al lado de sir Robert escribió «cólera».

El vaso se detuvo antes de llegar a los labios de Mark. El pulso en la sienes iba en aumento y sus ojos se nublaron de pronto. Estaba recordando algo.

La extraña mujer que lloraba sobre la peña cuatro noches antes. La mujer transparente.

—No me gusta el panorama, Mark. Me pone la carne de gallina. Cuando me encuentro en el cuarto oscuro, con las luces apagadas, tengo la impresión de que alguien está a mi lado...

Mark se incorporó irritado. Cogió la camisa y se la echó sobre los hombros diciendo:

—La historia del *ghaffir* te ha trastornado, amigo mío. Eso y un exceso de vino. No hay más que lo que está en tu imaginación.

Luego, otro recuerdo asaltó su mente. La imagen de la anciana Samira, acurrucada detrás de la tienda, mascullando en un copto distorsionado, repitiendo una y otra vez el número siete. «Uno se levantará en llamas y otro sufrirá una hemorragia», había cantado.

—¿Mark?

Su mano se detuvo sobre un botón de la camisa. ¿Cómo tenía noticia Samira de las siete maldiciones? Ella no había tenido acceso al diario...

—¿Te encuentras bien, Mark?

—Tengo un dolor de cabeza de mil demonios. Voy a salir a tomar el aire.

—La noche es fría, Mark, mejor será que cojas...

Pero su amigo ya estaba fuera.

Mientras atravesaba el campamento en dirección hacia el límite de la tenue luz y la oscuridad infinita, Mark tuvo la sorpresa de encontrarse con Alexis Halstead. Y la sorpresa fue en aumento al descubrir que lo único que llevaba encima era un diáfano y transparente camisón.

—¡Señora Halstead!

Ella se movió lentamente. Sus rojos labios se entreabrieron pero de ellos no salió palabra alguna. Mark se le acercó cautelosamente.

—¿Señora Halstead? ¿Le ocurre algo?

Si bien dirigía sus ojos hacia el rostro de Mark, era incapaz de enfocarlos, parecía que mirara a través de él, hacia algo situado más allá. En el límite de luz del campamento, las ondulaciones de su pelirroja cabellera parecían lenguas de fuego lamiendo los pálidos hombros.

—Estoy... estoy buscando algo...

—Hace frío aquí fuera, señora Halstead. Vuelva a la tienda. —Bajo los diáfanos pliegues del salto de cama asomaban sus generosos y firmes pechos con los pezones erectos. Mark le tocó el brazo con suavidad y quedó sorprendido al descubrir que su piel ardía—. Venga conmigo, señora Halstead.

—No... usted no lo entiende. Tengo que hablar con usted. —Ella se resistía, aunque débilmente.

—Podemos hablar dentro. Por favor, señora Halstead.

El viento glacial del desierto se arremolinaba sobre los pies descalzos de Mark, azotándole los tobillos. No podía controlar el temblor.

—¡Tiene que estar muerta de frío!

—Estamos en verano...

Cogiéndole el brazo con suavidad, Mark consiguió llevarla hacia el campamento. Si bien Alexis lo seguía lentamente, decidida, iba protestando con un hilillo de voz:

—Vos debéis saber que... ¿Cómo os lo puedo contar? Tenemos que hablar...

Cuando pasaron por delante de la tienda de Yasmina, el toldo delantero se movió hacia un lado y la joven, abrochándose el cordón de su túnica, salió.

—¿Algún problema, Mark?

—Es sonámbula.

Yasmina se situó frente a Alexis y observó su vacía e hipnótica mirada.

—Ha tenido pesadillas los últimos días. Le he suministrado somníferos.

Mark frunció el ceño mirando a Yasmina. Llevaba una venda blanca en el cuello.

—¿Qué es eso?

—Una picadura de insecto. Nada importante.

—¿Te siguen molestando los insectos?

—Tenemos que llevar a la señora Halstead a la tienda. Aquí hace demasiado frío.

Entre los dos la acompañaron hasta allí y no tuvieron ningún problema para meterla en la cama. Se quedó tumbada como un niña y lentamente cerró los ojos.

Cuando se dieron la vuelta para salir, tras haber asegurado la mosquitera de Alexis en los extremos de la cama, Mark echó una ojeada a Sanford. Estaba profundamente dormido. Apenas se oía su respiración.

13

El plañidero *walul* de las mujeres de Hag Qandil se apoderó del valle. El estridente y misterioso lamento que acompañaba al cadáver del *ghaffir* hacia la sepultura atravesó los riscos y descendió por los barrancos, donde las paredes calizas lo amplificaron.

Mark sabía que aquello inquietaba a sus trabajadores, pero Abdul le había asegurado que tan sólo sus dos ayudantes, con cuyo silencio contaba totalmente, conocían las circunstancias que habían rodeado la muerte del hombre. Los *fellahin* seguían afanándose en el trabajo, como habían hecho el día anterior, ahondando poco a poco las zanjas.

De pronto, Mark cogió un Land Rover para controlar cómo seguía el trabajo en el cañón. Ron, Yasmina y él eran los únicos que se encontraban junto a los trabajadores. Los Halstead se habían quedado en el campamento (Sanford se había cortado y le había costado restañar la herida y Alexis había tomado un somnífero para descansar durante el día). Hazim estaba en su tienda escribiendo cartas.

A las doce del mediodía dieron por finalizada la jornada, y cuando volvieron al campamento, Mark encontró a un niño cubierto de mugre que le estaba esperando. Tendría unos doce años, la cara redonda, la piel oscura, un ojo algo opaco y le faltaban unos cuantos dientes. Echó a correr hacia ellos cuando vio que aparcaban los Land Rover.

—Me manda el *umda* —dijo el chico, muy deprisa, en árabe—. Vengo de El Till y me han dicho que tengo que hablar con el de barbas. ¿Es usted el hijo de David?

—Soy el doctor Davison. ¿Qué ocurre, hijo?

—La madre de Iksander necesita a la *shayja*. Ha cumplido el tiempo.

—¿Para qué quiere a la *shayja*? ¿No tenéis comadronas?

—¡Alá! ¡La madre de Iksander está mal! Lleva tres días gritando y no sale el bebé. Las comadronas no pueden hacer nada. Hace falta la *shayja*.

—¿Nadie ha llamado al médico de El Minya? —dijo Yasmina.

El niño escupió en la arena y se enjuagó la boca con la manga.

—El padre de Iksander no permitirá que un médico del gobierno vea lo íntimo de su mujer. ¡Tenemos que apresurarnos, doctor Davison!

Mark se volvió hacia Yasmina y le dijo en inglés:

—¿De verdad puede ayudarles Samira?

—Todo lo que puede hacer la vieja bruja es cantar frente a ella. Van a perder a la madre y al bebé. Es algo que he visto infinidad de veces.

Mark se rascó la barba.

—¿Podrías solucionarlo tú? Eres una mujer. A ti te permitirán que la toques. ¿Te ves capaz?

—Puedo intentarlo, doctor Davison, pero a ellos no les gustará. No confían en los médicos.

Mark sonrió.

—Tal vez si cantaras mientras ayudas a nacer al bebé...

Yasmina le devolvió la sonrisa.

—Tendré que recoger algo de material de mi tienda.

Mientras ella se iba corriendo, el muchacho la observó intrigado, por ello Mark le dijo:

—Yasmina ayudará a la madre de Iksander.

—¡Alá! ¡Me han mandado aquí para que les lleve la *shayja*! ¡La paliza que voy a recibir!

Mark se disponía a acariciar la cabeza del muchacho para tranquilizarlo cuando un oscuro movimiento llamó su atención tras él. Se volvió y vio que la anciana Samira lo miraba ceñuda desde la puerta de la tienda comedor. Su expresión era tan intensa que Mark tuvo que desviar la mirada.

Poco después, cuando volvió Yasmina con su macuto, la vieja *fellaha* se puso a chillar como un loro, levantando el brazo y señalando con su nudoso dedo:

—¡Te vistes como un hombre, haces ostentación de tu inmodestia y das la espalda a los de tu propia sangre! —gritó en árabe y tono aflautado—. ¡Pero si te desnudas, sigues siendo una *fellaha*!

Yasmina se quedó un instante inmóvil; luego notó que Mark la cogía suavemente por el brazo y le decía:

—Vámonos.

El muchacho salió como una flecha por delante de ellos y se metió en el Land Rover de un salto. Se quedó de pie junto al asiento trasero, agarrándose en la barra del techo, controlando el campamento como un general en plena conquista. Tras intercambiar unas palabras con Ron, Mark se puso al volante y emprendieron la marcha.

La gente miraba a la pareja que seguía al muchacho por las estrechas calles, pero nadie decía ni palabra. Observaban a Yasmina con recelo y desdén al verla avanzar al lado de Mark con su blusa y pantalón caquis, y de vez en cuando salía un insulto de la oscuridad de una puerta.

Cuando estuvieron cerca de una casucha donde Mark oyó, a través de una radio, la voz gutural de Um Jalsum, la mítica cantante egipcia, supuso que no estaban lejos de la casa encalada del *umda*.

Efectivamente, el propio *umda* salió a recibirlos.

Se quedó de pie ante la abertura de la casa de adobe, que no tenía puerta, apoyado en su bastón, observando a los visitantes con los labios fruncidos. El muchacho desapareció por una callejuela y oyeron cómo corría a lo lejos.

—Buenas tardes, *hayy* —dijo Mark, levantando la mano y sonriendo—. Que la paz descienda sobre usted y los suyos.

—Yo quería a la *shayja*.

Mark se puso en guardia inmediatamente.

—Ella trabaja para mí y no puede moverse de allí. En lugar de ella, le he traído...

—Ha venido usted solo, doctor Davison.

Mark resopló entre dientes y notó que Yasmina retrocedía unos cuantos pasos. Oyeron en el interior de la casa los suaves lamentos de una mujer.

—Usted necesita ayuda, *hayy*.

—Necesitamos a la *shayja*.

—Le he traído a una doctora.

El *umda* escupió. Mark no acababa de dilucidar lo que le molestaba más, la tozudez del viejo o el insoportable calor, pero cuando estaba a punto de perder los estribos, una cuarta persona dobló la esquina y se unió a ellos.

Era un hombre bajito, rechoncho, con pantalón negro y camisa blanca con las mangas arremangadas. Se apoyó en la pared y contempló a los forasteros con poco entusiasmo. Dijo en inglés:

—Habían reclamado a su curandera.

—¿Quién es usted?

—Soy el doctor Rahman, del ambulatorio público de El Minya.

Mark se fijó en que el joven llevaba una bolsa negra similar a la de Yasmina y parecía terriblemente cansado.

—¿Le han llamado?

El doctor Rahman negó con la cabeza.

—Estaba realizando una de mis inspecciones rutinarias. Me ocupo de treinta pueblos y paso por El Till una vez al mes. Me he encontrado a la mujer junto al río, a punto de dar a luz, intentando comer barro. Ellos creen que con eso conseguirán tener un hijo varón.

Quería traerla para acá, pero cuando me disponía a cogerla, los hombres me han amenazado con sus horcas. He hablado con la comadrona. El bebé está colocado al revés. Y la mujer va a morir si no me permiten que la examine, ¿qué puedo hacer?

—La señorita Shukri es estudiante de medicina. He pensado que podía servir de ayuda. ¿Dónde está la mujer? —preguntó Mark.

—Su marido no le permitirá entrar —le advirtió el doctor Rhaman—. Conozco bien a Habib, le contaré qué tipo de persona es. El año pasado vino al dispensario para un tratamiento y le receté un medicamento. Cuando volví a verlo, seguía igual, y yo le pregunté: «¿Tomó la medicina que le receté?». Habib me contestó: «No pude hacerlo, doctor, pues la cuchara es demasiado ancha para meterla en el frasco».

Mark se volvió hacia el *umda*.

—Permita a la señorita Shukri visitar a esta mujer. Tal vez pueda ayudarla.

—Habib es mi sobrino —dijo el anciano—. Su descendencia formará parte de mi familia. Tengo que andar con cuidado.

—¿Qué quiere a cambio, *hayy*? ¿Té? ¿Coca-cola?

El doctor Rahman soltó un bufido.

—¡Eso sí que es el mundo al revés! ¡Ahora resulta que es el doctor quien debe pagar al paciente!

Pero el *umda* se sumió en un extraño silencio, con sus diminutos ojos centrados en lo suyo. Parecía reflexionar sobre algo. Luego dijo:

—Estamos rezando a Alá por la madre de Iksander.

En aquel momento apareció una silueta en la puerta: un *fellah* de pelo gris que se restregaba las manos, secándose alternativamente las lágrimas. Habló con el *umda* tan deprisa que Mark no pudo captar lo que decía, pero Yasmina lo sorprendió diciendo:

—Anoche tuve un sueño, *hayy*, en el que se me apareció un ángel. Me dijo que hoy tendría un hijo para júbilo del valle. Me olvidé del sueño pensando que eran tonterías pero ahora me doy cuenta de que se trataba de un presagio. Permítame que asista a la esposa de Habib, *hayy*.

Mark esperó durante tres horas en el exterior de la casa, y durante este tiempo un grupo de hombres de El Till se sentó cerca de él para acompañarle. Los aromas de té y hachís se entremezclaban en la tranquila conversación de los campesinos con los frecuentes chillidos de la mujer que estaba dentro. Una *fellaha* cubierta con un velo salió unas cuantas veces de la casa con un gran cuenco de barro lleno de agua manchada de sangre, para volver a los pocos minutos con agua limpia del Nilo. Agachado contra la pared, con los brazos alrededor de las rodillas, Mark deseaba fervientemente que acabara aquel suplicio. Poco después de ponerse el sol, Yasmina salió de la casa con un viscoso bebé llorando en sus brazos y los hombres se pusieron de pie en el acto. Dejó al bebé, que llevaba un abalorio azul colgado del cuello para evitar el mal de ojo, a los pies de Habib; luego abrió la tela que lo cubría para mostrar que se trataba de un varón. Mientras los hombres gritaban, reían y se daban palmadas en la espalda, una *fellaha* salió de la casa llevando un cestito con unos granos de maíz y el cordón umbilical, que iba a enterrar en el campo de Habib. Ya había enterrado la placenta en el patio de la casa.

Mark quedó sorprendido ante la aparición de Yasmina. Su tez, normalmente oscura y cobriza, había adquirido una palidez cenicienta, y sus ojos, tan negros y brillantes, habitualmente, se veían apagados y mates. Llevaba la parte de delante de la blusa manchada de sangre.

—¿Te encuentras bien? —le preguntó Mark.

—Sí —suspiró ella—. Pero ahora nos vamos.

Atravesaron la llanura mientras el sol poniente daba paso a la penumbra; parecía que las ruinas de Ajenatón, de apenas un metro de altura, se extendieran y se deslizaran por la arena mientras el vehículo iba avanzando sorteando baches. Yasmina se apoyó contra la puerta, con la frente junto al cristal y los ojos cerrados.

—Has estado extraordinaria —le dijo Mark, tras un largo silencio—. ¿De verdad tuviste aquel sueño?

—No.

Al volante del todoterreno, salvando desniveles y rodeando lo que sobresalía de las ruinas, Mark echó una mirada a la joven que tenía al lado. Se la veía encerrada en sí misma, casi taciturna.

—¿Ocurre algo, Yasmina? ¡Has salvado al pequeño!

—Sí, Mark, pero la mujer ha muerto.

Era la parte del día que más le gustaba: la hora del crepúsculo. Había terminado de cenar, la mayor parte del trabajo estaba lista, y el asfixiante calor de la tarde se convertía en placidez tropical. Mark oía a los *fellahin* del Pueblo de los Trabajadores palmear y cantar; escuchó la guitarra clásica de Doug Robertson procedente del cuarto oscuro de Ron; el ruido de platos y cacharros le anunció que Samira acababa con su tarea.

Mientras aplicaba el mechero al tabaco de la pipa Borkum Riff, Mark decidió que aquella noche intentaría hablar con la anciana cuando se fuera del campamento. Tal vez podía ofrecerle algo: un *kadah* de hachís a cambio de sus formas verbales coptas.

Aspiró satisfecho alejándose unos metros del campamento y se sentó como de costumbre en el antiguo muro desmoronado; enseguida se dio cuenta de que se le acercaba alguien. Primero fueron las gardenias, luego la voz.

—¿Me permite acompañarle?

Mark levantó la vista y la miró con cautela.

—¡Cómo no! ¿Cómo está su marido?

—Ahora se encuentra bien. Es más, está haciendo ejercicio.

Mark intentó pensar qué más podía decirle.

—¿Se lo pasa bien de momento, señora Halstead?

Las cejas como un trazo a lápiz se arquearon.

—No me he planteado un viaje de placer, doctor Davison. He venido a encontrar la tumba.

—De todas formas, debe de ser aburrido para usted.

Alexis se sentó cerca de él, prácticamente rozándolo, pero Mark no notó calidez alguna en aquel cuerpo.

—¿Por qué considera que sabe lo que puede aburrirme, doctor Davison?

Ojos de hielo y voz de hielo. Mark casi se estremeció.

—No considero, pero casi toda la gente que participa en alguna expedición y no está directamente implicada en la tarea suele perder interés cuando han transcurrido unos días. Puede que tengamos que quedarnos aquí mucho tiempo, señora Halstead.

—Soy una persona paciente.

Mark recordó el aspecto de Alexis la noche anterior, hipnotizada, circulando por ahí con un salto de cama transparente. Intentó pensar en algo más que decir, en llenar un silencio que se hacía cada vez más intenso.

—La verdad es que, señora Halstead, lleva un perfume... muy penetrante.

—¿Cómo dice?

—Su perfume. Gardenias de la selva, ¿verdad?

—No llevo ningún perfume, doctor Davison. Nunca los he usado. Estoy en contra. El perfume es artificial, algo que no es natural. Nunca he tenido un solo frasco.

Mark la miró boquiabierto, sin respuesta; luego apartó la mirada. ¿Por qué mentía sobre algo tan obvio como el fuerte aroma que cubría su cuerpo? Claro que eso a él no le incumbía.

—Por cierto, doctor Davison, esta mañana he tenido una interesantísima conversación con el señor Domenikos.

Él agitó de pronto la cabeza.

—¡Cómo!

—Ese personaje abominable apareció en el campamento esta mañana mientras usted estaba excavando. Quería proponer un negocio a mi marido.

—¡Santo cielo! ¿Cómo ha conseguido pasar el control de los

ghaffirs? No se por qué lo pregunto, sé perfectamente la respuesta. ¿Y su marido?

—No nos infravalore, doctor Davison. El tal Domenikos no puede ofrecernos nada que nos mueva a negociar con él. Mi marido no tiene intención de poner sus hallazgos en manos de rateros.

—¿Y usted, señora Halstead?

Ella centró sus verdes y duros ojos en los de él, y por un momento le pareció a Mark que los iris de malaquita se suavizaban pasando al color del musgo. Se le ocurrió que no le apetecía tenerla tan cerca.

Alexis desvió de pronto la mirada y, parpadeando ligeramente, se llevó la punta del dedo a la sien.

—¿Se siente bien?

Ella no respondió enseguida; inclinó la cabeza con gesto de concentración, bajó el dedo y se volvió de nuevo hacia Mark. Sonreía amablemente.

—Es la arena. No estoy acostumbrada...

Mark, sin apartar la mirada de su rostro, pensaba si podía concebir tal dulzura en su voz.

—Usted considera que la tumba está en el cañón, ¿verdad?

—Efectivamente. —No eran imaginaciones suyas aquello de que Alexis se apoyaba contra él—. Ramsgate dijo que trasladó su campamento para estar más cerca de la tumba, y yo casi aseguraría que la cavidad del fuego es el lugar exacto donde se estableció el campamento de Ramsgate.

—¿Para qué abren las zanjas?

—Confío en dar con la base de la estela que contiene el enigma que nos descubrirá el emplazamiento de la tumba, o bien con las escaleras que conducen a ella. Ramsgate habla de trece escalones. Señora Halstead —Mark se levantó—, tendrá que disculparme, pero me espera mucho trabajo.

Levantó la vista hacia él y, al hacerlo, una cierta expresión de perplejidad se dibujó en su rostro; luego dijo:

—Es tarde, doctor Davison, y mi marido y yo tenemos previsto acudir a la excavación mañana. —Se levantó vacilando un poco—. Últimamente..., no he dormido muy bien...

Mark la observó mientras andaba por la arena y se metía en su tienda; luego él se fue hacia la suya.

Al llegar al círculo de luz que proyectaban los faros, Mark se dio cuenta de que no estaba solo. Se detuvo en el punto donde se encontraba para escuchar. El campamento estaba en silencio. En el cuarto oscuro no se oía nada, estaba desierto, y mientras él conversaba con Alexis, la anciana Samira había salido de la tienda comedor. Al crepúsculo le había seguido la negra noche; todo el mundo dormía.

Mark se volvió y vio a una mujer de pie a unos metros de donde estaba él, observándolo. La reconoció; la había visto en dos ocasiones antes. Esta vez, no obstante, al acercársele con cuidado, la mujer no desapareció.

Llegó a unos tres metros de ella y la mujer levantó una mano al tiempo que pronunciaba una sola palabra.

Mark ladeó la cabeza.

—¿Cómo?

Ella la repitió.

—No la comprendo. ¿Quién es usted?

Un momento de silencio precedió su respuesta; contestó, pero lo hizo con unas palabras que Mark no consiguió captar. Mientras hablaba, Mark se dio cuenta de que llevaba la blanca y holgada túnica de siempre, la misma que tenía puesta el día en que la había visto llorar sentada en la roca, observándolo desde las sombras, por ello se preguntó si estaba soñando de nuevo. Se fijó también en que, al repetir la mujer la misma frase una y otra vez, a pesar de que movía los labios, el sonido de su voz procedía del interior de su cabeza. Brotaba como un suave susurro que le llegaba directo al cerebro; un lenguaje totalmente desconocido.

—¿Quién es usted? —repitió, notando las primeras punzadas del dolor de cabeza en las sienes.

La mujer habló de nuevo, pacientemente, el mismo suave y dulce susurro que llegaba al interior de la mente de Mark.

—¡Doctor Davison!

Mark se volvió de pronto.

—¡Ah, está usted ahí, Davison! —Sanford Halstead andaba sobre la fría arena—. Me alegro de que esté usted aún despierto, tenemos que hablar. ¡Ha ocurrido lo que más me fastidia!

Mark parpadeó, pasmado, frente al hombre. Sintiendo la brisa del Nilo en la nuca, aun sin volver la cabeza, vio claro que la mujer no estaba allí.

14

Mark iba cambiando de postura en la silla, esforzándose por mantener la atención; Hazim le hablaba de una excavación en el delta cuyo inesperado resultado había sido el descubrimiento de un templo del sol, y a Mark le costaba aparentar interés.

Eran las diez de la mañana y los equipos estaban en pleno trabajo en las zanjas. En aquellos momentos, cinco largas y rectas zapas recorrían el suelo del cañón, mientras en una estrecha garganta la montaña de escombros aumentaba poco a poco. Al principio de cada una de las zanjas habían colocado una caja de madera donde había que poner cualquier objeto interesante que hubiera pasado por el tamiz; de momento, las cajas permanecían vacías.

Ron, con las mangas remangadas, fotografiaba metódicamente cada una de las zanjas. Los Halstead estaban sentados en unas sillas de madera a la sombra de la pared del risco, tomando té frío de un termo. Yasmina estaba en la zanja 4 curando a un hombre a quien le había picado un escorpión. Mark no perdía de vista el sol, que daba de lleno en el techo del Land Rover.

—¿Cuánto tiempo tiene previsto trabajar en este cañón, doctor Davison?

Mark miró a Hazim arrugando un poco la nariz.

—¿Perdón?

—¿Se han marcado un tiempo límite?

—Pues... no.

Mark intentaba recordar lo que había leído sobre los efectos de una exposición prolongada al sol como causa de alucinaciones. Otra vez la mujer transparente la noche anterior...

—Si me lo permite, doctor Davison, voy a echar una ojeada para comprobar los avances.

Mark tuvo la impresión de que el vehículo se hundía un poco al saltar el joven al suelo. Poco después se fijó en que Yasmina se acercaba al Land Rover. En cuanto se hubo sentado a su lado, sacudiéndose el polvo del pantalón y las piernas, Mark se dio cuenta de pronto de que volvía a ser capaz de concentrarse.

—¿Cómo está el hombre?

—No habrá problemas. He conseguido ponerle un torniquete a tiempo en el brazo e inyectarle un antídoto. De todas formas, durante unos días no podrá trabajar.

—Hasta hoy hemos tenido suerte. Pocas lesiones.

Yasmina lo miró con aire burlón, abrió la boca dispuesta a decir algo y luego, cambiando de parecer, permaneció en silencio.

Los dos permanecieron sentados sin decir nada un rato, observando a los equipos de trabajadores a través del parabrisas; luego Mark se dirigió a ella diciendo:

—¿Qué tienes en el brazo?

Yasmina puso la mano sobre la venda que llevaba en la muñeca.

—Otra picadura de insecto. No mejora.

—Parece que la han tomado contigo.

—Sí.

—Ya sé que me repito, pero ayer quedé impresionado contigo. En aquel pueblo no te tienen mucha simpatía.

—Me odian, doctor Davison.

—¿Y por qué has luchado por ayudarles?

Su gesto de indiferencia resultó poco convincente.

—Ayer me llamaste Mark.

Ella no respondió.

Mark observó su rostro durante un momento, pensando que le parecía encantadora, que era un placer estar con ella.

—Me alegro mucho de que decidieras acompañarnos. Vas a ser una doctora extraordinaria.

—Gracias.

Mark reflexionó un instante y luego dijo:

—¿Puedo hacerte una pregunta personal?

Ella tardó un rato en responder.

—Sí.

—Ayer, ¿qué quiso decir la anciana cuando comentó que eras una *fellaha*?

Yasmina jugaba con el extremo de la venda; la piel se veía muy oscura en contraste con la blanca gasa. La voz de Yasmina era suave, casi un susurro.

—Que soy una *fellaha*. Nací en un pueblo muy pequeño al norte del Nilo y me crié allí. No le voy a decir el nombre, pues es más pequeño que El Till. Mi padre me tuvo sólo a mí y siempre deseó tener un hijo, de modo que me enseñó a leer, a escribir y a hacer cuentas. El *umda* del pueblo se fijó en que no era tan torpe como el resto de los niños y lo arregló para que pudiera asistir cada día a la escuela misional que queda cerca de Asuán. Cuando mi padre y el *umda* se enteraron por las monjas de que yo era la alumna más inteligente, mi padre habló de mí al *mudir* de la provincia. Por aquel entonces yo tenía catorce años, y los libros se me daban muy bien, lo que no se me daba tan bien era... la gente.

La cabeza de Yasmina permanecía gacha mientras hablaba; parecía haber olvidado que Mark estaba allí.

—El *mudir* me habló de El Cairo, de sus maravillosas facultades, diciéndome que, si era capaz de ganármelo, podía acudir a una de ellas y convertirme en una de las personas más instruidas del pueblo. Tal vez llegaría a *shaija*. Qué duda cabe de que a mí me interesaba aquello. Hizo un trato con mi padre. Estuve un año en casa del *mudir*.

Los finos y morenos dedos seguían rozando la desgastada gasa.

—Después de eso, cuando hube cumplido con mis obligaciones, el *mudir* cumplió lo prometido. Me mandaron a El Cairo y sufragaron los gastos de mi educación.

Yasmina levantó la cabeza y observó con cierta audacia a Mark.

—Mi padre ahora está muerto y no tengo familia. Incluso el viejo y gordo *mudir* falleció, ya no queda nadie que recuerde aquella época. Pero yo sí. Ahora estoy luchando para liberar a los *fellahin* de sus cadenas.

Cuando su voz se hubo extinguido, se hizo un incómodo silencio durante el cual Mark se sintió cautivado por sus diáfanos ojos. De repente sintió un súbito impulso, un arrebato que no había experimentado desde la época en que conoció a Nancy, hacía siete años.

El sonido de los picos que partían las rocas le permitió pasarlo por alto.

—Oye —le dijo, aclarándose la voz—, antes de que vuelvan los demás, quería comentarte algo. Se trata del señor Halstead: tiene un problema.

Yasmina escuchó en silencio mientras Mark le hablaba de la conversación que había tenido con Halstead la noche anterior. Acabó diciendo:

—No quiere ir a El Minya a que le vea un médico y se niega también a que lo examines tú.

—¿Qué creía él que podías solucionarle tú?

—Hablarlo contigo. Él espera que puedas suministrarle algún remedio.

—Tienen que hacerle una exploración. No puedo darle una medicación sin saber la causa del problema. El señor Halstead dice que ha observado sangre en su orina. Y eso no es más que un síntoma. Puede tratarse de una infección en la vejiga, pero tú dices que no siente dolor ni escozor. Entonces puede que se trate de una infección de riñón, o una piedra. Tal vez es que lleva demasiada actividad. Probablemente necesitará algún antibiótico, o incluso cirugía. Un hombre de su edad puede tener muchos problemas urinarios. Si no quiere que lo examine yo, tendrá que acudir a un especialista en El Cairo.

—Es lo que le dije yo, pero se niega a abandonar la excavación.

—¿Y qué hará?

—Dijo que si puedes suministrarle algo, esperará a ver si se le soluciona. De no ser así, o caso de empeorar, quiere que traigamos aquí a un médico de El Cairo...

—¡Eh!

Mark y Yasmina miraron hacia delante y vieron a Ron agitando su rojo pañuelo por encima de la cabeza. Se había producido un alboroto en la zanja 1, la que quedaba más alejada de los vehículos, y Mark pudo ver a Abdul a cuatro patas sobre la arena mirando hacia el fondo de la excavación.

Los Halstead se habían levantado y corrían junto a Hazim; los *fellahin* habían dejado el trabajo y estaban también observando.

En cuanto Mark y Yasmina cruzaron el cañón, Ron ya había limpiado la parte superior de un fragmento de piedra caliza que había estado enterrado. Medía sesenta centímetros por siete y superaba la profundidad de la zanja en un par de centímetros. La parte superior era tosca, estaba rota; no se sabía qué proporción de ella quedaba hundida. La piedra no se movió al intentar Mark zarandearla.

—¡Es la base de la estela! —exclamó Ron, cogiendo su cámara.

Mark, de pie, se sacudía el polvo.

—Tú y yo vamos a excavarlo, Ron. Abdul, ocúpese de que los equipos sigan con su tarea —dijo.

—Descuide, *effendi*.

—Bien, precisaremos escobillas, cuchillos, una paleta, estacas para las banderas, dos cedazos, un nivelador... —Se volvió hacia Yasmina, cogiéndola del brazo—. Tendrías que encargarte del cuaderno de trabajo y tomar notas, por favor. ¡Ah, Abdul! —Hablaba tan deprisa que ni siquiera captó la súbita expresión de disgusto que se dibujaba en los ojos del capataz—. Necesitaré una pizarra e hilo resistente. Hay que improvisar un toldo, pues trabajaremos toda la tarde. ¡Y ahora mismo quiero que un *ghaffir* custodie la roca!

—¡Nada que hacer, chico!

Mark no levantó la vista de lo que tenía entre manos. La espalda le dolía muchísimo y el toldo apenas conseguía paliar los efectos del sol, y a pesar de que su amigo iba apartando, malhumorado, la tierra con las botas, Mark seguía concentrado en su tarea. En dos horas había limpiado unos quince centímetros de piedra.

—¡No sé qué pasa!—siguió Ron, con la mirada fija en la hoja de contactos—. ¡Veladas de nuevo!

—Trae otro aparato.

—¡Fíjate bien! —Ron saltó a la zanja para situarse junto a Mark—. Éstas las tomé justo antes de encontrar la piedra. Han salido perfectas. Y ahí, al cabo de doce fotos, con el cañón en gran angular, totalmente perfecto. En cambio las doce que quedan en medio del carrete, veladas. Y son las de la piedra. ¡No lo entiendo!

—Se habrá deteriorado la película con el traslado.

—No creo. La definición de las demás no se habría conseguido. Uno de los negativos perfecto y el siguiente no puede ni aprovecharse.

Mark echó el cuerpo hacia atrás y se pasó la manga por la frente. Sus cejas y barba brillaban con el sudor.

—El fotógrafo eres tú, Ron, yo no soy más que un recolector de alcachofas. Oye, aún no te has fijado en lo que hemos avanzado.

Ron se arrodilló. En la superficie de la ancha piedra plana que se elevaba unos quince centímetros del nivel del suelo se veían unas hileras horizontales con claros jeroglíficos grabados.

—¡Ahí va! —murmuró él—. ¡Hemos dado con ella!

—Evidentemente. Lee eso.

Mark le señalaba la columna de la derecha con el mango de una brocha.

—«El Criminal de Ajenatón.» Dios...

—No sé hasta dónde llega, pero imagino que no tardaremos en encontrar el enigma sobre el emplazamiento de la tumba. Entonces podremos decidir si Ramsgate se equivocó o no.

Ron se humedeció los labios.

—Me parece increíble...

Se echó un poco hacia atrás y se sentó en el suelo. Se fijó en que los demás estaban también sentados a la sombra del toldo de Abdul. Yasmina, instalada en la arena con las piernas cruzadas, iba tomando notas detalladas del avance del trabajo. Sanford y Alexis Halstead, sentados cual miembros de la familia real en sus sillas plegables. Lo mismo podían haber estado observando un partido de tenis: en sus rostros no se dibujaba expresión alguna. Hazim tomaba sus notas particulares, y Abdul Rageb permanecía tranquilamente de pie junto al *ghaffir* armado. El único sonido que se oía en el cañón era el del cálido viento que azotaba el altiplano, por encima del cañón. Habían acompañado a los *fellahin* de vuelta al Pueblo de los Trabajadores.

—Necesitaremos fotos, Ron. Fotos perfectas, nítidas, claras. Suponiendo que la estela se grabara en la roca viva, no podremos trasladarla. Sólo se podrán estudiar las inscripciones a partir de las fotos.

La cabeza de Ron describía un movimiento de asentimiento.

—De acuerdo, he traído unos carretes nuevos que guardé en bolsas protegidas con plomo. Intentaré también algún experimento con otras máquinas. Ahora, que eso de nítidas y claras no será fácil. Los caracteres tienen un relieve de menos de quince milímetros. Prácticamente no habrá contraste. A ver, si el sol procede de este ángulo...

A Mark le dolía tanto la espalda que por un momento pensó que no lograría incorporarse, si bien era un dolor agradable. Lo había experimentado antes, al permanecer horas y horas agachado ante un objeto enterrado, tan absorto y concentrado que ni siquiera notaba su cuerpo. En aquellos momentos, sentado en la tienda comedor, con los pies algo levantados y un inmaculado plato delante, saboreaba el dolor y el malestar, otorgándoles su verdadero valor.

Consideraba que habían puesto al descubierto la mitad de la estela.

—Me sabe mal lo de las fotos —dijo Ron.

Mark levantó la mano con gesto indiferente y cogió la copa de vino.

—No te preocupes. Mañana trabajaremos en ello. Espero que la parte inferior esté tan bien conservada como la que hemos visto hasta ahora. De ser así, no creo que tengamos dificultad para leer el mensaje.

—Lo que no me cabe en la cabeza es que los egiptólogos no hayan tocado jamás una estela tan fundamental.

—Muy sencillo, amigo mío, nunca la encontraron. Siguiendo las órdenes del bajá, la zona estuvo unas décadas en cuarentena. Durante todo ese tiempo, nadie se atrevió a entrar en el cañón, y por ello la arena arrastrada la cubrió y se desvaneció el recuerdo de Ramsgate.

—¿Y el diario?

—Puede que algún *fellah* lo sacara de tapadillo antes de que llegaran los soldados. ¿Quién sabe? Es algo que no tiene importancia.

Ron dirigió su sombría mirada hacia la copa de vino. Él y Mark se encontraban solos en la tienda, exceptuando a Samira, que andaba de acá para allá en su cocina como un cuervo artrítico.

—Tengo un mal presentimiento en cuanto a las fotos, Mark.

—¿A qué te refieres?

—Ramsgate, en su diario, dice que sir Robert tuvo problemas con su «aparato de cajón». Al revelar la placa, la foto salía negra. Luego utilizó el magnesio y tomó una foto de Ramsgate y su esposa. Él afirma que en la foto resultante se apreciaba una curiosa imperfección. Una sombra inexplicable, una especie de columna de humo junto a Amanda. ¿Te suena?

Mark no respondió. Estaba recordando otro pasaje del diario: «Amanda se ha vuelto sonámbula. Sufre extrañas pesadillas y parlotea en un lenguaje incomprensible. En los momentos en que se la ve lúcida, con los pies en el suelo, habla de haber visto el espectro de una mujer con una luminosa túnica blanca atravesando el campamento...».

—Vamos a dormir un poco —dijo Mark de pronto—. Mañana es el día D.

Durante su conversación, la noche había refrescado; las estrellas cubrían el cielo como si lo hubieran pulverizado con hielo picado. Al pasar por el campamento, Mark y Ron temblaron de frío.

—¡No me explico cómo no estalla esta tierra con los bruscos cambios de temperatura! ¿Adónde vas, Ron?

—Al cuarto oscuro un rato. Tengo que comprobar qué pasa con la película.

—No te pases con el vino, amigo mío —murmuró Mark mientras el otro se alejaba.

Estaba a punto de entrar en la tienda cuando Mark notó un gélido calambre que descendía por su espalda. Contrajo los omóplatos con un movimiento reflejo, de la misma forma que hubiera hecho si alguien le hubiera echado un cubo de agua fría encima, y sintió un fuerte escalofrío; se mantuvo rígido, con una mano en el toldo delantero de la tienda. Las sienes empezaban a latir.

Luego lo oyó.

El clac-clac de unos pesados pasos.

Procedía de fuera del círculo de luz del campamento, de algún punto situado en la tenebrosa zona que quedaba tras su tienda: un rítmico y sordo pom-pom. Un sonido inquietante, como el de los lentos pasos de un animal abatido.

El escalofrío se centró en la nuca. Por un lado, quería mirar y por otro no; sus dedos se aferraron mecánicamente al toldo, agarrándose a la lona para evitar la caída.

Clac-clac. Clac-clac.

Un *fellah* embotado por el hachís. Pero no, el sonido parecía más potente; podía tratarse del peso de un caballo. Sería el camello del griego. El sinvergüenza intentaba de nuevo hacer negocio.

Mark empezó a temblar. Notó las manchas de sudor bajo las axilas. No era un camello; tampoco un cuadrúpedo. Fuera lo que fuera, avanzaba pesadamente hacia él sobre dos pies...

El viento se intensificó, frío, calando hasta los huesos, silbando contra la tienda. Tuvo la sensación de que unos focos oscilaban, provocando un ir y venir de sombras. Notó que un terrible pánico se le metía en las tripas. Las punzadas de dolor le perforaban la cabeza.

Clac-clac. Más fuerte, más cerca. Clac-clac. El terror y la angustia se apoderaron de él, haciéndole sentir una súbita e inexplicable necesidad de caer de rodillas y empezar a llorar, a vaciar su alma: lo que se acercaba a él procedente de las profundidades de la noche era el mal...

Y luego, de repente, un extraño resplandor. Ante él vio su silueta perfectamente perfilada en la pared de la tienda. La incandescencia, que hacía brillar el campamento con una luz preternatural, procedía de atrás, de la dirección opuesta a la del mal que se acercaba. El viento amainó y la noche pasó a ser algo extrañamente calmado y silencioso.

El clac-clac desapareció.

Mark se giró, incómodo, con gran dificultad, como si se hallara envuelto en algodón. Dio la espalda a la tienda, situándose frente al horror que se vislumbraba en el punto donde empezaban las tinieblas, y contempló la reluciente visión del centro del campamento.

Se le apareció de la misma forma que las tres veces anteriores: blanca como la nieve, luminiscente.

Ella lo observaba con ojos tristes, orientales; sus labios color cereza se movían levemente. Observando estupefacto en la gélida noche, Mark oyó de nuevo, o más bien sintió, el suave cosquilleo de la voz femenina en contacto con su cerebro.

—*Entek setemet er anxui-k.*

Mark notó que el sudor le empapaba la camisa; el viento glacial convertía el sudor en hielo.

—*Sexem-a em utu arit er-a tep ta.*

El ritmo de su respiración disminuyó. El temblor se apoderó de su cuerpo. Con la mirada fija, totalmente paralizado, había perdido todo el control de sí mismo; se veía incapaz de moverse por propia voluntad.

Los labios de la mujer se movían y la mente de Mark oyó un murmullo de ensueño:

—*¡Un-na! ¿Nima tra tu entek? Nuk ua am ten. ¿Nima enti hena-k?*

Mark abrió la boca pero la lengua no le respondió.

—*¿Nima tra tu entek?*

La espiración salía con gran lentitud, dolorosa. En su terror y aturdimiento, Mark pensó: «¡Casi lo comprendo! ¡Casi lo comprendo!».

—*¿Nima tra tu entek?*

«Esas palabras me suenan. Casi podría...»

—*¿Nima tra tu entek?*

Temblaba terriblemente y su camisa estaba completamente mojada. Los ojos de Mark no conseguían apartarse de los labios de la mujer. Cuando éstos se abrieron, Mark oyó:

—*¿Nima tra tu entek?*

«¡Sí! ¡Casi lo comprendo! Casi...»

De repente otra voz penetró en su cabeza; atravesó sus oídos y Mark estuvo a punto de caer al suelo. La mujer de blanco desapareció y un instante después los focos iluminaron el campamento. Mark se llevó la mano hacia los ojos.

Alguien chillaba.

Se juntó a los que corrían hacia la tienda de Yasmina; los gritos de terror de la muchacha perforaban la noche. Mark y Ron abrieron el toldo delantero y bajaron a toda prisa la cremallera de la mosquitera interior. La tienda estaba a oscuras, pero oyeron que Yasmina se revolcaba y gritaba pidiendo ayuda.

Mark entró precipitadamente y su rostro topó contra algo. Tuvo la impresión de que alguien le había echado un puñado de gravilla. En la tienda se oía un zumbido ensordecedor; millones de alfileres se clavaron en sus brazos.

En medio de la oscuridad, Ron buscó el interruptor a ciegas, y cuando consiguió dar la luz, soltó un grito. La tienda de Yasmina estaba atestada de insectos, grandes y siseantes, que lo cubrían todo, y en el centro, vestida con un fino camisón, agitando los brazos y chillando, estaba Yasmina.

Tenía la piel y el pelo cubiertos de bichos, como si llevara una negra máscara: mosquitos, avispas, moscas, saltamontes. Zumbaban, silbaban, picaban.

Mark la cogió por la cintura y la sacó de la tienda. Echando un vistazo hacia el interior, entre la espesa nube de insectos, vio que Ron se abría camino a duras penas, gritando y agitando los brazos. Todo el mundo se quedó quieto observando sin habla cómo Mark sacaba en brazos a la mujer deshecha en lágrimas.

Se los sacudió de encima y la nube de insectos saltó hacia la arena y desapareció volando en la noche. Mark escuchó aterrorizado el fragor de los miles de insectos; se volvió después hacia Abdul y le dijo:

—¡Sáquelos de aquí! ¡Limpien la tienda!

—De acuerdo, *effendi*.

El imponente árabe mantuvo su inexpresividad, pero de pronto sus ojos reflejaron una gran hostilidad.

—Tú y yo, Ron, dormiremos en la tienda de trabajo esta noche. Yasmina se instalará en mi cama.

Los sollozos de la muchacha se fueron apagando pero su cuerpo seguía aferrado al de él. Con aquel camisón, Yasmina parecía una niña indefensa en los brazos de Mark. Ocultaba el rostro en el pecho de Mark y éste notó el contacto de las innumerables picaduras y mordiscos que tenía en los brazos y espalda.

Cuando por fin hizo el esfuerzo de mirar de nuevo el interior de la tienda, comprobó que los insectos habían desaparecido.

El calor ascendía a oleadas de la arena, distorsionando los riscos que quedaban al otro lado; el suelo del cañón estaba sembrado de charcos de mercurio que desaparecían cuando uno se acercaba a ellos. La atención de todo el mundo aumentaba y se reducía a intervalos; nadie quería abandonar la excavación y todo el mundo estaba harto de esperar.

Tras cinco horas de trabajo, Mark limpiaba la última línea de los jeroglíficos.

Su propia concentración se rompía tanto como la de sus compañeros; no se quitaba de la cabeza el terror del ataque a Yasmina ni tampoco la imagen de la mujer de blanco. Había dormido a ratos la noche anterior en el suelo de la tienda de trabajo, despertándose de vez en cuando de las pesadillas para oír la acompasada respiración de Ron. Incluso en aquellos momentos, al retirar la última suciedad que permitiría dejar al descubierto el críptico mensaje de la piedra, notaba que una terrible aprensión, una premonición, se apoderaba de su espíritu.

Aquella mañana, Yasmina había insistido en acompañarlos a la excavación; en aquellos momentos estaba sentada cerca de Mark, escribiendo con los dedos vendados en el libro de trabajo. Tenía la cara hinchada, los brazos cubiertos de picotazos y mordeduras.

Ron permanecía sentado al lado de ella, con las rodillas contra el pecho y una terrible expresión de inquietud. Observaba a un lagarto que buscaba escorpiones en la arena, pero su mente estaba ocupada en los inútiles esfuerzos que había hecho para sacar una foto de la estela.

Alexis Halstead estaba algo alejada del grupo, en la arena, con una extraña expresión en el rostro; ladeaba la cabeza como si pretendiera escuchar un susurro en el viento.

Su marido, sentado al lado de ella, aquella mañana no se mostraba como el personaje implacable de siempre: había tenido de nuevo la pesadilla, la de un hombre imponente, de oro macizo, a los pies de su cama, unos ojos incorpóreos fijos en la noche, y la voz que procedía de todas partes repitiendo a la vez: «*Na-jempur, na-jempur...*».

Hazim al-Sheijly era el único implicado a fondo en la tarea de Mark. Cada vez que se descifraba un jeroglífico, conseguía quitarse de la cabeza los recuerdos de la pesadilla que se le repetía —lo seducía una mujer con cabeza de escorpión— y concentrarse en el sensacional descubrimiento que le promocionaría en el ministerio.

Mark soltó la paleta, se secó la cara y el cuello con un trapo y se sentó soltando un bufido.

—¡Ahí está! El mensaje final. El emplazamiento de la tumba...

15

—*«Cuando Amón-Ra desciende siguiendo el curso de la corriente, el Criminal permanece debajo; para conseguir el Ojo de Isis.»*

—¿Seguro?

Mark soltó el lápiz mirándolo con ceño.

—Ron y yo lo hemos repasado con lupa. Eso es lo que dice.

—Tiene que estar equivocado.

—Mi especialidad es la lengua de los antiguos egipcios, señor Halstead. Leo un jeroglífico con la misma facilidad que leo en inglés. Domino el tema.

—¡Pero esto no tiene ninguna lógica!

—¡Y que lo diga!

Hazim se aclaró la voz y dijo despacio:

—Estamos perdiendo la calma, caballeros. Las discusiones van en detrimento de la expedición. Podríamos dejar a un lado la inscripción y...

—No tenemos tiempo para ello —dijo Halstead—. El calor se hace cada día más insoportable. El mes que viene es el ramadán. Tenemos que descubrir la tumba ahora.

Mark echó una ojeada al papel que tenía delante; era la réplica de la estela más perfecta que había sido capaz de dibujar. Comoquiera que Ron había fracasado con las fotografías de la estela, Mark se las había ingeniado colocando papel parafinado sobre la piedra y frotándolo luego con carbón. Había utilizado aquel proceso en otras ocasiones para el estudio de relieves en alguna pared con poco contraste para fotografiarlos, y con ello se captaban los detalles más sutiles. Había copiado los trazos en otra hoja de estudio y acudió a cenar con el resultado. A nadie le complació.

—¿Está usted seguro, doctor Davison, de que no hay nada más en el resto de la inscripción?

Él extendió las manos.

—Ya se lo he leído. La advertencia de mantenerse alejados, los nombres de los siete dioses, unos cuantos conjuros truculentos y luego, al final, el enigma.

—Usted dice que Amón-Ra significa el sol y que el descenso de la corriente indica el norte.

—Efectivamente, señor Halstead.

—Pues aquí hay un error. Y éste puede estar en Amón-Ra o en el descenso de la corriente.

Mark soltó un suspiro y movió la cabeza.

—Es así y punto, señor Halstead. Créame, yo me siento tan frustrado como usted.

Ron cogió la copa, terminó el vino y la volvió a llenar con la botella que había llevado a la mesa.

—Lo que no acabo de comprender es el Ojo de Isis. ¿Cómo va a conseguir el Criminal el Ojo de Isis y por qué?

Mark centró de nuevo la atención en la última línea del jeroglífico, observando detenidamente sus caracteres. Se veía claramente el elevado símbolo triangular pronunciado *sept*, el verbo que significaba «conseguir», seguido de la figura sentada de Isis y el *udjat*, «ojo».

—¿Y el Perro? —dijo Halstead—. ¿No dice nada de algún perro?

—Por más imaginación que uno ponga en ello, no.

—Doctor Davison —Halstead apoyó las palmas de las manos en la mesa. Se le veía nervioso, inquieto. Últimamente no había dormido bien. Y aquella mañana, al despertarse, había visto una manchita de sangre en sus calzoncillos—. Neville Ramsgate afirma que miró hacia arriba y vio, *donde sus ojos se habían posado cien veces*, el Perro. Comentó entonces lo simple e ingenua que era la respuesta al rompecabezas. ¿Y a usted no se le ocurre?

—¿Y a usted, señor Halstead?

—Usted es el egiptólogo, Davison, ¡maldita sea!

Mark escondió las manos bajo la mesa y cerró los puños con la máxima fuerza. Con calma y tranquilidad dijo:

—Abdul ha contratado a dos mujeres de Hag Qandil para que nos hagan la colada. Estarán aquí por la mañana. Le agradeceré que recojan su ropa sucia y la tengan a punto para ellas antes de irnos hacia el cañón. Si tiene usted alguna prenda especial, señora Halstead, me refiero a algo delicado tal vez...

Alexis, que lo había estado mirando de hito en hito, dijo parpadeando:

—¿Cómo?

Cuando se lo hubo repetido, Alexis hizo una mueca de descontento y dijo:

—¡Ah, sí! Tengo... algunas prendas...

Mark se levantó, enrolló la lámina y la metió en el tubo. Mientras los demás se iban levantando lentamente, dijo:

—Aunque no hayamos descifrado el enigma, volveremos a excavar en las zanjas. Nadie tiene que acompañarnos si no lo desea...

—Allí estaremos, doctor Davison —Sanford Halstead cogió a su esposa del brazo y se fueron hacia la puerta de la tienda, donde se detuvo un momento para murmurarle algo al oído. Alexis, sin embargo, pareció no oírlo, pues su expresión seguía siendo distante; asintió con gesto maquinal y salió hacia la luz del día.

A Mark le sorprendió que Halstead volviera, cojeando ligeramente. Y su sorpresa fue mayor al oír que éste, en un tono grave al haberlo forzado tanto para quitar importancia al tema, le decía:

—Davison, no sé si usted podrá aclararme algo. El otro día... oí por encima una palabra y me preguntaba qué podía significar.

—¿Cuál es?

—*Na-jempur*.

Mark frunció los labios, reflexionó un instante y luego se volvió hacia Ron, quien se disponía a salir.

—¿Sabes qué significa *na-jempur*?

Ron negó con la cabeza.

—Es... —dijo Halstead, dudando— ¿Es moderna o antigua?

A Mark se le dispararon las cejas.

—Si la ha oído recientemente, será moderna. Claro que pensándolo bien, su sonido parece corresponder al antiguo egipcio.

—Pero usted no sabe su significado.

—Ni idea, tendrá que disculparme.

—No se preocupe. No tiene importancia.

Halstead giró sobre sus talones y salió de nuevo.

Luego Hazim se acercó a Mark y le dijo en voz baja:

—Creo que lo más juicioso será no establecer contacto aún con el ministerio. Esperaré a encontrar la tumba, ¿comprende usted?

Mark movió la cabeza, fatigado.

El joven, en lugar de marcharse, se quedó junto a él un momento; parecía discurrir algo. Luego, bajando más la voz, añadió:

—Doctor Davison, ¿ha tenido usted o alguno del grupo problemas con los escorpiones?

—No, ninguno. ¿Y usted?

—Pues alguno he tenido. ¿Qué me recomienda contra ellos?

—En primer lugar, observe que no haya agujeros en la tienda y después asegúrese de que la puerta quede siempre herméticamente cerrada. No estaría mal que pusiera unas latas de queroseno en las patas de la cama. Hable con Abdul.

—Sí, sí, muchas gracias.

Algo alterado, Hazim salió corriendo de la tienda. Lo siguió Ron, con la botella de vino en la mano, murmurando algo de emprenderla a mazazos contra las cámaras fotográficas, de forma que Mark se quedó solo en la tienda con Yasmina y la anciana *fellaha*.

Era tarde para que Samira siguiera allí; hacía mucho rato que había acabado la cena, los fuegos ya se habían apagado y los cacharros estaban recogidos. No obstante, ella seguía allí, ocupada con alguna menudencia en su oscuro rincón.

Mark dirigió una larga mirada a Yasmina. Llevaba aún las manos y los brazos vendados; en el cuello y el rostro se veían diminutas manchas rojas. Él recordó la sensación que había tenido al llevarla en brazos.

—¿Qué tal estás? —le preguntó amablemente.

—Muy bien.

No habían hablado del ataque de los insectos desde la noche anterior. Yasmina dijo con suavidad:

—Aún no sé lo que sucedió. Me desperté de pronto y todo estaba lleno de... —Su voz se apagó.

Mark puso una mano en el hombro de la muchacha.

—No volverá a ocurrir. Abdul ha revisado tu tienda centímetro a centímetro. No habrá forma de que entre ni un bicho más. —Hizo una pausa. Algo de lo que había dicho le sonó a nota desafinada—. De todas formas, los hombres han trasladado tu tienda al lado de la mía. Tal vez se instaló sobre algo que atraía a los insectos. He dado órdenes a Abdul para que aplicara insecticida en todas las aberturas. Ahora estarás bien.

Yasmina tenía unos ojos profundos; el hombre podía sumergirse en ellos.

—Gracias —susurró ella, y abandonó la tienda.

Mientras Mark buscaba en el bolsillo de la camisa la goma para sujetar la lámina, observó los movimientos maquinales de la anciana vestida de negro en su rincón. Golpeó con los dedos la enrollada lámina y le vino a la mente de nuevo la visión que lo había obsesionado durante todo el día, que le había distraído de su objetivo científico: la mujer de blanco...

—Anciana —dijo en árabe.

Ella pareció no oír nada; sus manos se agitaban prosiguiendo la tarea que Mark no distinguía.

—*Shayja*, quería hablar con usted.

La vieja no se giró.

—Usted habla copto, *shayja*. Puede que sea un dialecto con el que no estoy familiarizado. Me interesaría aprenderlo.

No hubo respuesta.

—Si quiere que le pague por ello, podemos discutirlo. Le proporcionaré el té que desee.

La mujer seguía dándole la espalda, algo que fastidiaba a Mark. Él reflexionó un momento y luego dijo:

—*¿Nima tra tu entek?*

Samira se giró de golpe, con los ojos muy abiertos, sobresaltada.

—De forma que me ha oído —dijo él en árabe.

Ella apretó sus finos labios y dijo en tono áspero:
—¿Dónde ha oído estas palabras, amo?
—¿Son coptas?
—No, es la antigua lengua.
—¿La antigua lengua no es el copto?
—Más antigua, amo, es la lengua de los *qadim*.
Mark levantó las cejas. *Qadim*, los antiguos. Era como si los diminutos ojos de la *fellaha* le abrasaran el cerebro.
—¿Qué significan esas palabras?
Samira cruzó las manos dentro de las anchas mangas del vestido y le dirigió una mirada escéptica.
—Las palabras significan: «Quién sois vos».
—Quién sois vos... Claro, ahora recuerdo...
Los ojos de la mujer, como diamantes negros, iban de un lado a otro en el rostro de Mark.
—¿Dónde oyó esas palabras, amo?
Él arrugó la frente.
—En... en un sueño.
El fuego tras los ojos de la anciana se avivó.
—¿Ha visto? ¡Ya ha empezado! ¡Ya ha empezado!
—¿De qué me habla?
Una arrugada y oscura mano agarró la muñeca de Mark con una fuerza alarmante.
—Tiene que encontrar la tumba, amo. Y ha de hacerlo antes de que nos destruyan a todos.
Mark se deshizo de la mano de la mujer y soltó una nerviosa carcajada.
—¿A qué viene esa palabrería?
—Los demonios, amo, van a destruirle a usted y a sus amigos, a cada uno de la forma que le corresponda. Pero en cuanto haya descubierto la tumba y hecho lo que tiene que hacer, los demonios huirán...
La mujer bajó la voz hasta convertirse en un ronco murmullo e inclinó la cabeza hacia Mark; la peste que desprendía su cuerpo le hizo retroceder.
—Los Siete han de destruirle, amo, pues eso es lo que quedó establecido. Cada uno de ustedes vivirá un terrible final. A menos que encuentre la tumba y haga lo que tiene que hacer, porque en su interior está su salvación. ¡Pero tiene que apresurarse! —Sus ojos se encendieron como negras llamaradas—. En el último momento usted tendrá que decidir, amo. Se producirá una lucha, la batalla final. El bien y el mal pelearán por poseerle, y usted tendrá que identificar dónde está el bien y librar la última batalla contra lo que es el mal.
Está diciendo estupideces...

—*¡Na-jempur!*

—¿Cómo?

—El arrogante —dijo ella con desdén.

Él le preguntó el significado de la palabra.

—¿Lo sabe usted?

—Es muy antigua, amo. Pertenece a la lengua de los dioses que en aquel tiempo pasaron por el valle del Nilo. Es más antigua que la palabra escrita, más antigua incluso que el tiempo.

—¿Que significa *na-jempur*?

—Significa «sangrar», maestro.

Mark la observó un instante, tomando conciencia súbita del latido de su corazón contra la caja torácica.

—Él... lo comprendió mal. El señor Halstead oyó algo con un sonido parecido a éste...

Los labios de Samira se movían afanosamente por encima de las despobladas encías. Sus ojos reflejaban un gran desprecio.

—Descubra la tumba, amo, antes de que sea demasiado tarde.

Mientras el Land Rover reducía la marcha y el polvo se aposentaba, Mark vio a través del parabrisas que Abdul Rageb corría por la arena hacia él. Hacía mucho que conocía al ascético árabe y sin embargo jamás lo había visto moverse con tanta celeridad.

—*Effendi* —dijo Abdul atropelladamente; su cobriza tez había adquirido un extraño tono ocre—, ha sucedido algo. Tiene que mantener a los demás al margen.

Mark saltó del Land Rover y miró por encima del hombro de su capataz hacia el punto donde se encontraba la estela. Unos cuantos *fellahin* se habían congregado alrededor de la zanja.

—¿Dónde están los equipos?

—Los he mandado fuera, *effendi*. Les he dicho que hoy se celebraba una fiesta americana.

—¿Por qué?

—Ya lo verá. Venga conmigo, pero no permita que nos sigan los demás.

Mark se volvió hacia Ron, que salía del segundo vehículo, y cuando lo tuvo cerca le dijo:

—Ocúpate de que todos se queden aquí. Abdul dice que ha habido un problema. Invéntate una excusa.

Mark avanzaba a duras penas por la arena siguiendo a Abdul, molesto porque habían abandonado las zanjas, y estaba a punto de hacerle algún comentario al árabe cuando llegaron al extremo opuesto del foso. Le costó un poco hacerse cargo de lo que tenía ante los ojos, y cuando lo consiguió, tuvo que apoyarse en su capataz para no desplomarse.

El *ghaffir* a quien se había asignado la tarea de custodiar la estela durante la noche yacía en el foso partido en dos; lo habían seccionado por la cintura.

—¡Santo cielo, Abdul!

—Yo he sido el primero que lo he visto, *effendi*, por ello he podido mandar a los trabajadores fuera. Tan sólo esos hombres lo saben y podemos confiar en su silencio.

Mark apenas pudo mirar los cenicientos y atemorizados rostros de los ayudantes de su capataz; era incapaz de apartar la mirada del *ghaffir*.

—¿Por qué, Abdul? —se sorprendió a sí mismo con una voz que parecía proceder de muy lejos—. ¿Por qué lo han hecho?

—No lo sé, *effendi*. Nadie ha tocado nada. La estela está tal como la dejamos ayer.

Finalmente Mark consiguió levantar la vista. Jamás había visto a Abdul tan trastornado.

—Aquí tiene que haber alguna rencilla, Abdul.

—Eso parece, *effendi*.

Mark oyó el sonido de unos pasos que se acercaban, se volvió pero ya era demasiado tarde. Halstead se sujetaba el estómago con las manos y Alexis miraba el foso con unos ojos como platos.

—No los he podido detener, Mark —dijo Ron—. Insistían en comprobar cuál era el problema... —Aquellos ojos azules se clavaron en el cadáver y quedaron inmóviles.

Mark observó unos oscuros movimientos en la arena y, al levantar la vista, vio unos buitres planeando en círculo.

—Abdul, usted y sus hombres ocúpense de sacar el cadáver de ahí, ¡maldita sea! El foso está bañado de sangre.

—Yo me ocupo de todo, *effendi*.

—¡Oh, Dios mío! —exclamó súbitamente, al notar que la rabia se apoderaba de él—. ¡Hay que acabar con eso! ¿Quién es el culpable, Abdul?

—Mis hombres dicen que no ha sido ninguno de los trabajadores. Aseguran que anoche nadie abandonó el Pueblo de los Trabajadores.

—Tal vez alguno salió a hurtadillas.

—Mis hombres afirman que no, *effendi*, conocen bien a sus equipos. Están seguros de que entre ellos no hay ninguna rencilla.

—¡Algo habrá! Del otro, del primer *ghaffir*, usted mismo dijo que no era muy popular. Que había ofendido a la mujer de otro.

—Sí, *effendi*, pero yo no me refería a los trabajadores. Esos son *ghaffirs*, ellos no se mezclan con los peones.

—¿Lo habrá hecho alguien de los alrededores?

—Es posible, *effendi*.

Mark hacía esfuerzos por no mirar de nuevo hacia el foso pero era incapaz de ello. La expresión del muerto era mucho más espantosa que el desperdigamiento de intestinos y los charcos de sangre del suelo. Sus ojos y la boca se habían abierto completamente en un alarido silencioso; la mirada traducía todo el terror.

—De acuerdo, hoy no se trabaja. Limpie todo esto con la máxima rapidez. Yo me voy a El Till.

Dejó a los Halstead en manos de Yasmina y él se alejó con Ron y Hazim. Mark conducía el Land Rover con gran temeridad, embistiendo las piedras y salvando los montículos presa de una furia que pocas veces había experimentado en su vida. Antes de abandonar el campamento había visto a la *shayja* agazapada en una sombra; sus ojos negros como el carbón se habían clavado en él con mirada casi acusadora. Posteriormente, topando y rebotando entre las ruinas de la antigua ciudad, resonó en su mente, como el tañido de una descomunal campana, una frase del diario de Ramsgate: «Encontraron partido en dos al fiel ayudante de Mohammed, que en paz descanse...».

Al llegar al extremo del pueblo, cuando el Land Rover ya no pudo avanzar más, los tres bajaron del coche y andaron por las estrechas calles en fila india. La mayor parte de las casas estaban vacías; por ninguna parte se veían los grupos de niños que suelen jugar por el suelo en estos lugares. Pueblo arriba se oían unos cantos.

—¿Qué ocurre? —preguntó Ron.

Al entrar en una callejuela, encontraron a un grupo de gente que corría detrás de un carro tirado por un burro y cargado de muebles. Todos palmeaban y recitaban alabanzas.

—Es una boda —dijo Hazim.

Los tres siguieron al grupo y se detuvieron delante de una casa de adobe. Unos jóvenes con chilabas y casquetes tapaban la puerta; chasqueaban la lengua y cantaban groseras canciones de amor. Mark se abrió paso entre ellos y vislumbró en la penumbra del interior los preparativos de una fiesta. Unos muchachos pegaban palmadas en la espalda de otro que se cubría el rostro con un pañuelo y simulaba timidez. Llevaba las manos teñidas con alheña y también una chilaba nueva.

Mark cruzó el grupo en busca del *umda*. Al cabo de poco salió diciendo:

—Vamos a buscar la casa de la novia.

Atravesaron las pequeñas y sucias calles del pueblo siguiendo el griterío de las mujeres. Una vez dieron con la casa, encontraron allí también a todas las mujeres y niños del pueblo preparando a la joven para su noche de bodas. Ya había tomado el único baño de su vida; sus amigas le estaban enrojeciendo las manos y pies con alheña y pegándole pellizcos en los muslos en señal de buena suerte.

Se oyeron unos disparos en la distancia e inmediatamente unos velos rojos y blancos cubrieron la cabeza de la muchacha y sus amigas la salpicaron con sal.

Mark, Ron y Hazim se apartaron un poco de la multitud y vieron la procesión del novio que descendía por la estrecha calle, encabezada por el carro tirado por el burro. Allí estaba también el *umda*.

—Aquí está —murmuró Ron.

—Espera un poco.

Se escondieron en las sombras para que no los viera nadie; el novio y sus amigos entraron en la diminuta casa, cediendo el paso al *umda*. Mientras el resto del pueblo se agolpaba fuera, los amigos íntimos y parientes se acercaron para asistir a la prueba de la virginidad. Ésta se llevó a cabo de forma rápida y primitiva; la novia soltó un grito de dolor y manó la sangre. Se oyeron vítores; el honor estaba a salvo. Podía empezar la fiesta.

—No va a resultar fácil —dijo Ron apartándose del muro donde se habían refugiado.

—Me da lo mismo. Le guste o no, voy a hablar con el viejo.

Cuando estaba a punto de abrirse paso entre la multitud, los campesinos se echaron hacia atrás y Mark tuvo la sorpresa de encontrarse con el *umda* que salía de la casa. Se acercó a los tres hombres y les dirigió su mejor sonrisa.

—Es un honor tenerles con nosotros. Únanse a nuestra celebración.

—Tenemos que hablar, *hayy*.

La sonrisa desapareció.

—No tenemos nada de qué hablar, doctor Davison. El hombre era de El Hawata. Vaya a hablar con el *umda* de El Hawata.

Mark hizo un gesto de sorpresa.

—¿Ya lo sabe?

—No ocurre nada en el valle que yo no sepa.

—Entonces sabrá quién mató al hombre.

La expresión del anciano se ensombreció.

—Eso es algo que no sé.

—Escúcheme, *hayy*...

—Aquí no hay ninguna disputa, doctor Davison. Hace muchos años que este pueblo vive en paz y queremos que siga así. No crea que soy tan estúpido como para permitir que un *tha'r* se interponga en un trabajo arqueológico. Usted ha dado trabajo a muchos de mis hombres y nos ha proporcionado un té de excelente calidad. No soy tan estúpido como para no comprender qué implicaría un *tha'r* en una situación tan provechosa. Sea quien sea quien mató al hombre, doctor Davison, no tiene nada que ver con El Till. Yo no permito venganzas.

—Usted es el hombre más poderoso del valle, *hayy*, puede impartir órdenes a los demás *umdas*...

El anciano levantó una mano.

—Me ofende usted, doctor Davison. Su *ghaffir* sufrió un accidente, eso es todo.

—¡Escúcheme! —exclamó Mark de pronto, sobresaltando a todo el mundo—. ¡Y escúcheme con atención! Dos muertes en mi campamento son más que suficientes. ¡Se acabó! ¡Se acabó ya! Si tengo que recurrir a la policía de los *ma'murs*, lo haré, y luego contrataré a los hombres de El Minya y su pueblo se quedará sin té.

El arranque de Mark sorprendió al *umda*, quien lo miró estupefacto.

—¡Mantenga sus peleas de poca monta en sus dominios, *hayy*! ¡Si se produce otro incidente más, aunque sólo sea un ojo amoratado, puede tener por seguro, *hayy*, que aparecerá la policía y yo seguiré con mi trabajo, se lo juro!

Mark giró sobre sus talones y se alejó con tanta rapidez que Ron y Hazim tuvieron que echar a correr para alcanzarlo. El anciano se quedó de pie en medio de la calle apoyado en su bastón, completamente desconcertado.

Ron gritó:

—¡Por ahí no se va al Land Rover!

—¡Nos falta una visita!

Llegaron al extremo occidental del pueblo, donde empezaban los campos; unos cuantos hombres manipulaban la *saquiya* y una vieja se quitaba los piojos hundida hasta las rodillas en la balsa cubierta de limo. Todo estaba en silencio.

La casa adonde se dirigieron estaba algo apartada del pueblo y era algo mayor y mejor arreglada. Delante de la puerta, unos niños jugaban con las cabras y las gallinas; al acercarse los tres, notaron los aromas del cordero que se asaba en una varilla.

Mark se detuvo a unos pasos de la puerta y gritó en inglés:

—¡Domenikos! ¡Salga, tengo que hablar con usted!

Los niños dejaron de jugar y los miraron asombrados. Las moscas se posaban en los rostros de éstos y les cubrían los ojos. Una silueta apareció en el umbral de la puerta; el griego sonreía y se abrochaba la camisa.

—¡Es un honor para mí! ¡Entre, por favor, y tomará un té!

—No he venido aquí a conversar amistosamente, Domenikos, sino a hacerle una advertencia.

Los porcinos ojos sobresalían en aquel rostro.

—Tendrá que dispen...

—En estos cuatro últimos días han matado a dos de mis hombres. Me da igual que se trate de una rencilla tribal o del trabajo de un solo hombre. He venido a decirle que eso se tiene que acabar.

—Doctor Davison, no le com...

—Tal vez comprenderá lo que voy a decirle. —Mark dio un paso adelante y apuntó con el dedo el pecho del hombre—. Si se produce otro incidente, la policía gubernamental se hará cargo de este pueblo. Aunque sea a costa de poner en peligro mi excavación, ¡aunque tenga que detenerlo todo! ¡Se acabaron los asesinatos, Domenikos!

Constantinos parpadeó, perplejo.

—Realmente no entiendo de qué me habla. ¿Qué tengo que ver yo con...?

—Tan sólo si por un momento pensó que yo le pagaría por protegerme.

—Pero yo no he matado...

—No me importa si lo hizo o no. ¡Procure que no vuelva a ocurrir! ¿Me ha entendido?

—Pero, doctor Davison...

—Recuérdelo bien, Domenikos —el tono de Mark bajó y se hizo amenazante—, un incidente más y le denuncio a las autoridades. Puedo hablarle del negocio que usted me propuso, y no creo que eso les guste mucho a sus amigos de Atenas.

Mark se volvió y dejó al hombre con la mirada clavada en los tres que ya se alejaban.

Una vez en el Land Rover, Ron dijo:

—¿Y ahora qué?

—Ahora a repetir la actuación en Hag Qandil y en El Hawata.

La ropa acabada de tender se agitaba con la brisa del atardecer y los aromas de la comida de Samira impregnaban el campamento. El grupo descansaba en el exterior, a la sombra de la tienda de trabajo, sentado en sillas plegables y tomando té frío.

—Hizo lo que había que hacer —dijo Sanford Halstead tras oír el relato de Mark. Se le veía pálido bajo el resplandor anaranjado; tras la conmoción de la mañana, Halstead se había pasado el día vomitando. Había observado sangre en los vómitos pero no se lo había comentado a nadie.

—Eso queda por ver. No he averiguado quién ha llevado a cabo los asesinatos ni por qué razón, pero creo que se ha acabado.

—¿Y si tiene que reclamar a la policía de los *ma'mur*? —preguntó Hazim.

—Es usted quien tiene la respuesta a eso. ¿Tienen ellos autoridad para obligarnos a detener nuestro trabajo?

El joven árabe movió la cabeza con tristeza.

—No lo sé. Depende...

El muchacho cada vez estaba menos entusiasmado con la expedición. Había encontrado otro escorpión en su cama. Era como si aparecieran tan sólo de noche y cuando Abdul no se hallaba en la tienda. Además, había vuelto a tener aquella pesadilla especial: la seductora mujer de largas piernas, desnuda, que le llamaba, lo tomaba entre sus brazos, y en el último minuto su bella cabeza se transformaba en las horribles pinzas de un escorpión. En efecto, Hazim ya no se sentía a gusto allí. Se preguntaba si, después de todo, no sería mejor abandonar el cargo, volver a El Cairo y conseguir que le sustituyera alguien con más estómago.

—En cuanto al trabajo —dijo Halstead—, ¿qué haremos ahora?

—Vamos a seguir excavando los fosos, y mientras tanto alguien tendrá que inspeccionar la parte superior de los riscos para localizar algo en forma de perro.

Mark no podía dormir. Se había tomado tres copas del Chianti de Ron y una vaso de bourbon, pero estaba completamente despejado. Era consciente de que la ira y la frustración lo mantenían despierto. Empezaba a notar asimismo punzadas en la cabeza.

Su mirada seguía el espectral camino de la luna que iba ascendiendo fuera de la tienda; a través del techo de ésta, veía su resplandor.

Le parecía imposible pensar que quince días antes estaba en Los Ángeles, marcando el número de teléfono de Nancy y oyendo al otro lado del hilo la grabación que le indicaba una «desconexión». También le parecía increíble recordar que habían pasado tan sólo cuatro meses desde aquella fatídica y lluviosa noche en Malibú, cuando Halstead llamó a su puerta.

Mark oyó un sonido en el exterior de la tienda.

Se incorporó apoyándose en los codos, se asomó a la mosquitera y pudo entrever una columna de un blanco deslumbrante incandescente contra la tienda. Era como un rayo de luna, una columna de luz sobrenatural que Mark percibió como una ilusión óptica; unos *fellahin* sentados alrededor de un fuego o un *ghaffir* patrullando el campamento con una linterna. Sin embargo, le llamó la atención; se sintió cautivado por el resplandor, se vio obligado a salir de la cama y a aventurarse hacia el exterior de la tienda. Levantó el toldo delantero y echó una ojeada.

Ella estaba allí de nuevo, de pie en la distancia, observando el campamento. A través de su delicadísimo cuerpo, Mark veía las luces de El Hawata, a tres kilómetros de allí.

Salió de la tienda y la estuvo observando un largo rato, intentando dejar a un lado las respuestas fisiológicas de su cuerpo: la aceleración del pulso en su cabeza, las palmas de las manos húmedas, la boca reseca, el sudor de la frente que picaba como el hielo.

Mark sentía curiosidad por aquella ilusión; el interés científico lo arrastraba a ello.

Luego notó el suave golpeteo contra el cerebro, parecido al de una mariposa contra un cristal.

—*Per-a em ruti. Bu pu ua metet enrma-a. Erta na hekau apen.*

Las punzadas del cerebro aumentaron; el dolor de cabeza se intensificó. Mark se sintió atraído hacia ella. Avanzó por la arena como en un trance; sin embargo, no había alcanzado este estado. Tenía la cabeza electrizada; impregnado de una conciencia que parecía extenderse hacia las estrellas.

—*Speru ti erek tu em bak. ¿Petra? ¿Petra? An au kernek er-s. ¿Petra?*

Mark se detuvo a unos pasos de ella. Mientras escuchaba los extraños sonidos del interior de su cabeza, sus ojos quedaron absortos en la sorprendente belleza de ella.

—*Speru ti erek tu em bak.*

Mark intentó tragar saliva sin conseguirlo. La inspiración le resultaba dolorosa. Presionó fuertemente los labios intentando controlar su cuerpo. Ella no era más que un sueño, una alucinación...

—*¿Petra?* —murmuró ella—. *¿Petra?*

Entonces Mark reflexionó: «¡Ya lo sé! ¡Ya lo entiendo!».

La súbita comprensión le asaltó haciéndole retroceder un paso. No sabía lo que era ella —sueño, ilusión—, pero él se sentía gozoso y temeroso a la vez; por un lado deseaba quedarse allí y por otro echar a correr.

Al parecer, la mujer captó la súbita comprensión de Mark, pues permaneció en silencio observándolo con ojos melancólicos.

Él abrió la boca en un intento de hablar. Su voz salió como un graznido.

Ella esperaba, con los ojos fijos.

Mark se pasó la lengua por los labios y aspiró con avidez el helado aire nocturno. Luego hizo un esfuerzo por mover los labios, con tanta concentración que todo su cuerpo se estremeció.

—*Nima...* —susurró—. *¿Nima tra tu entek?* —Y en el interior de su mente, oyó—: Espero...

Mark se tambaleó hacia atrás como si le hubieran atizado un golpe. Tuvo la impresión de que el universo había explotado; su cabeza había salido despedida hacia los confines del espacio. Le dolía tanto la cabeza que el pulso en el cuello le resultaba insoportable. Repitió:

—*¿Nima tra tu entek?* ¿Quién sois vos?

Y la visión/ilusión/sueño respondió:

—Estaba durmiendo... esperando...

Pero lo que oyó no era en inglés, ni en otra lengua que conociera Mark. De repente, los desconocidos sonidos se desvanecieron y una serie de ideas se agolparon en su cerebro. Escuchaba su voz, sus palabras, y comprendía su significado como si ella hablara una lengua que Mark conociera perfectamente.

La mujer parecía tener alguna dificultad.

—Soy aquélla que ha despertado... soy...

Mark vivía la espera como una agonía. Notaba que su cuerpo se expandía hacia los límites de la galaxia; deseaba gritar, chillar. Permaneció allí de pie, rígido; el sudor bajaba a raudales por su espalda y pecho. Observaba cómo la mujer-sueño luchaba con su pensamiento, como si intentara recordar.

Por fin lo oyó.

Ya no era tan sólo un susurro. La voz era consistente. Dijo:

—Soy... soy... Soy Nofr'tay-tay...

16

Mark contemplaba cómo se coagulaba la crema en la superficie de la taza de café y oyó vagamente que Ron pedía más *mehalabeyah* a Samira. Ensimismado, Mark no se fijó en las conversaciones que se desarrollaban en la tienda.

No podía quitársela de la cabeza. Nofr'tay-tay, había dicho ella. Nefertiti, la reina Nefertiti. Un sueño, una ilusión, el producto de una mente abrumada por el trabajo excesivo. Simplemente eso. De todas formas, era incapaz de dejar de pensar en ella.

—¡Eh!

Una mano le sacudía el brazo. Mark miró a Ron e intentó enfocar su cara.

—No te preocupes, Mark. Encontraremos el Perro, tranquilo, relájate... —Ron desapareció.

Los siete habían pasado ocho agotadoras horas revisando hasta el último despeñadero y el último otero del altiplano y todo lo que habían sacado de ello eran quemaduras del sol y malhumor. Pero Mark, allí en el campamento, no pensaba en aquella jornada: nadie era capaz de imaginar lo que lo tenía tan preocupado, pues no se lo había contado a nadie. Únicamente lo había visto el *ghaffir*, de pie, medio desnudo en el desierto, chorreando sudor y balbuceando para sí mismo. El *ghaffir*, que pensó que el americano estaba borracho; el *ghaffir*, que, patrullando por el campamento, lo había cegado con su linterna, haciendo desaparecer a la extraordinaria mujer de blanco. Tan sólo había tenido tiempo de pronunciar su nombre.

El ruido discordante de los demás al abandonar la tienda distrajo a Mark de sus reflexiones. Pensó que Alexis Halstead se iba a retirar a sus aposentos, donde se libraría del asfixiante calor del exterior durmiendo bajo los efectos de los barbitúricos. Hazim se dedicaría a escribir cartas a los numerosos componentes de su familia. Ron permanecería en el cuarto oscuro, y Sanford Halstead probablemente dedicaría el día a sus ejercicios gimnásticos.

Únicamente quedaba Yasmina.

—Has estado todo el día muy callado —le dijo ella.

Mark apartó el plato de la cena, que no había ni tocado, y se levantó de la mesa.

—Tengo un montón de cosas en qué pensar.

—Deberías comer. Has perdido peso.

—¿De veras?

Mark se puso una mano en el estómago; había desaparecido aquella barriga incipiente, así como el par de centímetros de grasa que había notado en su cintura quince días antes. Sentía que su cuerpo se había endurecido, rejuvenecido. Salió de la tienda con Yasmina, volviendo a la singular idea que le había asaltado antes. Ella andaba en silencio a su lado y cuando llegó a su tienda se detuvo y dijo:

—Estoy preocupada, Mark.

—¿Por qué?

Ella echó una ojeada alrededor y bajó el tono.

—Por el señor Halstead. Han vuelto a aparecer sus problemas hemorrágicos pero se niega a un tratamiento. ¿Por qué?

—Sanford Halstead es demasiado machista para admitir la mínima debilidad, sobre todo ante una mujer.

—¿Machista?

—Me refiero a duro, varonil. Me imagino que quiere demostrar su masculinidad. Tiene que mostrarse fuerte como un roble y jamás admitirá no rozar la perfección.

—Eso es ridículo. Tiene que verle un médico.

—¿Tú no puedes ayudarlo?

Yasmina negó con la cabeza.

—¿Es grave?

—No puedo decir nada sin examinarlo. ¿Te ha vuelto a hablar de su problema?

—No. Ya me había olvidado de él.

—Pues... —Ella bajó la vista hacia sus dedos gordos de los pies hundidos en la arena.

—¿Qué tal estás en la tienda? ¿Han vuelto a entrar los insectos?

—Unos pocos tan sólo...

—Perfecto.

Mark observó su cabeza gacha, fijándose especialmente en la espesa y ondulada cabellera oscura que caía esplendorosa sobre sus hombros y espalda. Era tan diminuta, tan silenciosa, tan amable... Y al mismo tiempo, curiosamente, excitante, sexual. Mark se preguntaba qué opinaría ella de él, aunque no era difícil de adivinar: no existía abismo más profundo que el que se marcaba entre las culturas musulmana y occidental. Dudaba que ella sintiera lo mismo que él: el deseo de abrazarla, de apagar su sed con los besos de ella, de llevársela a la cama en aquel preciso instante.

Yasmina levantó sus líquidos ojos y Mark se sintió violento por lo que tenía en la cabeza. Ella lo miró, entreabriendo los labios, como si esperara que Mark dijera algo. Y él dijo:

—Muy bien, pues buenas noches.

Y observó cómo la muchacha se daba la vuelta.

En cuanto Yasmina se hubo metido en la tienda y Mark oyó el sonido de cerrar la cremallera de la mosquitera, se fue andando, alejándose del campamento, para fumar una pipa antes de acostarse.

Cerca del antiguo muro derrumbado encontró a Alexis Halstead, inmóvil como una estatua, como dispuesta a escuchar algo.

—¿Señora Halstead?

Al acercarse a ella, aspiró el conocido perfume de gardenias, aunque en esta ocasión percibió también algo más. Algo extraño, algo subyacente, apenas perceptible...

Dio un rodeo para situarse frente a la mujer. Los ojos de Alexis se veían brillantes, vidriosos, sin el mínimo parpadeo. Tras la penetrante fragancia de las gardenias, se notaba un rotundo olor vagamente repulsivo que Mark no acertaba a precisar.

—¿Señora Halstead?

Alexis parpadeó y luego centró la mirada en él; parecía que acabara de despertarse de un sueño.

—He creído oír el susurro del viento en los árboles.

Mark observó la silenciosa noche del desierto.

—Aquí no hay árboles, señora Halstead.

Luego lo decidió: olía a alcohol.

—Pero yo he oído...

—Es imposible, señora Halstead. Son imaginaciones suyas.

—Sí. —Alexis soltó un largo y trémulo suspiro—. Sí...

—¿No tiene usted frío?

Ella se frotó ligeramente los brazos y luego, asumiendo el control del cuerpo, agitó con violencia la cabeza.

—No, estoy perfectamente. El aire del desierto me provoca los sueños más raros...

—¿Por qué no se va a la cama?

—No estoy cansada. Siéntese conmigo un rato a charlar, por favor...

Se sentaron en el muro de adobes y Mark cogió del bolsillo la pipa y la bolsita del tabaco. Oyó que Alexis decía:

—Desolado, ¿verdad?

Mark asintió, llenó su pipa y la encendió.

—¿Cómo lo soportan los arqueólogos?

Mark aspiró el humo de la pipa con la vista fija al frente. Se dio cuenta de que Alexis se acercaba a él.

—Doctor Davison...

—Dígame.

Ella le puso una mano sobre el brazo.

—¿No se pregunta a veces sobre...?

—¿Sobre qué?

—Sobre cómo era esto hace tres mil años.

Él se esforzó por soltar una carcajada.

—Evidentemente, señora Halstead. Las preguntas forman parte de mi trabajo. Soy egiptólogo.

—Llámeme Alexis, por favor.

Mark se sentía incómodo bajo la mirada de ella. Parecía que los apasionados ojos verdes de Alexis Halstead le estuvieran acariciando, lamiendo, desnudándolo y violándolo. Era Alexis Halstead y al mismo tiempo no era ella; se habría dicho que algo la poseía. Y de nuevo aquel rostro conocido, tan obsesivamente hermoso. Como un antiguo perfil grabado en piedra caliza...

A Mark le sorprendieron sus propios pensamientos.

—Hace frío aquí fuera, señora Halstead. ¿Por qué no vuelve a su...?

—Me refiero al hombre, doctor Davison, ¿qué preguntas se hace el hombre que usted lleva dentro sobre esta ciudad, sobre la gente que vivió en ella hace tantísimos años?

—Señora Halstead...

—Alexis. No se muestre como un extraño conmigo. Seamos amigos. —Se inclinó sobre él; su voz era sedosa.

Mark reflexionó un instante y luego, golpeando el muro con la pipa y disponiéndose a levantarse, dijo:

—Señora Halstead, tengo por costumbre no liarme con la esposa de mi patrón.

Ella soltó una suave carcajada, sujetándolo con la mano.

—¿Sigue usted alguna norma que le impida liarse con su patrón?

—¿Cómo dice usted?

—No fue mi marido quien le contrató, doctor Davison, sino yo.

—¿Cómo?

—He leído sus libros, me impresionaron. Cuando Sanford llegó a casa con el diario, enseguida me di cuenta de que usted era la persona adecuada para el trabajo. Lo investigué a usted y descubrí que no nos iba a decir que no, o mejor dicho no podría decirnos que no.

La voz de Alexis Halstead se endurecía a medida que iba hablando; sus ojos volvían a ser las piedras preciosas en bruto de antes. Se echó un poco hacia atrás.

—Mi marido no tiene ni cinco, es un don nadie. Un don nadie de pies a cabeza. Cuando lo conocí, yo había heredado una fortuna y él vendía corbatas en unos grandes almacenes. Hice un trato con él. De eso hace nueve años, y ha funcionado a la perfección.

—¿Un trato?

—Yo necesitaba un marido, doctor Davison, pero no me interesaba un dominador. Así que contraté a Sanford para que hiciera este papel; ofrece una buena imagen y representa perfectamente su parte cuando conviene. —Se dio unos golpecitos en la rodilla y se balanceó ligeramente—. Jamás he deseado a un hombre, doctor Davison. Siempre he considerado que las relaciones sexuales con un hombre son de mal gusto además de una pérdida de tiempo. No soporto una intromisión en mi cuerpo. Pero ya ve, aunque parezca contradictorio, necesitaba a un hombre. De soltera, como era muy rica, constantemente era el blanco de los cazadores de fortunas o bien se fijaban en mí con el objetivo de la conquista. No podía ir a ninguna parte, no podía hacer nada sin tropezar con invitaciones, tarjetas, hipocresías. Era algo tan persistente que decidí contratar a un marido. Un actor capaz de representar el papel de esposo que yo necesitaba y que al mismo tiempo no tuviera ningún plan respecto a mí. Encontré al hombre perfecto vendiendo corbatas en Bloomingdale's.

Alexis giró sus calculadores ojos hacia Mark.

—Resulta que Sanford es impotente...

—Señora Halstead...

—No siente el menor interés por mi cuerpo. Y por otra parte haría lo que fuera por el dinero. Lo metí en el negocio, lo convertí en presidente del consejo de administración y le proporcioné coches, trajes y dinero para gastar. Todo lo que le pedí a cambio fue su apellido y su presencia a mi lado cuando yo lo creyera conveniente.

Mark exclamó para sus adentros: «¡Santo cielo!», y escudriñó el oscuro desierto en busca de una salida.

—Siempre consigo lo que me propongo, doctor Davison. Me costó poco que no le proporcionaran la cátedra. Tengo amigos muy influyentes en la Universidad de Los Ángeles.

Él la observó atónito.

—¿Cómo? ¿Cómo dice?

—Vamos, doctor Davison, no me diga que no relacionó las dos cosas. Acaba de perder la plaza y poco después aparece Sanford llamando a su puerta. Es imposible que lo considerara una coincidencia.

—¿Usted? ¿Usted lo hizo?

Alexis frunció los labios en una mueca de diversión y burla.

—¿De verdad que no tenía ni idea? Me decepciona usted, doctor Davison. Claro que le habían concedido la plaza. Y usted lo sabía perfectamente. ¿En serio que no se planteó por qué lo dejaban al margen de golpe cuando la cosa estaba tan clara?

Mark se iba poniendo rígido. Apretó con tal fuerza los dientes que las cuerdas vocales se le marcaron en el cuello.

—Fue una llamada a alguien muy próximo, doctor Davison. Tuve el presentimiento de que si le concedían la plaza no conseguiríamos llevarle a Egipto con tanta facilidad. Sobre todo teniendo en cuenta que peligraba su puesto de trabajo. En cambio, de esta forma vi que usted no tenía nada que perder.

—Podía recurrir a otros egiptólogos —consiguió decir Mark—. ¿Por qué yo, maldita sea?

—Porque yo decidí que fuera usted. Usted es el único que posee la determinación que a mí me atrajo. Una inquebrantable devoción por la ciencia, hasta el punto de enfrentarse a la posibilidad de renunciar a la mujer que ama...

—¿Cómo?

—Lo sé todo sobre Nancy. ¿Verdad que le costó escoger entre ella y su profesión? Usted es el tipo de hombre que yo buscaba. Alguien que no se detuviera ante nada, que no tolerara ningún obstáculo en su camino, ni siquiera una mujer. Usted y yo somos iguales.

Mark se levantó y buscó el Nilo en el negro horizonte. Tenía que fijar la mirada en algo; era incapaz de mirar a la mujer que le hablaba con una voz cortante como el filo de un cuchillo.

—No somos iguales, señora Halstead —dijo con firmeza—. Se equivoca conmigo.

—¡No me diga! —Alexis se levantó despacio—. Usted escogió, doctor Davison, y era consciente del riesgo. Eligió Egipto. ¿De verdad cree que Nancy le estará esperando cuando vuelva?

Aquellas palabras cortaron el viento al pasar y le hirieron en lo más profundo. Mark vio el río a lo lejos, negro sobre negro, y notó que el estómago se le ponía duro como una piedra.

—Hay algo más que me atrae en usted —oyó que decía ella—. No tolera la derrota. Responde al ataque. Usted encontrará la tumba para mí, doctor Davison, ahora más que nunca.

Él se dejó caer sobre el antiguo muro y se cubrió el rostro con las manos. Lo más definitivo era la verdad que contenían sus palabras.

Ella permaneció imponente ante él, sonriendo con gesto victorioso; sus duros ojos verdes saboreaban la imagen de derrota que tenía delante.

Un momento después, Alexis se tambaleó, como si estuviera a punto de desvanecerse, y se llevó las puntas de los dedos a las sienes. Los verdes iris se volvieron vidriosos, desapareció la luz que emanaban, su expresión se fijó, y durante un breve instante Alexis Halstead quedó convertida en una estatua de mármol.

Luego parpadeó, inspiró profundamente y de nuevo dirigió una sonrisa a Mark. Entonces sus ojos se mostraron cálidos, húmedos, los rasgos de su cara, suaves, su cuerpo, dúctil. Dijo con voz dulce:

—Sí, encontrarás para mí la tumba, Mark, estoy segura de ello. Además... la tienes... al alcance de la mano. Prácticamente... es tuya.

Mark, sobresaltado, levantó la vista. Alexis volvía a mostrarse como unos minutos antes: sensual, seductora, con la respiración acelerada. Él la observó desconcertado. Aquella voz ya no era la de ella; el verde de sus ojos había adquirido un tono extraño. Lo miraba y sin embargo no lo veía, como si estuviera soñando, sonámbula de nuevo.

—¿A qué se refiere? —preguntó Mark con cautela.

—Me refiero a que la tumba está ahí, en el cañón, y usted la encontrará pronto. De todas formas... ha tomado la dirección equivocada... Tiene que dar la vuelta...

El rostro de Alexis se nubló y su cuerpo osciló de nuevo.

Con la idea de que estaba a punto de caer, Mark se levantó de un salto y la cogió por los brazos.

—Váyase a la cama, señora Halstead.

—No, no —respondió ella, jadeante, con los ojos entornados—. Tengo que hablar... tengo que hablaros a vos. Debéis... escuchar, yo no soy ella y soy ella y he de deciros unas cosas que os aclararán dónde se halla...

Él la sacudió con suavidad.

—Vuelva a la tienda, por favor, señora Halstead. Es tarde. Todos estamos cansados.

El rostro de Alexis se demudó.

—¡He de hablar con vos! ¿Por qué no me escucháis?

Mark, frenético, miró hacia el campamento en busca de ayuda. Tal vez Yasmina...

Con gesto brusco, Alexis se separó de él, retrocedió un paso y clavándole una dura mirada, llena de ira, exclamó:

—¿Por qué me pone las manos encima?

—Señora Halstead...

—No se equivoque conmigo, doctor Davison. ¡A mí no puede comprarme!

Se volvió de pronto y echó a correr por la arena; su brillante cabellera roja se movía como un halo de fuego alrededor de su cabeza. Mark la observó estupefacto y segundos después notó un frío aliento en la nuca.

Se volvió y se encontró frente a frente con la mujer de blanco.

Su cabeza se despejó al instante y las emociones se desvanecieron. En un abrir y cerrar de ojos lo había olvidado todo; la mujer resplandecía ante él cómo un holograma de carnaval. Luego oyó:

—*¿Nima tra tu entek?*

—Me llamo Davison —susurró él.

Más tarde, recordó otros detalles: que el viento había cesado súbitamente, que la luna se había escondido en un cielo completamente despejado, que bajo su diáfano manto la mujer iba desnuda. Sin embargo, en aquellos momentos, imperaba la curiosidad y la impresión del científico que se halla ante un nuevo y desconcertante misterio.

Al principio hablaron con titubeos: cada cual debía ajustarse a las pautas mentales del otro. Las palabras antiguas de la mujer se traducían por sí solas en el cerebro de Mark, y su susurrante inglés parecía cambiar al pronunciarlo, hasta que consiguieron conversar en una lengua universal.

—¿Qué eres? —le preguntó él.

—Soy Nofr'tay-tay.

—No quién eres, ¿qué eres?

—Soy Nofr'tay-tay.

—¿Estoy soñando? ¿Te imagino?

Ella flotaba en el aire; su delicado rostro estaba marcado por la tristeza.

—Dormía y ahora estoy despierta.

—¿Eres real, estás viva?

—Sí...

Mark se sentó de nuevo en el muro con las manos sobre las rodillas. Nunca la había tenido tan cerca; observó los detalles, la asombrosa y rotunda perfección de sus rasgos.

—¿Por qué estás aquí? —le preguntó.

—¡He dormido! He dormido durante estos milenios... —Levantó sus finos brazos dirigiendo las manos hacia el cielo—. ¡Sufro! ¡Tengo hambre! ¡Estoy sola! Tan sola...

—¿Qué eres? ¿Un sueño? ¿Un fantasma? ¿Por qué nos comunicamos?

Nofr'tay-tay bajó los brazos y dirigió una mirada llena de tristeza a Mark.

—No lo sé.

—Dices extrañas palabras y yo las entiendo.

—Vos... vos las habéis estudiado, Davison. Vos habéis estudiado mi lengua y está ahí, oculta en las profundidades de vuestro ser. Yo la he evocado.

Él la miró atónito.

—Estudiado... —susurró.

De pronto en su mente se agruparon caracteres e imágenes; vio columnas de jeroglíficos, oyó su propia voz de antaño en una cinta grabada, poniendo a prueba la certeza de su teoría. Las palabras que pronunciaba en aquellos momentos —*petra* (qué), *tennu* (dónde), *tesa* (yo)— habían surgido durante sus tres años de estudio.

—Dices que eres Nofr'tay-tay. ¿Tienes marido?

—Sí.

Mark se deslizó hacia el extremo del muro.

—¿Dónde está?

—Duerme...

—¿Dónde?

—En el cañón...

A Mark se le hizo un nudo en la garganta.

—¿Cómo se llama?

—Es Atón Complacido. Es 'Jnatón.

Mark se secó la boca con la manga; luchaba por contenerse, por no hacer añicos el frágil momento. Ella parecía quebradiza, muy tenue; el hilo que los unía no tenía más consistencia que el de una telaraña.

—¿Pueden verte los demás?

—No.

—¿Por qué?

—No lo sé, Davison. Si soy un enigma para vos, también sois vos un enigma para mí.

—¿Cuándo existes?

—En el tiempo de ahora.

—¿Es tu futuro o mi pasado?

—No lo sé.

Mark peleaba por no volverse loco. «¡Sueño! ¡Estoy hablando con una alucinación!»

—¿Sabes algo de mí?

—No.

—Busco una tumba. ¿Sabes dónde está?

—¡Escucha! —Nofr'tay-tay alzó un brazo blanco como la nieve y detuvo la mano junto a su mejilla—. Alguien se acerca.

Mark miró hacia uno y otro lado. El campamento estaba oscuro y silencioso.

—Estamos solos.

—No, mi único, alguien se acerca. Debo marcharme. Pero volveré, Davison, escucha a la anciana...

Mientras seguía con la mirada fija en ella, la mujer se desvaneció y su esplendor fue disminuyendo lentamente como una estrella que se extingue. Entonces Mark oyó un sonido detrás de él, se levantó y vio que Samira avanzaba entre las sombras hacia donde estaba él.

Cuando estuvo a unos pasos de allí, se detuvo y le clavó su oscura y brillante mirada.

—¿Qué es lo que ocurre? —le preguntó Mark en árabe—. Explíquemelo.

—Ya empieza, amo. Ahora tiene que avanzar de prisa.

—¿He estado soñando? ¿Son invenciones de mi imaginación o es que me estoy volviendo loco?

—Ha llegado la hora, amo. Pronto empezará la batalla. ¡Debemos apresurarnos! —su negra vestimenta se movía agitada por el viento nocturno—. Tiene que venir conmigo ahora mismo, amo.

—¿Adónde?

—Tengo que enseñarle algo.

No tuvo tiempo de preguntarle nada más; la mujer se puso en marcha, andando con cierta dificultad por la arena. Mark, desconcertado, la siguió.

Lo condujo hasta el Cauce Real, andando siempre ella delante, sin volverse ni una sola vez y palpando a su paso los muros de piedra caliza. Iluminaban su ruta la luna llena y las estrellas, pero con todo la oscuridad era asombrosa, y Mark tenía que andar muy deprisa para no perderla de vista. Le gritó tres veces que se parara, una de ellas en copto, pero Samira no le hizo caso. Ascendía por aquel terreno como un cuervo herido, por el lecho seco que se iba estrechando poco a poco; dos veces cayó entre los escombros.

El aire era cada vez más frío. Ascendieron por un angosto desfiladero que se desviaba del cauce justo antes de la Tumba Real; las desnudas peñas se elevaban inquietantemente cerca de ellos. Mark seguía los pasos de la anciana y mantenía el equilibrio extendiendo los brazos y tocando la piedra a lado y lado.

La profunda grieta partía del cauce principal y a veces se hacía tan abrupta que Mark y Samira se veían obligados a subir por ella a gatas. La camisa de Mark, bañada de sudor, se le pegaba al cuerpo como un sudario de hielo; expulsaba el aliento a chorros, dibujando una nube de vapor. La anciana, sin embargo, seguía adelante, siempre en cabeza, escalando el risco sin volverse jamás.

Fue una ascensión larga e incierta; una vez arriba, en el desierto altiplano, Mark apoyó las rodillas en el suelo y aspiró el gélido aire. Una ráfaga de viento lo azotó; sus pulmones sufrieron la dolorosa entrada de aire polar. Se llevó las manos a la cara y descubrió que estaban llenas de cortes, que sangraban profusamente.

Samira, resollando y dando tales bandazos que Mark llegó a temer que se desplomara, seguía su camino. Él intentaba decirle algo pero no tenía ni fuerzas ni aliento para hacerlo. Llegó al punto en que su cuerpo cedió y cayó de bruces en la arena.

Se recuperó al cabo de poco, consiguió incorporarse y observó que Samira estaba a unos metros de él, agachada, con las rodillas contra el pecho. Se balanceaba y cantaba suavemente, como había hecho el día en que él y Yasmina la habían encontrado tras la tienda comedor, y al acercarse a ella, Mark vio a través de la plateada luz de la luna que la *fellaha* volvía a mascar hierba.

—¿Qué significa todo eso? —La voz de él rasgó el silencio del desierto y se proyectó hacia las estrellas.

Todo lo que veía a su alrededor era un desolado paisaje lunar: la superficie del altiplano de noche era completamente distinta de como se veía a la luz del día. Entonces los misteriosos y elevados picos de espato y caliza parecían ruinas extraterrestres; podían ser incluso columnas y castillos derruidos de una civilización de otra galaxia. Las gargantas y los desfiladeros surcaban la meseta como descomunales y reptantes serpientes; era un mundo implacable, amenazador.

Se agachó ante la anciana.

—¿Por qué me ha traído aquí?

A pesar de que los ojos de ella estaban abiertos parecía no verlo. Siguió con su exasperante canto sin parpadear, sin dejar de balancearse.

—¡Maldita sea! —exclamó él—. ¿Estás loca, vieja bruja?

Mark se incorporó y buscó con la mirada en la oscuridad un sendero que descendiera. Sabía que sería incapaz de encontrar el camino de vuelta. Casi todos los barrancos acababan en unos profundos hoyos o en cañones encajonados que le cerrarían el paso. Al día siguiente, a Abdul le costaría encontrarlo y sería pasto de los depredadores del desierto.

—¡Escúcheme! —gritó—. ¡Lléveme de vuelta al campamento!

Samira seguía con su canturreo de zombie, la mirada fija hacia Oriente.

Mark, exasperado, se inclinó hacia ella y la cogió por sus huesudos hombros.

—¡No sé dónde estamos! Lléveme de vuelta.

Cuando se disponía a zarandearla, la anciana levantó las manos y le agarró los antebrazos con una fuerza extraordinaria.

—Espere, espere, amo. Casi, casi.

—¡Que espere! ¿Que espere qué? ¡Jesús! —se deshizo de ella y retrocedió. Se hizo una rápida composición de los trescientos sesenta grados en que se hallaban e intentó tranquilizarse. «No podemos estar muy lejos y sin embargo tengo la sensación de haber estado horas ascendiendo. ¿Por qué la he seguido? Abdul... Abdul iniciará la búsqueda por la mañana. ¿Cuánto puede tardar? Días...»

—¡Amo!

Cuando él la miró, el brazo derecho de Samira estaba extendido y un oscuro y retorcido dedo señalaba hacia el horizonte.

—¡Ahora, amo! —exclamó ella.

Mark se volvió. Vio el pálido comienzo del alba, una primera capa de aurora color pastel. Y justo por encima de la línea del horizonte, siguiendo la que marcaba en aquellos momentos el límite del desierto y el inicio del cielo, se veía un minúsculo y brillante punto de luz.

Al tomar el relevo la brisa matutina que empezaba a juguetear con su pelo, Mark observó conteniendo la respiración cómo el blanco faro permanecía quieto en el confín del mundo. Lo mantuvo hipnotizado cuando la luz se intensificó en el cielo; luego Mark vio la dorada corona del sol, una fina línea en el horizonte, y no apartó los ojos de él hasta que la luz se hizo tan intensa que le obligó a volverse.

Permaneció largo rato en el altiplano, mientras la penumbra cedía el paso a un amanecer leonado, escuchando el canto de la *fellaha*. Cuando el sol hubo salido del todo y ya no se veía la estrella, Mark se sorprendió murmurando: «Estoy perdido...».

Había encontrado el Perro.

17

—Sirius... —dijo Ron, tamborileando con aire ausente el vaso de cartón que tenía en la mesa.

—Tal como dijo Ramsgate, simple y pueril. —Mark se sentía algo mejor. Tras llegar a trompicones al campamento, había tomado una vigorizante ducha y una copiosa comida; en aquellos momentos estaba relajado en la tienda comedor, con los pies alzados, vestido con tejanos recién lavados y una camisa del ejército verde oscura. Llevaba treinta y dos horas sin dormir—. Todo cuadraba cuando me encontré allí contemplando la salida del sol. Al darme cuenta de lo que era la luz que veía en el cielo, he recordado también que hoy estamos a diecinueve de julio. La estrella es Sirius y los antiguos egipcios se basaban en su helicoidal ascensión anual para determinar el inicio de su aparición luminosa.

—¿Qué significa helicoidal ascensión? —preguntó Yasmina.

—Significa ascender con el sol. Tan sólo puede verse la estrella antes del amanecer, ya que un poco más tarde el brillo del sol es demasiado intenso para poder localizarla.

—¿Y por qué precisamente hoy? —preguntó Alexis con voz distante, indiferente.

—Voy a mostrárselo. ¿Puedo utilizar su bloc un segundo, Hazim? —Todos se acercaron a Mark mientras trazaba un esbozo—. Ésa es la línea del horizonte. El círculo, el sol. Todos sabemos que el sol se levanta por el este y se pone por el oeste. Lo que nadie ha tenido en cuenta es que se traslada también a lo largo del horizonte en un movimiento norte-sur. Si bien es cierto que en su ruta diaria sigue la dirección este-oeste, en la anual se traslada de sur a norte. Durante la mitad del año el sol sale en algún punto de aquí abajo. Ahora bien, a medida que el eje de la tierra nos inclina, observamos que el sol avanza lentamente en dirección norte.

—Corriente abajo —dijo Ron.

—Exactamente. Y aquí está Sirius. —Marcó un punto junto al círculo que indicaba el sol—. Durante una parte del año, Sirius no se ve porque queda detrás del sol. Pero a medida que el «sol se traslada» hacia el norte, aparece Sirius al sur y se ve en el horizonte. Como esta mañana.

—¿Siempre el diecinueve de julio? —preguntó Yasmina.

—Siempre. Los egipcios lo sabían; fueron destacados astrónomos. Observaron que la estrella hacía siempre su primera aparición en este punto cada trescientos sesenta y seis días. Así establecieron los años. Para los egipcios, Sirius era sagrada.

—Entonces, ¿qué es todo eso del Perro?

—En parte es culpa mía por haberme equivocado en la traducción del enigma, y por otra parte habría que echar la culpa a los tres mil años que nos separan de quienes grabaron la estela. —Mark dibujó los jeroglíficos de la última línea de la estela—. «Cuando Amón-Ra desciende siguiendo el curso de la corriente, permanece, el Criminal, bajo, el Ojo de Isis, para proporcionarlo». Sencillísimo, y sin embargo yo caí en el mismo error que Ramsgate, lo que no tiene más excusa que el hecho de que yo tuviera tan fija en la mente su traducción y no me planteara otra posibilidad. Ese símbolo de aquí —señaló el gran triángulo— tiene, como la mayor parte de jeroglíficos, dos sentidos. Se trata del verbo «proporcionar». Se refiere también a la estrella Sirius. Como yo tenía la idea preconcebida del significado de la línea incluso antes de leerla, en ningún momento me planteé el segundo significado del símbolo.

—¿Cómo podemos estar tan seguros de que el que nos interesa es el segundo significado?

—Lo estoy porque en cuanto he comprendido que se refería a la estrella, he recordado que a veces se refieren a Sirius llamándola Ojo de Isis. O sea que leyendo la nueva traducción tenemos que: «Cuando el sol se traslada hacia el norte en el horizonte, el Criminal permanece bajo Sirius, el Ojo de Isis».

Halstead sorbió por la nariz y se la cubrió con un pañuelo.

—Seguimos sin explicación en cuanto al Perro.

Mark devolvió el bloc y el bolígrafo a Hazim.

—Sirius es la estrella más brillante del cielo, señor Halstead, la única estrella fija, y se sitúa en la constelación del Can Mayor. Nosotros la denominamos la Estrella del Perro.

El pañuelo desapareció lentamente.

—La Estrella del Perro...

—Los antiguos no la denominaban así pero nosotros sí. La *sebbaja* dijo a Ramsgate que mirara bajo el Perro. Su error, y el mío, consistió en no tener en cuenta que en tres mil años la terminología había cambiado. Lo que para ellos era un Ojo, para nosotros es un Perro.

—Pero —intervino Hazim—, ¿cómo puede estar del todo seguro?

—Poco después del amanecer, Samira me llevó al extremo de la meseta. Miré hacia abajo y vi, a lo lejos, nuestro pequeño cañón encajonado y que el sol empezaba a iluminar los fosos. Luego me di cuenta de que mi sombra, a unos sesenta metros de allí, caía directamente sobre la base de la estela.

El joven árabe abrió completamente los ojos con gesto de sorpresa.

—Lo que vamos a hacer, señor Sheijly, mañana por la mañana, antes del alba, será llevar al equipo de control a la meseta, y cuando aparezca la estrella, utilizar el teodolito para calcular su ruta hacia la estela. A partir de ahí, triangulamos y, con la ayuda de las coordenadas que nos proporcionan la piedra y la estrella, tenemos que localizar la tumba en algún punto de la peña del cañón.

Todos reflexionaron sobre ello un momento, y luego Yasmina murmuró:

—Nos estamos acercando al final...

Mark la miró sonriendo, recordando el cariño con que le había limpiado las manos y le había aplicado bálsamo a ellas.

—Es una lástima que tengamos que esperar hasta la madrugada... —dijo Alexis, mirándose los dedos.

—Me temo que si intentáramos empezar esta tarde tan sólo con la conjetura de dónde se sitúa la estrella, podríamos desviarnos unos cuantos metros, en cuyo caso perderíamos por completo la idea de la situación de la tumba y podríamos acabar excavando en China.

—¿Puede verse la estrella de noche? —preguntó Hazim.

—Efectivamente, en cuanto ha hecho su primera aparición, pero resultaría imposible trabajar a oscuras. —Mark se levantó y se desperezó—. No resultará muy larga la espera hasta la madrugada, creo que todos nos hacemos cargo de ello. ¿Señor Halstead? Halstead, ¿se encuentra usted bien?

—¿Sanford? —exclamó Alexis, levantándose también.

Halstead levantó la cabeza y todos vieron un pañuelo manchado de sangre.

Mark estaba sentado en su cama, sin camisa ni zapatos, incapaz de conciliar el sueño en el intenso calor de la tarde. Ante él tenía extendido un mapa topográfico de cuadrícula del altiplano; buscaba en él su cañón.

Ron, sentado en su cama con las piernas cruzadas, tomándose un vaso de vino, contempló un largo rato a su amigo concentrado en el mapa, y luego le dijo:

—Lo siento, Mark, pero esto no me gusta.

Mark, tras trazar un círculo sobre el cañón, respondió sin levantar la vista:

—¿Qué es lo que no te gusta?

—Todo en general. Tengo una sensación, Mark, espantosa.

Mark lo miró con el ceño fruncido.

—¿Sobre qué?

—Lo sabes perfectamente. Sobre el proyecto en general.

Mark volvió la cabeza, incapaz de mirar a su amigo a los ojos.

—No sé qué te preocupa.

—Claro que lo sabes. Todos sabemos lo que está sucediendo aquí, lo que pasa es que nadie tiene estómago para comentarlo.

—¿Pero de qué hablas?

—De entrada, de las pesadillas. Todo el mundo las tiene. Y de los extraños comportamientos. La señora Halstead circula de acá para allá como una posesa. Y cuando te mira, Mark, se le ve una expresión de trastorno en los ojos, una especie de avidez, algo así como si estuviera hambrienta o con un punto de depravación. Y Halstead que sangra. Hazim sigue matando escorpiones en su tienda y...

—Corta ya, Ron.

—Son los siete dioses, nos quieren fuera de aquí.

Mark hizo una mueca de desdén mirando a su amigo.

—No puedo creer lo que estoy oyendo. Tú, un hombre de ciencia...

—¿Y qué me dices de ti? Algo te tiene inquieto. Tan sólo hay que ver las oscuras manchas bajo tus ojos. Has envejecido diez años aquí.

Mark centró de nuevo la vista en el mapa y se planteó otra vez comentar a Ron lo de la visión (o como se llamara) de Nefertiti. Pero vio que no era el momento, sobre todo porque él estaba llevando a un extremo las maldiciones de los antiguos, convirtiendo los acontecimientos cotidianos, explicables, en algo fantástico. Cuando uno se halla en el desierto, es normal que tope con escorpiones y con enjambres de insectos. Por otro lado, Sanford Halstead sin duda sufría discrasia sanguínea. Y su esposa tomaba demasiadas pastillas...

—Quiero marcharme, Mark.

Él levantó la cabeza de golpe.

—¿Cómo?

Ron siguió tranquilo, controlando la situación.

—Nos encaminamos hacia objetivos negativos. Cuanto más nos acercamos al descubrimiento de la tumba, peores se hacen las pesadillas. Y esa... esa sensación que no me abandona. Qué duda cabe que soy un hombre de ciencia, Mark, un egiptólogo..., y como tal, puedo apreciar mejor que otro el poder de los antiguos egipcios.

Mark observó a su amigo, desconcertado.

—¿No lo dirás en serio?

—Totalmente en serio. Y creo que los demás lo viven de la misma forma, Mark —Ron estiró sus largas piernas y las apoyó en el suelo, empezando a hablar con más seriedad—. Los dos *ghaffirs* tuvieron la misma muerte que los *ghaffirs* de Ramsgate. Y su esposa Amanda empezó también a andar dormida. Su intérprete acabó con un problema hemorrágico. ¡Mark, se está repitiendo!

Mark apartó el mapa y buscó la petaca.

Lo más exasperante era que estaba de acuerdo con Ron. Él también tenía aquella sensación, y sin duda sucedían cosas extrañas. Pero la tumba estaba ahí, el Hereje en su interior, y quien encontrara la tumba alcanzaría más fama que Howard Carter.

—No tienes más que mirarte a ti mismo —dijo Ron—. En tu vida habías bebido tanto.

Sin embargo había algo más poderoso, incluso más que el ansia de la celebridad, y era la fascinación que sentía por la espectral mujer que se hacía llamar Nofr'tay-tay. No podía abandonarla, cuando menos hasta que hubiera resuelto la cuestión de su identidad...

—¿Qué ha sido eso?

Mark levantó la cabeza.

—Alguien está gritando. ¡Es Yasmina!

Los dos se levantaron al unísono y salieron de la tienda corriendo. Atravesaron el campamento siguiendo a Abdul; los tres llegaron al mismo tiempo a la tienda de los Halstead. Mark fue el primero en entrar.

Se detuvo en seco.

Encontraron a la anciana Samira sentada en la cama con la cabeza de Sanford Halstead apoyada en su regazo. Le llevaba una taza a los labios. Entonces Mark vio a Yasmina y a Alexis enzarzadas en una pelea; la joven tenía la cara completamente enrojecida de tanto gritar.

—¡Basta! —exclamó Mark.

Las tres mujeres lo miraron sorprendidas. Samira detuvo la taza a unos centímetros de los labios de Halstead.

—¿Qué demonios ocurre aquí?

—¡La vieja bruja está intentando envenenarle! —exclamó Yasmina luchando por deshacerse de Alexis.

—No es veneno —dijo Alexis jadeando—. Es medicina. Le cortará la hemorragia.

Mark forzó la vista para observar a los dos, que estaban en la cama: la anciana Samira, sucia, vestida de negro, y el inmaculado Sanford Halstead vestido impecablemente, con aire aturdido.

—¿Qué le está dando?

—Algo que ha sacado de la bolsita que cuelga de su cinturón —dijo Yasmina—. He pasado por casualidad a ver cómo seguía y la he pescado echando los polvos al té. Yo intentaba detenerla pero...

—¡El hombre no está bien! —se oyó la seca voz desde la cama—. Eso le ayudará. Es una buena medicina, amo.

—¿Qué es?

Los diminutos ojos observaban a Mark con recelo.

—Magia benefactora, amo.

—Abra la bolsa, por favor, *shayja*.

Los ojos de ella se pusieron como platos.

—¡No! ¡Usted no puede verlo!

—Sólo quiero saber qué le suministra —dijo Mark pacientemente. Dio unos pasos indecisos hacia la anciana y ésta se echó hacia atrás al instante, dejó la taza y agarró al embotado Halstead poniéndolo contra su pecho, como un gato se cierne sobre un ratón.

—¡No, amo! ¡Es magia benefactora pero nadie puede tocarlo! ¡Es para el enfermo! ¡Sangra!

Nadie percibió el movimiento de Ron; salió despedido como una flecha y en un abrir y cerrar de ojos se había precipitado contra la bruja. La anciana chillaba como un mono, enseñándole las uñas, pero cuando Ron retrocedió, tenía en sus manos la bolsita de cuero.

—Sólo quiero ver qué lleva ahí, *shayja* —dijo Mark suavemente.

Ron vació el contenido de la bolsa en la palma de su mano: un brillante ramillete vegetal y unos polvos negros.

—¿Qué es eso? —preguntó Mark, separando las hierbas del polvo.

—Es una reliquia sagrada, amo. Ramas del sicomoro donde descansó Nuestra Señora cuando vino a refugiarse a Egipto con el Niño Jesús.

—¿Y los polvos negros?

La mujer apretó los labios y adelantó la barbilla.

—Ya sé de qué se trata... —murmuró Ron, frotando un poco de polvillo entre sus dedos pulgar e índice—. Es momia pulverizada.

—¡Cómo!

—¡Es magia benefactora, amo! ¡Él no sangra a causa de una enfermedad sino de los diablos!

—No puede administrarle eso, *shayja*.

La mano de Samira se disparó como una serpiente en un movimiento tan rápido que Mark apenas se dio cuenta de lo que sucedía. Cuando se adelantó hacia ella, la taza ya estaba en los labios de Halstead, pero Mark le apartó la mano de un zarpazo y mandó la taza y su contenido volando por la tienda.

—¡*Ya Allah!* —chilló la anciana.

—Él no puede beber eso, *shayja* —dijo Mark intentando controlar su furia, pues sabía que las intenciones de la mujer eran nobles.

Ella le lanzó una mirada de ira salvaje.

—Está cometiendo un grave error, amo. Yo puedo ayudarle a luchar contra los demonios...

Mark la observó, con una mueca de frustración. No quería perturbarla; ella lo había acompañado a descubrir el Perro.

—Hágame usted el favor, *shayja*, permítame que yo me ocupe de eso.

Cuando Abdul entró en la tienda, la *fellaha* levantó la mano para detenerlo. Seguidamente, con gran cuidado, se deslizó por debajo de la cabeza de Halstead, la dejó apoyada en la cama, y se incorporó con majestuosa dignidad.

—Después de eso, yo ya no puedo servirle de ayuda, amo. He hecho todo lo que he podido. Ahora va a quedarse solo.

Mark abrió la boca para decir algo, pero Abdul se acercó subrepticiamente a ella y se situó detrás. Al salir, Samira arrancó la bolsita y las hierbas de la mano de Ron y soltó un bufido de desdén.

Mark observó cómo Yasmina se inclinaba al lado de Halstead y le tomaba el pulso. Luego volvió la vista hacia Alexis, que permanecía sentada en su cama, la vista clavada en sus manos, desconcertada.

Yasmina lo cubrió con la manta.

—Debería mandarlo a El Cairo.

—¡No! —Alexis alzó de repente la cabeza; tenía las pupilas encendidas—. No podrá soportarlo. Sanford se queda aquí, en la excavación.

—Tiene que ir a un hospital, recibir el tratamiento adecuado...

Ella clavó sus gélidos ojos verdes en Mark.

—Sanford se queda aquí, doctor Davison. Es lo que desea.

Mientras Yasmina recogía su bolsa y se disponía a salir de la tienda, Mark abrió la boca para insistir, pero en los ojos de Alexis vio que sus palabras iban a ser inútiles. Así pues, se dio la vuelta y siguió a Yasmina, saliendo hacia el bochorno de la tarde.

—Lo siento, Mark —dijo ella, de camino a su tienda—. No he sabido dominar la situación.

—Lo has hecho perfectamente. Dudo que lo de la momia le hubiera sentado mal, pero quién sabe qué podía haber mezclado en aquel polvillo.

Se detuvieron ante la tienda de Yasmina.

—Tengo té preparado —dijo ella, incómoda—. ¿Te apetece una taza?

—Voy a por la camisa.

Abdul tuvo que preparar la cena pues nadie encontró a Samira; les sirvió un sabroso estofado de cordero con arroz y judías, al que le faltaba de todas formas el delicioso toque de la *fellaha*.

El grupo comió en silencio.

Halstead, pálido pero sereno, había insistido en sumarse a ellos en cuanto se despertó. Alexis, sentada junto a él, parecía estar lejos de allí, separada del grupo; comía como en un sueño, sin notar el sabor de la comida. Ron, frente a Mark, iba masticando el cordero con desgana y lo tragaba todo a fuerza de sorbos de Chianti. En la otra mesa estaba Hazim, tomando notas en su bloc durante la comida, y Yasmina, que comía maquinalmente.

Mark, con el plato delante, pensaba en ella, en la tranquila y agradable hora que había pasado en su tienda tomando el té. Yasmina se había mostrado algo más abierta, le había hablado de los problemas que tenía a nivel social, de cuánto deseaba ser aceptada por los hombres como colega y de lo imposible que resultaba aquello en la cultura coránica. Le había hablado de ello con pasión, de su lucha por la liberación, y en cambio en aquellos momentos, durante la cena, se había encerrado en sí misma, como habrían hecho sus hermanas en El Cairo, comiendo apartada de los extraños, con aire recatado, sin intervenir en ninguna conversación. Recordó en aquellos momentos cómo se había apartado de él cuando por casualidad le había rozado el brazo.

Otros pensamientos entraron en la cabeza de Mark durante aquella comida. La alucinación de la noche anterior, justo antes de que Samira lo llevara al altiplano. La conversación que había tenido con una inexplicable visión utilizando una lengua antigua. Y el aberrante comportamiento de Alexis Halstead, casi como si tuviera la personalidad dividida. Sin embargo, lo que más le preocupaba era la ausencia de la anciana Samira. Desde que había ascendido el altiplano con ella sentía un nuevo respeto hacia aquella mujer y estaba deseoso de que le ayudara en el estudio de la antigua lengua. Pero había desaparecido y nadie sabía por dónde buscarla.

Cierto rumor en la distancia le apartó de sus pensamientos. Miró a sus compañeros y luego a Abdul, de pie ante el fuego.

Mark siguió comiendo.

Se oyó un segundo ruido, y entonces Yasmina levantó la cabeza. Ella y Mark se miraron.

Un tercer estruendo —como un estallido— llevó a los demás a dejar el tenedor y echar un vistazo.

—¿Qué ha sido eso? —preguntó Alexis.

Mark movió la cabeza con gesto inseguro.

—No sé...

Luego llegó una sonora palmada, algo como una explosión, que rasgó la noche, y en un instante todo el mundo estaba de pie.

—Parece un trueno —dijo Ron.

—Es imposi...

Otro trallazo hizo retumbar la tienda. Todos salieron corriendo.

El cielo estaba despejado, brillante de estrellas; la luna iniciaba su ascenso. Sonó otro retumbo y todo el mundo volvió la vista hacia el risco.

—Parece una tormenta en el altiplano —dijo Hazim.

—¿Lluvia? —preguntó alguien.

Mark no perdía de vista la cima. El trueno parecía proceder del disparo de un cañón. Oyó que Ron murmuraba a su lado:

—Esto no me gusta nada.

El grupo siguió allí de pie observando los peñascos que tenían delante, escuchando cómo se proyectaba el trueno, cómo descendía como un tren de carga por la meseta, hasta que Hazim se pegó una palmada en la frente y exclamó:

—¡Está lloviendo!

Los demás se volvieron hacia él. Apartó la mano del rostro, que tenía mojado. Los demás también notaron el hormigueo de las diminutas gotas de lluvia.

—¡Qué alivio! —exclamó Halstead, exhibiendo la primera sonrisa en días—. ¡Va a refrescar!

La lluvia empezó a ganar en intensidad, descargando sobre la tienda con un estrépito parecido al de una ametralladora. Cuando de golpe descendió como un torrente, todos empezaron a gritar y se metieron de golpe en la tienda, riendo. Únicamente Mark y Abdul permanecieron fuera aguantando el chaparrón, con la mirada hacia arriba.

—Eso ha sido la gran presa, *effendi*. Nos ha alterado el clima.

Mark siguió contemplando el cielo nocturno. Sabía perfectamente de qué hablaba Abdul. El lago Nasser tenía una superficie tan inmensa que su enorme evaporación había creado un nuevo clima en el valle del Nilo; la vegetación crecía ya en el desierto en puntos en que no había podido sobrevivir en otras épocas; habían aumentado las precipitaciones anuales; una perniciosa humedad se apoderaba de los antiguos monumentos y ya empezaba a corromperlos, como las pinturas de la tumba del Valle de las Reinas, a las que la sequía natural de Egipto había conservado durante tres mil años.

De todas formas, ¿podía echarse la culpa al lago Nasser? ¿Era responsable de una salvaje lluvia, de una terrible tormenta en un cielo estrellado, sin la menor sombra de una nube?

Cuando por fin decidió entrar en la tienda, oyó que Ron decía:

—¡Ya me imaginaba yo que acabarías entrando con esta lluvia!

El fragor en el interior de la tienda era ensordecedor; el terrible chaparrón producía un estremecedor estrépito en el techo. Las paredes se agitaban con violencia, y a medida que se iba intensificando la tormenta, cuando los truenos se oyeron directamente por encima de ellos y un viento estremecedor empezó a azotar el campamento, las risas se fueron apagando.

Los cuatro permanecían allí de pie en un silencio imponente, con el oído atento a la convulsión que les rodeaba; el suelo se estremecía con cada descarga y la lluvia aumentaba aún más. Siete pares de ojos aterrorizados se observaban entre sí buscando una mirada tranquilizadora. Mark miró a Abdul y no le gustó la expresión que vio en su rostro: de puro terror.

Entonces Mark recordó el Cauce Real y exclamó para sus adentros: «¡Dios mío!».

—¡Eh! —gritó Ron entre trueno y trueno—. ¿Y los generadores? Con la humedad...

En aquel preciso instante se apagaron las luces y los ventiladores frenaron la marcha hasta detenerse. Durante un paralizador segundo todo el mundo parpadeó en la oscuridad. Seguidamente se oyó un grito, luego un chillido y entonces todos empezaron a empujarse entre sí.

—¡Calma! —gritó Mark—. Tenemos focos y linternas. ¡Tranquilos, que no cunda el pánico! ¡Que todo el mundo procure sentarse!

La oscuridad era impresionante. Mark no había visto en su vida unas tinieblas parecidas, una noche tan pura y absoluta. Tan sólo en el interior de alguna tumba se había encontrado él con aquella tenebrosidad. Tuvo que luchar contra el miedo que se estaba apoderando de él al caer de rodillas sobre las cajas apoyadas contra una de las paredes y metió la mano a tientas en el interior de éstas. Dio con cuatro linternas eléctricas y dos de pilas, las cuales repartió entre sus compañeros. Seis espectrales rostros con los rasgos distorsionados por la luz artificial permanecían atentos, horrorizados, a la tormenta.

Yasmina tuvo que gritar para que la oyeran:

—¡Los *fellahin* del Pueblo de los Trabajadores! ¡No tienen protección ninguna!

—¡Nosotros no les podemos solucionar nada! —Mark se taponaba los oídos con las manos. Era como encontrarse en el interior de un recipiente de plástico invertido sobre el que cayera agua a raudales.

—Y en los pueblos —siguió gritando Yasmina— las casas van a fundirse.

—¡Otras veces han tenido que enfrentarse a la lluvia, Yasmina!

—¡Dios mío! —exclamó Ron—. ¡Mi equipo! ¿Y si gotea la tienda? ¡Todo el papel, las películas!

El estruendo de un trueno hizo caer una de las linternas. Mark se disponía a recogerla cuando una fina mano cobriza le agarró la muñeca; lo hizo con tanta fuerza que le provocó un gran dolor. Miró el rostro de Abdul; parecía salido de una película de terror. La luz deformaba sus rasgos, conseguía que sus mejillas se vieran completamente hundidas, los ojos como desplazados hacia un abismo y la nariz y los pómulos sobresalían. Abdul parecía una calavera.

—¡*Effendi!* —exclamó con la máxima tranquilidad de que fue capaz—. ¿Se ha olvidado del cauce?

—Claro que no, ¡maldita sea!

—Tenemos que evacuar el campamento.

—¿Cómo? ¿Corriendo bajo la tormenta, por el fango? ¡No hay un cobijo si no es a kilómetros de aquí! En cien metros nos habríamos dispersado y perdido. ¡Ni los Land Rover aguantarían un chubasco de esta magnitud!

—Si nos quedamos aquí, *effendi*...

Mark clavó los ojos en su capataz y se libró de la mano que le sujetaba. Los dedos del otro le habían dejado unas profundas señales en la piel.

—No podemos hacer nada, de modo que será mejor no asustar a los demás.

Mark levantó la vista hacia el techo de la tienda. Se imaginó el cauce —el lecho de la corriente—, que empezaba a unos cuantos metros del campamento; una garganta en la meseta esculpida a base de siglos de terribles tormentas en el desierto y súbitas riadas. Precisamente por aquella razón no se había construido ningún pueblo en el paraje: en cualquier momento podían aparecer las aguas y extenderse por el valle como un inmenso embalse removiéndolo todo a su paso. Nada podría salvarse.

«¡Que pare pronto! —pensaba Mark, cuando el pánico se apoderaba de nuevo de él—. ¡Que pare ya! Que no alcance el altiplano. Que llueva tan sólo aquí y el cauce no corra peligro...»

Otra mano se acercó a la suya; Yasmina, sentada a su lado, se apoyó en él y sus pequeños y fríos dedos se escondieron bajo los de Mark en busca de cobijo. Él le estrechó con fuerza la mano mientras permanecían allí sentados presa de terror.

Luego, tan de repente como había empezado, la tormenta se acabó. El fin de la lluvia y los truenos extendió un súbito manto de silencio casi tan sonoro como la tempestad anterior. Durante un instante, nadie se movió. Entonces Hazim dijo en voz baja:

—¿Se acabó?

—Que no se mueva nadie —dijo Mark—. Abdul, vamos a echar un vistazo.

Abrió la cremallera delantera con cautela y miró hacia el exterior. Mark fue el primero en dar un paso; Abdul lo siguió. Se hallaron ante la tranquila noche del desierto, sin pronunciar palabra, sin mover un dedo.

—¿Ha habido muchos desperfectos? —preguntó Ron desde atrás.

Antes de que Mark tuviera tiempo para responder, se encendieron los focos y se oyó otra vez el zumbido de los generadores.

—¡Eh! —exclamó Ron—. ¡Parece imposible!

Mark se apartó para dejar pasar a su amigo. Luego oyó que éste, tras aspirar una gran bocanada de aire, retenerla y soltarla lentamente, decía:

—¡Santo Dios bendito!

Los demás salieron tímidamente, uno a uno, hasta que todo el grupo estuvo fuera contemplando atónito el panorama.

Desde su posición, veían toda la llanura que se extendía hasta el Nilo y las luces de El Hawatta, seca y polvorienta como siempre.

Mark condujo el Land Rover por no confiar en la precaución de otro; sorteaba los escombros y embestía las piedras como si él mismo y el vehículo se lanzaran hacia la destrucción. Lo carcomía una pasión que únicamente podía irse consumiendo con la conducción temeraria y alocada. A lo lejos, los demás Land Rover ascendían por la estrecha garganta cegados por la nube que iba dejando Mark a su paso. En una ocasión, Abdul se agarró al salpicadero exclamando: «*¡Ya Allah!*». El *ghaffir*, pálido como la cera, se agarró al asiento cerrando completamente los ojos. Pero Mark seguía apretando el acelerador, topando contra peñas y esquistos, ascendiendo a toda velocidad por el barranco en un empeño por quitarse cualquier otra idea de la cabeza.

No tenía suficiente con que, sin la ayuda de la anciana Samira, hubiera localizado el punto donde había visto la estrella; no era suficiente haber concretado con precisión, con la ayuda del transportador y el mapa topográfico, el emplazamiento de la tumba. Nada en el mundo podía quitarle de la mente la exasperante frustración que le había causado la tormenta de la noche anterior.

Había sido el viento, había dicho a los demás, un intensísimo viento que hacía el ruido de una tempestad eléctrica.

De todas formas, en los rostros inexpresivos de los demás había captado el vacío de sus palabras; todos habían sentido la lluvia, oído su rugido y visto temblar las paredes de la tienda. Aquello no había sido un viento normal.

Mark estaba encolerizado. El estado de ánimo de la expedición había empeorado; poco entusiasmo había despertado el ver el ascenso de Sirius al amanecer y situar concretamente el emplazamiento de la tumba. Mark llevaba cincuenta y una horas sin dormir y tan sólo la rabia lo mantenía en pie.

El barranco se fue estrechando hasta que se vio obligado a frenar. Al hacerlo, el polvo se posó un poco y ante ellos se abrió el cañón.

—*Effendi* —dijo Abdul, señalando con el dedo.

Mark paró el vehículo.

—¿Qué ocurre?

—Voy a echar un vistazo.

Mark se agarró al volante con tal fuerza que sus nudillos quedaron completamente blancos mientras observaba cómo Abdul descendía y finalmente se agachaba para coger algo que estaba en el suelo. Miró un momento aquello y luego se lo mostró a Mark.

—¡Válgame Dios!

Era la bolsita de cuero de Samira, manchada de sangre.

—Yo voy a adelantarme a pie, Abdul. Tú ocúpate de que los demás no se muevan de aquí.

Casi le alegró a Mark el incidente; era otro detalle para quitarse la tormenta de la cabeza. Echó a correr por entre las áridas piedras como si le fuera la vida en ello; avanzaba con el mismo impulso que había dado antes al Land Rover.

Al llegar a la entrada del cañón, se detuvo y echó una ojeada con los prismáticos. No sabía exactamente qué buscaba —un negro montón tal vez—, pero la arena se veía clara, brillante bajo la luz del sol. Miró hacia arriba, hacia el cielo; ningún buitre.

Volvió hacia el Land Rover y encontró a todo el mundo allí quieto esperándolo. Se fijó en que Abdul había escondido la bolsita de la *fellaha*.

—¿Qué estaba haciendo? —preguntó Sanford Halstead.

—Asegurar las coordenadas —respondió Mark, evitando los ojos de él—. Es un buen observatorio. De acuerdo, ¡sigamos!

Estuvieron trabajando durante tres horas. El sol estaba alcanzando su cenit y el cañón se convertía en un horno. Los *fellahin* de Abdul se habían desplegado formando un arco junto al muro oriental; el sonido de los picos y las palas resonaba hacia el cielo.

Mark notaba que menguaban sus fuerzas. Los demás ya habían sucumbido por la falta de descanso y el calor y se habían sentado con aire somnoliento en los Land Rover. Los *fellahin* estaban abriendo ocho agujeros de prueba de cuatro por cuatro. Mark se afanaba en el que había considerado más probable: se hallaba en el mismo centro de sus coordenadas. Había dispuesto que se abrieran los otros por si se había producido un ligero desplazamiento en la tierra durante aquellos tres mil años.

Mark se arrodilló junto al tamiz; la espalda le pedía a gritos un descanso, el sudor le bañaba los ojos. Seguía impertérrito porque necesitaba un hallazgo. Era consciente también de que era imprescindible para los demás, para sacarles del sopor y volverlos a la realidad. Si encontraban la tumba en aquellos momentos, se olvidarían de la obsesión de la «tormenta».

—*Effendi* —le dijo una alargada sombra que tenía delante—. Está agotadísimo. Hay tiempo de sobra, *effendi*, haga el favor de descansar un poco.

—Ocúpate de tus asuntos, Abdul.

Se hizo un incómodo silencio.

—De acuerdo... *effendi*.

Mark arrojó la paleta al suelo, se quitó los guantes y empezó a excavar con las manos. Un escorpión le pasó casi rozando y él ni se enteró. Oyó a lo lejos el grito de un *fellah* asustado por una serpiente, pero él siguió como si nada.

Tenían el sol justo encima de sus cabezas, soltando oleadas de un calor asfixiante contra las espaldas inclinadas de los trabajadores. La temperatura era de 50 grados y no circulaba ni una pizca de aire. Unos cuantos *fellahin* se desplomaron; Yasmina y Ron se ocuparon de ellos. Pero Mark seguía cegado por la tarea.

—*Effendi*...

—¡Ordéneles que sigan trabajando!

—Mark... —surgió la voz de Yasmina.

—¡Tú a tus pacientes!

Se detuvo el tiempo de quitarse la camisa y enseguida se puso de nuevo a excavar. Lo hacía sin miramientos, sin utilizar el tamiz, hundiendo las manos en la arena y levantándola como haría un perro buscando un hueso. Ya no lo movía la rabia, la frustración ni el sueño de alcanzar la fama. Actuaba bajo el impulso de una fanática desesperación. Tenía la mente en blanco; sus ojos veían brillantes colores centelleando a su alrededor. Un sordo estruendo penetró en sus oídos. No oyó el grito de Ron desde el Land Rover, no vio a Yasmina corriendo hacia él ni notó cómo las fuertes manos de Abdul lo agarraban por los hombros. Las manos de Mark actuaron con voluntad propia, llenas de ampollas, ensangrentadas.

—¡No! —chilló mientras unos cuantos brazos lo sujetaban.

En el cielo estalló una rueda catalina; el añil, el bermellón y los colores más deslumbrantes del espectro se dispararon a partir de la explosión del sol.

Mark notó un ruido en la cabeza, como el tañido de una campana, y se deslizó lentamente hasta caer de espaldas en la arena.

—¿Qué ha ocurrido?

—La frase me suena —dijo Ron.

Mark parpadeó mirando a su amigo.

—¿Me... he desvanecido?

—Has exagerado un poco —dijo otra voz.

Mark levantó la cabeza con una mueca y vio a Yasmina sentada a los pies de su cama. También se dio cuenta de que tenía las manos vendadas y parecían dos blancas pinzas de bogavante.

—¿Qué es eso?

—Ha sido por culpa del escalón. Tienes suerte de que aún te quede algún dedo.

—¿Escalón? ¿Qué escalón?

—¿De verdad que no te acuerdas? ¡Por el amor de Dios! ¡Menos mal que te sujetamos a tiempo!, porque, tal como excavabas... Porque uno puede excavar en la arena con las manos, pero no la roca viva.

—¡Ron! ¿De qué me estás hablando?

—Del peldaño, Mark. Dejaste al descubierto el primero que desciende hacia la tumba.

18

Unos momentos que tenían que haber estado saturados de emoción y alegría, para el grupo no fueron más que de depresión y pesimismo. Nadie podía quitarse de la cabeza el cadáver brutalmente destrozado de Samira.

Mark levantó la cabeza mientras permanecía sentado en la mesa protegida por el toldo que había montado Abdul cerca de la excavación y vio que estaban limpiando el séptimo escalón. Sujetando un lápiz con gran cuidado, hacía un esbozo del trabajo desde todos los ángulos posibles con la meticulosidad imprescindible que tenía que suplir las fotos que Ron había sido incapaz de tomar. Durante dos días, desde el descubrimiento del primer peldaño, los trabajadores habían puesto al descubierto lo que Mark calculaba que sería la mitad de la escalera. Observaba cómo trabajaban, sus blancas chilabas relucientes bajo el sol, las cobrizas manos que tamizaban, excavaban y empuñaban las herramientas de los arqueólogos. Dos de los hombres más competentes de Abdul ayudaban a Ron en cada escalón, pues Mark, al llevar las manos vendadas, no podía dedicarse a ese trabajo. El resto formaba una fila que tamizaba la arena que se había retirado; al igual que hormigas, poco a poco, iban dejando al descubierto los antiguos peldaños que descendían hasta el interior de la montaña.

Entre los trabajadores se notaba un nerviosismo poco corriente. Trabajaban sin la cháchara habitual, y las discusiones por nada surgían a cada instante. Era por culpa del cadáver de la *shayja*.

—Algunos quieren volver a su pueblo, *effendi* —había dicho poco antes el capataz—. Dicen que eso significa un mal presagio.

—Que se vayan. Al fin y al cabo, tenemos más hombres de los que necesitamos.

Mark comprendía a los *fellahin*: el aspecto del cadáver de Samira los había aturdido a todos.

Habían encontrado a la anciana *fellaha* la noche anterior, tumbada cerca del campamento, desnuda, con la boca llena del mismo material color marrón que había obturado la garganta del primer *ghaffir*. Tenía la cara hinchada, de color granate, las muñecas y los tobillos llenos de moratones como si hubiera luchado contra una fuerza terrible, y su arrugado cuerpo, contorsionado en la arena, como si lo hubieran retorcido y enroscado.

La acumulación de sangre en el rostro —su tono azul oscuro— indicaba que seguía con vida cuando le habían obligado a tragar el material marrón que tenía en la boca.

—Debían odiarla mucho —había dicho Abdul, aún completamente pálido, al oído a Mark—. Cuando no acudió a la llamada del *umda* para ayudar a la madre de Iksander, los del pueblo dieron por sentado que les había vuelto la espalda. La madre de Iksander murió y por consiguiente había que hacer justicia.

Mark había notado un martilleo en el cráneo y oído cómo con su propia voz apagada y sepulcral respondía:

—Evidentemente eso es lo que ha sucedido. ¿Me hará el favor de... enterrarla, Abdul? ¿Rezarle las plegarias oportunas?

—Descuide, *effendi*. ¿Piensa hablar de ello al *umda*?

Mark negó con la cabeza.

—Ése es su territorio, Abdul. Han aplicado su justicia...

Había sido incapaz de desviar la mirada, a pesar de la peste que desprendía el cadáver en proceso de putrefacción; lo que lo atraía como un imán era el aspecto del rostro de la mujer: los vidriosos y salidos ojos, el terror que reflejaban. ¿Qué podía haber aterrorizado tanto a la *shayja*, a una mujer que parecía no temer nada?

—*Effendi*...

Mark parpadeó mirando la silueta de Abdul.

—Dígame.

—Hemos llegado a la parte superior de la puerta.

Todo el mundo se arrodilló en la arena alrededor de Mark cuando él se agachó ante el muro de piedra. Estaban en cuclillas contra la base del risco oriental del cañón, observando lo último que habían dejado al descubierto las manos de los *fellahin*. Puntiagudo y perfectamente perfilado, el estrato natural de piedra caliza del muro terminaba allí, y justo por debajo de éste, desapareciendo en la arena, se percibía un bloque de piedra blanca grabado, horizontal a la piedra del suelo. En su centro se veían grabados los dos ojos de halcón que tradicionalmente coronaban las estelas funerarias.

—¿Qué es? —murmuró Halstead.

Mark estiró el brazo y con sumo cuidado pasó las puntas de los dedos sobre el grabado.

—Los ojos de Horus. Se suponía que el finado podría mirar a través de ellos y ver la luz del día.

—Pero parecen...

—Mutilados. Lo están. Y de forma deliberada. No es accidental. Fíjese, aquí se ven las señales del cincel.

—¿Y por qué?

—A primera vista, yo diría que se hizo para cegarlos.

Todos se levantaron y se sacudieron el polvo. Halstead dijo:

—¿Cuánto tiempo tardaremos en limpiar toda la puerta?

Mark observó la escalera de piedra que descendía hacia el interior de la tierra.

—El umbral queda a unos tres metros por debajo de nuestros pies. Tal vez un día más, o quizá dos.

Los lamentos del cortejo fúnebre de Hag Qandil resonaban en el valle. Los siete cenaban en silencio y cada uno de ellos recordaba de nuevo en cada quejido el cadáver de la *shayja*.

Sanford Halstead apartó el plato de espinacas que apenas había probado y dijo sin expresión alguna:

—¿Podría decirnos en este estadio si cree que la tumba está intacta?

Mark movió la cabeza. Él también estaba conmocionado por la muerte de la anciana. Sentía un gran pesar por aquella pérdida; le habían quedado tantas cosas por preguntar...

—Los ojos mutilados de la puerta de la tumba —dijo Halstead—, ¿podría eso ser obra de los saqueadores de tumbas?

Mark intentaba centrar la cabeza en la tumba, en la razón por la que estaba allí. Las afligidas miradas de sus compañeros le recordaban que él era su líder; necesitaban su fuerza, su equilibrio. Si mostraba debilidad en aquellos momentos, todo el proyecto podía derrumbarse.

—Los saqueadores de tumbas no tenían motivo en la época para hacer algo así. No, es obra de los sacerdotes.

—¿Por qué se tomaron la molestia de grabar los ojos en el dintel para luego desfigurarlos?

—Porque, para ser ciego, hay que tener ojos.

—¿A qué se refiere?

—Fuera quien fuera el de la tumba, los sacerdotes no quisieron que pudiera mirar hacia fuera. Y para asegurarse de ello, le concedieron los ojos y luego los cegaron.

Todo el mundo dejó de comer y miró a Mark.

Él observó sus dedos. Ya no llevaba vendas, pero las puntas aún estaban doloridas. Vio que un insecto saltaba desde debajo de su plato. Aplicó la mano contra él.

—¿No podría solucionarse eso, doctor Davison? —dijo Halstead, apartándose una mosca de delante.

—Es lo que conlleva la vida en el desierto.

Hazim al-Sheijly, que había estado tomando notas en su bloc, se aclaró la voz y dijo:

—Mañana no iré con usted a la excavación, doctor Davison. Tomaré una falúa para El Minya, pues debo llamar por teléfono a mis superiores.

Mark volvió la cabeza bruscamente.

—Ha llegado el momento de hacer el informe. En cuanto nos hayan mandado a sus representantes, la puerta ya estará al descubierto. Mis superiores tienen que estar aquí para la apertura de la tumba.

Mark frunció el ceño.

—Contaba con unos días más de libertad antes de...

Nadie se dio cuenta de que la servilleta de hilo de Hazim, arrugada junto al plato, se había movido ligeramente, como tampoco oyó nadie el casi imperceptible sonido de los arañazos de ocho afiladas patas sobre el mantel.

—Llevamos más de dos semanas aquí, doctor Davison, y el ministerio estará esperando un informe...

Uno de los extremos de la servilleta se levantó de forma casi imperceptible, asomando por él una pequeña cabeza amarilla. Dos ojos colorados y sin pestañas vigilaban la situación; dos pinzas córneas se abrían y cerraban a modo de tanteo.

—Qué duda cabe que hemos realizado un extraordinario descubrimiento. Estoy de acuerdo con usted, doctor Davison, en que sería preferible disponer de unos días más de libertad, aunque yo no puedo retener mucho más la noticia...

Una fina cola amarilla, brillante y segmentada se alzó arqueada por debajo de la servilleta.

—... yo sufriría las consecuencias de ello.

Mark encogió los hombros en señal de resignación.

—Espero que como mínimo podamos mantener la prensa a raya.

—Puedo citarlo en mi informe. —Hazim se metió el bloc de notas en el bolsillo de la camisa y puso la mano bajo la servilleta.

—¡*Allah*! —Pegó tal sacudida al brazo que saltó del banco y cayó al suelo.

Cuando salió el escorpión, con la cola aún levantada, y se deslizó veloz por la mesa, todo el mundo soltó un chillido saltando hacia atrás. Mark cogió su plato y pegó con él un golpe al animal antes de que consiguiera alcanzar el canto de la mesa. Todos lo contemplaron conmocionados, menos Yasmina, que ya se hallaba junto a Hazim, abriendo su macuto.

—¡Tengo que verlo! —exclamó ella a la vez que aplicaba un torniquete al brazo del muchacho—. ¡Tengo que ver el escorpión!

Mark temblaba al levantar con gran cautela el plato. El mantel estaba limpio.

—¡Eh! —exclamó Ron—. ¡Se ha largado!

—Es imposible —dijo Mark, apartándose un poco y dirigiendo la mirada al suelo—. Estoy seguro de que lo he atrapado.

—¡No fastidies, se ha largado!

Sanford Halstead se fue a toda prisa hacia la puerta.

—¡Por Dios, sal! —Ron, con una linterna en la mano, escrutaba el suelo por debajo de la mesa.

Hazim gemía en el suelo, murmurando en árabe, mientras Yasmina le examinaba la mano.

—Voy a necesitar hielo.

Mark miró a Alexis, que tenía la mirada fija, atónita, en el limpio mantel; luego se fue hacia el frigorífico. Envolvió unos cubitos en una servilleta, se arrodilló junto a Yasmina y aguantó el bulto sobre la mano de Hazim.

—Tengo que determinar la especie, Mark —dijo ella—. No lo he visto.

—No entiendo de escorpiones.

—¿Era grueso o delgado?

—Creo que era fino.

—¿Peludo?

—No lo sé.

Mark miró a Ron, que seguía con la linterna y una rodilla apoyada en el suelo.

—¿Amarillo?

—Sí.

Yasmina sacó una jeringa de cinco centímetros cúbicos y una aguja de la bolsa. Mientras la cargaba con el líquido de un pequeño frasco de cristal dijo en voz baja:

—La especie mortal.

Mark se fijó en que Hazim sudaba profusamente. Permanecía en el suelo con los ojos cerrados, murmurando.

—¿Se pondrá bien?

—El antídoto hará su efecto, pero estará unas horas bastante mal. —Arremangó la manga de Hazim y le inyectó el líquido—. Ahora hay que llevarlo a su tienda.

Mark se frotaba la nuca mientras salía con Yasmina de la tienda. Habían tenido problemas con Hazim. Tras meterlo en la cama, el joven se había mostrado inquieto y delirante. El ritmo del pulso casi se había multiplicado por dos y la temperatura había llegado a cuarenta grados. Mark había tenido que atarlo a la cama mientras Yasmina le administraba un sedante. Habían permanecido a su lado hasta que habían cedido las convulsiones y había bajado algo la temperatura.

—Los síntomas son más graves de lo que cabría esperar —dijo Yasmina mientras andaban por el campamento—. Durante doce horas persistirá la gravedad, pero luego espero que remita. De todas formas, tardará en poder utilizar la mano.

—Abdul se encargará de controlarlo.

Al acercarse a la tienda de Yasmina se encontraron con Ron, que andaba por la arena a grandes zancadas, agitando la cabeza.

—No entiendo dónde se ha metido el cabrón. Cuatro hombres han peinado hasta el último centímetro de la tienda.

—Tiene que haber algún agujero.

—No hemos localizado ninguno. —Ron colocó sus largos brazos alrededor del tronco, estremeciéndose—. ¡Siempre me han producido pánico las arañas! ¡Necesito un trago! —Pasó por delante de ellos y se metió en el cuarto oscuro.

Mark miró a Yasmina.

—¿Te encuentras bien?

Ella le devolvió la mirada con cierto aire de sorpresa.

—Claro, ¿por qué no iba a encontrarme bien?

—Pareces... —La cogió por los hombros— cansada.

—No he podido dormir. La *shayja*...

—Lo sé.

Las lágrimas asomaron por los ojos de Yasmina, empezaron a resbalar por sus mejillas y Mark las secó con gesto cariñoso.

—Hazim me comentó ayer —dijo con voz tímida— que pensaba marcharse. Dijo que quería volver a El Cairo y buscar a un sustituto.

—¿Por qué?

—Aquí no consigue conciliar el sueño. Tiene pesadillas. Ha visto otros escorpiones.

—¿Y a ti qué te parece eso de seguir aquí?

—Seguiré mientras se me necesite, pero... —su expresión se ensombreció—. Estoy muy asustada. Puede que cuando él mejore y pueda viajar, los dos volvamos a El Cairo.

Mark, sin darse cuenta, presionó los hombros de ella con los dedos.

—¿Tan asustada estás?

Ella inclinó la cabeza.

—Yo también he tenido pesadillas...

—Pero yo te necesito aquí.

Yasmina levantó la cabeza, sorprendida.

—Por favor, no te vayas —le dijo Mark, incómodo.

—No te preocupes, Mark. No me iré hasta que no haya solucionado lo de la sustitución. Tal vez el doctor Rahman...

—No estoy hablando de eso. Lo que yo necesito no es un médico, es a ti...

Ella retrocedió, librándose de las manos de Mark.

—No —dijo Yasmina dulcemente—. Si me necesitas, me quedaré, pero como médico, no por otra razón.

Luego se volvió sin mirarle y desapareció hacia el interior de la tienda.

Un minuto después, Mark entraba en la cálida luz de su propia tienda, se sentaba en un extremo de la cama y se quitaba las botas. Oía vagamente las primeras notas de una pieza de Vivaldi en el casete de Ron.

Cuando se dispuso a quitarse los calcetines, oyó un ruido en la parte exterior de la tienda. Se detuvo a escuchar. Era algo apenas audible, se oía cerca y lejos a la vez: un crujido, como un péndulo gigante que se deslizara en el aire nocturno. Mark apoyó los pies en el suelo y se quedó inmóvil; una ráfaga entró en la tienda, un helado rebufo como el que se escapa al abrir de golpe la puerta de una cámara frigorífica. Mark se estremeció automáticamente.

Parpadeó. Un dolor sordo se apoderó de su cabeza.

Con los ojos completamente abiertos, las manos en las rodillas, aguzó el oído para identificar aquel sonido procedente de la formidable penumbra más allá del campamento.

Zing. Zing. Zing...

Luego, una sensación de terror se apoderó de su espíritu mientras el dolor seguía martilleando en la cabeza; apenas podía tragar la saliva y temblaba muchísimo.

Aquello volvía...

El toldo de la entrada se corrió.

Se movió con rapidez, en su garganta se ahogó un grito.

—¿Doctor Davison?

Forzó la vista e identificó a Alexis Halstead, y la corona encendida que rodeaba su rostro: llevaba el pelo despeinado, la ropa descuidada.

—¿Puedo entrar?

Él la miró con cautela.

—Adelante...

Alexis echó un vistazo a la tienda y cogió la silla de madera que estaba junto al pequeño escritorio. Al sentarse en ella dijo:

—¡Qué frío más extraño hace fuera!

Mark le dirigió una mirada burlona. Volvía a tener aquel aspecto remoto, distante.

—Señora Halstead... ¿Ha visto u oído algo ahora mismo aquí fuera?

—No... —dijo Alexis con expresión extraviada.

Mark reflexionó un momento, escuchando el silencio nocturno más allá de las paredes de la tienda, y luego siguió con la operación de quitarse los calcetines.

Los imperturbables ojos verdes de Alexis seguían cada uno de sus movimientos.

—Hace poco he oído que su amigo comentaba que tenía bourbon.

—Así es.

—¿Me invita a una copa?

Mark metió la mano por debajo de la cama y sacó una botella pequeña de Wild Turkey sin abrir.

—La he traído para celebrar el descubrimiento de la tumba.

Llenó los dos vasos que tenía en la mesilla de noche y ofreció uno de ellos a Alexis.

Ella tomó un indeciso sorbo y parpadeó ligeramente.

—¿Nota algo raro en el bourbon?

—No... —Alexis se llevó la mano a la sien y movió el dedo haciéndose un pequeño masaje.

Mark observaba preocupado el rostro de aquella mujer. Yasmina le había comentado que le había pedido más pastillas para dormir.

—¿No duerme bien, señora Halstead?

La mirada de ella se iba desplazando por la tienda.

—He tenido unos sueños...

Mark esperó el calificativo, y al comprobar que no lo concretaba, dijo:

—¿Sueños?

—Extraños sueños... —Alexis tomó un segundo sorbo, más largo; sus ojos se iban velando conforme articulaba las palabras—. Yo no suelo soñar. Antes, si lo hacía alguna vez era en blanco y negro. Pero desde que llegué a Tell el-Amarna, he tenido los sueños más intensos y llenos de color de toda mi vida. Cada noche. Me despiertan y luego soy incapaz de volver a conciliar el sueño.

Mark tomó un pequeño trago de su vaso. El dolor de cabeza iba en aumento.

—¿Qué tipo de sueños?

Alexis inspiró profundamente y soltó el aire con gran lentitud. Sus ojos parecían más remotos, su voz más distante.

—Veo cosas, siento cosas. Curiosas emociones. A veces me despierto y descubro que he estado llorando.

Mark se inclinó hacia delante, con los codos apoyados en las rodillas. Parecía que la luz de la tienda bajaba en intensidad; las paredes se notaban más cercanas.

—¿Qué clase de cosas ve?

—Torres... Altas y blancas torres. Y muros. Y jardines. Veo gente. Paseo con ellos. Soy uno de ellos. Sueño que soy otra mujer, que soy una de esas personas morenas. También hay un hombre, un hombre desagradable... —Alexis frunció el ceño mirando el vaso. Su voz era cada vez más fina—. Y en mis sueños, siempre experimento la necesidad de... buscar algo.

Mark fijó su mirada en aquel perfil de piedra caliza, en el pelo como una llama.

—Mientras duermo..., noto que estoy cambiando. Me convierto en la otra mujer y ella... me mueve hacia extraños pensamientos, consigue que sienta unas emociones que jamás viví...

De golpe, Alexis echó la cabeza hacia atrás y arrugó la frente.

—¡Estupideces! ¡Sueños!

Se apoyó de nuevo en el respaldo de la silla y terminó el whisky del vaso. Mark tomó otro trago, observándola por encima del borde del vaso. Al levantar ella la vista, el frenesí de aquellos ojos sobresaltó a Mark.

—¿Me sirve un poco más?

—Por supuesto...

Cuando tuvo el vaso lleno, Alexis se tranquilizó al instante. Se apartó el pelo de los hombros.

—¿Sigue enojado conmigo, verdad?

—¿Por qué?

—Por la decepción. Por la forma en que le contraté. —Soltó una extraña y estridente carcajada—. ¡Qué raros son los hombres! Son felices cuando se sienten superiores a la mujer. Apuesto a que si hubiera perdido el puesto de profesor por culpa de Sanford no se habría enfadado tanto ni de lejos. —Inclinó de nuevo la cabeza para atrás ladeando aquel largo y blanco cuello—. Siempre me he aburrido con los hombres. Son como críos. Tan poco de fiar, tan inseguros... Constantemente exigen la satisfacción de su ego. ¡Qué pesados! —Tomó otro trago de bourbon—. En cambio siempre se puede contar con las mujeres. No son tontas ni vanidosas. ¡Los hombres nunca les llegarán a la suela de los zapatos en el tema de hacer el amor!

Mark cogió la botella y llenó de nuevo su vaso. Cuando sus ojos encontraron otra vez los de ella, notó que tenían un aire cálido, tropical; se notaba una luz peculiar procedente del interior.

—En mi vida he conocido a un hombre que supiera hacer el amor de verdad —dijo arqueando el cuerpo—. Lo único que saben hacer es empujar, clavar y satisfacerse a sí mismos. La caricia de la mujer es suave y está cargada de magia. Mirándolo bien, tan sólo una mujer sabe cómo satisfacer a otra mujer. ¿Le sorprende que yo tenga amantes femeninas?

Mark no respondió.

—No hace falta jugar ningún rol, no hay dominio, ningún ego que lisonjear. Una ternura equitativa y una gratificación equitativa.

Alexis terminó el contenido del vaso y se lo presentó vacío.

—Señora Halstead, cree que está en condiciones de...

—Me ayuda a dormir. Se lo ruego, Mark...

Él le llenó el vaso y dejó la botella junto a sus pies.

—¿No debería ir a la cama, señora Halstead?

Los labios de ella se fruncieron en una sonrisa.

—¿Es una invitación?

Mark abrió completamente los ojos.

Ella reía con un sonido ronco. En aquellos momentos parecía soltar vapor. Era una selva, llena de enredaderas, helechos y misteriosa maleza.

—Vamos, Mark, no me digas que no se te ha ocurrido. He visto tu forma de mirarme. ¿No te gustaría?

—Señora Halstead...

Ella dejó el vaso y se sentó a su lado en la cama. Colocó la mano sobre el muslo de Mark y dijo:

—Mi marido duerme y tu compañero está en el cuarto oscuro. Eres el primer hombre que me ha excitado en la vida, Mark.

Él luchaba contra aquel abrumador perfume de gardenias, la humedad de los ojos de Alexis, la sensación de los firmes pechos contra su brazo.

—Vamos a probarlo —susurró ella—. Haré lo que me pidas.

El aliento de ella era cálido, le humedecía la cara; la mano ascendía por la parte interior del muslo.

—Oye, Alexis...

Con la mano que le quedaba libre, ella se empezó a desabrochar la blusa.

—Voy a llevarte a tu tienda.

—Podemos hacerlo aquí —dijo ella acercando los labios al oído de Mark—. Dime la verdad, ¿lo deseas?

Ya tenía la blusa completamente abierta, los desnudos senos al descubierto. Mark hundió sus dedos en la exuberante cabellera.

—Sí —murmuró él. Y un segundo después su boca se había unido a la de Alexis.

Ella respondía con una pasión desbordante; los brazos le rodearon el cuello mientras devoraba el beso de Mark, le aspiraba la lengua, le robaba el aliento. Mark soltó un gruñido y con la mano buscó los senos; los exploró, los acarició, pellizcó los firmes pezones hasta que ella emitió un sonido de protesta.

Mientras se revolvían en la cama, el pie de Mark tropezó con la botella de bourbon, que se cayó vertiendo su contenido.

—¡Maldita sea! —murmuró él, apartándose de Alexis e intentando alcanzar la botella. Al hacerlo, vio la caja metálica que tenía al lado de la cama, la que contenía el diario de Ramsgate, y sus ojos se fijaron hipnóticamente en él: «Día 18 de julio de 1881: ¡Mi pobre Amanda, hechizada, poseída! ¡Haciendo increíbles proposiciones a sir Robert! ¡Mi Amanda, que había sido siempre un ejemplo de decoro y castidad, ofreciéndose a sir Robert! ¡Qué locura se ha apoderado de ella!».

Mark se echó hacia atrás y miró boquiabierto a Alexis con una sensación de terror y repulsión.

—¿Pasa algo? —dijo en un suspiro Alexis, con los ojos entornados, los brazos tendidos hacia él.

—Señora Halstead —dijo él, levantándose con cierta inestabilidad—. Eso no está bien. Tiene que volver a su tienda.

—¡Oh, Mark, Mark! —Los brazos de ella intentaban agarrarlo—. ¿Qué quieres? Dímelo y lo haré por ti.

—No tenía que haber permitido que ocurriera. La acompañaré a la cama.

—¿Quieres que utilice la boca? ¿Es eso lo que quieres?

Mark la cogió por las muñecas y consiguió que se pusiera de pie.

—¡Señora Halstead!

Alexis sonreía como en un sueño mientras él la sujetaba por los hombros y la zarandeaba.

—¡Alexis! ¡Déjate de historias! La verdad es que no sé qué habías tomado antes de venir aquí pero es culpa mía no haberlo controlado.

—Vos no comprendéis... —exclamó Alexis con voz tirante—. Ella se resiste a mí, no permitirá que os hable. ¡Se acerca el final, Davison, y he de contaros los secretos de la vida eterna!

Mark le abrochó de prisa los botones de la blusa e intentó llevarla hacia la puerta, pero ella se le resistía.

—¡Qué necio eres, Davison! ¡Escúchame! ¡Conozco los secretos! ¡Tenéis que apresuraros, el tiempo se está agotando! Pero ella... Pero yo... —Alexis parpadeó y sacudió la cabeza con gesto de borracha—. Ella no cumplirá mis órdenes. He de hablar con vos, pero ella no piensa más que en satisfacer su sensualidad. ¡Ella no va a permitirme entrar, Davison!

Mark la cogió firmemente por la cintura y la empujó hacia fuera de la tienda.

Todo estaba oscuro y desierto. La acompañó por el campamento y cuando llegaron a su tienda le dijo:

—Métase en la cama, señora Halstead.

Los ojos de Alexis se abrieron; su ceño se frunció.

—¿Señora Halstead?

—Sí..., tengo sueño...

—¿Se encuentra bien?

—Sí..., ahora no le necesito.

Alexis se volvió y abrió como pudo el toldo de la puerta. Mark esperó a oír el crujido de la cama bajo el peso de la mujer; de nuevo notó que a su alrededor reinaba el silencio.

Se levantó un viento súbito, que empezó a silbar por entre las tiendas, arremolinando la fina arena. Mark notó un ligero temblor y cerró los ojos para protegerse del polvillo. Cuando amainó, la noche le pareció más fría, más cruda.

La cabeza le dolía mucho.

Se colocó de espaldas a la tienda de los Halstead y observó la oscura extensión de desierto. Oyó unos cantos.

Al principio era algo suave, como si procediera de muy lejos, pero luego la voz, de mujer, se hizo más audible, incluso podía distinguir la letra de la canción.

—*Ta em sertu en maa satet-k. Uben-f em xut abtet ent pet.*

Mark se sintió atraído hacia la dulce y triste melodía que parecía acercarse a él obsesivamente y abrazarlo para llevárselo.

La encontró sentada en el antiguo y desmoronado muro; tenía las manos sobre el regazo, la cabeza inclinada. Nofr'tay-tay parecía no darse cuenta de su presencia.

—Los cuerpos fallecen desde la época de los dioses, y en su lugar vienen los jóvenes.

»Ra surge al alba; Atum se retira a descansar en los montes occidentales.

Su esbelto cuerpo se balanceaba con la melodía; tenía una voz alta, encantadora.

—El hombre engendra y la mujer concibe. Cada ventana de la nariz aspira el aire. Llega el alba, todos los niños están en sus tumbas.

Levantó la cabeza y miró a Mark durante un rato.

—Hola, Davison.

Él hizo una mueca al notar una punzada en la sien.

—¿Os pongo nervioso?

—Realmente me pregunto si estoy en mi sano juicio.

—¿Aún no creéis en mí?

—Eres un producto de mi imaginación.

Esta vez su rostro se veía más perfilado, más concreto. Mark ya no veía a través de él las distantes luces del pueblo. De todas formas, seguía siendo resplandeciente, como si la envolviera una material fosfórico. Y aquella noche la brisa transportaba la fragancia de las gardenias: su perfume.

—Por ello intento hablar a través de ella. En esta encarnación, vos no creéis en mí. ¿Qué debo hacer, Davison?

Mark observaba la visión con ojos clínicos. Era capaz de seguir el contorno de su collar en forma de loto, distinguir el buitre y la serpiente en su diadema, percibir los escarabajos de lapislázuli en su brazalete. Bajó su túnica de gasa: los rosados pezones y la suave e inmaculada piel.

—¿He encontrado la tumba que busco? —le preguntó él impulsivamente.

—Habéis encontrado una tumba, Davison.

—¿He encontrado la tumba de Ajenatón?

—Sí.

Los ojos de Mark permanecían fijos en el rostro de ella. La mujer no tenía expresión, era como una máscara de calcita que lo desafiaba con sus profundos ojos orientales. Mark se secó las manos en el pantalón.

—Y... —notó un reguero de sudor que descendía por los omóplatos—, cuando abra la tumba, ¿lo encontraré a él allí?

—Sí.

A Mark le fallaron las piernas. Se hundió en la arena contemplando a la bella mujer incandescente.

—Debo de estar volviéndome loco. Mi cabeza me dice lo que quiero oír.

El halo de la mujer resplandeció durante un instante.

—¿Cómo osáis dudar de mí? ¿Acaso no os he respondido a lo que me habéis preguntado? Me habéis afligido, Davison.

—Lo siento, pero ¿cómo sé yo que no es mi cabeza la que me está confundiendo? ¿Cómo sé que no son alucinaciones?

—Vuestra sangre es terca, bien mío, pero seré paciente. Os comunicaré algo que vuestra mente no conoce. ¿Os satisfará que os cuente cómo murió la anciana? Lo hicieron las manos del Erecto.

—La sustancia que tenía en la boca...

—Uno os obligará a comer vuestros propios excrementos.

Él negó con vehemencia:

—¡No!

—¿Acaso no veis, bien mío, que estáis en peligro?

—¿Cuál?

—Los Siete que estuvieron aquí. Debéis conocerlos, Davison, puesto que habréis de luchar contra ellos. Son siete y cada uno castiga según su ordenación. Debéis tener cuidado con los Siete, Davison, porque cada uno matará a su manera. Y en cuanto a vos, al ser el dirigente de vuestros compañeros, a vos, Davison, se dirigirá el más terrible castigo... —Su voz resonaba en la noche del desierto—. Un desmembramiento lento.

Mark se frotó la cara con las manos.

—¡Me estoy volviendo loco!

—¿Seguís dudando de mí? Poseo una gran sabiduría, bien mío. Soy el compendio de los misterios de los antiguos. —Nofr'tay-tay se levantó grácilmente; su túnica resplandecía con sus movimientos—. Venid conmigo, bien mío, y os mostraré algo maravilloso.

Mark se despertó con un rayo de luz aseteándole los ojos. Se encontró en la cama vestido; el sol matutino entraba a través de la gasa de la ventana. Aturdido, salió como pudo de la cama, gimiendo al notar el martilleo en la cabeza, y cuando sus pies tocaron el suelo, soltó un grito. Bajó la mirada y observó que tenía las plantas de los pies cubiertas de sangre coagulada.

Permaneció sentado al borde de la cama asiéndose fuertemente la cabeza con las manos.

Al principio los recuerdos se le presentaban fragmentados; poco a poco esos recuerdos se fueron juntando y pudo hilvanar la experiencia vivida en la llanura.

La había seguido hasta las ruinas, andando bajo el helado viento nocturno aunque sin sentir escalofríos, pisando puntiagudas piedras y sin embargo sin conciencia de ellas. El resplandor de la mujer le había absorbido ojos y mente, aquella mujer que andaba delante de él, con el fino brazo extendido, señalando. Nofr'tay-tay lo había acompañado a través de avenidas fantásticas, donde unos caballos con plumaje tiraban de unos carruajes chapados de oro, las palmeras se veían en perfecta alineación, las entradas de las casas estaban ornamentadas con columnas de vivos colores, los papiros nacían en estanques cubiertos de lotos, los niños de tez morena corrían desnudos y bellísimos hombres y mujeres, ataviados con holgadas túnicas, paseaban satisfechos bajo los rayos de Atón.

Lo había llevado ante majestuosos palacios donde los estandartes multicolores ondeaban sobre sólidos pilones. Había pasado por delante de los templos repletos de hombres santos con blancas túnicas y cabezas rapadas. Se habían detenido bajo la Ventana de las Apariciones; habían entrado en exuberantes jardines cubiertos de plantas exóticas y gacelas. Mark había visto cretenses por las calles, esbeltas féminas que vendían sus mercancías procedentes de su isla natal, situada al otro lado del gran mar. Había también peludos babilonios, con flequillos y barbas, discutiendo con gestos animados. Surgían de las tabernas sonidos de instrumentos musicales, cantos de gente ebria. Por dondequiera que circulaban, cada camino que tomaban estaba pavimentado, sus edificios acabados de pintar, y por todas partes, árboles, bullicio y vida.

Atravesaron unas desoladas ruinas cuyas paredes medían algo más de medio metro, y Mark se fijó únicamente en la magnificencia del gran Templo del Sol. Había seguido la visión de Nofr'taytay a través de la arena y las piedras, pero bajo sus pies no había notado más que hierba y suave mármol. El cielo era negro, salpicado de estrellas, y en cambio Mark había visto un azul sensacional y notado el calor del sol en la nuca.

Habían andado kilómetros y kilómetros, atravesando la llanura y recorriendo el camino de vuelta; no habían dejado de andar en toda la noche, y durante todo el tiempo Nofr'tay-tay le había estado hablando del esplendor de Ajenatón.

En aquellos momentos, sujetándose la cabeza con las manos, Mark se sentía completamente derrotado.

De repente, un rayo más intenso de luz penetró en la tienda y oyó la voz de Ron que decía:

—¡Por fin te has despertado!

Mark levantó la cabeza haciendo un esfuerzo sobrehumano.

—¿Qué es...?

—¡Tienes un aspecto horrible! ¡Vaya cogorza la de anoche! Me sabe mal tenértelo que decir, pero ahí fuera se requiere tu presencia ahora mismo.

—¿Por qué?

—Ha ocurrido algo que no te va a gustar.

19

Mark parpadeó, perplejo, al ver la delegación que se acercaba a él, si bien la sorpresa se transformó rápidamente en creciente enojo.

—Esto me huele muy mal —oyó que Ron le murmuraba al oído.

Mark no respondió. Permaneció junto a la puerta de la tienda con los brazos cruzados observando con desdén a los visitantes. Sólo le faltaba aquello. En aquellos momentos deseaba estar solo, que nadie le molestara para pensar en el sueño que había tenido. Quería pasar un rato recordando a Nofr'tay-tay, saborear el «paseo» con ella, recordar los increíbles lugares que había «visitado». Lo que no quería de ninguna forma era aquello.

Acompañaban al *umda* tres jóvenes con chilabas a rayas, dos mujeres cubiertas con el velo y unos paquetes envueltos en la mano, y Constantinos Domenikos, el griego. El frágil anciano iba montado en un burro; los demás seguían a pie.

Mientras se acercaba la comitiva, nadie rompió el silencio. El único sonido que alteraba la terrible quietud matutina era el paso de las pezuñas y los pies por la arena. Junto a Mark estaban Ron, Yasmina, Abdul y los Halstead.

El burro se detuvo, ayudaron al *umda* a bajar de él y los dos jóvenes lo acompañaron hacia delante.

—*Ah-laan* —dijo él, levantando la mano, si bien Mark observó hostilidad en la expresión del anciano.

—Bienvenido, *hayy*, ¿qué le trae por aquí?

—Un deber desagradable, doctor Davison. He venido en representación de los cuatro pueblos. Tenemos que hablar.

—Soy todo oídos.

El anciano se refregaba los finos labios.

—¿Podríamos sentarnos en algún lugar? ¿No ofrece té a los invitados?

—Tengo mucho trabajo, *hayy*. Dígame lo que sea.

Los diminutos ojos se encendieron.

—Me decepciona usted, doctor Davison. Creía que usted era civilizado.

—¡Civilizado! —saltó Mark con desprecio—. ¿Cómo se considera usted, *hayy*? ¿Qué opina de lo que usted y su pueblo hicieron a la *shayja*?

El anciano se puso a temblar.

—¡No fueron nuestras manos las que la mataron! ¡Nosotros respetábamos a la *shayja* y la necesitábamos! ¡Y ahora los de Hag Qandil nos achacan su muerte cuando es usted quien la mató!

—Acabe con lo que tenga que decir, *hayy*.

—¡Durante años! —resonó la trémula voz del *umda*—. Durante años hemos venerado lo que es *qadim*. Durante años hemos recibido con los brazos abiertos a la gente y respetado el trabajo de los científicos extranjeros en nuestro valle. Pero ahora todo se ha vuelto contra nosotros y es nuestro deseo que usted se marche.

Mark soltó los brazos.

—¡Bromea!

—Ha roto usted antiguos tabúes, doctor Davison. Usted ha desatado la magia perniciosa en el valle. Queremos que se vaya.

—¿De qué demonios me está hablando?

El *umda* hizo un gesto con su bastón y las dos mujeres de negro avanzaron tímidamente. La primera extendió los brazos y soltó el bulto abierto. Un animal muerto cayó al suelo con un ruido sordo ante Mark y sus compañeros.

Mark echó una rápida ojeada al animal y luego dijo:

—Ya tuvo otros terneros con dos cabezas antes, *hayy*. No puede culparnos de ello.

La segunda mujer se arrodilló y deshizo lentamente el bulto que llevaba en las manos. Mark retrocedió un poco y Alexis soltó un grito apagado.

—Tenía que ser mi nieto —dijo el *umda* con voz triste—. Pero nació con cuatro meses de antelación. La perniciosa magia ha conseguido que mi hija aborte.

Mark recuperó el aplomo y dijo:

—El feto es deforme, *hayy*; es un aborto natural, yo no tengo nada que ver con ello. Su hija tiene casi cincuenta años, y es demasiado vieja para soportar un embarazo.

—¡Nuestra agua se ha puesto mala! ¡Una plaga ha atacado nuestra cosecha de legumbres! ¡Nuestras mujeres chillan por la noche y tienen pesadillas! ¡Tiene que marcharse de aquí!

—No me iré, *hayy*.

—Solicito hablar con el representante del gobierno.

Mark se volvió hacia Yasmina.

—¿Dónde está Hazim?

—Aún no está del todo bien, Mark.

—Lo siento, *hayy*, pero en estos momentos el señor Sheijly está indispuesto. De todas formas, no importa. Tenemos permiso oficial para trabajar aquí.

—Acudiré al *mudir*.

—Por mí como si quiere acudir al presidente de la república. Nosotros nos quedamos aquí.

Las mejillas del anciano adoptaron un súbito tono carmesí y sus ojos se inflamaron de cólera. Por un momento Mark pensó que le iba a dar un ataque, luego se calmó un poco y dijo en tono más humilde:

—Se lo suplico, doctor Davison, aléjese de nosotros, por favor.

Mark observó el mofletudo rostro de Constantinos Domenikos y se dio cuenta de que curiosamente parecía no comprometerse a nada. Dirigiéndose al *umda* dijo:

—Usted permite que la superstición lo asuste, *hayy*. Aquí no existe ningún mal. No somos más que unos científicos que llevan a cabo un trabajo. Estoy convencido de que podemos seguir en paz.

—No hay paz, doctor Davison. —Parecía que el anciano se iba desanimando. Continuó con tono pesimista—: Sé que usted persistirá y que viviremos catástrofes. Por lo tanto, tengo que hacer lo que sea para evitarlo. Reclamaré a mis hombres.

—¿Quiere un aumento de sueldo? ¿Más té? ¿Coca-cola?

El anciano movió la cabeza de un lado para otro.

—¡Qué poco me comprende!

—Luego lo que quiere son los hallazgos. Con amenazas no va a salirse con la suya, *hayy*, yo mismo me ocuparé de que lo que salga de la tumba vaya directamente al museo de El Cairo.

—¡Qué momento más desgraciado! Mi gente no quiere más que la paz, doctor Davison, y puesto que usted no es capaz de garantizárnosla, tendré que llevarme a los trabajadores al pueblo. Ellos me escucharán.

—Puedo ir a buscar trabajadores a Luxor.

—Ya veremos, doctor Davison, ya veremos.

Mark observó cómo el anciano volvía cojeando al burro y montaba en él con gran esfuerzo. Sin volverse, el *umda* levantó su huesudo dedo diciendo:

—Se lo he advertido.

El grupo reunido ante la tienda contempló en silencio cómo se alejaba la patética embajada; entonces Mark dijo dirigiéndose a Abdul:

—Llévese de aquí esos cadáveres.

—¿Qué vamos a hacer con los trabajadores, *effendi*?

—No lo sé. Estoy convencido de que no tiene autoridad para prohibirles trabajar.

—No, *effendi*, creo que conseguiré que los de Hag Qandil se queden si les ofrezco más dinero. No olvide, sin embargo, *effendi*, que para el agua y los alimentos frescos dependemos del *umda*.

—En cuanto Hazim se ponga bien, informará a El Cairo. Cuando vengan los funcionarios, pueden traer un equipo de relevo. Mientras tanto, tan sólo necesitamos unos cuantos hombres para despejar la entrada de la tumba. Se puede acudir a Mellawi en busca de provisiones. Y ahora, Abdul, hágame usted el favor de retirar todo esto.

El adusto árabe asintió y con gesto solemne recogió los dos bultos. Mientras se alejaba, Ron dijo en voz baja:

—¿Crees que tendremos problemas?

—No lo sé. De entrada, el gobierno está de nuestro lado. Sobre todo ahora que hemos descubierto la tumba. El viejo no podrá sacarnos del valle. Las cosas pueden complicarse, pero no cometerá la locura de enfrentarse a los funcionarios. Recuerda lo que hizo su gente con la *shayja*. A eso se le llama asesinato, Ron.

Los demás se dirigieron hacia la tienda comedor, de donde salía un olor a café quemado y grasa frita, y Yasmina se acercó a Mark.

—Cojeas. ¿Qué te ocurre en los pies?

—Olvidé ponerme los zapatos.

—Permíteme que les eche una ojeada.

Entraron en la tienda de ella, donde Mark se sentó en una silla plegable y Yasmina se arrodilló ante él.

—Eso tiene que doler mucho.

—Me lo dirás a mí.

Yasmina estiró el brazo hacia su mesa de trabajo diciendo:

—Súbete la manga, por favor.

—¿Por qué?

—Voy a ponerte una inyección contra el tétanos.

Volvió junto a él con una palangana de agua jabonosa y dijo:

—¿Cómo te lo has hecho?

—Fui... fui a dar un paseo y olvidé los zapatos. ¿Cómo está Hazim?

Yasmina le iba quitando la sangre y la arena mientras hablaba.

—No lo entiendo. Abdul me ha despertado esta mañana para decirme que Hazim tenía convulsiones. Se le había hinchado la mano, la tenía completamente granate, algo muy poco corriente para ser una picadura de escorpión amarillo. Le he administrado morfina y ahora está durmiendo, pero estoy desconcertada.

—¿Y cómo está Halstead?

—Igual. También ha acudido a mí esta mañana para preguntarme si sabría cómo cortar la hemorragia. Le he preguntado en qué punto la tenía y no ha querido responder. No puedo hacer nada por él.

Mark movió la cabeza. Echó un vistazo general a la tienda, al ramillete de flores secas que decoraban la foto de un anciano, al Corán que estaba en la mesilla de noche, a la pastilla de jabón de espliego que estaba en un delicado cuenco. Luego observó cómo las finas y morenas manos se movían entre sus heridas.

—¿No estás a gusto aquí? —le preguntó él en voz baja.

Yasmina le secó los pies con una suave toalla y luego les aplicó un bálsamo de color naranja. Iba hablando sin levantar la vista.

—No es que no esté a gusto, Mark, estoy asustada. El *umda* tiene razón. Aquí han aparecido las fuerzas del mal y nosotros estamos batallando con ellas.

Mark seguía observándola, recordando la noche que había pasado con Nofr'tay-tay, planteándose si debía hablar de aquellas visiones a Yasmina. Ella lo comprendería.

—Creo que deberíamos abandonar este lugar, Mark —dijo, colocándole las vendas—. No tengo intención de abandonarte, y tampoco abandonaré a Hazim. De forma que deberíamos partir juntos, tal como llegamos, en grupo.

Mark se mordió el labio inferior sintiéndose decepcionado. No, en definitiva ella no lo comprendería. Nadie podría hacerlo...

En la tienda comedor lo esperaba Sanford Halstead, indignado.

—Se nos ha ido de las manos, Davison —dijo el hombre en un estado de gran agitación golpeándose la palma de la mano con el otro puño. En la tienda estaban también Ron y Abdul; Yasmina aguardaba junto a Mark.

—¿Qué quiere decir?

—Quiero marcharme, Davison. Quiero recogerlo todo y salir de aquí.

—¡No lo dirá en serio!

—¡No creo que usted sea quién para decidir si hablo en serio o en broma, Davison! —Halstead se llevó una tela fina de algodón hacia la nariz—. ¡No pienso acabar como Neville Ramsgate!

Mark miró los rostros de Ron y Abdul, serios e inescrutables.

—No me dirá, señor Halstead, que cree en estos demonios...

—Me da igual que sean demonios o que sean *fellahin*. A mí no van a matarme de forma brutal. Ese viejo, el *umda*, está decidido. Primero nos quitará a todos los hombres de que disponemos, y luego, cuando vea que estamos indefensos, mandará a alguien para que nos asesine en la cama.

Perplejo, Mark desvió la mirada hacia Abdul, cuyos ojos le parecieron evasivos, y luego hacia Ron, el cual dijo en voz baja:

—Estoy de acuerdo con él, Mark.

Mark se dejó caer sobre el banco.

—¿Y por qué?

—Yo no sé nada de demonios o maldiciones, lo único que sé es que aquí no se nos quiere, que hemos vivido ya tres espeluznantes asesinatos. Algo que ya le ocurrió hace cien años a Ramsgate. Estaba a punto de abrir la puerta de la tumba y murió, y no creo que le hubiera atacado la viruela. Esa gente nos quiere ver lejos de aquí, Mark, y no pararán hasta conseguirlo.

Mark se pasó los dedos por el pelo.

—¡Es una locura! ¡Estamos en el umbral de un increíble descubrimiento y dejáis que cuatro del pueblo os asusten!

—Mark... —Ron colocó la mano sobre el brazo de su amigo—. Tienes que enfrentarte a la realidad. Aquí corremos peligro...

—¡No! —Mark pegó un puñetazo en la mesa.

—Pues retrocedamos hasta que lleguen los equipos del gobierno. No te pido más que eso. Trasladémonos a El Minya, mandemos un telegrama y no hagamos nada hasta que lleguen los funcionarios.

—¡No! —Mark se libró de la mano de Ron—. Seguiremos trabajando.

—¡No eres nada juicioso! La verdad es que cada día estás más ofuscado, Mark. ¿Qué se ha hecho del frío y pragmático científico? ¡Fíjate en la actitud que mantienes!

Mark apartó sus ojos de la expresión acusadora de su amigo. «¡No lo entienden! ¿Cómo podría conseguir que lo comprendieran?» Él tenía que permanecer allí, no podía abandonar, pasara lo que pasara. La tumba era algo demasiado importante, y además estaba ella. ¿Cómo podía marcharse sin descubrir quién era ella, de dónde procedía, Nofr'tay-tay...?

—¡Mark!

Parpadeó mirando a Ron.

—Sé razonable, amigo mío. Es todo lo que te pido. Vámonos a El Minya, ahora mismo, esta tarde...

—He dicho que no. Óyeme, Ron —Mark hablaba con gran rapidez—, ¿cuánto crees que durará la tumba si nos ausentamos? En cuanto hayamos cruzado la otra orilla del río, los del pueblo entrarán en tropel, la forzarán, la saquearán, destruirán los objetos delicados, venderán el oro a Domenikos, ¡y nosotros allí sentados en El Minya esperando a que lleguen los del gobierno!

Ron miró a Mark durante un buen rato y luego respondió con una mueca:

—No lo sé... No había pensado en ello.

—¡No! —gritó Halstead, con el pañuelo manchado de sangre—. ¡Yo digo que nos vamos! ¡Es mi expedición y a mí me toca decidir...

—¡Sanford!

Todo el mundo se volvió.

Alexis Halstead, alta y mayestática, estaba en el umbral de la puerta con aire de reina conquistadora.

—No nos vamos.

—Pero Alexis...

—Una palabra más, Sanford, y vuelves al lugar de donde te recogí.

Él la miraba aterrorizado, encogiéndose ante aquellos virulentos ojos verdes.

—Vamos a ver. —Entró en la tienda con cuatro zancadas y se situó en el centro con las piernas separadas y las manos en la cintura—. Todos os estáis volviendo histéricos. Ahora resulta que unos cuantos mentecatos del pueblo nos van a quitar lo que es nuestro. A mí, no. Esta es mi expedición y yo digo que hay que quedarse.

Todos fijaron la vista en ella, en el imperial desafío de sus ojos, en el talante provocador de su magnífico cuerpo.

—Si desea reclamar ayuda del gobierno, doctor Davison, adelante. Haga lo que crea necesario. Pero nos quedamos aquí. Y no se hable más del asunto.

Mark estaba arrodillado, limpiando la parte superior de la puerta de la tumba con cepillos y suaves brochas. Habían limpiado la parte inferior a partir del dintel y las inscripciones se leían claramente en la piedra. Con la pipa entre los dientes y un pañuelo bañado de sudor en la cabeza, Mark había trabajado mucho tiempo, con gran esmero, bajo el tórrido sol, para dejar al descubierto los jeroglíficos.

Los pocos *fellahin* a los que Abdul había podido sobornar para que se quedaran seguían despejando la escalera; se veían ya nueve escalones, que se acercaban a la entrada en la profunda tierra. Halstead permanecía sentado con Alexis bajo el toldo, apartando las moscas, mientras Ron trabajaba con el trípode y sus aparatos fotográficos. Yasmina había decidido quedarse en el campamento con Hazim.

Cuando quedó al descubierto el último carácter de la última columna, Mark se sentó, frotándose los hombros. Ahora podía concentrarse en la lectura de lo que había sacado a la luz.

Primero hizo una lectura mental, con una traducción por encima, luego cogió la tablilla de notas e inició un trabajo de más precisión. A medida que las palabras iban pasando al papel, Mark se iba sintiendo más libre del bolígrafo y la mano que las trazaba:

> Aquí yace el Hereje, el Criminal, el Sin Nombre, y la maldición sobre el viajero que pronuncie el nombre del hombre otorgándole vida, puesto que verá la encarnación de Set, verá la personificación de los Poderes del Mal y de las Tinieblas y la fuerza de las aguas que se enfrentan a la luz y al orden, y verá asimismo los siete veces siete Acompañantes como bestias y seres que

moran en las turbias aguas y como bestias y seres de la arena y las rocas, y sentirá aflicción ante ellos.

¡Respeto a los Guardianes del Hereje, ya que observan una vigilancia eterna!

Las siete figuras que aparecían en la parte superior de la estela estaban grabadas de nuevo allí; bajo ellas, la inscripción seguía:

Atención para el viajero que se traslada corriente arriba, que no altere lo que contiene esta morada, no penetre en ella, no se lleve nada. Y atención asimismo para el viajero que se traslada corriente abajo, que no pronuncie el nombre del Criminal, pues grande es la venganza de los Terribles.

Mark soltó el bolígrafo y se desplomó apartándose de la puerta. Las gotas de sudor se escapaban del pañuelo que ceñía su cabeza y bajaban hasta los ojos. Mientras los jeroglíficos se iban empañando ante él, notó que el calor del día se convertía en un crudo frío; se estremeció.

—Ven aquí, Ron...

Ron se agachó a su lado e inspeccionó los grabados.

—De modo que —murmuró sin que le vieran los demás—, a fin de cuentas, Ramsgate no se equivocó en la traducción. Ahí están, tal como las transcribió en su diario, las siete maldiciones...

Yasmina cerró el libro y miró a Mark con sus líquidos y negros ojos. No dijo nada. Sintiéndose incapaz de soportar la mirada de ella, Mark jugaba con su pipa, la limpiaba y luego la rellenó pero no la encendió. El aire nocturno bramaba lastimero por el campamento y Mark intentaba encontrar algo que decir.

—¿Has pensado que tal vez Neville Ramsgate se equivocó? —dijo ella por fin.

Estaban sentados en la tienda de Yasmina, tomando té a la menta.

—La egiptología estaba en sus inicios en 1881. Ni siquiera se llamaba egiptología. Todavía no había llegado al gran público la interpretación de Champollion de la piedra de Rosetta. Debes tener en cuenta, Yasmina —dijo por fin mirándola—, que ésa no es una puerta de tumba corriente. En cuanto lo leí en el diario, vi claro que Ramsgate se había equivocado en la traducción.

Bajó la vista hacia la pipa.

—Las tumbas egipcias siempre estuvieron custodiadas por dioses y diosas de la luz y la resurrección, jamás por demonios. Cualquier maldición en una tumba era algo leve, a posta para mantener alejados de ella a los saqueadores. Las inscripciones siempre pedían al viajero que pronunciara el nombre del difunto a fin de resucitar su alma. Pero... —señaló con la mano el diario—... ésta...

Yasmina reflexionó sobre las curiosas inscripciones y luego dijo despacio:

—Es como si... los sacerdotes de Amón, en lugar de intentar mantener alejados a los saqueadores, pretendieran que se mantuviera en el interior de la tumba lo que estaba encerrado allí.

Mark levantó la vista hacia ella. Yasmina siguió:

—Los sacerdotes de Amón tenían que sentirse aterrorizados por el espíritu de Ajenatón, pues no escribieron su nombre en la puerta de la tumba. Al no constar el nombre en ninguna parte, su alma ignoraría su identidad y por consiguiente tan sólo existiría en una dimensión desconocida. El espíritu sin el nombre carece de poder. Mark... —Yasmina tenía los ojos completamente abiertos, parecían tímidos, como los de un ciervo—. ¿Tanto temerían los sacerdotes al alma de Ajenatón?

—No lo sé. —Se frotó la frente con aire ausente—. Aparte de que fue un hereje e intentó acabar con la adoración de tantos dioses, todo lo que sabemos de Ajenatón es que fue un hombre pacífico, un soñador, un poeta. Suponiendo que su naturaleza tuviera una parte maléfica, no tenemos noticia de ello.

En el rostro de Mark se dibujó una mueca.

—¿Te encuentras bien?

—Creo que necesito gafas, tengo unos dolores de cabeza...

Ella se dispuso a levantarse, pero Mark le cogió la mano.

—No te preocupes. Las aspirinas no me solucionan nada. Nada puede con esos dolores. Aparecen y se van de repente. —Se esforzó en sonreír—. Ya pasará.

Yasmina observó su mano sujeta por la de Mark. Los curtidos dedos de él se curvaban sobre los de ella; Yasmina intentó apartar la mano pero él no la dejó.

—Yasmina...

—No, Mark. No puede ser. Es imposible. No me lo hagas más difícil, por favor.

—¿O sea que tú también sientes algo?

—Mark, por favor...

La mano de él se apartó de repente y se colocó junto a su sien. La expresión de Mark reflejaba un dolor insoportable.

Yasmina se puso de pie enseguida.

—¿Qué te ocurre?

—¡El dolor! Dios mío, vuelve...

A Ron le había reconfortado tanto el vino que ni siquiera notaba el helado aire nocturno al atravesar el campamento. Tampoco oyó, más allá del límite de las luces, en la profunda oscuridad de más allá de las tiendas, un curioso sonido a modo de siseo, como el del vapor bajo la presión, y posteriormente el rítmico chasquido, que recordaba el pegajoso lengüeteo de una serpiente gigante.

Se metió en la tienda, colgó fuera el letrero de NO MOLESTEN, cerró la cremallera de la puerta, desenrolló la negra y opaca tela y la colocó en su sitio. Apretó el botón del casete, pasó entre la cortina de fragmentos de película que colgaban del hilo que dividía la tienda en dos, metió la mano bajo la mesa de trabajo y cogió otra botella de vino. Acompañó silbando la melodía del *Concierto de Aranjuez* mientras se servía un vaso de vino y tomó un buen trago.

Cuando iba a meter de nuevo la botella en su sitio se dio cuenta de pronto de que el aire había refrescado. Se inclinó y miró el termómetro que tenía sobre la mesa; marcaba 20 grados. Encogió los hombros y se dispuso a trabajar.

En la mezcla del revelado había decidido utilizar agua esterilizada por si alguna impureza del Nilo pudiera haber velado los carretes anteriores. Mientras medía con sumo cuidado el líquido, mezclándolo con un paquete de Microdol-X Kodak, tuvo la sensación de haber oído unos arañazos detrás de él. Detuvo un momento el movimiento y escuchó con atención. Entre él y la glacial noche no se oía nada más que el rasgueo de la guitarra clásica.

Una vez hubo vertido el revelador en el depósito, estiró el brazo para coger el OM-2 que tenía en un estante, por encima de la mesa. Notó que algo le rascaba en la parte posterior de la mano.

Pegó una sacudida, se puso de puntillas e inspeccionó la repisa. Luego se miró la mano. Nada.

Quitó la funda de cuero del aparato y la dejó sobre la mesa. Apagó la luz general y la tienda quedó sumida en la oscuridad.

Se apresuró a abrir la cámara y sacar el carrete, observando que sus dedos se iban poniendo rígidos y que estaban más fríos de lo normal. Buscó a tientas el abridor, lo encontró sobre la mesa y extendió una revista. Sujetando la película por ambos extremos, la desenrolló lentamente, desenganchando el papel a medida que lo hacía.

Algo le golpeó la pierna.

Notó que las manos le temblaban al intentar trabajar más aprisa sin perder habilidad. Parecía que la película se le resistía. Abrió completamente los ojos en la penumbra pero fue incapaz de distinguir nada; sus manos trabajaban mecánicamente en la oscuridad total.

Algo le rozó la espalda. Ron se encogió.

Se apresuró, manoseando la película, incluso estuvo a punto de perder el contacto con ella. Buscó a tientas el recipiente encima de la mesa, lo cogió y enrolló rápidamente la película en él.

Luego notó un frío aliento contra la nuca.

Moviendo los dedos a la buena de Dios, se hizo con el recipiente de revelado, estuvo a punto de derramar su contenido, metió la película en su interior y buscó la tapa. Estaba a punto de asegurarlo cuando una masa informe, fría y escamosa le golpeó la mejilla.

Ron soltó un grito.

Aterrorizado, se precipitó hacia la puerta, desgarrando la tela opaca y agarrándose a la cremallera. «¡Socorro! ¡Dios mío, socorro!»

Algo le aporreaba los brazos; un helado lodo le agarró las manos, paralizándoselas. Algo le rozó la cara; un frío aguijón le perforó la mejilla.

«¡Socorro! ¡Que alguien me ayude a salir!»

Algo le sujetó el pelo, apartándolo de la puerta con tal fuerza que Ron perdió el equilibrio. Se debatía, luchando contra los mil ataques que sufría su cuerpo. Se revolcó por el suelo chillando, topando contra las cajas y tirando al suelo los recipientes de productos químicos. En la oscuridad notó que algo siseaba y se enrollaba en sus tobillos. Empezó a repartir golpes frenéticamente; notaba un sabor a sangre en la boca y también algo húmedo y caliente por encima del pecho. Una especie de pegajoso alambre le rodeó el cuello y se lo iba apretando a cada movimiento. Ron intentaba liberarse pero tenía los brazos bloqueados.

Tendido en el suelo y dolorido, notó que algo le sujetaba el pelo e intentaba arrastrarlo, como para arrancárselo del cuero cabelludo.

Abrió completamente la boca y soltó un largo y tétrico chillido.

Luego, en el lugar donde antes había visto el toldo de la puerta, vio las estrellas, y también a alguien que se le acercaba, y al cabo de un segundo quedó deslumbrado por un súbito rayo de luz. Se protegió los ojos con el brazo y oyó que Mark decía:

—¡Santo cielo! ¿Qué ha ocurrido?

—¡Sácamelo de encima! —chilló Ron—. ¡Se lleva mi cabellera!

—¡Eh! —Mark puso una rodilla en el suelo y cogió a Ron por los hombros—. ¿Qué ha ocurrido?

Bajó el brazo lentamente y miró a su amigo.

—¿Dónde está? ¿Lo has visto?

—¿Ver qué? ¿Qué estás diciendo?

Tembloroso, Ron se incorporó apoyándose en los codos y echó una ojeada a la tienda. A su alrededor había un terrible revoltijo: papel fotográfico esparcido, líquido derramado, cristales rotos. Luego observó su cuerpo. La camisa estaba rasgada por la parte del pecho y en la piel se estaba formando un fino verdugón. Tenía tiras de películas enrolladas en las muñecas y tobillos.

—¿Qué demonios...?

—Estaba convencido de que te ocurriría algún día. —Mark levantó el pelo de Ron y con sumo cuidado le quitó un trozo de alambre—. Tu tendedero, amigo mío.

Ron lo miró atónito. Llevaba pinzas de tender y sujetapapeles esparcidos por las mangas y perneras, las tiras de película esparcidas por doquier, y el alambre enrollado en su cuello y pelo.

—No... —murmuró.

Yasmina apareció en la puerta con su macuto.

—¿Qué ha sucedido?

Detrás de ella estaban Sanford y Alexis, presos de estupor, perplejos. Abdul se situó entre los dos mirando atentamente a Mark.

—Ha quedado atrapado en el alambre de secado en la oscuridad.

—No...

—¿Puedes ponerte de pie?

—Permíteme examinarlo primero —dijo Yasmina.

—No... estoy bien...

Con la ayuda de Mark, que le sujetaba por las axilas, Ron consiguió ponerse de pie. Aturdido, se desenroscó el alambre del cuello y los brazos, observando los fragmentos de película, mudo de asombro.

—Vamos —dijo Mark suavemente.

Pero Ron se apartó de él, irritado.

—¡Eh! ¡Aquí había algo! ¡De verdad! ¡Algo resbaladizo y escamoso que me ha atacado! ¡Me ha atacado, carajo! ¡Algo que intentaba arrancarme la cabellera!

Mark sujetó con fuerza el brazo de Ron.

—Te equivocas. Aquí no había nada. Yo mismo he abierto la puerta y te juro que no he visto salir nada. Estabas trabajando en la oscuridad y has quedado enredado en el alambre...

Ron apartó el brazo de un tirón.

—¡Te digo que aquí había algo! ¡He oído su respiración!

Yasmina cogió una jeringuilla hipodérmica de la bolsa y se dispuso a llenarla, pero cuando Ron se dio cuenta retrocedió.

—No, ni hablar. A mí no se me administran tranquilizantes. ¿Por qué nadie me cree, maldita sea?

Mark le tendió las manos.

—No había nada, Ron...

Ron se dio la vuelta y salió como una flecha.

Mark estaba al borde del agotamiento. A pesar de las advertencias de Abdul y las súplicas de Yasmina, había trabajado en la puerta de la tumba soportando un calor tal que incluso los *fellahin* se habían visto obligados a descansar. Abdul estaba a su lado, aguantando una sombrilla mientras Mark seguía su trabajo con las brochas, agachado ante la puerta; ya había limpiado más de la mitad y casi todos los peldaños estaban al descubierto. Tres nuevas líneas de jeroglíficos se estaban haciendo visibles a sus ojos, y finalmente los sellos de la necrópolis real de Tebas: cada uno de ellos con un chacal y nueve cautivos. Los sellos estaban intactos.

Luego Mark se fijó en algo que le llamó la atención y quiso descifrarlo con una lupa: en la piedra se veían grabadas una serie de finas líneas verticales que iban desde debajo de la arena hasta la parte inferior del umbral.

—¿Qué es?

—No lo sé. Empiezan a unos dos metros por debajo y desaparecen por encima de la arena. Parecen arañazos.

Mark observaba las manos de Ron mientras su amigo iba haciendo girar una y otra vez la lente; tenía el reverso de la mano ennegrecido y amoratado.

—¿Mañana será el gran día?

—Eso parece.

Mark hizo el gesto de llevarse el vaso de Wild Turkey a los labios pero se detuvo. Observó la preocupación de su amigo por la lente rota mientras Ron hacía girar una y otra vez el objeto entre sus dedos sentado allí en la cama con las piernas cruzadas.

—¿Ron?

—Dime.

—¿Te encuentras bien?

Unos ojos azules y fríos se cruzaron con su mirada; reflejaban el dolor y la indignación.

—¿Tú qué crees?

—Oye, lo siento. La verdad es que no vi nada, te lo aseguro.

—Perfecto.

—Vamos, por el amor de Dios, habías estado bebiendo todo el día.

De repente Ron saltó de la cama.

—¿Adónde vas?

—Voy a prepararme. La próxima vez que se me acerque aquello, le haré una foto.

Mientras Mark escuchaba cómo se iba desvaneciendo el crujido de los pasos de Ron, notó como si un frío puño le comprimiera el estómago. Tomó un largo trago de bourbon, se concentró en el cálido descenso del líquido, pero aquello no le reconfortó.

De pronto se sintió muy solo. Miró la foto de Nancy que tenía en la mesilla y por un momento se preguntó quién era ella. Luego, con gesto mecánico, agarró la chaqueta, la pipa y el tabaco y salió de la tienda.

A unos treinta metros del campamento, de pie sobre una elevación que en otra época había servido de atalaya a la policía de Ajenatón, vio a Alexis Halstead, en camisón. Mark se abrochó la chaqueta hasta el cuello y se acercó a ella sigilosamente; cuando estuvo a unos metros, se fijó en que tenía los ojos abiertos y sonreía ligeramente. Pudo ver también que estaba durmiendo.

—Hola, Davison.

Era su voz y al mismo tiempo no lo era. El viento nocturno le agitaba el pelo y apretaba el transparente camisón contra su desnudo cuerpo. Mark la contemplaba maravillado, sin percibir las frías rachas que le traspasaban la chaqueta ni el inicio del dolor de cabeza.

—¿Señora Halstead?

—Sí... y no.

La visión se desdibujó. Por un instante Mark veía doble, como si se le hubieran entrecruzado los ojos —un intenso dolor se iba haciendo irresistible en la parte inferior del cráneo—, y de pronto Alexis Halstead tenía un aspecto distinto.

Era el mismo cuerpo, el mismo camisón, las mismas blancas y largas extremidades, pero en su cabeza, transparente, como en una foto de doble exposición, se veía una peluca negra con el pelo trenzado. Y alrededor del cuello, un macizo collar en forma de loto.

La alucinación lo fascinó, lo mantuvo allí clavado con los ojos fijos en la fluctuación de ella, en la sólida visión de Alexis Halstead transformada en una imagen frágil, vacilante.

—Es la única forma que tengo de hablar con vos, Davison, pues sola vos no creéis en mí.

—Nofr'tay-tay...

—Creéis que no soy más que un sueño. Cuando os mostré las maravillas de mi ciudad, vuestros pensamientos eran confusos y desconfiados. He de haceros saber que soy real.

Los rojos labios de Alexis se curvaron hacia arriba. Extendió un brazo blanco como la nieve.

—Vos la escucharéis a ella, pues ella os domina, Davison. No sé cómo, no sé qué poder ejerce la pelirroja sobre vos, a pesar de que puedo leerlo en sus pensamientos dormidos. Ella tiene poder sobre vos. Ella será mi instrumento.

Él avanzó un paso con cautela, forzando la vista. Vio perfectamente los impresionantes rasgos de Alexis Halstead y al mismo tiempo, empañándolos, unos negros ojos orientales, unos labios inmóviles, unos párpados que se entornaban y a través de ellos se vislumbraban los verdes iris.

—Se hace tarde, bien mío, nos queda muy poco tiempo. Con inmenso esfuerzo he intentado comunicaros lo que hay que hacer. Venid conmigo, Davison.

Embelesado, se situó a su lado, deleitándose con la doble visión, con el cambio en la voz de Alexis, recordando las otras ocasiones en las que la había visto sonámbula.

—Vos creéis que esta mujer está demente, que la atormentan dos personalidades. Tal vez jamás creeréis en mí, Davison, pero al menos me escucharéis ahora. Si hablo a través de estos labios, deberéis seguir mis órdenes al igual que debéis seguir las de ella.

Mark se metió las manos en los bolsillos, fascinado.

—Vuestros pensamientos están confusos, Davison. Es la inscripción de la puerta de la tumba. Estáis perplejo.

Él la miró sorprendido.

—Sí, lo estoy. ¿Cómo sabéis...?

—Vos pensáis que la inscripción no es como las demás en Egipto. Os diré, Davison, que es a causa de que el hombre que está en su interior no es como los demás.

»No tiene nombre, ni ojos de Horus a través de los que pueda ver la luz del día.

»Tenéis razón, Davison. Mi bien amado Ajenatón es un prisionero en aquella casa. No fue introducido en ella para su propia seguridad sino para la seguridad del mundo. O eso creen los sacerdotes del Oculto.

—¿Por qué?

—Creen que fue un criminal. Que cometió graves errores y seguiría cometiéndolos desde la tumba.

—¿Esa es la razón por la que le quitaron el nombre?

Las trenzas de su espesa cabellera negra se agitaban ligeramente con el viento.

—Es herejía pronunciar su nombre porque ellos no desean que él despierte. Duerme un sueño profundo que nada agita. No sabe quién es. No tiene conciencia. Lo han sellado en el limbo para la eternidad.

—¿Por qué no lo enterraron en su tumba originaria del cauce?

—Los sacerdotes del Oculto temían a quienes amaban a Ajenatón, a quienes le eran leales, y pensaban que podían acercarse a la tumba y otorgarle vida, por ello los sacerdotes construyeron una nueva morada para recluirlo, una morada secreta que nadie pudiera encontrar.

—¿Y los siete dioses?

—Se colocaron allí para evitar que nadie pronunciara el nombre de Ajenatón.

—¿Tan sencillo es despertarlo? ¿Basta con pronunciar su nombre?

—No, es más que eso, bien mío, ya que Ajenatón fue introducido en la tumba sin nombre en su cuerpo. Su cadáver yace sin identidad. Nadie ha escrito su nombre en un amuleto y lo ha colocado sobre su corazón.

—¿Lo asesinaron?

—Ni siquiera los sacerdotes del Oculto habrían osado tocar la divina persona del Dios Viviente. Cuando Ajenatón comprobó que su sueño se había derrumbado y que el caos regía el país, enfermó del corazón y murió. Ahora su hermano Tutanjamón gobierna en su lugar y no es más que un niño.

—Si querían acabar para siempre con Ajenatón, ¿por qué no destruyeron su cuerpo los sacerdotes?

—Temieron un cataclismo, bien mío, pues no hay hazaña más insensata que la de profanar el cuerpo de un faraón. A pesar de que eran corruptos, sabían las consecuencias de tal sacrilegio. Al mismo tiempo, empero, temían conservarlo porque entonces su espíritu deambularía por el país. Los sacerdotes estaban confusos.

—Encontraron una solución.

—Hasta que alguien abra la tumba y devuelva la identidad a mi esposo. Entonces los sacerdotes comprenderán la cólera.

—Me temo que los sacerdotes ya no están. Ajenatón ha dormido durante tres mil años.

—¿Es posible? Parece un abrir y cerrar de ojos.

Se detuvo abruptamente y se llevó su fina mano a la mejilla. Mark buscó en el bolsillo su mechero y cuando lo encendió, vio el rostro de Alexis bajo la luz.

Apagando la llama, Mark dijo despacio:

—Estás llorando...

Con gesto grácil, la mujer secó sus mejillas.

—¡He estado tan sola estos milenios, esperando a mi amado! ¡No puedo existir sin él! ¡Él es mi alma y mi aliento! La soledad, Davison, vos no podéis concebir la soledad, el errar por el vacío valle...

—Pero yo creía... —dijo él interrumpiéndola—. He oído decir que abandonaste a Ajenatón para vivir recluida. ¿Es verdad?

Alexis miró a Mark con ojos de gacela.

—Es cierto, pero por unas razones que nadie conoce. Durante los últimos años una enfermedad se apoderó de Ajenatón, una dolencia para la que los médicos no encontraron remedio. Se convirtió... en alguien que no era él; dijeron que tenía la enfermedad sagrada. Yo creo que tan sólo era cansancio y desilusión. Ajenatón no era él cuando se peleó conmigo. En sus peores momentos, cuando un inmenso dolor se apoderaba de su cabeza, se la agarraba y tiraba del pelo mientras lanzaba maldiciones contra Atón. Decía que su dios le había fallado, que Atón lo había abandonado. Pero no era así. Atón siempre fue benévolo, siempre se preocupó por sus hijos. Fue una época de prueba, de sufrimiento, pero Ajenatón no tuvo fuerzas para verlo. Habló de volver a Tebas, de volver a imponer a Amón. Discutimos. Entonces me di cuenta de que mi presencia aún lo irritaba más, le aumentaba el dolor, de que mi intenso amor por él y por su dios lo llevaba a la demencia. Me aparté de él consciente de que llegaría el día en que me reclamaría. Fueron unos años de soledad, cuando viví en otro palacio.

—¿Os reunisteis... de nuevo?

—Mi amado murió sin que yo pudiera verle otra vez. Acudí veloz junto a su lecho pero la vida había abandonado ya su pobre y atormentado cuerpo. ¿Lo conocisteis, Davison? ¿Sabéis de su bondad y compasión? Fue un hombre atormentado, tanto amó al mundo que quiso llegar a abrazarlo con sus propios brazos. Ajenatón tuvo un corazón demasiado frágil para los vicios de los hombres. Era inocente, era ingenuo; llamaba hermanos a todos los hombres y no veía sus delitos. Luego fue demasiado tarde. Lo utilizaron, lo derrocaron. La desilusión y la decepción fueron las armas que acabaron con su vida.

—¿Puedes hacer que vuelva? ¿Puedes pronunciar su nombre?

—No puedo hacerlo. Eso debe hacerlo alguien vivo. Vos lo haréis por mí, Davison.

—¿Hacer qué?

—Inscribir su nombre en un amuleto. Aunque sea en un trozo de papiro. Y colocarlo encima de su cadáver. Luego volver a sellar la tumba para que nunca vuelva a sufrir daño. Entonces Ajenatón volverá a vivir, su alma volará hacia la Tierra Occidental y vivirá una felicidad eterna.

—Pero... ¡yo no puedo hacer eso!

—¿Por qué?

—Porque... —Mark batallaba por encontrar las palabras precisas—... tú no sabes por qué estoy aquí, por qué he venido al valle...

—Sois un viajero.

—Soy un científico. Un erudito. He venido para estudiar vuestro sistema de vida.

—¿Venís de Babilonia, Davison? Me lo he imaginado por la barba.

—No, yo...

El helado aire atravesaba la tela de su chaqueta. Temblaba sin poderse controlar mientras pensaba: «¡He venido aquí para abrir la tumba y llevarme el cadáver de tu marido! Lo colocarán en una urna de cristal en un museo a cientos de kilómetros de aquí, donde le observarán con curiosidad millones de personas...».

—Vuestros pensamientos son turbulentos, bien mío, soy incapaz de interpretarlos. Estáis en pugna. ¿Es por culpa mía?

—Lo siento... Es el frío.

—Estamos en verano.

—Pero yo estoy helado.

—Davison... —Alexis extendió su larga y ahusada mano y la apoyó suavemente sobre el brazo de él. A través de la manga de nailon, Mark notó su calidez—. Haced lo que os pido, os lo suplico... Devolved la vida a mi amado.

Quedaban dos escalones y la última línea de jeroglíficos por despejar. Mark y Ron trabajaban juntos en el pozo, sacando con sumo cuidado la arena, tamizándola, distribuyéndola en capazos, que iban pasando a los trabajadores que se hallaban fuera del foso. La escalera era empinada, formaba un abrupto ángulo; los dos trabajaban a la sombra de los muros creados por la excavación. Ante ellos se erigía la puerta, imponente, majestuosa.

Sanford Halstead permanecía sentado a un lado, abanicándose, mientras Hazim, que aquella mañana ya se sentía mejor y había insistido en acompañarlos, se había quedado con Yasmina en uno de los Land Rover. Alexis se había sentado algo más lejos, con las piernas cruzadas, en la arena, con rostro inexpresivo. Mark levantó un par de veces la vista pero no observó el menor atisbo de recuerdo en sus distraídos ojos. Ella no recordaba el paseo nocturno. Después de aquello, Mark no había dormido. Sus asombrosos conocimientos, las increíbles palabras que Alexis había pronunciado, la extraña ilusión óptica de ver a las dos mujeres... Fuera quien fuera Nofr'tay-tay, tenía razón: al hablar a través de Alexis Halstead, había conseguido que Mark la escuchara. Por ello sabía qué encontraría al otro lado de la puerta de la tumba.

—Mark. —La mano de Ron le tocó el antebrazo—. Aquí hay algo, bajo la arena.

Mark se quitó uno de los guantes y palpó suavemente la superficie del punto en que había estado trabajando Ron; notó que el suave material se deslizaba entre sus dedos. Excepto en un lugar concreto.

—Tienes razón, aquí hay algo. Pásame la escobilla.

Como si estuviera quitando el polvo a un frágil objeto de porcelana, Mark pasó la escobilla por la superficie con lentos movimientos, mientras él y Ron no perdían de vista aquello que tenía que surgir.

Algo blanco, parecido a un pedazo de yeso, sobresalió en la arena. Mark siguió barriendo mientras el otro iba apartando la arena.

El objeto fue adquiriendo tamaño al apartarle la arena. Surgió del último peldaño, que seguía aún oculto, elevándose unos centímetros de la base de la puerta.

Ron soltó un silbido y apartó las manos como si algo le hubiera mordido.

—¡Jesús! —exclamó Mark soltando la escobilla y observando lo que acababan de descubrir.

Surgía de la arena como dispuesta a agarrar a los dos hombres una esquelética mano humana.

20

Ron disparó la última foto diciendo:

—De momento bastará.

Llevaba una hora fotografiando, registrando cada uno de los estadios de la excavación del esqueleto. Mark había acabado de limpiarlo; lo tenían en aquellos momentos expuesto en el último escalón ya despejado, en la pétrea base de la puerta. Los demás —Abdul, los Halstead, Yasmina, Hazim y los *fellahin*— permanecían de pie al borde del pozo, observando en silencio. Durante una hora nadie había abierto la boca.

Mark recorrió con la mirada el sorprendente hallazgo, empezando por los huesudos pies cubiertos por unas botas de cuero, pasando por las piernas y la pelvis, cubiertas con jirones de tela, hacia la caja torácica y los brazos, unidos aún por unas amarillas tiras de cartílago, hasta llegar al cráneo, donde aún se observaban unos mechones de pelo castaño. El esqueleto yacía de costado, con una de las rodillas hacia arriba y uno de los brazos flexionado bajo ella. El otro brazo estaba algo estirado; lo mantenían rígido los tendones y cartílagos endurecidos; los dedos de la mano señalaban las hileras de rascadas que sobresalían en la puerta. Estaba retorcido y tenía un aire grotesco, paralizado en su agonía, abandonado en la puerta de la tumba.

Por fin una voz rompió el silencio.

—Tiene que ser un miembro de la expedición de Ramsgate.

—Las botas —dijo Mark sin levantar la vista— no podía llevarlas un *fellah*. Y los harapos no pertenecen a las telas de por aquí.

—Tal vez el propio Neville Ramsgate —dijo Halstead.

El viento se llevaba sus voces. Todas las miradas estaban fijas en el rostro de la calavera, cubierta a trozos por una apergaminada y tensa piel. La boca estaba completamente abierta en un chillido silencioso.

—Los arañazos de la puerta —dijo Ron—. Parece que intentaba... entrar en la tumba.

Mark no respondió. Una nueva idea estaba tomando cuerpo en

su mente, un pensamiento que había ido cuajando al mirar fijamente la mueca del muerto; algo sobre el esqueleto que al principio no se le había ocurrido y en cambio ahora se abría camino desde el fondo de su conciencia. Algo no cuadraba. Algo que tenía que estar allí no estaba...

—*Effendi* —dijo Abdul desde su situación de privilegio en el borde del foso—. Fíjese, *effendi*, en la parte trasera del cráneo.

Mark se inclinó un poco y ladeó la cabeza para observar mejor. Dobló un poco el cuerpo hacia delante y con la punta del dedo exploró el contorno del hueso, pasando por el redondo agujero de la base del cráneo. Se incorporó y forzó la vista hacia la puerta, repasando los jeroglíficos, inspeccionando los arañazos y descubriendo finalmente lo que le había pasado por alto antes. Sacó un cuchillo del bolsillo de la camisa, se situó por encima del esqueleto y apoyándose con una mano, introdujo la punta del cuchillo en el minúsculo agujero de la piedra.

—¿Qué es eso? —preguntó Halstead.

Mark extrajo un pequeño objeto del agujero, lo examinó sobre la palma de su mano y luego lo pasó a Halstead.

—¡Una bala!

—Y apuesto a que —exclamó Mark arrodillándose junto al esqueleto— corresponde al agujero en la parte posterior del cráneo y también al revólver que encontramos.

—No lo entiendo —dijo Ron—. ¿Quién disparó contra él?

Mark examinó el esqueleto durante un rato, intentando retener la escurridiza idea que le atormentaba en lo más remoto de su pensamiento; luego se levantó y sacudió el polvo de sus manos. Se volvió para situarse frente al empinado tramo de escalera que llevaba a la superficie y dijo:

—Podemos reconstruir los hechos. Fuera quien fuera él, bajaba corriendo esos escalones, tal vez perseguido por alguien, cayó contra la puerta, se agarró a ella y recibió un disparo desde atrás. Se desplomó y quedó aquí.

—¿Pero por qué? —preguntó Halstead—. ¿Quién lo perseguía? ¿Y por qué intentaba entrar en la tumba?

—Yo tan sólo he dicho que podíamos intentar reconstruir los hechos. En ningún momento he hablado de explicarlos.

—¿Por qué intentaría entrar en la tumba de esta forma una persona? Me refiero... —la voz de Halstead era tensa— a que clavó sus uñas en la piedra.

—Su opinión vale tanto como la mía.

—¿Y por qué —dijo Ron— no fue quemado junto a los demás?

—Me imagino que los hombres del bajá lo encontraron así y, temiendo tocarlo, lo enterraron donde estaba.

—Pero tocaron los otros cadáveres.

—Sí... —Mark se frotaba la barba al tiempo que la escurridiza idea se estaba materializando.

—No entiendo por qué los funcionarios lo enterraron aquí y en cambio jamás informaron sobre la tumba —dijo Halstead.

Entonces Mark lo captó. Dirigió la vista hacia el esqueleto, hacia los fibrosos ligamentos y la apergaminada piel, hacia la postura del cadáver, exactamente la postura en la que había caído cien años antes, y pensó: «Los carroñeros del desierto no tocaron el cadáver. Tampoco los chacales o los buitres. Ni siquiera las hormigas blancas...».

Halstead decía:

—Los soldados del bajá llegaron al cañón, encontraron un campamento lleno de cadáveres, los quemaron, igual como quemaron todo lo demás, ¿y luego vinieron hasta aquí para cubrir la escalera? ¿Y no echaron ese cadáver al fuego? ¿Y no informaron a las autoridades sobre la tumba que se acababa de descubrir? ¡No tiene lógica! ¡Aquí falla algo!

—Puede que —dijo Ron en voz baja— jamás llegaran tan lejos. Puede que tuvieran miedo de llegar a este extremo del cañón.

—¿Qué significa eso?

Ron miró hacia Halstead, con los ojos vidriosos.

—Tal vez temían algo.

Mark habló de pronto:

—Vamos a quitar eso de ahí. Abdul, usted y sus hombres trasládenlo con el máximo cuidado, probablemente tendremos que examinarlo luego. —Miró su reloj—. Son casi las doce. Vamos a terminar por hoy. Mañana por la mañana abriremos la tumba.

Habían acabado de comer y estaban sentados en la tienda comedor. Mark, tomando un sorbo de té frío, dijo:

—¿Qué opina, Hazim?

El joven miró por encima de sus gafas con aire de tener dificultades para enfocar la imagen.

—¿Qué opino sobre qué?

—El esqueleto. ¿Va a informar sobre él?

—A las autoridades no les interesará...

Mark observó cómo unas finas gotas de sudor resbalaban por aquel grisáceo rostro, dándose también cuenta de que el blanco de los ojos de Hazim tenía un tono amarillento.

—¿Se encuentra bien?

—Sí... ya me siento mejor.

Miró a Yasmina, quien hizo un casi imperceptible gesto de asentimiento con la cabeza, y seguidamente dijo:

—El descubrimiento del esqueleto cambia las cosas.

—¿Cómo las cambia? —dijo Halstead.

—Los certificados de defunción en los archivos del ministerio. O bien hay un error en uno de ellos, o bien el esqueleto pertenece a alguien de quien no tenemos noticia.

—Sabes perfectamente que todos son falsos —dijo Ron, con la vista fija, melancólica, en la taza de té que no había probado.

—¿A qué te refieres?

—Me refiero a que no hubo viruela y tú lo sabes bien, Mark. Los de Ramsgate fueron asesinados, uno a uno. ¿Recuerdas los cadáveres que encontramos en el horno? Desmembrados antes de la cremación.

—Estás diciendo, pues, que los funcionarios del bajá falsificaron los certificados de defunción. ¿Por qué razón lo harían? Y suponiendo que no existiera enfermedad alguna, ¿qué necesidad tenían de quemarlo todo? ¿De poner la zona en cuarentena?

—Quizá intentaban esconder algo.

—Sigo queriendo saber, Davison, quién enterró a Ramsgate o a sir Robert al pie de la escalera sin informar sobre la tumba —dijo Halstead.

—Es evidente, señor Halstead, que la naturaleza se encargó de enterrarlo. Si lo hubieran cubierto con arena inmediatamente después de su muerte, habríamos hallado un cadáver mejor conservado. Una momia, en realidad. Después de morir, tuvo que permanecer en el pozo, expuesto a los elementos, en fase de descomposición, hasta que el viento y la arena consiguieron cubrir la sepultura.

—Lo que significa que los hombres del bajá jamás llegaron al extremo del cañón. ¿Por qué?

—Tal vez algo los detuvo.

Todos miraron a Ron.

—¿Como por ejemplo? —dijo Halstead.

—Por ejemplo, quien persiguiera a Ramsgate hacia el final de la escalera.

Un glacial silencio rodeó al grupo congregado en la bochornosa tienda; siete rostros expresaron su estado de reflexión. Halstead disipó el silencio diciendo:

—Davison, lea la inscripción de la puerta:

—¿Por qué?

—Hágalo.

Mark cogió su tablilla de trabajo y buscó la traducción que tenía anotada.

> Respeto a los Guardianes del Hereje, ya que observan una vigilancia eterna. Son: el Oculto, el Erecto, el perteneciente a la Cobra, Set el Ase-sino de Osiris, el Devorador, Ajej y La Que Encadena la Muerte. Tal es la venganza de los Terribles:

Uno os convertirá en columna de fuego y os consumirá.

Uno os obligará a comer vuestros propios excrementos.

Uno os arrancará el pelo de la cabeza y os despojará del cuero cabelludo.

Uno os desmembrará.

Uno surgirá en forma de cien escorpiones.

Uno ordenará a los insectos del aire que os devoren.

Uno os causará una imponente sangría que vaciará vuestro cuerpo hasta la muerte.

Las últimas palabras de Mark siguieron planeando en el aire mucho tiempo después de que las acabara de pronunciar y dejara la tablilla sobre la mesa.

Por fin Ron dijo:

—Siete dioses, siete castigos.

—Eso no me gusta, Davison, no me gusta nada. Quiero saber a qué nos enfrentamos. ¿Qué nos está ocultando?

Mark arqueó las cejas.

—¿Ocultando? Nada.

Miró a Alexis.

—¡No me dirá que tras la inscripción no hay nada! Durante los cuatro meses que tardó usted en preparar el viaje, Davison, tuve tiempo de leer una serie de cosas. No estamos ante una inscripción normal. Las maldiciones no tienen como objetivo mantener alejados a los saqueadores de tumbas, ¡su propósito es que jamás se abra la tumba! ¿Por qué? —la voz de Halstead era ya un grito—. ¿Qué hay en su interior que pudiera asustar a los sacerdotes?

Mark respondió en tono fatigado:

—Tan sólo un muerto, Halstead, nada más. Consideraron que Ajenatón era el mal y por ello lo sellaron. Así de sencillo.

—Es lo que vino a decir la *sebbaja* cuando comentó a Ramsgate que liberaba a los demonios... —murmuró Yasmina.

—Tres mil años de arraigada superstición, Halstead, han pasado de generación en generación. —Mark movió la cabeza con gesto abatido—. Todo el mal que existe en el valle está en el interior de nosotros mismos. —Se volvió hacia Abdul—. Tenga a los hombres preparados para abrir la tumba mañana. Tendremos que manipular la puerta con extremo cuidado.

El taciturno árabe dio la espalda a su cocina y miró a Mark con una expresión misteriosa.

—Hemos perdido al resto de los hombres, *effendi*.

—¡Por el amor de Dios!

—El esqueleto los ha asustado. Dicen que anoche tuvieron pesadillas. Los perseguían unos monstruos que les ordenaron que volvieran a sus pueblos.

—¿Cuántos nos quedan?

—Los tres *ghaffirs* del gobierno y cuatro hombres de El Hawata. Les he ofrecido buenas recompensas, *effendi*.

—Dígales que trasladen su campamento al cañón y ordene a los *ghaffirs* que monten guardia en la puerta de la tumba. Cuando mañana el señor Sheijly llame por teléfono a El Cairo, conseguirá otro equipo de ayuda para vaciar el contenido de la tumba.

Mark se volvió hacia el funcionario del Departamento de Antigüedades.

—¿O prefiere llamar esta tarde?

—No, no —respondió Hazim en voz baja—. Aún me siento algo débil. Mejor mañana. Ahora debería descansar...

Mientras todo el mundo se disponía a levantarse, Ron, junto al toldo delantero de la tienda, gritó:

—¡Santo Dios bendito, no os lo vais a creer!

—¿Qué es? —preguntó Mark, poniéndose de pie de un salto.

—¡Se acerca un enjambre!

Mark corrió hacia la puerta.

—¿Un enjambre de qué?

—¡De turistas!

Cogió los prismáticos que tenía encima de la mesa y salió volando de la tienda. Mark vio a unos cien metros del campamento, en dirección hacia las ruinas del Pueblo de los Trabajadores, una hilera de burros, todos con alguien a lomos, que se acercaba hacia allí.

—Serán unos treinta —dijo Ron a su lado.

Mientras el grupo salía a la brillante luz del sol, forzaba la vista y colocaba la mano a modo de visera, Mark inspeccionó el panorama con sus Nikon.

—¡Dios mío! Uno de los barcos. El *Isis* o el *Osiris*.

—¿Qué hacen aquí? Los viajes organizados jamás siguen esta ruta.

—Creo que sé la razón... —Pasó los prismáticos a Ron.

Observando la extensión de burros cargados de turistas con llamativa vestimenta y sombreros contra el sol, Ron dijo:

—¿No será sir John Selfridge?

—El mismo. Procedente de Oxford. Una de sus rutas pedagógicas. Eso puede significar algo más que una parada. Pueden quedarse días.

Mark y Ron siguieron allí plantados en un silencio taciturno mientras seguían el rosario de extranjeros que avanzaban por entre las antiguas elevaciones y el laberinto de muros de adobe. El grupo empezó a descabalgar pero uno de los animales siguió al trote: camino del campamento, con un hombre a lomos que llevaba pantalón y camisa blancos y un sombrero panamá también blanco.

Al acercarse el hombre, levantó el brazo y gritó:

—¡Hola!
—¿Qué significa eso? —preguntó Halstead.
—Déjelo en mis manos. No diga nada.
El forastero tiró de la rienda y bajó del burro. Levantándose el sombrero y pasándose un pañuelo por la calva, aquel hombre bajito y estevado se acercó al silencioso grupo.
—¡Hola! ¡John Selfridge, para servirles! ¿Cómo están ustedes?
Mark aceptó su sudorosa mano.
—¿Qué tal? Soy Mark Davison.
—¡Evidentemente! Cuando nos dijeron al aterrizar qué trabajo se estaba llevando aquí y quién lo dirigía, me quedé sin habla. He leído sus trabajos, doctor Davison, impresionantes, la verdad.
—Se lo agradezco, doctor Selfridge. Éste es mi ayudante, Ron Farmer.
—¡Por supuesto, por supuesto! —se estrecharon la mano—. He leído sus artículos sobre momias. El no va más. Lo que no nos dijeron en El Cairo fue que seguían con el trabajo. Siento interrumpirles.
—No se preocupe, doctor Selfridge.
Aquel hombrecillo de tez rosada se abanicaba con el pañuelo mientras miraba de reojo la tienda comedor.
—¿Llevan mucho tiempo aquí?
—Dos semanas y media.
—Ya veo... —El fornido erudito de Oxford observó los inexpresivos rostros del grupo y volvió la vista a la tienda comedor—. Ejem... ¿Y de qué proyecto se trata, si no es indiscreción?
—Estamos reconstruyendo uno de los templos funerarios.
—¡Vaya! Creo que Peet y Wooley lo intentaron y no funcionó.
—De eso hace más de cuarenta años, doctor Selfridge. Hoy en día tenemos mejor tecnología.
—¡Fascinante! Me encantaría visitarlo.
—Lo siento, pero estamos en fase de anteproyecto, compréndalo usted.
—Claro, claro, por supuesto. —Hizo señas con el brazo hacia el Pueblo de los Trabajadores—. ¿Le estorbará mi gente?
—Si es por poco tiempo, no.
—Una hora como máximo, no se preocupe. El guía que he contratado les muestra los lugares más importantes. Luego visitaremos la Tumba Real.
Mark notó que Halstead se ponía rígido.
—Creo que no podrán ir hacia el cauce.
—¿Por qué, doctor Davison?
—Ha habido un desprendimiento de piedras. Está totalmente bloqueado.
—¡Vaya contratiempo!

—¿Van a visitar las tumbas de los riscos? —preguntó Ron.

John Selfridge se humedeció los labios y lanzó otra mirada impaciente a la tienda comedor.

—Íbamos hacia allí, pero creo que el calor ha podido con la mayoría del grupo. Tenemos que seguir adelante. Hay un montón de cosas que ver en dos semanas.

—¿No van a pasar aquí la noche?

—No creo, pues hay que estar en Assyut por la mañana. Ejem... ¿no tendrían algo fresco...?

—Supongo que sabrá disculparnos, doctor Selfridge, no le hemos invitado porque trabajamos a contrarreloj y tenemos que aprovechar hasta el último atisbo de luz del día. Ahora mismo nos disponíamos...

La amable sonrisa se interrumpió.

—Comprendo. Bien... —Selfridge levantó su sombrero, pasó de nuevo el pañuelo por la brillante calva y luego dijo—: Ha sido un placer saludarle, doctor Davison, a todos ustedes...

Ron gritó mientras el inglés se alejaba:

—¡Que tengan un agradable viaje río arriba!

Siguieron allí de pie en silencio mientras el hombre iniciaba el trote. Mark se volvió hacia Abdul:

—Vigílelos. Infórmeme cuando haya salido el barco.

Estaba sentado en su pequeño escritorio, planificando la exploración de la tumba y la retirada sistemática de su contenido. Cuando Ron abrió el toldo delantero y se quedó un momento parado sin decir nada, Mark se volvió y levantando la vista le dijo:

—¿Sucede algo?

—Se ha vuelto a repetir.

—¿Qué?

Los labios de Ron se veían pálidos; su rostro, grave.

—Seguimos el mismo camino que siguió la expedición de Ramsgate. Una maldición para cada uno de nosotros.

Mark dejó la pluma.

—Ron...

—Tengo que enseñarte algo.

—¿De qué se trata?

Pero Ron no respondió. Giró sobre sus talones y salió hacia la oscuridad de la noche. Mark lo siguió lleno de curiosidad.

Entraron en la tienda de trabajo, donde Ron trató de encontrar la luz antes de ir hacia el fondo. Sobre la mesa de trabajo había el esqueleto.

—A ver si me lo explicas —dijo Ron solemnemente—. Quiero oír tu explicación científica a eso.

Ron se situó en el banco observando el esqueleto. Cuando Mark se colocó a su lado, le dijo en voz baja:

—Mientras tú trabajabas en la planificación, he examinado el cadáver.

La bombilla del techo oscilaba, proyectando extrañas sombras a uno y otro lado; cuando la luz se proyectaba sobre el cráneo y luego se apartaba, la expresión cambiaba.

—¿Y qué has descubierto?

—En primer lugar —dijo Ron—, fíjate en las manos. El índice es más largo que el anular.

—¿Y?

—Observa tu mano.

Mark estiró su mano derecha; el índice era más corto que el anular.

—¿Y eso qué...?

—Ahora observa el caballete de la frente y el asentamiento de los mastoides.

Mark inclinó un poco la cabeza. Cuando el olor de putrefacción penetró por las ventanas de su nariz, el cadáver pareció hacer una mueca.

—Finalmente —dijo Ron—, la pelvis. Una perla.

—¿Adónde quieres llegar?

—El cadáver no es el de un hombre sino de una mujer.

A Mark se le dispararon las cejas.

—Una mujer... ¿seguro?

—Completamente. He aplicado la lupa a la sínfisis pubiana. Tiene unos cuarenta años.

Mark no podía apartar los ojos de la impúdica calavera.

—Perfecto, así pues, se trata de Amanda Ramsgate. ¿Qué más?

—He estado pensando. No es algo tan fuera de lo corriente que dos socios se peleen, que uno mate al otro. ¿Pero Amanda? ¿Quién habría querido matarla?

Una imagen se conformó en la mente de Mark: la puerta de la tumba y las rascaduras verticales hechas con las uñas del cadáver.

—Alguna razón tiene que haber, Ron.

—¡Por supuesto! Amanda Ramsgate bajó corriendo la escalera e intentó meterse en la tumba y o bien su marido o sir Robert dispararon contra ella. Nada más simple.

—¿Y cuál sería tu explicación?

—No lo sé... —Ron se fue hacia la puerta—. Tal vez no dispararon a propósito contra ella, podría ser un accidente. Puede que quien disparó intentara matar a otra persona...

Los dos amigos se miraron a los ojos un buen rato; luego Ron agitó la cabeza y salió de la tienda.

Mark volvió a mirar el esqueleto, tocando los jirones, los mechones de pelo todavía adheridos al apergaminado cuero cabelludo, las prensiles manos petrificadas. Al cabo de un rato, también lo dejó y abandonó la tienda.

Pero él no volvió a sus aposentos. Fue andando por los escombros, alejándose del campamento. Cuando se encontró solo en la oscuridad, murmuró: «¿Dónde estás? Tengo que hablar contigo».

Se levantó un frío viento que le hizo temblar la camisa y notar el pulso en el interior de la cabeza; al cabo de poco, ella estaba allí, resplandeciente, translúcida.

—Hola Davison. Ahora creéis en mí.

—Hemos encontrado el cadáver de una mujer. ¿Quién es?

—¿No está con vos, Davison? Ah, no... —la suave frente de Nofr'tay-tay quedó completamente arrugada—. Fue antes de vuestro tiempo. Hubo otros... Ahora lo recuerdo. Intenté hablar con ella. No fue posible. Le hablé en sueños de Ajenatón. Pero cuando estuvo en peligro, corrió hacia él.

—¿De qué peligro huía? ¿De un hombre con un revólver?

—¿Qué es un revolver, bien mío?

—Un arma.

—Huía del Erecto, que la perseguía. Otro, su esposo, apuntó un arma al demonio y se oyó como un trueno, pero mató a su esposa. Nadie puede matar al Erecto por medios físicos.

—Un trueno... —Mark vio desplegarse ante él la imagen como en una película en cámara lenta. El demonio persiguiendo a Amanda, ella huyendo despavorida hacia la tumba, Ramsgate disparando contra el monstruo, la bala lo atravesó y mató a Amanda.

«¿Qué locura se había apoderado de ellos que llegaron a tales horribles alucinaciones?»

—Leo vuestros pensamientos, bien mío, y estáis en un error. Los dioses no son visiones, son reales.

Mark empezó a temblar.

—¡Eso no lo creo!

—Los carroñeros del desierto no tocaron el cadáver de la mujer, Davison; ¿acaso no es una prueba del poder de los Siete?

—Tiene que haber una explicación...

—¡Qué necio eres, Davison! —El halo se encendió y cegó a Mark—. Me afligís en grado sumo. Abrid los siete agujeros de vuestra cabeza, hombre de sabiduría. Si creyerais tan sólo lo que vierais con vuestros ojos y oyerais con vuestros oídos, podéis estar seguro de que veríais los demonios.

Tenía una sensación en el estómago como si se hubiera tragado una brasa ardiendo; el ardor era tan intenso que deformaba la expresión de Mark. Era la tensión del momento...

—¿Ya lo has decidido? —preguntó Ron.

Mark extendió una mano temblorosa.

—Aquí. Abriremos un pequeño agujero aquí y entrará la luz para ver el interior.

—¿Y si la puerta es demasiado gruesa para apartarla en su conjunto?

—La seccionaremos con una sierra de cinta.

Mark cogió el martillo y el cincel y, antes de aplicarlos a la piedra, lanzó una última mirada a sus compañeros. Todos habían acudido al pozo con él, incluso Hazim, de ceniciento rostro, que se apoyaba en Yasmina.

—De acuerdo, adelante —dijo Mark.

Aplicó la parte superior del cincel en el centro de la puerta, entre dos filas de jeroglíficos, aspiró profundamente, contuvo el aire, levantó el martillo y pegó un buen golpe.

21

En el preciso instante en que cedió el último fragmento de la puerta, un terrible viento atravesó el agujero, silbando con tal fuerza que todo el mundo retrocedió temiendo que fuera a explotar la puerta.

—¡Santo cielo! —exclamó Ron, apartándose de un salto de la corriente de aire putrefacto.

Observaban el agujero atónitos, escuchando el silbido y notando una ráfaga caliente y pestilente en la cara. El viento amainó poco a poco y se restauró la calma.

Mark buscó la linterna. Enfocando la luz en la abertura de unos quince centímetros que él mismo había practicado, se inclinó con gran cuidado hacia delante y miró hacia dentro.

—¿Qué ve? —dijo Halstead, empujándolo.

—Veo... —Mark retrocedió un poco, incrédulo—. ¡Nada de nada!

—¿Cómo? —Ron recogió la linterna y acercó los ojos al agujero. Fue inclinando la luz hacia un ángulo y otro, cambió de posición para mejorar el campo visual, y luego también se apartó diciendo:

—Tienes toda la razón. No se ve nada.

—De acuerdo, todo el mundo fuera del pozo. Vamos a abrirla de una vez.

El rechinar de la sierra de cinta resonaba en el cañón con tal estruendo que parecía un bombardeo en picado. Mark y Ron se turnaban en el trabajo, con gafas de sol y mascarillas mientras el resto del grupo seguía con gran tensión la operación desde fuera del foso, observando cómo saltaban los pesados bloques que formaban la puerta.

Mark y Ron avanzaban con mucha prudencia, deteniéndose de vez en cuando para aplicar la luz a la abertura que se iba ensanchando y asegurar que no estaban deteriorando nada que se encontrara al otro lado. Ahora bien, a medida que la luz del día penetraba más allá de la puerta, veían que tras ella se abría un vacío pozo; un oscuro corredor, imponente y abismal, que parecía no tener fin. Cuando acabaron con la puerta, al conseguir que la abertura permitiera el paso de una persona, todos contemplaron atónitos el interminable vacío que se extendía ante sus ojos.

—¿Vamos a entrar? —preguntó Halstead.

—Será mejor que pase yo solo. No podemos entrar en tropel a la tumba. En algunas hay trampas y puede ser peligroso.

—Yo entro contigo —dijo Ron.

—De acuerdo. Coge una linterna. Abdul, no se mueva de aquí, puede que precisemos ayuda.

Yasmina se acercó a él y le cogió el brazo.

—Cuidado, por favor.

Mark le apretó la mano.

—No te preocupes. ¿Dispuesto, Ron?

Su amigo asintió con seriedad.

—Vamos para allá...

Mark pasó primero, describiendo con la luz de la linterna un movimiento circular; había poca distancia entre los muros y estaban mal tallados, el techo era bajo: él y Ron no pasaban a la vez y tenían que agacharse un poco. Mark agachó la cabeza y pasó el umbral. Avanzaba con pies de plomo, oyendo los pasos de Ron tras él.

Iba controlando el espacio con la linterna mientras se movía con gran cautela. El suelo no era tan basto como los muros, aunque estaba cubierto de grava y cada paso que daban resonaba como si se astillara algo. Mark se detenía cada poco para enfocar la luz hacia delante, pero siempre más allá reinaba la oscuridad; él y Ron se arrastraban por un largo, estrecho y eterno túnel. Se veía un estrecho rectángulo de luz natural y al final de éste una abertura festoneada y las sombras de unos rostros atentos.

—¡Uf! —murmuró Ron cuando habían cubierto unos treinta metros—. ¡Qué mal huele esto! ¡Aquí no se puede respirar!

—¡El aire tiene tres mil años! Los últimos que lo respiraron fueron los sacerdotes de Amón.

Ron enfocó la luz contra los desiguales muros.

—¡Qué raro, Mark! No hay pinturas, ni inscripciones, ni nada. ¿Crees que se adentra mucho en la montaña?

Mark no respondió. Notaba una especie de rigidez que ascendía por sus piernas y se apoderaba de sus intestinos. Al frente, las tinieblas le esperaban.

—¡Eh! —susurró Ron, nervioso—. ¿Sabes qué pasará? Avanzaremos y seguiremos avanzando y llegaremos a una puerta, y al otro lado, un montón de chinos nos estarán mirando...

Mark se detuvo de golpe y estiró la mano para mantener el equilibrio.

—¿Qué hay?

—Creo que hemos llegado al final.

Dirigió la luz de la linterna a sus pies y vio que las puntas de sus botas colgaban de un borde; ante ellos se extendía un indeterminado pozo.

—Enfoca la luz por encima de mí —dijo despacio, agachándose por delante de Ron—. Vamos a ver qué hay ahí abajo.

Dos círculos de luz se iban desplazando por un limpio suelo de piedra, ascendían por unos muros blancos y lisos, hacia un techo toscamente tallado. Se había terminado el corredor de treinta metros y éste se abría hacia una pequeña y desnuda estancia que quedaba a unos dos metros y medio por debajo del suelo del corredor.

—Parece que hemos llegado al vacío —murmuró Ron, intentando controlar el rayo de luz con sus temblorosas manos.

—No estés tan seguro de ello. Mira ahí abajo.

Al otro lado de la estancia, en un muro perfectamente enlucido, se veía otra puerta de piedra. Parecía que se había sellado deprisa.

—Nos haría falta una escalera. Y luz y material. —Mark se volvió hacia su amigo—. Apuesto lo que quieras, Ron, que al otro lado de la puerta está el hombre que buscamos.

Tuvieron que retirar la comida intacta. Nadie tenía hambre, y el *ful* preparado por Abdul deprisa y corriendo no apetecía a nadie.

—De modo que —dijo Mark— usted toma la última decisión.

El funcionario del gobierno, allí sentado con su oscuro rostro, la mirada fija en la taza de té, de momento no respondió. Mark miró a Yasmina, quien asintió con la cabeza y luego dijo:

—Todo está a punto, Hazim. El equipo está dispuesto. Tan sólo nos falta tu autorización para abrir la puerta.

Hazim, en el último momento, se había visto incapaz de desplazarse a El Till a hacer la llamada convenida. De vuelta del cañón, se había metido en la cama y Yasmina había tenido que suministrarle un calmante. En aquellos momentos, una hora después, allí sentado, tembloroso, en la tienda comedor, con todas las miradas centradas en él, el joven enfermo sólo deseaba poder tumbarse y morir.

—No es... —dijo con un hilillo de voz—..., no es fácil tomar una decisión como ésta. Mis superiores deberían estar aquí. Tenían que haber estado presentes cuando se abrió la primera puerta.

Mark comprendía el dilema del pobre muchacho: tal como se encontraba, alguien tenía que sustituirle y hacerse cargo de la excavación. A la espera de mejorar, había ido posponiendo el informe que debía mandar a El Cairo; ahora le obligaban a tomar una decisión.

—Vamos ahora mismo a El Till y llamamos —dijo Mark.

Hazim movió la cabeza.

—Uno no puede fiarse de esos teléfonos de los pueblos. Tardaremos horas en conseguir la comunicación. Yo no puedo, doctor Davison, estoy cansado, permítame acostarme, por favor.

—Nos hace falta una autorización para seguir adelante en la apertura de la tumba, Hazim. No está claro de quién es la responsabilidad y si no se puede hacer el viaje... ya iré yo mismo a El Till y llamaré a El Cairo.

—Puede pasar horas en El Till. Y cuando consiga la comunicación el ministerio estará cerrado. Esperemos hasta mañana por la mañana y yo estaré mejor.

Mientras Mark reflexionaba sobre ello, Alexis saltó en un tono sorprendente:

—Tenemos suficiente luz para abrir la puerta interior. No tiene ninguna lógica quedarse ahí sentados esperando el visto bueno de algo que tarde o temprano tendremos que hacer. Yo pensaba que aquí el señor Sheijly era la autoridad. Creí que había formado parte por ello, como representante del gobierno. Estoy segura de que puede hablar en nombre del ministerio.

Mark se dirigió al pobre muchacho y le dijo en voz baja:

—¿Le llevamos al hospital de El Minya, Hazim?

—¡No! —una expresión de pánico se apoderó de sus agradables rasgos—. Estamos en el momento crucial. Yo soy el encargado de la tumba. Ahora no puedo abandonar.

—Pero no se encuentra bien...

—Lo suficiente como para ejercer la autoridad aquí. —La respiración de Hazim se hacía laboriosa; tenía el rostro brillante de sudor—. La señora Halstead tiene razón. Me enviaron aquí como representante del ministerio. Como delegado, puedo asumir la máxima responsabilidad... Doctor Davison, tiene usted mi permiso: puede abrir la cámara interior...

Todo estaba a punto. La escalera de cuerda era segura, la cámara se había iluminado, los martillos, cinceles y sierras esperaban junto a la puerta.

Los siete descendieron por el corredor de uno en uno hasta que se encontraron todos en la antecámara de cuatro metros por cuatro contemplando la panorámica más sorprendente de su vida.

—¡Es algo increíble! —exclamó Halstead con un suspiro—. Es totalmente... —Su voz se apagó.

En el muro situado frente a él se erigían hasta el techo siete impresionantes figuras de unas proporciones inauditas. Eran monstruos, fantásticas mutaciones semihumanas, semianimales, cada uno de ellos, inmovilizado en una pose que hacía pensar que aquellos demonios en otra época se habían movido y los habían captado en pleno movimiento: uno de ellos levantaba la mano como para saludar; otro extendía los brazos como dispuesto a agarrar a alguien; otro blandía una guadaña, dispuesto a golpear con ella. Pintados con los más brillantes colores, los Siete permanecían atentos, todos de perfil, todos clavando sus amenazadores ojos. Eran los siete monstruos guardianes de la tumba.

En el centro, se veía a un hombre desnudo, musculoso, su anguloso cuerpo pintado en un reluciente dorado, los corpulentos brazos a un lado y otro del cuerpo: era Amón, el Oculto. A su derecha, alzando la mano en señal de obediencia, estaba La Que Encadena La Muerte, una mujer de excelente figura con cabeza de escorpión. Tras ella, sosteniéndose en las patas traseras, el Erecto, un jabalí con brazos humanos. Al fondo, frente a Amón, surgía una bestia imposible de identificar, con las cuatro patas en equilibrio como dispuesta a saltar, la melena y los ojos de un rojo encendido: era Set, el asesino de Osiris. Al otro lado de Amón, también de perfil y frente al Oculto, estaba Am-mut, el Devorador, un animal con las patas posteriores de hipopótamo, las anteriores de león y la cabeza de cocodrilo; su provocativa sonrisa dejaba al descubierto una hilera de afilados y puntiagudos dientes. Por detrás de Am-mut se erigía Ajej, el Alado, un antílope con alas y cabeza de ave. Y finalmente Apep, perteneciente a la Cobra, el hombre que blandía la guadaña y de cuyos hombros brotaba una serpiente, en el lugar donde debía situarse la cabeza.

Los siete visitantes contemplaron mudos de asombro el mural, hipnotizados por los ojos de cada uno de aquellos dioses. Nadie movía un dedo, nadie parpadeaba, los siete contenían la respiración.

Halstead observaba horrorizado a Amón, el dorado dios situado en el centro, el demonio que le había visitado en su pesadillas.

Hazim, apoyado en Yasmina, se veía incapaz de apartar la mirada del ser con cabeza de escorpión.

Ron estaba hipnotizado por Am-mut el Devorador; notaba que el ojo de cocodrilo de la bestia le quemaba el cerebro.

Y Alexis, presa del rojo y encendido ojo de Set, no pudo contener el murmullo: «Son tan... reales...».

A Mark se le tensó la voz; hablaba con dificultad.

—El sellado hermético de la tumba ha mantenido los colores vibrantes. Con el tiempo, perderán intensidad...

Nadie se movía.

Los siete dioses seguían mayestáticos, horripilantes, ante ellos; medían casi cuatro metros, cada uno de los detalles en los cuerpos era minucioso, preciso, desde los pliegues de los taparrabos hasta los pezones de los desnudos senos. Había, sin embargo, una meridiana ausencia: ni una sola palabra, ni un jeroglífico en ninguna parte.

La voz de Halstead se oyó trémula:

—¿Qué tipo de pinturas funerarias son éstas?

—No lo sé —dijo Mark en voz baja—. En toda mi vida había visto un mural parecido. Es algo totalmente contrario a la antigua religión egipcia.

—¡No lo entiendo! En los demás muros no hay nada y en éste, unas pinturas horripilantes. ¿Es posible que Ajenatón hubiera atemorizado tanto a los sacerdotes de Amón?

—No lo sé.

—Y seguimos sin estar seguros de que sea su tumba. ¿Qué demonios puede haber al otro lado de la puerta para que pretendieran expulsarnos de aquí... por medio de esos monstruos?

Mark hizo un esfuerzo para dar la espalda al mural.

—Es la tumba de Ajenatón, señor Halstead.

—¿Cómo está tan seguro? ¡Puede que ni siquiera sea una tumba! ¡Tal vez sea un depósito de horror que los antiguos egipcios pretendieron ocultar!

—Halstead...

—¡Llegaron a tales extremos para que nadie se acercara, creo que deberíamos dejarlo y salir a todo correr de aquí!

—¡Sanford!

Todo el mundo miró a Alexis. Hablaba en un tono alto, al borde de la histeria. Agarró el brazo de su marido y le dijo irritada:

—¡Basta ya! ¿Me oyes? ¡De aquí no sale nadie! ¡Vamos a abrir la puerta y comprobar qué hay al otro lado!

Halstead la miraba con el rostro lívido de terror.

—¡Esto no me gusta! —gritó, pasándose el reverso de la mano por el labio superior, que tenía cubierto de sangre—. No quiero morir...

—Nos están mirando —surgió una fina voz. Era la de Yasmina—. El antílope con cabeza de ave me está mirando directamente a mí.

Mark la observó un instante y el horror paralizó su mirada; luego, de pronto, dio una palmada y dijo:

—¡Hay que empezar el trabajo! —su tono era forzado—. Pronto se pondrá el sol, de forma que hay que moverse rápidamente. Hay que abrir la puerta.

Se trataba de un bloque de piedra caliza liso sin otra marca que el sello de la necrópolis de Tebas. Mark y Ron la examinaron, golpeándola en distintos puntos con el martillo, y decidieron iniciar el trabajo en el mismo centro.

Mark apuntó el cincel, levantó el martillo y se armó de valor. No sabía qué podía esperar —una ráfaga de enfurecido viento, un aullido de muerte violada—, pero cuando el cincel penetró en la piedra, el cuerpo se le puso rígido, dispuesto a saltar y echar a correr.

Los demás le observaban inmóviles, expectantes, con los ojos clavados en la punta del cincel, intentando prescindir de los siete gigantes que les controlaban desde el muro.

Cada golpe del martillo era una descarga discorde, retumbante. El ruido rebotaba en la estancia y luego se dirigía corredor arriba hasta que llegaba su eco al cañón. Cada impacto formaba una nube de astillas y polvo. Todo el mundo permanecía tenso, a la espera.

Mark pegó un nuevo golpe y el cincel se hundió.

El grupo quedó paralizado durante un instante de expectación, y luego se oyeron unos trémulos suspiros y se notó cierta relajación. Mark se apartó de la puerta y pasó su mano temblorosa por encima del rostro; tenía la barba empapada de sudor. Levantó de nuevo las herramientas y peleando contra el miedo se dispuso de nuevo a utilizar el martillo.

Cuando el agujero fue lo suficientemente ancho para mirar a través de él, apuntó la linterna. No se veía nada.

En cuanto la sierra de cinta hubo pasado por casi toda la puerta, la atmósfera ya se había enrarecido y la respiración se hacía difícil. Pero nadie quería salir. Lentamente, centímetro a centímetro, se abría ante sus ojos la cámara funeraria.

Mark dejó la sierra y, cogiendo de nuevo la linterna, dirigió la luz a través de la puerta serrada.

—¿Qué ve? —preguntó una voz tensa.

—Pues... —Mark tenía la boca completamente seca—. Una cámara funeraria, evidentemente...

—¿Ve un sarcófago? —preguntó Halstead.

Mark aspiró profundamente.

—Sí...

Todo el mundo retrocedió; se intercambiaron nerviosas miradas. Mark y Ron penetraron en la cámara funeraria con sus linternas.

Tras echar una rápida mirada a los desnudos muros, el liso suelo y el basto techo, los dos egiptólogos se miraron en la penumbra.

—Eso es —murmuró Mark—. No hay más estancias. Es la última. Hemos llegado al final.

—Y aquí no hay nada.

—Nada —dijo Mark—, aparte de eso. —Y centró el rayo de luz de la linterna en los dos sólidos sarcófagos de granito situados en medio de la cámara.

No había inscripciones en la tumba que identificaran a los cadáveres, así como ningún tipo de señal en las dos tumbas de piedra que indicara quién —o qué— contenían. Mark y Ron no se habían visto capaces de levantar las tapas. Así pues, los siete volvieron al campamento con un humor saturnino; ninguno de ellos se había quitado de encima el gran terror que había sentido al contemplar a los dioses. Cuatro horas más tarde, el campamento se veía lúgubre, silencioso. Hazim dormía a intervalos en una dimensión dominada por los sedantes; Halstead gruñía en su cama, con un bulto de hielo pegado a la nariz; Alexis estaba tendida, inerte, en un sueño profundo, sin apenas respirar; en su rostro se veía la expresión del reposo mortuorio; Abdul, arrodillado sobre la alfombra de oración que tenía junto a la cama, cantaba con voz solemne de cara a La Meca; y Yasmina yacía acurrucada, parpadeando en la oscuridad. Tan sólo los dos egiptólogos permanecían en vela: Ron en su cuarto oscuro y Mark andando por las dunas más allá del límite de las luces del campamento.

Le entró un escalofrío y metió las manos en el bolsillo del canguro. En todos los meses que había pasado en Egipto, Mark nunca había visto una noche tan fría como aquélla. Tenía la impresión de que las noches se hacían cada vez más frías, como si un glaciar gigante descendiera lentamente sobre ellos. Contempló las oscuras y desiertas ruinas del Pueblo de los Trabajadores. Ya lo habían abandonado todos los *fellahin*; no se había quedado ni uno.

Mark pensó en los sarcófagos, en las tapas de granito que no se habían movido con el esfuerzo de él y Ron. Habría que considerar de nuevo la logística de la operación. Cuando Hazim llamara a El Cairo por la mañana, Mark podría solicitar algún tipo de grúa...

—Davison...

Se detuvo al instante. Nofr'tay-tay estaba ante él.

—Lo habéis encontrado —dijo ella—. Ahora debéis darle vida.

—He encontrado dos tumbas.

—Sí, bien mío.

—¿Quién yace en la otra?

Los ojos de ella se veían tristes; extendía los brazos hacia delante.

—¿No lo sabéis? Soy yo, Davison. Yo estoy en la otra tumba.

Mark acercó su puño a la frente, que le latía intensamente.

—¡Eso es una locura!

—¡Debéis escuchar, Davison! Tenéis que comprender. Prestadme atención, os lo ruego...

Apartó la mano de la frente y la observó, perplejo.

—En la tumba no hay cartuchos ni inscripciones, ni canopes. No hemos hallado ladrillos con amuleto en los cuatro puntos cardinales. No lo comprendo.

—¡Tened piedad de nosotros, Davison! ¡Buscad en vuestro corazón el pozo de misericordia y compasión que seguro guardáis en vuestro interior! ¡Tenéis que liberarnos!

—¿Liberaros de qué?

Ella empezó a hablar aprisa, en tono suplicante.

—Las tumbas son nuestras cárceles. Los sacerdotes nos enterraron sin identidad, nos condenaron a una eternidad de inconsciencia; a una muerte que no es muerte. Los dos dormimos sin nombre, pero yo recuerdo. Mi amado, no. Él permanece inerte en otra dimensión donde yo no puedo alcanzarle y él no puede oírme. He intentado durante estos milenios despertarlo, pero es algo que no puedo hacer yo.

—¿A qué se debe tu espíritu libre?

—No lo sé, Davison. Desperté, es todo...

—Luego puedes marcharte. Puedes abandonar esta tierra, volar hacia el sol...

—¡No puedo! —exclamó ella—. No abandonaré a mi amado. Sí, por alguna razón que desconozco he despertado y mi espíritu vive. Pero no voy a abandonar a mi amadísimo Ajenatón, a mi esposo, a él, que es mi auténtica esencia. ¿Cómo podría disfrutar de la felicidad de la Tierra Occidental sabiendo que él sigue yaciendo en la fría tumba, sin conciencia, inerte? Davison, qué terco sois, ¿cómo puedo abandonar a mi bienamado?

Mark cerró completamente los ojos.

—Me estoy volviendo loco...

—Debéis actuar con rapidez, bien mío, para liberarnos, puesto que los Siete están enfurecidos. Tenéis que liberarnos antes de que los dioses os detengan.

La voz de ella se convirtió en un lamento.

—¡Cuánto ansío reunirme con mi amado! Devolvednos nuestros nombres, Davison, recitad los ensalmos de la resurrección, y con ello mi bienamado y yo podremos abandonar esta tierra y disfrutar de la felicidad de la Tierra Occidental.

El estómago de Mark se agitaba de rabia y frustración.

—¿Por qué yo?

—Porque tan sólo vos habláis mi lengua.

—¡No es justo! ¡Tengo otras obligaciones! Debo llevar las momias a...

—¡Cuánto he luchado! —gimió ella volviendo los ojos hacia el cielo—. Durante los largos y vacíos años. ¡Cuánto he batallado por comunicarme con otro y nunca tuve el poder para hacerlo! A la otra, hace mucho, a la que el rayo le partió la cabeza, intenté poseerla y sin embargo fracasé, por cuanto la mujer vivió la pasión no correspondida que la llevó al desenfreno. No conseguí que hiciera lo que yo deseaba.

—Amanda Ramsgate...

—Y la otra, la del pelo en llamas. Lucha contra mí; su fuerte voluntad choca conmigo. Cuando mi amor por Ajenatón se infunde en su cuerpo no puedo controlarla, tal como habéis observado vos mismo. Tenéis que convertiros en mi instrumento, Davison. Vos conocéis nuestro sistema de vida, nuestras creencias. ¡Cuánto tiempo he esperado que alguien como vos llegara al valle, un hombre que conociera las antiguas usanzas! El conocimiento está aquí, Davison, en vuestro cerebro. Vos sabéis que las almas de los muertos no pueden volar a la Tierra Occidental sin identidad. Si nadie pronuncia los ensalmos y conjuros adecuados, el alma queda atrapada en el cuerpo para la eternidad. Y si el cuerpo se destruye, el alma se destruye. Escribid los nombres, Davison, sobre nuestros cadáveres y recitad las antiguas oraciones. Entonces nuestras almas se verán libres y moraremos en la felicidad eterna. Luego, Davison, vos protegeréis nuestras momias y procuraréis que no sufran daño alguno, ya que vos sabéis, bien mío, que el alma ha de volver con periodicidad al cuerpo para el reposo...

Mark sentía deseos de gritar, de echar la cabeza hacia atrás y soltar un aullido. ¡Claro que lo sabía! ¡Lo sabía perfectamente! Conocía muy bien las creencias de los egipcios en cuanto a la vida posterior. Que el alma viajaba con el sol durante el día y dormía con el cuerpo de noche. El alma, no obstante, tenía que saber dónde se hallaba su cuerpo. Todas las momias esparcidas por el mundo, encerradas en las vitrinas de extraños museos, ¿dónde tenían su alma? ¡Cuánta desgracia habían sembrado los egiptólogos en nombre de la ciencia! Las almas volvían a las tumbas a descansar y las encontraban vacías, la momia había desaparecido. ¡Cuánta angustia, cuánto tormento se había infligido en nombre de la ciencia! Y él, Mark Davison, iba a cometer el mismo crimen: trasladar los cadáveres lejos del Nilo, y las almas del rey y la reina estarían condenadas a dar traspiés en la oscuridad, en las tinieblas, desconcertadas, perdidas...

Observó a la mujer a través de la arena; en la noche chocaron la pasión de uno contra la de la otra.

—Cree en los dioses de Egipto, bien mío, por cuanto no son más que manifestaciones de Atón. Existen...

—¡No es cierto!

—Apresúrate, Davison, antes de que sea demasiado tarde. Os liberaréis de los demonios cuando nos hayáis liberado a nosotros, pero mientras nosotros dormimos, corréis un grave peligro.

—¿Por qué no me dejas en paz?

—Ya empieza, Davison. ¡Fijaos bien! —Nofr'tay-tay extendió su espectral brazo, señalando—. Ya empieza...

Mark se volvió y vio que el toldo de la tienda que hacía de cuarto oscuro se retiraba hacia un lado. Ron salió vacilando y miró hacia un lado y otro, como si estuviera aspirando el aire. Mark atravesó el campamento corriendo.

—¿Qué te pasa, Ron?

Aquellos ojos azules se dirigieron hacia el dormido campamento, centrándose en la franja de oscuridad que se extendía más allá de sus luces.

—Algo se está acercando —dijo en voz baja—. Algo viene hacia aquí.

El cuerpo de Mark se tambaleó presa de un temblor incontrolable.

—No oigo nada.

—No es algo que pueda oírse. Es una sensación. Estaba revelando y de pronto se apoderó de mí una sensación de total... desesperación. —Clavó sus ojos en el rostro de Mark—. Tú también lo notas, lo veo en tu mirada.

Mark intentó contener la mueca de dolor que le provocaba el terrible martilleo en las sienes. Por supuesto que lo notaba, al igual que lo había notado dos veces antes: un temor reverencial, la impresión de que se le secaba el alma, el impulso de caer de rodillas y echarse a llorar.

—¡Escúchalo! —Ron levantó la mano—. Ahora puedes oírlo.

Los ojos de Mark se abrieron completamente, fijos en la negra pared situada al borde del resplandor del campamento. Ahí estaba, a lo lejos, acercándose en la noche negra como boca de lobo, al principio algo como un susurro, luego ganó intensidad: pum-pum, pum-pum... El sonido irregular de un paso ebrio, como el tic-tac del latido del corazón; pum-pum, pum-pum, alguien que erraba desconcertado, despacio, a ciegas, inconsciente, pesadamente sobre la fría arena.

Se oía más cerca.

Ron abrió la boca en un enorme y silencioso chillido.

Mark se apoyó en el mástil de la tienda, agarrotado, completamente paralizado.

Había andado desde la tumba: cubriendo el largo corredor, ascendiendo los trece escalones, atravesando el oscuro cañón, descendiendo por el seco cauce, hacia la ladera del risco, en dirección a las blancas tiendas; aquellos pies desnudos avanzaban despacio, impertérritos, golpeando la arena con su espectral paso.

Entonces la vieron. Pasó de las tinieblas a la luz: era una mujer alta, de esbeltas extremidades, piel suave y cuerpo bien conformado; tenía los brazos y las piernas largos, su túnica transparente dejaba entrever unos pequeños y firmes senos, unos rosados pezones, unas anchas caderas y una sombra triangular entre los muslos.

Sobre los hombros, donde tenía que situarse la cabeza, se veían dos rojos ojos sin párpados y las coriáceas pinzas de un escorpión.

Un sonido estridente, estrangulado, como el lamento de un gato, escapó de la garganta de Ron.

La silueta vaciló en la frontera de la oscuridad; las amarillas y brillantes pinzas se abrieron y se cerraron; luego siguió hacia delante, con los brazos colgando, el aire de un cadáver.

Se detuvo en la puerta de una de las tiendas. Mark intentó gritar, soltar un chillido de aviso, pero la voz no salió, ni siquiera el aliento, como en un sueño, estaba paralizado; no podía hacer más que observar aterrorizado cómo ascendían y descendían los finos brazos blancos como la nieve, como dispuestos a abrazar al amante; luego aquel ser entró en la tienda.

Un aullido ascendió hasta las silenciosas estrellas; aliviado, Mark cayó de rodillas. Se encendió una luz, luego otra. Yasmina apareció en el umbral de su tienda, vistiéndose apresuradamente. Sanford Halstead salió medio desnudo de su tienda, con expresión aturdida.

Un segundo aullido surgió en la negra noche; Ron consiguió moverse. Se apartó de la tienda, echó una carrera y al llegar a la otra tienda apartó el toldo de la puerta que había cruzado aquel ser.

Encontró a Abdul en el suelo, arrodillado, con los ojos vidriosos. Con la cabeza echada hacia atrás, soltaba el tercer aullido.

Habían llegado los demás: Yasmina con su macuto, Halstead con la mirada inexpresiva, Ron, incapaz de contener los sollozos, y finalmente Mark, que se precipitó contra el mástil de la tienda y agarró el cuerpo de Hazim al-Sheijly.

Estaba tumbado de espaldas, desnudo, con los ojos completamente abiertos y sin vida alguna, la piel cubierta de amarillos y peludos escorpiones que le picaban sin cesar...

22

Mark intentaba controlar sus manos sin conseguirlo; se servía un poco de bourbon, pero era tal el temblor que el licor caía directamente al suelo.

Cuando vio que se movía el toldo exterior de la tienda, soltó un grito y dejó caer el vaso. Era Yasmina.

Tenía un aspecto agotado, el pelo revuelto; se sentó frente a Mark en la cama de Ron.

—Están durmiendo.

Mark recogió el vaso, sujetó bien la botella contra el borde y consiguió servirse un trago. Se lo bebió de golpe.

—Voy a darte algo —le dijo Yasmina.

—No, ya estoy bien. No te preocupes, no voy a emborracharme. —Dejó el whisky sobre la mesilla de noche y se pasó los dedos por el pelo—. ¿Ya están más tranquilos?

—Les he puesto inyecciones, al señor Halstead y a Abdul, para que duerman. Es curioso, la señora Halstead no se ha despertado con los gritos de Abdul, y sigue durmiendo profundamente.

—¿Y Ron?

—Está montando cámaras e hilos alrededor del campamento. Ha dicho que cuando aparezca el próximo, conseguirá una fotografía.

Mark soltó una amarga carcajada.

—¡Ron es así! —luego se cubrió el rostro con las manos y murmuró—: Dios mío, ella me avisó...

—Mark —dijo Yasmina cariñosamente.

Él se quitó las manos de la cara.

—Tenemos que marcharnos.

—No.

—Tenemos que marcharnos de aquí, todos, ahora mismo.

—Es lo que quieren ellos —dijo forzando la voz—. Domenikos y el *umda*. ¿No lo ves? Intentan asustarnos. Hemos encontrado la tumba y la quieren para ellos. Para vender las momias y sacar mucho dinero.

—Mark —dijo Yasmina en voz baja pero con firmeza—, tú no

crees lo que estás diciendo. Viste al ser que mató a Hazim. Ron ha dicho que era un demonio. La diosa de la tumba. La Que Encadena La Muerte.

—¡No me digas que te crees esas estupideces!

Yasmina observó de cerca a Mark. Su comportamiento irracional quedaba patente en los erráticos gestos de la mano, la extraña furia que transmitían sus ojos, el punto de histeria en su voz. Evidentemente no quería enfrentarse a la verdad. Por alguna razón deseaba desesperadamente quedarse allí...

Yasmina se levantó de la cama de Ron, se ajustó el cordón de la bata y fue a sentarse al lado de Mark. Poniéndole la mano sobre el brazo, le dijo despacio:

—Te daré algo para calmarte los nervios. Has sufrido una gran tensión.

—No... —Mark luchaba por controlarse a sí mismo. Aspiró unas cuantas bocanadas de aire que luego soltó poco a poco—. Ha sido la conmoción de ver a Hazim... Ya me estoy reponiendo. —Puso la mano sobre la de ella e intentó dibujar una sonrisa tranquilizadora—. No sufras por mí, Yasmina.

—No puedo remediarlo, Mark.

Él fijó la mirada en la sedante profundidad de aquellos oscuros ojos y notó que se iba calmando. Luego notó la calidez del cuerpo de ella cuando Yasmina se le acercó.

—Eres muy valiente, ¿verdad? —murmuró él—. Eres la única que has sabido mantener la cabeza fría, has podido administrar las inyecciones cuando han hecho falta, has animado a los enfermos y controlado la histeria, cuando las cosas tenían que haber ido al revés. De ti se esperaría la incontrolable histeria y de mí, los nervios de acero para confortarte.

Dicho eso, permaneció en silencio, con la vista fija en Yasmina, que le devolvía la mirada, sin apenas percibir el ruido que hacía Ron montando sus trípodes más allá de las paredes de la tienda.

—Lo que voy a hacer, Yasmina, es llamar a El Cairo por la mañana. Yo mismo custodiaré la tumba. Abdul y yo nos haremos cargo de ello. Tú y Ron llevaréis a los Halstead y el cadáver de Hazim a El Minya.

Ella movió la cabeza con firmeza.

—No, Mark. No pienso abandonarte. Y no creo que los agentes del gobierno y la policía nos sirvan de ayuda. Estamos frente a un poder sobrenatural, contra el que no hay armas que valgan.

Él le sujetó fuertemente la mano.

—Lo siento, Yasmina, pero yo no me voy.

Los ojos de la muchacha se empañaron.

—Entonces yo también me quedo.

Contra el profundo silencio de la noche, se oían los clics y los juramentos de Ron Farmer, que estaba montando tres cámaras sobre sus trípodes en distintos ángulos del campamento. Conectaba unos finos hilos a los cables de los obturadores y los iba extendiendo entre las tiendas, tropezando de vez en cuando con un flash y murmurando: «¡Mierda!».

—Si estás tan asustada —le dijo Mark tranquilamente—, ¿por qué te quedas?

Ella abrió la boca y de pronto volvió la cabeza.

Mark acarició la pequeña mano que tenía entre las suyas, maravillándose con las emociones que le transmitía. Con Nancy no había sido así, ni siquiera al principio. Nancy había surgido en su vida en un momento en que él no tenía a nadie cerca, ni amigos ni familiares. Acababa de salir de unos años de estudio, sacrificio y abnegación, durante los cuales había tenido que aferrarse a un puesto de trabajo, asistir a clases, sin tiempo para la vida social, sin tiempo para novias, ni siquiera para trabar amistades. El día en que había recibido el título de licenciado y le habían propuesto ir a Asuán, Mark había decidido que había llegado el momento de que una mujer entrara en su vida. Ahora, aquellos momentos, maravillado ante los efectos que le producía aquella singular mujer, se preguntaba si entonces no podía haber sido cualquiera —Nancy o cualquier otra—, y a aquel sentimiento también lo habría llamado amor.

—¿Sabes una cosa, Mark? —murmuró ella mirando aún hacia otro lado—. Cuando te conocí, me caíste muy mal. Estaba convencida de que serías como todos los que vienen a mi país, explotan a los *fellahin* y los tratan como a animales. Pero tú... —volvió el rostro y sus ojos estaban cubiertos de lágrimas—, tú eras diferente. Te mostrabas amable con los trabajadores, los tratabas como personas. Entonces me di cuenta del amor que sentías por nuestro pasado, de cómo apreciabas nuestro patrimonio, de que por nada del mundo venderías a Domenikos lo que pertenece a Egipto. Mi sentimiento de odio empezó a cambiar, a convertirse en admiración y luego...

—¿Y luego, qué?

—No puedo decirlo, Mark. A pesar de sentirlo, no puedo decirlo.

Él levantó el brazo y lo colocó alrededor de los hombros de Yasmina, atrayéndola hacia él.

—Pues lo diré yo por ti...

—No, no debes hacerlo, Mark, ¡soy una *fellaha*! Nuestros mundos no sólo están separados por kilómetros; está la religión, la tradición, nuestras distintas procedencias. Una vez me preguntaste por qué, si he luchado tanto por la liberación de la mujer egipcia, sigo apartándome de los hombres en la tienda comedor. ¡Porque no puedo hacerlo de otra forma! A pesar de que mi mente ansía la igualdad, mi espíritu ha permanecido durante demasiado tiempo con los *fellahin*. Estoy imbuida de las antiguas costumbres, Mark, ¡soy prisionera de la antigua tradición!

Una lágrima descendió por su mejilla.

—Tal vez no cambie nunca, Mark, al menos en el fondo de mi corazón, es posible que no cambie lo suficiente como para amar con libertad a un hombre tan ajeno a mi cultura como tú. Bastantes problemas puedo tener ya con uno de los míos. ¡El sistema de vida de antes me tiene atrapada!

Él la miró sintiendo el dolor de la comprensión. Sabía perfectamente de lo que hablaba ella: tenía en El Cairo muchos amigos egipcios, jóvenes, cultos y progresistas. Sin embargo, en las reuniones sociales, mientras los hombres se reunían en el salón ante una taza de café, las mujeres se retiraban a la cocina. En una ocasión había sugerido que las mujeres se quedaran con ellos —mujeres de negocios y estudiantes de económicas en la universidad de El Cairo— y todo el mundo había quedado consternado.

Poniéndole suavemente la mano sobre la mejilla, Mark acercó la cara de Yasmina a la suya.

—Podemos cambiar las antiguas costumbres, Yasmina.

—No... —sollozó ella—. ¡Es imposible! Te habrás fijado cómo nos mira Abdul cuando estamos juntos. Por mucho que te respete y te admire, Mark, no aprueba que exista nada entre nosotros.

—¿Tú me quieres?

—No puedo...

—¡Tú me quieres! —la cogió por los hombros—. Dímelo, Yasmina. ¡Dilo!

Las lágrimas bajaban por las mejillas de la muchacha. Lloraba ya sin contención.

—¡No soy virgen, Mark! ¡No lo soy desde el año en que viví en casa del *mudir*! Ningún musulmán puede aceptarme, ¿cómo puedes quererme tú?

Mark la cogió entre sus brazos y escondió el rostro en su cuello.

—Porque te quiero y te deseo. Y quiero oír lo mismo de tus labios.

Los finos hombros de Yasmina ascendían y descendían con los angustiados sollozos. Su voz sonó apagada, vacilante.

—Y aunque te quisiera, Mark, ¿qué sacaríamos de ello? Tu volverás pronto a América y no volveremos a vernos nunca más.

Él la cogió de nuevo por los hombros, manteniéndola algo apartada de su rostro.

—Vendrás conmigo, Yasmina.

Ella alzó los ojos, enrojecidos, hinchados.

—No puedo ir contigo, Mark. He consagrado mi vida a ayudar a los *fellahin*. Me necesitan, Mark, ¡necesitan que alguien se ocupe de ellos! No puedo marcharme de aquí, ellos son mi vida.

—¿Y qué me dices de mí? ¿Qué soy yo entonces?

Ella inclinó la cabeza y no respondió.

—De acuerdo. Puedo quedarme en Egipto. Trabajar como profesor. Colaborar con el gobierno.

—No, Mark —dijo ella en un tono ya tranquilo, sin lágrimas en los ojos—. Aquí no serías feliz. Puede que lo fueras durante una época, pero El Cairo es algo muy distinto a tu país, a California. No tardarías en desear encontrarte entre tu gente, ir a las fiestas en las que participan hombres y mujeres, en las que se bebe alcohol, vivir una libertad de la que no disfrutamos en Egipto. ¿Cuánto tiempo pasarías sin echar de menos una película americana, una hamburguesa, tu océano Pacífico?

Las palabras de ella se le clavaban como puñales, le henchían el pecho y detenían el aliento en su garganta. Realmente no podría vivir en El Cairo de forma indefinida, para el resto de su vida. Todo era demasiado diferente: las multitudes, la suciedad, la pobreza, las estrictas leyes musulmanas..., todo podía tolerarse durante un temporada, siempre que uno supiera que había una fecha para el regreso.

—¿Y cómo podríamos vivir? —preguntó ella con dulzura, secándose las lágrimas de las mejillas—. Yo tengo que trabajar en los pueblos del curso del Nilo, viajar, enseñar e investigar. ¿Qué sería de nuestros hijos? ¿Cuáles serían nuestros amigos? Viviríamos tantos prejuicios, Mark... Estoy de acuerdo en que funcionaría durante un tiempo, pero ¿cuánto tiempo aguantaría nuestro amor?

Las manos de Mark, derrotadas, dejaron los hombros de Yasmina.

—Mark. —Yasmina controlaba de nuevo la situación—. En la legislación musulmana, tan sólo el marido puede tocar a una mujer. Y si está soltera, nadie puede tocarla, ni siquiera un amigo.

Él asintió con gesto maquinal, pesaroso. De nuevo le vino la imagen de sus amigos de El Cairo: una chica comprometida con un arquitecto durante siete años, y durante todo aquel tiempo, ni siquiera un beso...

—Pero se está acercando el fin, Mark, prácticamente hemos terminado y nos separaremos para siempre, tal vez no nos veamos más. De forma que... —la voz se le empañó—..., si lo deseas, por una noche...

Mark colocó un dedo sobre los labios de ella.

—No, de esta forma, no.

—Pues déjame dormir contigo, Mark. Abrázame hasta que salga el sol. Estoy tan asustada...

Agotados, se tumbaron en la cama; él la rodeaba con sus brazos, Yasmina apoyaba la cabeza contra su pecho. Escucharon cómo el antiguo viento gemía lúgubremente en el valle.

Mark abrió de pronto los ojos. Parpadeó mirando el oscuro techo. ¿Cuánto tiempo habían dormido? Yasmina, acurrucada contra él como un gatito, seguía durmiendo.

Mark aguzó el oído. Un ruido lo había despertado. Lo oyó de nuevo: un grito, el eco, obsesivo, «Davison»... La voz de una mujer, en sueños, misteriosa, «Davison»... Una llamada afligida lo reclamaba.

Luego el dolor.

Giró la cabeza y soltó un gemido.

Yasmina se despertó.

—¿Qué ha sido eso? —murmuró.

—Está... volviendo.

«Davison...»

Ella levantó la cabeza.

—Alguien te llama, Mark.

—No —Mark la cogió por el brazo—, no salgas.

Yasmina se puso de pie.

—¿Qué es, Mark? ¿Quién te está llamando?

—No es más que el viento.

«Davison...»

Yasmina ladeó la cabeza.

—No..., parece la voz de una mujer. Salgamos.

Mark pegó un salto y agarró el toldo delantero antes de que Yasmina llegara a él. Lo abrió y vio a Alexis Halstead, cubierta con un blanca y resplandeciente túnica, de pie sobre la arena.

—Davison...

—¡Alá! —susurró Yasmina—. ¡Esa no es su voz!

Mark sujetaba su cabeza con las manos, gimiendo.

—¿Qué ocurre, Mark?

—Ha vuelto, ¿no lo oyes?

Yasmina se esforzó en escuchar. Lo oyó. Procedente de la negra noche: chas, chas, chas... Algo que se elevaba por los aires y luego bajaba cortante. Un hacha, una espada...

—Quédate dentro, Yasmina.

—Mark...

La empujó hacia el interior de la tienda y salió medio tambaleándose.

—¿Cuál es? —exclamó, acercándose a trompicones hacia Alexis.

—El que os toca a vos, Davison. Viene a por vos.

—¡No! —Retrocedió en la arena, apretándose las sienes—. ¡No lo creo! ¡Eso no está sucediendo!

Ron apareció en la puerta del cuarto oscuro.

—Mark, ¿qué...? —Miró a Alexis y la boca se le desencajó.

—Cuidado, Davison. Poneos a salvo. Corred hacia la tumba, pues allí está vuestra salvación.

Ron parpadeó mirando a Alexis.

—¿Qué demonios...?

—Cuando hayamos resucitado, Davison, los demonios volverán a su mundo de tinieblas. Pero debéis apresuraos.

Se oía más cerca el chas, chas, chas, al borde del campamento. Un instante después surgió bajo la luz.

Mark quedó paralizado de terror. Aquello tenía forma humana, anchos hombros, estrechas caderas, pero en el lugar donde debía asentarse la cabeza, surgía una gruesa y retorcida serpiente, una cobra dispuesta a atacar. Aquel ser vaciló, oscilaba con indecisión; una linterna exterior le iluminó los rasgos: el desnudo y musculoso pecho, el plisado taparrabos, los vigorosos brazos, el deslumbrante cuerpo escamoso de la serpiente que se retorcía mientras dos brillantes ojos verdes emitían una luz cegadora. Mark se fijó en que el monstruo llevaba una larga y curvada guadaña en la mano que relucía a la luz de la linterna.

—¡Dios santo! —exclamó Ron.

Los verdes ojos de la serpiente se clavaron en Mark y el monstruo avanzó hacia él.

Las largas y decididas zancadas se hacían cada vez más próximas y los ojos de la serpiente hipnotizaban a Mark. Ni siquiera oía los gritos de Ron y Yasmina detrás de él. Luego se apagaron los gritos y el monstruo se fue acercando.

Cuando estuvo a unos metros, se alzó lentamente un implacable brazo blandiendo la imponente guadaña.

Alexis decía:

—Poneos a salvo, Davison...

Mark fijó la mirada en los destellantes ojos del reptil; eran esmeraldas encendidas. Un fragmento de lengua, partido en su extremo, entraba y salía de la boca del monstruo.

Blandiendo la imponente guadaña, el monstruo se fue acercando. Mark seguía sus movimientos con la vista, y echó la cabeza hacia atrás en cuanto tuvo al demonio de cuatro metros casi encima. La guadaña reflejó la luz de las linternas, brillando junto a la mano que la asía con fuerza; luego inició el movimiento de descenso.

Mark oyó la palabra *effendi* y notó un terrible peso contra su cuerpo. El impacto lo echó al suelo. Mark sacudió la cabeza y se esforzó por incorporarse; estaba observando al monstruo, con la mano que le quedaba libre, arrancó el turbante de Abdul.

El capataz no tuvo tiempo de reaccionar, pues una mano enorme le cogió el pelo, y mientras el árabe se debatía por librarse de lo que le sujetaba, se activó un hilo invisible; se disparó un flash al descender la guadaña, que partió en dos el cuello de Abdul como si fuera una gavilla de trigo.

Mark tuvo que armarse de valor para luchar contra los temblores que se apoderaron de su cuerpo. Se hallaba solo en la tienda comedor.

Oyó un ruido en la entrada y se preparó, pero cuando descubrió que se trataba de Yasmina, cedió. Dijo con voz grave:

—¿Cómo se encuentran?

Ella se dejó caer en el banco, frente a Mark.

—El señor Halstead ha acostado a su esposa. Estuvo observándolo todo desde su tienda, y cuando la señora Halstead se ha desvanecido, no ha querido que yo me acercara a ella. Tampoco quiere que le suministre tranquilizantes.

Yasmina observaba sus manos como si fueran algo extraño a su cuerpo.

Mark cerró los ojos por completo e intentó reconstruir los acontecimientos que habían tenido lugar una hora antes: la llamada de Alexis cuando él dormía; la materialización de «aquello»; aquello acercándosele; la impotencia que le había impedido moverse o gritar; la interposición de Abdul, salvándole la vida, y luego su cuerpo en la arena, la sangre que brotaba del corte del cuello.

Mark hundió la cabeza entre las manos intentando exprimir la última y terrorífica visión —el demonio, imponente ante él, blandiendo con una mano la guadaña y con la otra aguantando la ensangrentada cabeza de Abdul—, pero había quedado grabada en su cerebro, marcada a fuego vivo como en las reses, y veía claro que no habría forma de olvidarlo.

Luego, con la misma rapidez como había empezado, el horror terminó. Mientras todos contemplaban estupefactos la escena, el demonio desapareció de su vista y la cabeza de Abdul cayó sobre la arena con un nauseabundo y sordo ruido.

Después de aquello, todo había transcurrido como en un sueño. Halstead sollozando junto al cuerpo de su esposa. Ron agarrando la cámara con avidez y volviendo a toda prisa al cuarto oscuro. Yasmina arrodillada junto al pobre Abdul... y unos minutos más tarde, con la ayuda de ella, Mark había trasladado con cuidado los restos de Abdul a la tienda de trabajo, donde reposaba el cadáver de Hazim.

—Tengo frío —murmuró Mark—. Jamás había pensado que las noches fueran... tan frías...

Yasmina se levantó para sentarse a su lado, para apoyarse en él; cogió una de sus heladas manos y la acarició entre las suyas.

—Está amaneciendo.

—No sé qué hacer con... el cadáver —murmuró Mark, acercando su mejilla a la de ella—. Iré a casa del *umda* y llamaré a la policía.

—¿Cómo vas a explicarles su muerte?

—No sé...

—¿Qué pasará luego?

—En cuanto estén aquí los del ministerio, me imagino... que seguiremos con el trabajo. Hay que levantar las tapas de los sarcófagos y examinar las momias...

Yasmina apartó su mano y se retiró un poco. Miraba a Mark con tristeza y compasión.

—¿Qué te ocurre?

—¿Aún no has comprendido, Mark, que hay que dejar en paz las sepulturas? Esa es la clave de todo. Ya al principio, el *fellah* que tuvo un ataque cardíaco en las ruinas mientras preparaba el té... El hombre había visto algo, Mark, algo que lo aterrorizó hasta matarlo.

La expresión de Mark era triste, de persona acorralada.

Yasmina se levantó y tiró de su brazo con suavidad.

—Vamos.

Andaron con paso fatigado por el campamento; el cielo se veía como una helada bóveda. Hacia el este, una capa de azul celeste iba barriendo las estrellas. Yasmina entró en su tienda, encendió la bombilla y se dirigió a la mesa de trabajo. Cogió un frasco con tabletas amarillas y dijo en voz baja:

—Tómate esto, Mark.

—No quiero dormir. ¿Por qué no las tomas tú?

—Porque no puedo permitirme el lujo de hacerlo. Me debo a los enfermos, no puedo abandonarlos. Por favor, Mark, descansa un poco.

Él la miró indeciso, soltó un profundo suspiro y salió de la tienda.

Lo despertó una hora después el sonido de un motor, y le sorprendió más comprobar que había estado durmiendo que el propio ruido que indicaba que alguien ponía en marcha los Land Rover.

Unos acalorados gritos lo sacaron de la cama y lo llevaron hasta la puerta de la tienda. Forzando la vista ante la clara luz de la mañana, vio que Ron y Yasmina corrían tras el vehículo que se alejaba del campamento.

—¿Qué hay? —preguntó.

—¡Qué cabrones! ¡Han robado el Land Rover! —gritó Mark.

—¿Quiénes?

—¡El último *ghaffir* y los ayudantes de Abdul! ¡Nos han abandonado! Nos hemos quedado solos, amigo mío, ahora somos una presa fácil...

Sanford Halstead asomó por la puerta de su tienda; estaba pálido e iba sin afeitar.

—¿Qué ocurre...?

Mark se volvió de pronto.

—Me voy a El Till.

Ron lo siguió hacia el interior de la tienda.

—Te acompaño.

—No. —Mark se quitó la camisa, se echó agua fría por encima del pecho y los brazos y se secó rápidamente con una toalla—. Tú te quedas aquí y te ocupas de mantener la tranquilidad. Dentro de una hora llegará la policía.

—¡Ni hablar! ¡Yo no me quedo aquí! —Ron también se quitó la camisa, en la que se veían manchas de líquido fotográfico, y se puso una camiseta de Greenpeace—. Lo que pienses hacer, lo haremos juntos.

—Por favor, Ron, no podemos salir los dos. Dejaríamos vía libre a Domenikos para que robara las momias.

—¡Acabáramos! —exclamó Ron—. ¿Sigues creyendo que aquí el culpable es el gordo del griego? —Cogió una tira de película que tenía encima de la cama y se la mostró a Mark—. Fíjate en eso, échale una buena ojeada.

En el centro de la tira, había un negativo en el que se veía a Abdul de pie, completamente erguido, pero su cabeza estaba a más de un metro de los hombros, con una expresión de gran sobresalto.

Mark volvió la cabeza.

—¡El maldito demonio no sale en la foto, Mark! ¿Y sigues pensando que todo es culpa de Domenikos? ¡Nos han tendido una trampa mortal, muchacho!

La voz de Mark sonaba como acartonada:

—Voy a utilizar el teléfono del *umda* y vuelvo enseguida. Al mediodía lo tendremos todo controlado.

Se arrodilló al lado de la cama y metió el brazo hacia el fondo. Emitiendo un sonido de fastidio, sacó una pequeña caja plana que seguía precintada.

—¿Qué es eso?

—Algo que llevo conmigo en cada expedición y que hasta hoy no he tenido necesidad de utilizar. Lo llevo como último recurso.

Separó las dos mitades de la caja y dejó al descubierto, sobre una capa protectora, cuatro Smith & Wesson del 38 de los cuerpos especiales de la policía.

—Por favor...

Mark sacó una de ellas junto con una caja de balas. Con gran cuidado y sin abrir la boca, hizo deslizar el dispositivo situado a la izquierda del arma, hizo rodar el tambor y fue metiendo las balas del calibre 38 en cada una de las recámaras. Comprobó que éstas estuvieran niveladas con la parte posterior del tambor, volvió a montar el arma y le dio una vuelta.

—¡Con eso no harás nada contra los demonios!

—Escúchame bien, Ron. —Mark se levantó y le alargó el arma—. Te hará falta si aparece por el campamento Domenikos o cualquier otro.

—¡Qué infantil eres...!

Se levantó el toldo de la puerta y por ella asomó Sanford Halstead con un pañuelo manchado de sangre junto a la nariz.

—¿Qué ocurre aquí?

—Enseguida salimos, Halstead —dijo Mark.

—Un momento... —al ver el revólver, Halstead se metió en la tienda—. ¿Para qué lo quiere?

—Para protección nuestra y también de la tumba.

—No vamos a necesitar armas —dijo Halstead con expresión grave—. Nos marchamos del campamento.

—¿Cómo?

—Y usted no va a detenernos.

Mark miró a su amigo.

—¿Ron?

—Tenemos que salir de aquí, Mark. Hay que ponerse a salvo.

—¡No lo dirás en serio! Oye, yo me voy ahora mismo a El Till y te juro que dentro de una hora la policía estará aquí.

—¡Escúcheme bien, Davison! —gritó Halstead, sujetando el pañuelo manchado de sangre—. ¡No tengo ni idea de qué fue lo que atacó al árabe, pero yo no me quedo aquí por si le da por volver! ¡Me da igual quién fuera o lo que fuera, pero tengo muy claro que mi vida corre peligro!

—¿Y adónde se dirigirá para protegerse?

—Nos vamos a Mellawi. Que el gobierno acabe el trabajo en la tumba. Yo dimito.

Halstead se disponía a marcharse cuando Mark lo agarró por el brazo.

—¡No puede abandonar el campamento! ¿Acaso no ve que es lo que ellos quieren?

—¡Perfecto! ¡Que se queden con todo! ¡Ninguna momia vale el precio de una vida! —exclamó Halstead, empujando a Mark y saliendo de la tienda.

—¡No puedo creerlo!

—Yo me voy con él —dijo Ron corriendo tras Halstead.

Mark se quedó un momento sopesando el arma, y luego, arrojándola sobre la cama, cogió la camisa y salió a toda prisa.

Cuando los alcanzó, ya estaban dentro del Land Rover. Sanford estaba sentado con la cabeza apoyada en la ventanilla, Ron al volante. Yasmina se frotaba las manos. Al ver a Mark, fue corriendo hasta él.

—¡No los he podido detener! ¡Él no puede viajar! Está muy enfermo, tienes que detenerlos, Mark.

Mark observó la camisa de Halstead, completamente manchada con la sangre que rezumaba de su piel.

—No os pido más que una hora. Llegará la policía y también un médico.

Cuando arrancó el vehículo, Mark se lo repitió por última vez. Luego se volvió hacia Yasmina.

—Tú te quedas aquí con la señora Halstead.

Entonces echó a correr hacia el otro Land Rover.

Cinco minutos después, envueltos en una nube de arena y gravilla, los dos Land Rover se detuvieron bruscamente. Nadie esperó que se posara el polvo; saltaron a toda prisa e iniciaron la carrera hacia el río.

—¡Esperad! —gritaba Mark persiguiéndoles—. ¡Venid conmigo a casa del *umda*! ¡Allí no hay peligro!

Ron le contestó sin dejar de correr:

—¡Ven con nosotros y llama desde Mellawi!

Mark no los perdía de vista, iba apretando y soltando los puños. Luego se desvió hacia la casa del *umda*.

En el pueblo se respiraba una extraña tranquilidad. Las estrechas calles estaban desiertas; no se veía ni un crío jugando fuera. Las puertas estaban atrancadas con pacas, palos o telas extendidas; no se oía ni un sonido procedente de las oscuras ventanas. Por los campos tampoco se veía a nadie: los arados, abandonados; el viento murmuraba a través de las casuchas de adobe.

Llegó a la casa del *umda* y comprobó que sus ventanas estaban tapadas con paja y la puerta de madera, cerrada. Primero golpeó con fuerza con el puño, luego intentó empujar. La casa estaba perfectamente cerrada.

Se dio la vuelta y siguió el camino que llevaba a la aislada residencia de Constantinos Domenikos. No vio a ningún niño en el patio y comprobó que tenía las puertas y las ventanas cubiertas.

Con las manos en la cintura, observó los despoblados campos. Un búfalo solitario masticaba la hierba con aire indolente.

Volvió hacia la encalada casa del *umda*. Golpeando con fuerza la puerta, gritó:

—¡Salga, sé que está ahí dentro! ¡No me iré hasta que haya hablado con usted!

Esperó un rato escuchando; los aullidos del viento se hacían más intensos en la minúscula y desolada plaza.

—¡Maldita sea! —exclamó—. ¡Tengo que utilizar su teléfono! Es para un asunto del gobierno, *hayy*, le suplico que me deje utilizar su teléfono para llamar a las autoridades.

Nada de nada, tan sólo el vacío y la inquietante sensación de sentirse observado por centenares de ojos ocultos.

Entonces oyó unos pasos al trote. Se acercaba alguien procedente de la estrecha callejuela que llevaba a la casa del *umda*. Mark se volvió preparándose para aguantar lo que fuera. Ron Farmer apareció en la plaza, aguantando a Halstead, que estaba a punto de caer.

—¿Qué ha sucedido?

—No quieren llevarnos al otro lado —dijo Ron—. Les hemos ofrecido mil dólares pero no los aceptan. ¡Dicen que nos hundiríamos!

—¿Cuántos hombres hay en el río?

—Únicamente los propietarios de la falúa. ¿Dónde está el *umda*? —Ron miró hacia un lado y otro—. ¿Dónde está la gente del pueblo?

—No lo sé.

—Mira eso —dijo Ron, observando por encima del hombro de Mark.

Éste se volvió y vio que se acercaban a ellos cuatro fornidos *fellahin*; todos llevaban un garrote en la mano.

—¿Dónde está el *umda*? —les preguntó en árabe.

Los cuatro se detuvieron ante la puerta del *umda*.

—¡Queremos usar el teléfono del *hayy*!

Uno de ellos habló. Su tono era frenético, hablaba atropelladamente. Mark le respondió con enojo. Cuando hubieron terminado, Mark soltó un gruñido e hizo un gesto de decaimiento.

Halstead, con las comisuras de los labios ensangrentadas, dijo:

—¿Qué querían?

—Han dicho que cuando han llegado los *ghaffirs*, el *umda* ha intentado llamar al *ma'mur*.

—¿Y qué ha ocurrido?

—No ha conseguido comunicación. No hay línea.

—¡Pues que salga el anciano! ¡Necesitamos un barco!

—Nada, Halstead, él también ha muerto. Dicen que ha muerto cuando estaba al teléfono. Ha muerto de pie, con los ojos abiertos. Quieren que nos vayamos de aquí.

—¡Pero tenemos que cruzar el río!

—¡Los del barco no querrán llevarnos!

—¡Ya nos encargaremos nosotros del maldito barco! —Se volvió hacia Ron—. Farmer, usted es marinero, ¿sabrá manejar una falúa?

—No lo sé. Yo he navegado en el mar, pero nunca en un río. El Nilo es como el Misisipí, está lleno de bancos de arena ocultos. Hay que conocerlo. No creo que lo consiga.

—Tendremos que correr el riesgo. ¡Cualquier solución es mejor que la de quedarse aquí!

Halstead empezó a andar con dificultad. Ron fue detrás de él.

Cuando llegaron al embarcadero, encontraron a un grupo de *fellahin* que hacía guardia junto a los barcos armados con horcas.

Halstead se detuvo en seco.

—Negocie con ellos, Davison. Dígales que les ofreceremos lo que nos pidan. El campamento, la tumba, lo que sea.

—¿Se ha vuelto usted loco?

—¡Dígaselo!

Mark intentó hablar con aquellos hombres con cara de pocos amigos que permanecían plantados en la orilla del Nilo como soldados, pero la expresión de sus ojos le hizo desistir.

—No hay nada que hacer, Halstead, no van a escucharnos.

—¡Tenemos que cruzar el río, Davison!

—De acuerdo, de acuerdo. No se altere. Hay otros embarcaderos en El Hawata y Hag Qandil. Volveremos con té y coca-cola...

—Mark —dijo Ron.

Los *fellahin* avanzaban hacia ellos.

—Creo que van a por todas, Mark.

—¡Diantre!

Antes de que los *fellahin* llegaran hasta ellos, los tres giraron sobre sus talones y echaron a correr alejándose del río. Tras ellos se oían los amenazadores pasos de los pies desnudos por la arena.

Halstead tropezó y cayó al suelo un par de veces; Ron y Mark tuvieron que arrastrarlo cogiéndolo por las axilas. La nariz le sangraba tanto que se vieron obligados a envolverle la cara con la camisa.

Llegaron a los Land Rover cuando los *fellahin* lanzaban las horcas al aire; dieron contra el techo y las puertas de los vehículos, sonido que acompañaban los airados gritos y maldiciones.

Los todoterreno realmente volaban por entre los montículos y las ruinas; cuando los tres estuvieron de vuelta en el campamento, cayeron sobre sus rodillas jadeando. Halstead dijo:

—¡Los revólveres! ¡Podemos abrirnos paso a tiros hasta los barcos!

Mark intentó sujetarlo en su precipitación.

—¡No sea loco, Halstead! ¡Si volvemos ahora, nos encontraremos con que nos esperan más de cien! ¡Será una carnicería!

Mientras Mark luchaba por detener al hombre, Sanford Halstead, un momento después, se desvaneció y cayó desplomado frente a la tienda de Mark.

Mark levantó la vista cuando Yasmina entró en la tienda.

—¿Qué?

—Está muy enfermo, no puede moverse de aquí. Tiene que verle un médico, Mark.

Él bajó la vista hacia sus manos.

—Tendré que ingeniármelas para cruzar el río. Pero es algo que no puede hacerse a la luz del día. —Echó una ojeada al reloj—. Dentro de poco se pondrá el sol.

—¿Cómo lo harás para cruzarlo?

—No lo sé. Podría robar un barco. No sé si a nado, pero por intentarlo que no quede. Lo que sea... —miró a Yasmina— tendré que hacerlo solo. Y ello implica que los cuatro vais a quedaros solos. ¿Te ves capaz de ello?

Ella dudó.

—Sí...

—¿Preferirías que me quedara?

—Tienes que marcharte, Mark. No vas a encontrar ayuda en los otros pueblos, y hacia el este no hay más que desierto. Tienes que ir a Mellawi y hablar con la policía del *ma'mur*.

El sonido de un portazo en el coche y un motor que se ponía en marcha les hizo volver la vista hacia la puerta.

—¿Y ahora qué?

Mark y Yasmina salieron corriendo y encontraron a Ron a punto de marcharse. Mark le pegó un grito y el Land Rover se detuvo.

—¿Qué haces? —preguntó Mark, corriendo hacia su amigo.

—Me voy a la tumba.

—¿Por qué?

Las manos de Ron giraban sobre el volante y se veían blancas como la cera.

—Quiero comprobar qué hay en los sarcófagos.

—Ahora no, Ron...

—Tengo que saber por qué estamos arriesgando nuestra vida.

—Escúchame, Ron...

Ron le miraba con ojos asesinos.

—No voy a esperar, Mark. Tengo que saberlo. He de ver qué hay en las sepulturas. Tú haz lo que quieras, yo me voy a la tumba.

La impresionante calma en la voz de Ron alarmó a Mark.

—Espera un segundo, voy contigo.

—¿Puedes quedarte aquí con los demás? —dijo a Yasmina.

—Ahora están durmiendo.

—Acompáñame un segundo, Yasmina. Ron, volvemos enseguida.

Mark se fue con Yasmina a su tienda, y una vez dentro, le dijo:

—Veo que no hay forma de detenerlo. Me veo obligado a ir con él. Pero estaremos de vuelta antes del anochecer. Toma. —Cogió el revólver que estaba encima de la cama—. Cógelo y no lo abandones en ningún momento.

Yasmina miró el revólver que Mark le ponía en la mano.

—¿Vas a utilizarlo si hace falta?

—Descuida.

—¿Sabes cómo disparar y cómo volver a cargarlo?

—Sí.

—Si los Halstead se despiertan antes de que yo haya vuelto, les dices que he ido a buscar ayuda. Es mentira, pero los tranquilizará. ¿Podrás con todo?

—Sí...

La cogió por los hombros, le dio un breve e intenso beso en la boca y salió corriendo de la tienda.

—Es una equivocación, Ron.

—Me importa un bledo.

—Ahora mismo las momias no corren peligro. Nadie puede acceder a ellas. En cuanto hayamos levantado las tapas, no habrá forma de protegerlas contra los asaltantes.

—No sé por qué, Mark, pero opino que a quienes menos debemos temer es a los asaltantes.

Mark permaneció en silencio durante todo el trayecto, y al acercarse al cañón percibió dos detalles inquietantes: la tarde estaba tocando a su fin y la aguja del indicador de la gasolina del vehículo se acercaba al cero.

Al llegar a la entrada de la tumba, Ron saltó del Land Rover llevando en la mano un rollo de cuerda de nailon.

—Supongo que será suficiente —dijo al bajar los peldaños—. Si no, utilizaremos pólvora para hacer saltar las tapas.

Se metió por la puerta y Mark le siguió, pisándole los talones. Avanzaron por el corredor cubriendo los casi treinta metros al trote; las linternas proyectaban una débil luz a lo lejos. Los dos ascendieron enseguida por la escalera de cuerda, apartaron con los pies las herramientas que encontraron al paso y se metieron en la cámara funeraria. Una vez dentro, Mark se fijó en que los focos que habían traído del campamento estaban hechos añicos por el suelo; sólo contaban con las linternas para iluminar la tumba.

Con gran rapidez, sin intercambiar una sola palabra, pasaron uno de los cabos de la cuerda alrededor de la tapa de uno de los sarcófagos y la aseguraron. Ron se disponía a alejarse, desenrollando la cuerda al andar, pero Mark lo detuvo para decirle por última vez:

—Eso es un error, Ron.

Vio la cara de su amigo como si fuera la de un desconocido bajo la tenue luz de la linterna.

—De acuerdo, pero no será el último que cometamos. Cuando te dé la señal con el claxon, empieza a empujar la maldita piedra.

Mark dejó la linterna sobre el otro sarcófago y se situó. Se fijó en que, al haberse retirado Ron y con él la otra linterna, la oscuridad de la tumba era algo impresionante. Aparte del reducido halo que creaba su propia linterna, todo quedaba sumido en las más absolutas tinieblas. Escuchó los pasos de su amigo corredor arriba, colocó las manos sobre el frío granito y notó un nudo de terror en la garganta.

Pasó una eternidad antes de que oyera el sonido del motor. Finalmente sonó el claxon. Mark oyó el chirrido de las ruedas en la distancia, la cuerda contra el suelo, y un momento después notó que la tapa del sarcófago se movía bajo su peso.

Dejó de oír el motor y sintió poco después los pasos de Ron avanzando por el corredor. Segundos más tarde, un rayo de luz brilló en la cámara funeraria y Mark oyó que Ron decía:

—¿Cómo está?

A Mark apenas le salió un hilillo de voz:

—Unos quince centímetros...

Ron enfocó la luz al borde de la tapa y vio que se había abierto un minúsculo espacio entre el canto de la tapa y la superficie interior de la gruesa pared del sarcófago.

—De acuerdo, le daremos otro empujón. Un metro poco más o menos es lo que necesitamos para ver su contenido.

La sola imagen de Ron que se alejaba llevándose la linterna fue un suplicio para Mark, pues en aquellos momentos el sudor ya le había empapado la camisa y se la notaba fría y húmeda contra el cuerpo. Los intestinos se le retorcían, presa de una multitud de temores y aprensiones; se quitó de la cabeza los horrores que le embargaban. Intentaba concentrarse en la tarea que tenía entre manos: mover una mole de piedra como si se tratara de un mero ejercicio físico.

De todas formas, al notar que la tapa iniciaba de nuevo su movimiento bajo sus manos, cuando se fue ensanchando la oscuridad del interior, notó el alarido que nacía en lo más profundo de su estómago y empezaba a subir por la garganta.

El roce de la tapa ahogó el tranquilizador y conocido sonido del motor del vehículo; era el sonido de la fricción de un oxidado portal que se abría hacia los infiernos.

Mientras empujaba, gruñendo, mientras la tapa se apartaba ligeramente de él, Mark notó las enormes gotas de sudor que iban descendiendo por su frente y se acumulaban en la punta de la nariz. Se había inclinado sobre la sepultura que se iba abriendo; bajo sus ojos vio un negro universo. Los cerró completamente, intentando apartar de su cabeza la visión de una monstruosa mano que surgía de pronto y lo agarraba...

—¿Y ahora?

Mark soltó un grito.

—¡Eh! —Ron dio la vuelta al sarcófago y cogió a Mark del brazo—. ¡Soy yo! ¡Eh, vamos!

Mark se apartó del sarcófago apoyándose en Ron, jadeando.

—Me... me has asustado.

—¡Eh! —Ron colocó el brazo alrededor de los hombros de su amigo—. Te lo has tomado demasiado a pecho, sólo tenías que dirigir el movimiento, el trabajo lo hacía el Land Rover. Vamos, tranquilízate.

Mark aspiró unas cuantas bocanadas de aire; al tragarlo, notaba un regusto corrosivo, metálico, en el fondo de la boca.

—Ya estoy bien...

—¿De verdad?

—Sí... —tosió un poco y luego consiguió hablar con voz más inteligible—. Ya pasó. Vamos a echar un vistazo a lo que hemos puesto al descubierto.

De pie, con el cuerpo casi pegado, los dos egiptólogos dirigieron con mano temblorosa los haces de luz hacia el negro pozo que se abría bajo la tapa del sarcófago.

Estuvieron mucho rato observando.

23

Media hora después, miraban hacia el interior del segundo sepulcro.

Ron había vuelto al Land Rover y había pegado un tirón tan fuerte a la primera tapa que se había caído al suelo y se había partido en dos. Seguidamente, él y Mark habían apartado la tapa del segundo sarcófago, que también se había roto. Ya podían examinar el contenido de las tumbas con toda libertad.

El tono de Mark era bajo, conspirativo, al decir:

—Jamás había visto una conservación tan magnífica.

—Perfectos hasta el último detalle —murmuró Ron—. Es como..., como si acabaran de traerlos del embalsamador. Ni un indicio de podredumbre o de deterioro.

Los dos egiptólogos seguían observando el primer sepulcro; el resplandor de sus linternas iba de un lado para otro de la momia poniendo de relieve cada uno de sus detalles: la forma precisa en que se había envuelto el cadáver, el equilibrio geométrico de las vendas, la blancura de la tela.

Los sarcófagos contenían dos personas de reducido tamaño, ambas envueltas con el mismo cuidado y de forma idéntica. No llevaban, sin embargo, máscaras funerarias; en las gasas tampoco se veían amuletos o signos concretos. Eran puros bultos sin rasgos distintivos, perfectamente envueltos y depositados en los ataúdes de frío granito.

—Ésta es una mujer —dijo Ron despacio—. Fíjate en la disposición de los brazos.

Mark ya se había dado cuenta. La otra momia tenía los brazos cruzados sobre el pecho, lo que determinaba que se trataba del cadáver de un rey. La otra, pequeña como una muñeca, tenía un brazo sobre el pecho y el otro junto al costado, tal como se hacía con las reinas.

—¿Quién crees que es? —dijo Ron en voz muy baja.

El resplandor de la linterna de Mark captó algo. Un minúsculo pedazo de papiro sujeto sin ningún cuidado entre los pliegues que cubría el pecho de la momia. Consciente de lo que podía ser, tiró de él con sumo cuidado. El fragmento de papiro, amarillento y quebradizo, aunque lo suficientemente conservado como para poder leerse, salió entero. Le enfocó la linterna.

Ron inclinó tanto la cabeza que su largo pelo rubio acarició el brazo de la reina.

—Escritura hierática —murmuró—. Realizada a toda prisa. Parece que contiene una sola palabra. Creo que sabré leerla... —Ron se dio la vuelta. Observó un momento el papiro y luego se apartó. Miró a Mark desde el otro lado del sepulcro y dijo casi en un susurro:

—¡Nefertiti!

Mark seguía con los ojos fijos en la tranquila, casi serena dama y por fin dijo:

—Por eso está libre. Por ello recuerda...

—¿Cómo?

Levantó la cabeza.

—Puede que jamás sepamos quién lo puso ahí. Una de sus hijas, tal vez, o bien el pequeño Tutanjamón. Uno de sus seres queridos consiguió burlar al sacerdote o entrar furtivamente en el lugar donde embalsamaban el cadáver y, bajo amenaza de muerte, hizo colocar el papiro entre las vendas. Puede que... —miró por encima del hombro— intentaran hacer lo mismo con Ajenatón y fueran descubiertos.

—¿Qué dices?

Un trueno lejano rompió el silencio que se había creado allí. Meditabundos, Ron y Mark se dirigieron a la negra puerta que conducía a la antecámara.

—¿Lluvia? —preguntó Ron, notando un escalofrío al recordar la última tormenta.

Pero al oír el segundo estrépito, Mark exclamó:

—¡No son truenos, son disparos!

Salieron a toda prisa de la tumba y se encontraron ante una resplandeciente puesta de sol. Ron desató la cuerda del Land Rover y saltó al vehículo mientras Mark arrancaba. Mientras atravesaban a toda velocidad la estrecha garganta y se metían en el cauce principal sorteando todo tipo de obstáculos, oyeron unos cuantos disparos más.

—¡Rediez, muchacho, calma! —gritó Ron, que saltaba del asiento a cada bache.

Mark miró el indicador de la gasolina y agarró el volante con tal fuerza que incluso le dolían las manos.

Al acercarse al extremo del cauce seco, los disparos se hicieron más sonoros; ante ellos, el enorme complejo de las ruinas del Pueblo de los Trabajadores recibía el último resplandor de una espectacular puesta de sol. Pero antes de llegar allí el Land Rover redujo la marcha y se detuvo.

—¿Por qué paras?

—¡Se acabó la gasolina! ¡Vamos! —exclamó Mark saltando del vehículo.

Hicieron el último trecho corriendo, un *sprint* por la arena, saltando montones de escombros, superando muros de casi un metro de altitud. El campamento, con sus tiendas de color naranja en el ocaso, parecía hallarse más lejos que de costumbre.

Mark y Ron jadeaban, se llenaban los pulmones de aire, tropezaban y avanzaban dando traspiés por las peñas y maldecían cada disparo que oían.

Cuando llegaron al campamento, sosteniéndose mutuamente, el sol ya se había puesto y vieron a Yasmina arrodillada en la arena, en el centro del campamento, sosteniendo el revólver entre las manos. Tenía los brazos extendidos, apuntaba hacia Ron y Mark.

—¡Eh! —gritaron ellos—. ¡Somos nosotros!

Mark corrió hacia ella, echando un rápido vistazo a su alrededor, y le arrancó el arma de las manos. La muchacha tenía los ojos desencajados, la expresión deformada.

—¡Bestias! —chillaba—. ¡Alá! ¡Bestias!

Mark la cogió por los hombros e intentó que se pusiera de pie. Entonces Ron exclamó:

—¡Mierda! —Y agarró el revólver.

Mientras disparaba a ciegas, una silueta oscura, chillando y serpenteando, atravesó a toda prisa el campamento.

—¿Qué demonios...?

No tuvo tiempo Mark de reaccionar cuando apareció otro monstruo, corriendo directamente hacia él, una enorme y asquerosa masa negra que aullaba a cada embestida.

Ron disparó contra la bestia pero ésta siguió corriendo.

—Son grandes como San Bernardos —exclamó Ron recogiendo a toda prisa las balas que se habían esparcido por la arena e intentando introducirlas en el tambor.

Apareció otro monstruo y después otro. Yasmina se tapó los oídos con las manos y soltó un chillido.

Corrían con las patas traseras de un hipopótamo y las delanteras de un león; sus cabezas eran de cocodrilo: sonreían impúdicamente, hacían muecas, castañeteaban.

—¡A la tienda! —gritó Mark—. ¡De prisa!

Pegó un tirón al brazo de Yasmina obligándola a ponerse de pie y, cuando empezaron a correr, Mark notó una tremenda explosión contra sus piernas; saltó por los aires y cayó de espaldas. Iban apareciendo bestias en el campamento, monstruos que gruñían y berreaban; Mark intentó moverse, pero le habían arrancado el aliento.

—¡Muerden! —exclamó Yasmina—. ¡Te arrancarán la piel!

Ron, una vez hubo recargado el arma, disparó repetidamente

contra los monstruos. Éstos zigzagueaban a su alrededor, mordisqueándole las piernas, ululando como presas de dolor. Intentó disparar de nuevo, pero el revólver estaba vacío. Buscó con frenesí más balas; todas se habían esparcido en la arena. Soltó el revólver y agarró uno de los pies de Mark.

—¡Agárrale al otro! —gritó dirigiéndose a Yasmina.

Un enjambre de bestias se había reunido a su alrededor. Sus horripilantes bocas estaban completamente abiertas, mostrando las hileras de afilados y puntiagudos dientes.

—¡Tira de él! —gritó Ron.

Yasmina cogió el otro pie de Mark y junto a Ron arrastraron a Mark hacia la tienda comedor.

Un monstruo se clavó en el tobillo de Ron; soltó un chillido. Yasmina pegó una patada a la cabeza de la bestia y ésta se apartó. Aparecieron otras, corriendo, chasqueando y gruñendo como perros. Clavaban sus dientes en la ropa y la desgarraban. Una de ellas hundió completamente los dientes en el brazo de Mark. Mark lo echó de un puntapié y quedó una raja sangrienta en el músculo de éste.

Ron y Yasmina corrían arrastrando a su amigo hacia la puerta de la tienda, repartiendo patadas a aquellos animales y gritando. Ron abrió la puerta de la tienda y haciendo un esfuerzo sobrehumano cogió a Mark por la cintura y lo metió dentro. Yasmina entró en la tienda a gatas y una vez todos dentro, Ron cerró la cremallera del toldo y de la mosquitera interior.

Luego, jadeando, contempló horrorizado las negras y deformes masas que rugían y atronaban fuera de la tienda.

Oyó un lamento, se volvió y vio que Mark se debatía en el suelo, agarrándose con fuerza el brazo.

Luego observó algo que le paralizó la sangre.

En la difusa luz del exterior del campamento se hallaban sentados Sanford y Alexis Halstead.

—¡Hijos de puta! —gritó—. ¿Por qué no nos habéis ayudado?

—Ron...

Miró hacia Mark. Yasmina le estaba poniendo un trapo en el brazo.

—Ron, no...

Ron se volvió y, contemplando a los dos que estaban en la mesa, notó que una súbita quietud se apoderaba del campamento.

—Se han marchado —dijo Mark.

—Tranquilo —lo calmó Yasmina acariciándole la frente—. Tienes una herida en el músculo, pero no hay desgarro de arteria. Pronto dejará de sangrar.

Mark trató de incorporarse pero ella se lo impidió.

—Quédate ahí quieto. Te daré algo contra el dolor. Así. —Le cogió la mano que tenía libre y se la colocó sobre el vendaje—. Apriétalo fuerte, que no se suelte.

Yasmina se levantó temblorosa y buscó su macuto en la tienda. Lo localizó y se dispuso a cogerlo. Entonces Ron dio un paso y soltó un chillido.

—¿Qué ocurre?

—El tobillo... Creo que se ha roto...

Ella se arrodilló y le subió la pernera del pantalón. Observó unos profundos agujeros en el cuero de la bota, por la parte del tobillo. Se la quitó con gran cuidado y se fijó en las moradas manchas que destacaban sobre la blanca piel.

—Mueve el pie hacia arriba y hacia abajo.

Mientras Ron la obedecía, Yasmina tocaba los huesos con las puntas de sus dedos.

—No creo que esté roto. Siéntate y te lo vendaré.

Echó un vistazo a Mark y fue a por su macuto.

Al cabo de media hora seguían allí sentados en silencio, escuchando el bramido en la fría noche. Por fin Mark, con el brazo perfectamente vendado y bajo los efectos del Demerol, dijo:

—Tendremos que buscar una salida a esta situación. Y rápidamente. Los generadores se han roto. Nos quedan pocas provisiones. Podríamos intentar salir con el Land Rover que queda...

—¿Para ir adónde? —preguntó Ron—. Si nos acercamos a uno de los tres pueblos, nos matan al llegar. Seguro que tienen todos los barcos custodiados. No podemos subir al altiplano, camino de Beni Hassan, pues no tenemos suficiente gasolina. Y si nos quedamos aquí...

Su voz se fue apagando. El frenesí que se había apoderado de él al principio contra los demás se había disipado rápidamente al comprobar su estado. Sanford Halstead, que iba sujetando una tela manchada de sangre junto a la nariz, se había despertado con otra mancha de sangre en la parte trasera del pantalón y Alexis permanecía sentada en estado hipnótico.

Ron sentía pena por ellos. El tobillo ya no le dolía tanto desde que se lo habían vendado, Mark se estaba recuperando y a Yasmina le había pasado el ataque de histeria. Ahora la suerte del grupo estaba en manos de los tres.

—¿Qué... era todo aquello...? —surgió la fina voz de Halstead.

Mark no quiso mirar la cara de aquel hombre; la parte que no estaba manchada de sangre, era como la cera, y sus ojos parecían haberse hundido por completo.

—No lo sé —dijo, despacio, cerrando los ojos para apartar el recuerdo. Pero lo sabía perfectamente: era Am-mut el Devorador, la bestia fantástica que llevaba la Balanza de la Verdad en el inframundo, dispuesto a devorar el corazón del difunto si Osiris lo acusaba de mentiroso.

Mark ocultó el rostro bajo sus manos al ver de nuevo la cabeza de Abdul oscilando mientras algo le sujetaba el pelo. Abdul, que había seguido a su lado cuando todos los demás le habían abandonado. Abdul, que ahora yacía en la tienda de trabajo con el cadáver ya algo putrefacto cubierto con un sábana.

—... exorcismo.

Mark apartó las manos de la cara.

—¿Cómo has dicho?

Ron hablaba muy de prisa.

—¿Recuerdas el artículo que escribí para el *National Enquirer* hace tiempo? El que trataba sobre antiguos exorcismos egipcios.

Mark asintió con aire exhausto.

—Si recordara las palabras exactas...

—¿No hablarás en serio?

—¿Por qué no? Si no somos capaces de huir de los demonios, tendremos que intentar deshacernos de ellos.

—Lo que tenemos que pensar, Ron, es en la forma de salir de aquí. ¡Ellos están enfermos! ¡Uno de nosotros tendrá que salir en busca de ayuda!

—Davison... —surgió la débil voz de Halstead—. Hagamos lo que sugiere Farmer. Es nuestra única esperanza...

—¡Una pérdida de tiempo!

—Mark, los demonios no nos van a dejar salir.

Se levantó.

—Pues bien, yo voy a probarlo.

—¿Qué vas a hacer?

—Voy a coger el Land Rover y bajaré hacia el río, al sur de El Hawata. A partir de allí, buscaré la forma de cruzarlo, pagando lo que sea o disparando si conviene. Incluso soy capaz de atravesarlo a nado.

Pero nadie lo escuchaba. Halstead dijo:

—¿Qué tenemos que hacer, Farmer?

—En primer lugar necesitaremos un ara de arena y también un *cistrum*. Vamos a ver. —Echó una ojeada por la tienda—. ¿Qué podría hacer las veces de un *cistrum*?

Mark abrió la boca para decir algo, pero la cerró inmediatamente y salió disparado hacia la puerta. Mientras bajaba la cremallera, oyó que Ron decía:

—Lo que hay que hacer es pedir ayuda a los dioses de la luz. Tenemos que obtener una alineación en la constelación de Orión...

Mark salió de la tienda hacia la oscuridad de la noche. Yasmina corrió tras él.

Llegó a su tienda, sacó uno de los revólveres de la caja y se dispuso a cargarlo.

—No te vayas, por favor —le suplicó Yasmina—. ¡No puedes dejarnos ahora!

—Ven conmigo —respondió él en tono terminante, sin mirarla.

—¡No puedo abandonarlos, Mark!

Mientras se colocaba el revólver bajo el cinturón, la miró a los ojos diciéndole:

—¿Y a mí?

Ella vaciló.

—Yo...

Mark extendió los brazos y la abrazó con tal fuerza que hasta le hizo daño.

—Ahora escúchame: ¡por lo único que debemos temer es por nuestra salud mental! Sólo hay una forma de poner punto final a todo esto, y es restableciendo la ley y el orden aquí. ¡Primero tuve que dar con la cabeza contra las paredes a causa de la ignorancia de los *fellahin*, y ahora los míos se han vuelto locos! Te lo repito por última vez, ¿me acompañas?

—No —murmuró ella.

Él la soltó, empujándola ligeramente, luego cogió una caja de municiones y el canguro y salió corriendo de la tienda.

Al llegar afuera se detuvo y Yasmina tropezó con él.

En el centro del campamento vio a Ron y Halstead, arrodillados, amontonando arena y prensándola como niños construyendo un castillo en la playa. Detrás de ellos, Alexis permanecía en la puerta de la tienda comedor con los ojos muy abiertos e inexpresivos. Halstead llevaba una horca en una mano que sostenía un hatillo con judías. Al moverlo, emitía un sonido parecido al de un sonajero.

Mark y Yasmina observaban el espectáculo, incrédulos y, en cuanto el ara estuvo montada, Ron alzó los brazos hacia el cielo gritando:

—¡Horus purificad y Set fortaleced!; Set purificad y Horus fortaleced!

—¡Dios nos asista! —susurró Mark.

La voz de Ron resonaba como la de un profeta, extendiéndose hacia la meseta y elevándose hacia el cielo.

—¡Pedimos vuestra intercesión, oh Hijos de Horus! ¡Elevamos nuestra súplica a los Cuatro que moráis en Mesjeti! —Ron, con su largo pelo rubio, la camiseta de Greenpeace y sus tejanos seguía exclamando:

—¡Oíd nuestra súplica, Mestha! ¡Oíd nuestra súplica, Hapi! ¡Oíd nuestra súplica, Tuatmutef! ¡Oíd nuestra súplica, Qebhsennuf! ¡Los Siervos de la Luz os presentan sus ofrendas!

Mark contemplaba horrorizado a Ron, que recogía solemnemente un bulto que tenía junto a sus rodillas, lo abría y colocaba con gran ceremonia los pedazos de cordero congelado sobre el montículo de arena.

Alzó de nuevo los brazos.

—¡Seréis troceados, se os seccionarán los miembros por la mitad y cada uno de vosotros consumirá al otro!

Empezó a soplar el viento, que nacía en el altiplano y azotaba silbando el campamento. El pelo platino de Ron ondeaba mientras seguía exclamando:

—¡Así Ra triunfará por encima de sus enemigos, como Heru-Behutet, el gran dios, señor de los cielos, triunfa por encima de sus enemigos!

El viento soplaba con mayor virulencia, creando un extraño ruido en los lechos secos de los ríos: se oía algo como miles de voces gimiendo, lamentándose. La arena se arremolinaba; las paredes de las tiendas restallaban. Donde la camisa de Halstead se pegaba a su torso se veían oscuras manchas. Se formaban en su piel unas magulladuras que iban estallando con derramamientos de sangre. Ésta también manaba de su nariz, boca y orejas e iba empapando la arena junto a sus rodillas, si bien él parecía no enterarse, pues ponía toda su atención en los movimientos de Ron.

—¡Oídnos, oh, dioses de la Luz!

Los gemidos se intensificaron, convirtiéndose en un fragor; la tierra se movía. Yasmina intentó coger la mano a Mark y él la atrajo hacia sí.

La patética pareja situada en el centro del campamento, con sus ridículas posturas y su lamentable solemnidad, salmodiaba al unísono:

—¡Pedimos tu ayuda, Horus, oh, vencedor de Set! Suplicamos...

—¡Mark! —exclamó Yasmina, señalando.

Él lo vio. En medio del azote del viento, se destacaba una larga y oscura veta que hendía la arena; una línea serpenteante, retorcida, que se iniciaba en el límite del campamento y se abría camino hacia las dos siluetas arrodilladas como una falla que se abriera en el terreno.

Mark vio entonces que se trataba de una gruesa y fulgurante serpiente surgida de la noche; sus diabólicos ojos brillaban al avanzar reptando hacia el ara.

Ron había fijado la mirada en las tres estrellas de Orión; apenas se oía su voz con el bramido del viento.

—¡Levantamos nuestra súplica hacia Horus, Isis y Osiris! ¡Vosotros sois la luz y la resurrección!

—¡Ron! —exclamó Mark, pero la voz rebotó en su propia cara. El viento era tan impetuoso que parecía una sólida pared. La enorme serpiente seguía arrastrándose hacia el inconsciente dúo, serpenteando en la arena con su bífido apéndice.

Un gran estruendo se mezcló con el bramido del viento y Mark contempló aterrorizado cómo se iba rasgando la pared meridional de la tienda de trabajo.

Intentó dar un paso hacia delante pero no lo consiguió. Procuró llevarse la mano a los ojos y abrir la boca, pero el viento penetró con tal fuerza en su garganta que tuvo la sensación de que iban a estallarle los pulmones.

La gigantesca serpiente seguía su camino, la inmensa cabeza en dirección a los dos que continuaban de rodillas ante el ara, la boca replegada hacia atrás en un impúdico gesto.

Por entre los dedos que cubrían su cara, Mark vio que la tienda comedor se iba levantando con el vendaval. Seguía el movimiento de los labios de Ron aunque sin oír su voz.

Notó entonces la mano de Yasmina contra su pecho. Se deslizó por el abdomen hasta asir el revólver. Sus cuerpos se pegaron, empujados contra la pared de la tienda, incapaces de efectuar el menor movimiento, pues la furia del viento los sujetaba como una invisible zarpa.

Yasmina por fin consiguió tirar un poco del arma sujeta a la cintura de Mark.

Parecía que el viento iba a arrancarle el brazo de cuajo; apretó con fuerza los ojos y se concentró en el movimiento. Luchando contra las ráfagas que la inmovilizaban, logró levantar unos centímetros el arma. Se agitaba de una lado para otro.

Los dos que seguían en el ara eran totalmente inconscientes de la furia que se desplegaba a su alrededor. Tenían los ojos clavados en las estrellas; sus labios pronunciaban los nombres de los antiguos dioses. Alexis seguía de pie, agarrotada, cuando la tienda que tenía atrás se elevó por los aires y cayó de lado.

La serpiente llegó al ara y levantó su grotesca cabeza. La punta de la móvil lengua casi rozó el pecho de Ron.

Yasmina puso el dedo en el gatillo y lo apretó con fuerza.

Repitió la operación. Lo intentó de nuevo.

De pronto se calmó el viento y se hizo un espectacular silencio en la noche.

Mark abrió poco a poco los ojos y, quitándose la arena de ellos, vio a Ron y a Halstead arrodillados, mirando ateridos al serpenteante y reptante monstruo que había alcanzado el ara.

Mark y Yasmina quedaron un instante paralizados ante la visión de las contracciones, las sacudidas y los zarandeos de la bestia en la arena hasta que desapareció en ella. Entonces consiguieron moverse.

Yasmina corrió hacia Halstead, que había sufrido un colapso en cuanto el viento había cesado. Su cuerpo luchaba entre convulsiones; una veta de sangre brotaba de su boca formando un gran arco.

—¡Mark! —gimió ella.

Pero Mark tenía la mirada fija en Alexis, que lo observaba desde el otro lado. La mujer levantó la mano y le señaló con su largo y ahusado dedo.

—¡Poneos a salvo!

—¡Mark! —gritó Yasmina—. ¡Se está muriendo! ¡Ayúdame!

Aquellos ojos verdes lo tenían hipnotizado; su rostro se veía pálido como la muerte sobre el fondo del encendido pelo rojo, y su voz, soñolienta, salmodiante, decía:

—Vos sois mi salvación, Davison. Vos y nadie más. Marchaos, bien mío, y devolvednos la identidad.

Luego oyó que Ron exclamaba:

—¡Santo Dios, oh, maldita sea...!

Mark volvió la cabeza y vio a Sanford Halstead gimoteando en un charco de sangre, presa de las mismas convulsiones que había visto antes en la serpiente. Tenía la camisa y el pantalón empapados de sangre; el rojo líquido rezumaba de todos sus poros.

Mark observó aturdido y alucinado cómo la sangre brotaba de los angustiados ojos de Halstead y bajaba formando un reguero para mezclarse con la del charco que se había formado en la arena. Descendía como un torrente de su boca y de las ventanas de la nariz; se extendía por la tela del pantalón; seguía rezumando de su piel. Los ojos de Halstead se movían de un lado para otro como los de un animal consternado. Intentó levantar las manos sin conseguirlo. Unos inmensos verdugones se abrían en su piel estallando como maduras granadas. Meneaba la cabeza con mirada acusadora hacia Mark a través del velo de sangre.

Entonces, un gorgoteo final se apoderó de la noche —una breve y atormentada súplica— y Halstead cayó en brazos de la muerte. Durante un instante ninguno de los cuatro se movió. Luego Ron se puso de pie y lanzó una mirada a Mark.

—¡Estúpido de mierda! —exclamó—. ¡Todo es culpa tuya! ¡Tú lo has provocado!

Mark miraba a su amigo con estupefacción.

—Ron...

Los ojos de Ron reflejaban una gran furia y locura.

—¡Yo sé lo que hay que hacer! —chilló despidiendo una nube de saliva—. ¡Yo voy a detenerlo! ¡Yo voy a detenerlo!

Echó a correr, saltando por encima del ara, y desapareció entre las sombras.

—Detenedlo, Davison —suplicaba Alexis con voz débil. Su rígido cuerpo oscilaba ligeramente; la extraña luz de sus ojos vacilaba—. Va a destruirnos. Protegednos, Davison, os lo imploro...

Por detrás de la maltrecha tienda, Ron, a gatas, rebuscaba en la oscuridad. Revolvió los esparcidos fragmentos de los generadores, agarró los hilos eléctricos y notó el olor a putrefacción procedente de los cadáveres que el viento había tirado al suelo.

Sus manos tocaron lo que estaba buscando. Una lata de gasolina. Había permanecido intacta.

La asió con ambas manos, se levantó como pudo y dando traspiés logró volver al centro del campamento.

Se detuvo al ver a Alexis Halstead, que avanzaba hacia él con los brazos extendidos.

—¡No! —chilló, luchando por seguir adelante.

—¡Eh! —gritó Mark, librándose del estupor.

Su amigo seguía corriendo; Mark lo seguía de cerca y lo alcanzó junto al Land Rover.

—No, Ron...

—¡Déjame! ¡No hay otra salida!

—¡No, te lo suplico!

Lucharon; la lata de gasolina se agitaba en sus manos.

—¡Tengo que hacerlo! ¡Voy a quemar las momias! ¡Ellas lo han provocado! ¡Si no hubieran tenido que custodiar las momias, los demonios habrían huido! ¡Es nuestra única esperanza de supervivencia, Mark!

—¡No puedes hacerlo! ¡No puedes destruirlas!

De pronto Ron pegó un salto hacia atrás elevándose, y al hacerlo, soltó la lata pegando un chillido.

Mark observó aterrorizado cómo Ron se desplomaba en la oscuridad, gritando, agitando los brazos, hasta que sus botas abrieron dos surcos en la arena. Algo lo arrastraba del pelo; detrás de él, una forma monstruosa, negro sobre negro, tiraba de él, lo arrastraba por la arena como si fuera una muñeca de trapo.

Mark tenía la mente en blanco; un invisible poder mantenía su cuerpo en su lugar. Ante él, desapareciendo en la oscuridad, luchando cual pez presa del anzuelo, Ron Farmer era arrastrado por Am-mut el Devorador.

Seguidamente, una nítida luz hirió sus ojos y provocó un fuerte dolor en su cabeza. Mark retrocedió, colocándose el brazo delante de la cara. Oyó la voz de Yasmina:

—¿Dónde está Ron?

—¿Cómo...?

Ella bajó la linterna y se le acercó.

—¿Adónde ha ido Ron, Mark?

—Él... él...

—¡Mark! —Yasmina hundió sus dedos en los hombros de él, apretando con tal fuerza el húmedo vendaje del brazo que le obligó a gritar—. ¡Él tiene razón, Mark! ¡Ron está en lo cierto! ¡Tenemos que destruir las momias!

Mark la observó mudo de terror.

—No... tú también...

—¡Sí, Mark! ¡Mírame! ¡Escúchame! ¡No estoy poseída, estoy en mi sano juicio! ¡Escúchame, maldita sea! —gritó, zarandeándolo—. Tu amigo tiene razón. ¡Todo ha sido por culpa de las momias! ¡Tenemos que destruirlas antes de que los dioses nos destruyan a todos!

Detrás de él, seguía Alexis Halstead como una estatua antigua, con los brazos extendidos. Mark oyó en su cerebro el familiar susurro:

—Sálvanos, bien mío, sálvanos, sálvanos...

—¡No podemos hacerlo, Yasmina! —gimió él—. ¡Se lo he prometido!

—¡Maldita sea, Mark! ¡Maldita sea, mil veces tu ignorancia! ¿Cómo sabes que ella no es el mal? ¿Cómo lo sabes?

Él le lanzó una mirada aturdida.

—¿Cómo sabes, Mark, que ella es quien dice ser? ¿Cómo sabes que no es uno de ellos? Te está utilizando, Mark. ¡Quien se haya apoderado de la señora Halstead es una bruja! ¡Es una diosa maligna! ¡Qué necio eres, Mark!

Mark parpadeó mirando a Alexis.

—No... yo estoy en lo cierto...

—¡Tal vez los antiguos sacerdotes tuvieron un motivo para sellar la tumba! ¡Puede que sellaran el mal que había en su interior! ¡No puedes salvarlos! ¡Desencadenarías el antiguo terror que se extendería por el mundo! ¡Sé perfectamente qué te está pidiendo ella!

Y en su cerebro:

—No la escuchéis, bien mío. Miente. Yo digo la verdad. Escribid nuestros nombres sobre los cadáveres, recitad los ensalmos de la resurrección, pero apresuraos, apresuraos, apresuraos...

—¡Devolverás el nombre al monstruo, Mark, y errará de nuevo por la tierra como hizo hace tres mil años! ¿No lo comprendes, Mark? ¡Te ha utilizado! Serás su instrumento para extender el caos de nuevo en la tierra!

Mark estuvo a punto de gritar, pero oyó un espectral chillido que desgarraba la noche.

—¡Ron! —murmuró—. Dios mío.

—No vayas...

—¡Ron! —Mark se apartó de ella.

—Te lo suplico...

Echó a correr por la arena siguiendo el chillido, dejando a Yasmina y a Alexis.

Lo encontró en el límite del Pueblo de los Trabajadores. Se detuvo un momento para armarse de valor y tragar el terror que lo embargaba, y luego se arrodilló cariñosamente a su lado. Cogió a Ron entre sus brazos y notó las ardientes lágrimas contra sus mejillas.

A Ron le habían despojado de su cabellera.

Mientras Mark lloraba silenciosamente, sujetando fuertemente el cuerpo de su amigo contra su pecho, notó una chispa de vida junto al quejido de su amigo moribundo.

Apartó un poco la cabeza para observar el rostro de Ron. Justo por encima de las cejas se dibujaba una línea desigual que marcaba el desgarro de la piel; por encima, el músculo rojo y brillante. La cabeza de Ron era lisa, reluciente, como una bola de billar; las granates venas recorrían la musculatura y las plateadas *fascias*: el largo pelo rubio había desaparecido.

Los ojos de Ron parpadearon, los labios se entreabrieron. Intentó hablar, pero unos hilillos de sangre descendieron del cráneo, recorrieron la cara, la boca y siguieron hasta el pecho.

—No digas nada —dijo Mark, ahogando un sollozo y secando con gesto amoroso la sangre de los ojos de su amigo.

—No... —oyó un ronco murmullo—. Tú tenías razón. Lo siento. Al final ya no era yo mismo. No es culpa tuya. Tenía que suceder...

Ron tosió y le salpicó el rostro de sangre. Colocando con gesto cariñoso la mano en la mejilla de su amigo, Mark murmuró:

—No digas nada, Ron.

—¿Sabes? Tenía que suceder, nosotros no hemos sido más que víctimas. —Su garganta borbotaba mientras articulaba haciendo cada vez un esfuerzo mayor—. Escúchame... Has hecho un fantástico descubrimiento, Mark. Serás famoso. No puedes permitir que los demonios te alcancen, tienes una cita con Johnny Carson. Oh, mierda...

—¿Ron?

—Oye, ¿te ocuparás del *Rey Tut*?

—Claro —respondió Mark en voz baja. Entonces vio que Ron soltaba un largo y sonoro suspiro mientras se iba la vida de sus ojos. Cuando colocó con sumo cuidado el cuerpo de su amigo sobre la arena, los grandes y tristes ojos de un cachorro de foca se elevaron hacia Mark velados por la sangre.

Se incorporó a ciegas y a duras penas emprendió el camino de regreso al campamento. Cayó contra el Land Rover sollozando. Apoyado contra el vehículo, con la imagen de la cabeza mutilada de Ron en la mente y notando el amargo y salado sabor de sus propias lágrimas, Mark sintió que en su interior nacía una nueva emoción. Se había iniciado en lo más profundo de los intestinos, ascendió por el estómago y explotó en sus labios en un grito enloquecido. Levantó el puño hacia Alexis chillando:

—¡Puta bruja! ¿Quieres que te libere? ¡Haré algo mejor! ¡Voy a hacer lo que tenía que haberse hecho hace tres mil años!

Agarró la lata de gasolina y la metió en el Land Rover.

—No, Davison —suplicó Alexis—. ¡Os lo imploro!

—¡Yasmina tiene razón! —gritó Mark mientras se le hinchaban las venas del cuello—. ¡Tú eres el mal! Ron estaba en lo cierto, ¡tengo que destruirte!

—Davison, Davison, Davison...

Mark cogió la mano de Yasmina y la empujó con violencia hacia el interior del vehículo.

—Davison, Davison, esperad, salvadnos, os lo suplico...

Cuando puso el motor en marcha, una expresión de sorpresa se dibujó en el rostro de Alexis Halstead; osciló y se echó hacia atrás, como si la hubieran abofeteado, diciendo:

—¿Qué...?

Un instante después, una explosión de blanca luz iluminó la noche. Agitando los brazos en vano, su pelo ondeando sobre los hombros, Alexis Halstead se convirtió de repente en una columna de fuego.

Mark y Yasmina contemplaron como Alexis, en un momento final de lucidez y comprensión, soltaba un grito de extremo dolor. Sus vestidos quedaron ennegrecidos, retorcidos y se desprendieron mientras las llamas se apoderaban de todo su ser; la piel se enrojeció, se abrasó, soltando al principio un embriagador aroma; luego el tono se oscureció, se fue convirtiendo en hollín, cayó a pedazos y el aroma pasó a ser algo pestilente. Lo último que se consumió fue el rostro y el pelo; el cuerpo seguía allí de pie, perplejo, sostenido por dos negras piernas, el rostro se fue derritiendo y chamuscando, la boca se abrió emitiendo un estridente sonido, como en una canción. Su pelo era algo espectacular: una brillante antorcha que iluminaba el mundo; una lengua de fuego ascendió hacia las estrellas, cegando a la pareja que la contemplaba atónita.

La cremación fue larga y dolorosa; no echó a correr, parecía estar sujeta a una estaca, y gritó hasta el último instante. Se apagaron las llamas y el negro cadáver cayó de golpe al suelo.

Yasmina se inclinó, ocultando la cabeza entre las rodillas. Mark giró el Land Rover y salió disparado del campamento.

24

Mientras el Land Rover avanzaba pegando botes y embistiendo obstáculos en su ascensión por la garganta, Mark y Yasmina oían a lo lejos el fragor de unos insólitos sonidos. Eran el gruñido y el bufido de los demonios, que habían invadido el campamento. Mark sabía que no podían volver.

Una extraña luz inundaba el cañón; parecía que un rayo se hubiera detenido en su cielo, iluminando hasta el último detalle: la estratificación de la piedra caliza, la negra cavidad donde habían encontrado los calcinados huesos de Ramsgate, los cinco largos fosos y los acordonados escalones que conducían a la tumba.

Mark conducía como un insensato, sin hundir las ruedas en las excavaciones por puro milagro, apretando a fondo el acelerador como si tuviera bajo el pie a los siete dioses que pretendía destruir.

Ni siquiera esperó a que el vehículo se detuviera totalmente: saltó al suelo con la lata en la mano y bajó la escalera corriendo.

Abajo se abría la negrura de la tumba. En su cabeza resonaba el eco de las palabras de Nofr'tay-tay: «El peor castigo será para vos, bien mío, pues sois quien dirige. El lento desmembramiento...».

Yasmina, viéndose incapaz de salir del Land Rover, contemplaba atemorizada el descenso de Mark. De pronto, un misterioso zumbido la hizo volver a la realidad. Una enorme avispa ascendía por su brazo descubierto hacia el hombro.

Aturdida, miró hacia el asiento: un auténtico enjambre, una negra y hormigueante masa de descomunales insectos cubría el asiento, el suelo y las ventanillas como una manta en movimiento.

Notó mil pinchazos en las piernas, en el interior de las botas; los bichos ascendieron por su cuello y le invadieron el pelo.

Con el parabrisas completamente tapado, ya no veía a Mark; tampoco podía gritar, pues un enjambre se le había metido en la boca.

Unas bestezuelas asquerosas con duros caparazones y patas articuladas trepaban por debajo de la blusa de la muchacha, por entre las piernas, se metían en su nariz y oídos.

Yasmina se sacudía en silencio, paralizada por el pánico.

Los oscuros cuerpos se posaban en sus mejillas, otros, amarillos, se deslizaban por sus senos, bajo las axilas. Notaba las interminables picaduras, los mordiscos, la ensordecía el atronador zumbido en la cabeza, como si todo aquello hubiera entrado en su cerebro.

Por último consiguió mover los labios contra el hervidero de saltamontes que abarrotaba su boca. La voz salió distorsionada, sorda, si bien, aprovechando el último aliento, mientras los insectos se embutían en la garganta, logró articular: «Loado sea Alá, Señor de los Mundos, Clemente y Misericordioso...».

Al descender Mark el segundo peldaño, una racha de viento cruzó bramando por el cañón y una fuerza invisible lo arrebató del suelo, lo levantó por los aires y lo dejó caer con un fuerte estrépito.

Su mano soltó la lata de gasolina, que fue rodando hasta caer en el foso más próximo.

Mark farfullaba, jadeaba, intentando incorporarse. Notó un fuerte golpe en las costillas, como si un invisible pie le hubiera pegado una patada. Soltó un aullido y quedó completamente doblado.

Al intentar ponerse de pie, una invisible pezuña le atizó un golpe en la cara; vio una constelación de estrellas y sintió un intenso dolor en la columna vertebral.

Agitando la cabeza intentó de nuevo incorporarse, pero el esfuerzo, lejos de ayudarle a levantarse, le hizo rodar por la arena hasta que se encontró otra vez al borde de la escalera; entonces hizo un ovillo de su cuerpo y se precipitó escaleras abajo.

Cada peldaño se le clavaba en las rodillas, los codos y la rabadilla, pero consiguió protegerse de tal forma la cabeza que llegó al final con plena conciencia, dispuesto a seguir adelante.

Unas extrañas luces convergían en el cañón; luces de vivos colores se entrecruzaban entre sus paredes, con aspecto de rayos láser; un terrorífico coro de demoníacos chillidos y berridos se había apoderado de la noche.

Miró hacia el principio de la escalera y vio a un gigante que le miraba con gesto maléfico.

Era Apep, la figura de anchos hombros con una serpiente por cabeza. El demonio inició el descenso.

Mark peleó por levantarse, notó que la piedra se movía bajo sus pies y cayó de nuevo al suelo. El pánico se apoderó de él, intentó apoyarse en los muros y el tosco material le desgarró las manos.

Un solo objetivo lo mantenía en pie: destruir las momias. Sabía que en cuanto lo consiguiera, los demonios abandonarían, al no tener nada que custodiar.

El monstruo con cabeza de serpiente iba bajando despacio, con movimientos tortuosos. Mark oía en su cerebro: «El vuestro será lento, un brazo, luego otro, después una pierna, la otra, hasta que lleguéis a ansiar la muerte».

Mark consiguió mantener el equilibrio y se dirigió hacia la puerta.

Una enorme mano lo agarró por el brazo. Sintió una quemazón, un dolor insoportable hacia el hombro; aquello lo soltó y pudo seguir hacia el corredor.

Avanzaba a rastras, reptando por el corredor de treinta metros y al ver su brazo colgando, roto, rozando la tosca piedra, pensó: «De modo que morir es esto».

El suelo llegó a su fin súbitamente y Mark cayó en el piso de la antecámara y se quedó allí gimiendo mientras pensaba: «Voy a quedarme así, sería tan fácil...».

Pero enseguida recordó las momias y batalló por sacar fuerzas de la idea de la venganza; imaginó lo que podía sentir al desgarrarlas con sus propias manos...

Notó luego que tenía una linterna a sus pies; la cogió y dirigió su luz contra los siete monstruos que imponían su presencia ante él en la pared opuesta.

—¡Hijos de perra! —murmuró sin apenas voz—. Todavía no habéis vencido. Mientras quede un soplo de aliento en mi cuerpo, no me doy por vencido...

La estancia empezó a bailar ante sus ojos y Mark cayó al suelo. En un primer momento, no veía otra cosa que ruedas catalinas, luego se le aclaró la vista y pudo centrarla en los cuatro demonios que tenía delante. Habían salido del muro: Amón el Oculto, el Erecto, Am-mut el Devorador y Set, el del pelo rojo, los cuatro miraban con malicia. Siguiendo una orden expresada en el más hermético silencio, cada uno de ellos se amparó de una de sus extremidades, mientras con la otra mano sujetaba, como constataron los ojos de Mark, un hacha contundente.

«Primero los pies —oía en el interior de su cerebro—. Luego las manos, las rodillas y codos, como se tala el árbol para hacer madera...»

Mark cerró los ojos. La magnitud del terror superaba la capacidad física de aguante; notó que se le aflojaba el esfínter y una caliente humedad se extendía por el pantalón. Al ver blandir la primera hacha y observar cómo bajaba hasta su pie, oyó otra voz, recordó la fría noche pasada con la deslumbrante visión de Nofr'-tay-tay: «Creed en los dioses de Egipto, Davison, ya que no son más que manifestaciones de Atón...».

Entonces su mente empezó a funcionar de forma extraña. Cuando el hacha le alcanzó el tobillo y el sufrimiento abrazó todo el universo, Mark recordó algo vivido mucho tiempo atrás.

Era cuando acababa de graduarse, en un seminario sobre dioses egipcios, una profusión de detalles y datos innecesarios, en la reserva, olvidados. Hasta aquel momento.

Con los ojos cerrados, notando sin embargo el descenso de la segunda hacha, Mark vio perfectamente el antiguo papiro que había estudiado y también la escritura jeroglífica. Aspiró una bocanada de aire y logró articular estas palabras:

—Oh, magníficas hermanas de la resurrección, yo soy vuestro hijo, vuestro primogénito. Dulces madres, a vosotras acudo. Tierna Isis, vos que vivisteis el pesar y el luto, vos que reanimasteis a Osiris, humildemente... —El dolor acribillaba la pierna de Mark; siguió gritando—: Dulce Neftis, madre de Anubis y protectora de los que... —Miles de colores brillaban en la cabeza de Mark; sentía un calidoscopio de dolor y congoja—. Protectora de los que huyen de Set... Divina hermana, os lo imploro, acudid en ayuda de vuestro humilde siervo. Creo... Creo en vos...

Cuando cayó el brazo derecho bajo el hacha, el dolor se convirtió en algo sublime. Mientras repetía el ensalmo, los agrietados labios de Mark se acoplaron a la perfección a las antiguas sílabas:

—*Ii kua xer-ten ter-ten tu ne ari-a ma ennu ari en ten xu apu amiu ses en enbsen*... Isis, Neftis...

Y la noche le envolvió en su manto y Mark abrió su corazón para recibir a la muerte.

Cuando volvió en sí, tendido de espaldas, vio que una tenue luz iluminaba la antecámara.

Se quedó quieto, mirando hacia el techo, intentando recordar lo sucedido.

Había tenido un sueño. Pero en aquellos momentos se le escapaba; tan sólo daba con algún vago fragmento: dos bellas y frágiles mujeres con plumosas alas le rodeaban, con sus perfumados cuerpos junto al suyo, murmurando: «Vos me habéis llamado a mí, a Neftis. Os abrazo. Ya no sentiréis el cansancio. Os ofrezco aliento». Dulces y campanilleantes voces que rozaban suavemente su oído. «Soy Isis. Me habéis llamado por mi nombre. Me habéis encontrado y yo os reanimaré. Os saludo, levantaos...»

Había más, mucho más, pero todo se fundía en una escena de ensueño. Juntas, en armonía, acariciándolo con sus inmensas y ondeantes alas, habían cantado: «¡Es nuestro hermano! Vamos a alzarle la cabeza, vamos a juntar sus huesos para protegerle las extremidades. Protejámosle. Que no vuelva a sentirse fatigado en nuestra presencia. ¡Oh, Osiris-Davison, levántate, infortunado yacente! ¡Soy Isis! ¡Soy Neftis!».

Durante el sueño se había sentido sumergido en una inmensa paz, una luz incandescente lo había envuelto y su alma se había desprendido del cuerpo al oír el armonioso canto de las dulces y aladas diosas.

Pero no era capaz de recordar nada más, le había quedado tan sólo la sensación de haber recorrido una larga distancia y haber dormido durante siglos.

Se despertó como nuevo, sin la menor sombra de cansancio. Se sentó y descubrió que su cuerpo estaba entero; ni un rasguño, ni una sola magulladura.

Tan desconcertado contemplaba sus inmaculadas manos, flexionando los dedos, que ni siquiera oyó los pasos que se acercaban a él desde el corredor.

Oyó luego un sonido, volvió la cabeza y vio a Yasmina en la antecámara.

Se miraron durante mucho rato, y después, levantándose lentamente, Mark murmuró:

—Pensé que te habían atrapado, Yasmina...

—Y lo han hecho, Mark, lo mismo que a ti.

—¿Qué ha ocurrido?

—No lo sé. He rezado. Pero escúchame, Mark, prescindamos de lo que ha pasado, nos queda poco tiempo. Los Siete volverán. Mark... —Dio un paso hacia él—. Ahora lo comprendo. Estaba en el umbral de la muerte y he pedido auxilio a Alá. Se me ha devuelto la vida. En el tránsito, de pronto he visto la luz. Debemos escribir sus nombres y recitar los ensalmos. Tenemos que devolverles la vida y no destruirles.

Mark retrocedió un paso.

—¿Cómo puedo estar seguro de ello? —dijo con voz ahogada—. ¿Cómo lo sabré? ¿Y si estaban en lo cierto los sacerdotes de Amón?

Yasmina extendió las manos en señal de súplica.

—Libéralos, Mark.

Él siguió retrocediendo.

—¡No sé qué hacer!

—Mark...

Él se metió en la cámara funeraria, impregnada también de una espectral luz. Tropezó con uno de los sarcófagos y observó su interior. Bajo los vendajes yacía un hombre que dormía en el olvido, que carecía de poder al no tener nombre. ¿Quién era? ¿Quién era? ¿La encarnación del diablo o el Hijo de Dios? Con qué facilidad podía estirar el brazo, agarrar aquel frágil cuerpo y desgarrarlo, hacerlo pedazos, destruyendo para siempre la posibilidad de resucitar su espíritu dormido...

—¡No! —chilló Yasmina, corriendo hacia él—. ¡No descargues tu venganza contra ellos! ¡Son inocentes! ¡Libéralos!

Mark contempló los oscuros y acuosos ojos de Yasmina, la voz de ella y su proximidad ocupó toda su mente; luego dijo en tono apagado:

—Haré lo que quieras.

—Tenemos que apresurarnos. Nos queda poco tiempo. Los demonios van a volver.

Mark buscó algo donde poder escribir, y al no ver nada, desgarró un trozo de tela de la manga de su camisa. Cogió una puntiaguda piedra de entre los escombros, se la clavó en la punta de un dedo y apretó hasta que salió la sangre. Trazó con gran esmero el jeroglífico del nombre de Ajenatón.

Al acabar, se asomó al sarcófago y dudó un instante ante la vendada cabeza del rey, preguntándose qué rostro cubrían aquellas telas. Sintió que Yasmina le apremiaba y, al oír el rugido del viento en el cañón, estiró el brazo y depositó la tela sobre el pecho de la momia.

Recordando de nuevo otra época lejana, Mark murmuró:

—Os devuelvo, bienamado de Ra, el que era grato a Atón, lo que desapareció de vuestro cuerpo, y vuestro corazón no dejará de latir; que vuestra voz no os abandone. ¡Ave Ajenatón, vuestras mandíbulas pueden entreabrirse, vuestro *ka* ya no encuentra obstáculo! El camino hacia el Sol se abre ante vos...

Mark cerró los ojos y cantó:

—*Rer-k xent-k tu Ra maa-nek rexit neb...*

Al recitar en voz baja el ensalmo, otra voz se unió a la suya. Grave, resonante, suave al principio, fue ganando intensidad a cada palabra. Cantaron al unísono; la cámara funeraria era un canto a la resurrección a través de los ensalmos escritos antes del recuerdo del hombre, en la aurora del tiempo.

Mark notaba una extraña sensación, como si ascendiera, un gran regocijo se adueñó de su cuerpo y pensó que iba a elevarse por los aires y alcanzar el cielo.

—*¡Ta-k-tu er ra-k em Ra uben-k em xut Osiris an 'Jnaton!*

El júbilo, la felicidad le embargaban y su cuerpo temblaba de pies a cabeza. Su voz estalló de nuevo, pero no en solitario sino fundiéndose con la otra:

—*¡'Jnaton an Osiris maaxeru t'et-f a neb-a sebebi heh unt-f er t'etta ne nebu suten suteniu aphi neter neteru Osiris!*

Mark observó que la tierra se iba encogiendo a sus pies; vio lunas, planetas y constelaciones girando a su alrededor.

—*¡A ta ret per em axex an ten-a a am snef per em nemmat an ari ahnnuit a neb Maat 'Jnaton!*

El cosmos se abrió ante él; las galaxias se desplazaban, ante sus ojos tenía los límites del espacio, el pórtico del universo.

—*¡A tennemui per em Osiris! ¡'Jnaton! ¡'Jnaton!*

Luego aparecieron los ilimitados campos de trigo, un cielo color celeste, un verde río y, finalmente, el brillo deslumbrante de miles de soles.

Levantó el brazo para protegerse la vista. Emitiendo un último grito, Mark se dejó caer en el sarcófago.

Cuando levantó la cabeza, aturdido, con una gran sensación de vacío, vio que Yasmina lo miraba, con una mano sobre su hombro.

—Ha funcionado —dijo ella—. Se están elevando.

Mark se incorporó frotándose los ojos ante la ilusión óptica: dos relucientes columnas de luz incandescente, centelleantes, girando sin cesar, ascendían de los dos sarcófagos. Los espíritus del rey y de la reina se estaban elevando.

Por otro lado, la procaz cacofonía de mil infernales voces desgarraban la noche.

Y en el interior del cerebro de Mark, palpitaba un susurro: «Volverán, Davison, para detener lo que habéis hecho. Aún pueden deshacer lo hecho por vos; aún pueden destruirnos. Luchad contra ellos, bien mío, mientras mi esposo y yo emprendemos el vuelo. De lo contrario, todo se habrá perdido...».

Se tambaleó de nuevo contra el muro, con las manos contra la fría piedra, gritando:

—¡No puedo detenerles! ¡Estoy solo contra ellos! ¡Carezco de fuerza, no dispongo de armas!

Las columnas de diamantino fuego seguían ascendiendo desde los sepulcros: pilares fosforescentes que subían lentamente hacia el techo. Y surgió otra vez el susurro: «Vos tenéis el arma definitiva, bien mío, ya que sois un escogido de Dios. Tenéis a Atón, el Dios único, invocad su nombre... Os lo imploro, pues no queda ya tiempo...».

Una fuerte racha de viento azotó la cámara con un atronador ruido, agitando el pelo de Yasmina, fustigando el rostro de Mark; el salvaje estrépito ensordeció a los dos. Mark tuvo que arrodillarse y cerrar los ojos por completo. Yasmina, paralizada, miraba fijamente las fulgurantes pilastras que se estremecían en el vendaval.

De repente, unas negras y vibrantes siluetas se les acercaron con aire amenazador desde la pared de enfrente; los demonios extendieron sus horripilantes extremidades al tiempo que aspiraban el aliento vital, dispuestos a emprender de nuevo su eterna tarea.

Los incandescentes espíritus del rey y de la reina se elevaban lentamente; sin embargo su fragilidad, su poca consistencia los hacía vulnerables al feroz ataque de los demonios del antiguo averno.

Yasmina se fijó en que aquella luz empezaba a vacilar.

—¡Mark!

Él abrió de pronto los ojos, echó la cabeza hacia atrás y dio contra la pared. Los monstruos se dirigían a los sarcófagos: la cabeza de serpiente se retorcía, las pinzas del escorpión se abrían y cerraban, el dorado cuerpo de Amón resplandecía. Se tambaleaban y tropezaban en su fatal avance, blandiendo las armas, orientados hacia las quebradizas columnas, a las que arrebataban parte de su luminiscencia al sofocar la prodigiosa claridad de la cámara funeraria con su presencia maléfica y aterrorizante.

Mark se incorporó con gran esfuerzo. Movió las mandíbulas, dio la orden a sus labios. Una voz ahogada surgió de ellos:

—¡En nombre del único Dios! —gritó—. ¡En nombre de Atón, el que está por encima del horizonte, retiraos!

Apep, con sus centelleantes ojos color esmeralda, viró con la guadaña; Yasmina pegó un salto hacia atrás al notar el roce del aire movido por la hoja junto a su mejilla.

Mark, con la mirada fija en los espíritus que ascendían sin pausa, sintió que su alma se henchía con su resplandor.

—¡Invoco el nombre de Atón, el Dios de la bondad, el Dios único, que es también Visnú, el de la conservación, Brahma, el de la creación, Alá, el misericordioso, y Jehová, el vengador!

Los demonios se le acercaron amenazantes, balanceándose, oscilando, con los brazos en alto. Tras ellos, las espectrales columnas seguían su ascenso.

Las lágrimas quemaban los ojos de Mark, sus mandíbulas castañeteaban de puro pánico. Al ver a los demonios frente a él notó el aliento atascado en su garganta. Sollozando, cogió del suelo con la mano izquierda un fragmento de piedra y con el canto de ésta se hizo un corte en la palma de la mano derecha. Soltó un grito.

Yasmina, con el cuerpo contra la pared opuesta, los ojos atentos a las fluctuantes columnas que vacilaban, menguaban y parecían extinguirse por momentos como la llama de una vela, notó el precipitado paso de Mark hacia la antecámara.

Chillando, golpeó la fría pared de la que habían salido aquellos dioses con la mano. La ensangrentada palma se movía por el blanco yeso, trazando unas líneas color carmesí. Mientras tanto gritaba:

—¡Invoco el poder de Atón, quien es asimismo Jehová, quien es Alá, quien es Brahma; aquél a quien no podemos conocer, el Todopoderoso, el Misericordioso...!

Describía un movimiento ascendente y descendente con la ensangrentada palma, de un lado a otro, repitiendo los trazos, hasta cubrir toda la pared con el mismo símbolo, fulminante, contundente, veloz, frenético.

—Así como al Santo espectro, a Jesucristo, a Visnú, a Siva, a...

Un coro de aullidos llenaba la cámara funeraria; un viento fulminante hizo caer a Mark de rodillas.

—¡Invoco a Atón!

—¡Invoco a Alá!

—¡Invoco a Jehová!

—¡El Dios de Dioses, Señor de los Cielos, El que mora en el horizonte!

Seguía golpeando la pared con la mano ensangrentada: hacia abajo, en sentido horizontal y formando una curva. Dibujaba el *anj*, el antiguo símbolo correspondiente a la vida eterna, la cruz de Atón.

El sofocante y putrefacto aire transmitía los aullidos y berridos. Yasmina observó estupefacta cómo los demonios iban quedando inmóviles, rígidos en su última postura. Mientras Mark trazaba la cruz en la pared, sin dejar de cantar, los dioses se iban deteniendo, paralizándose hasta convertirse en grotescas efigies.

Mark, exhausto, fue deslizándose por la pared, con la mejilla contra su lisa superficie, la mano en continuo movimiento, la voz convertida en un ronco susurro:

—¡Que el poder del Dios Único os venza...!

Entonces, uno a uno fueron desplomándose los dioses: Amón y Set, junto con sus cinco malignos acompañantes, se derrumbaron ante los ojos de Yasmina, mientras las dos relucientes columnas intensificaron su luz.

Mark seguía contra la pared, jadeando, sin conciencia del dolor que le martirizaba en la mano derecha. Yasmina salió de la cámara funeraria y se dejó caer junto a él, apoyando la cabeza en la espalda de Mark.

—Todo ha terminado, Mark. Has vencido.

Él la miró un instante con ojos inexpresivos, y luego se levantó a duras penas, ayudándola también a ella. Contempló atónito la pared manchada de sangre, los *anjs* que cubrían todo el espacio donde antes se veían los dioses.

—Han desaparecido, Mark. Los demonios ya no están.

—¿Y el rey y la reina?

Yasmina tenía los ojos nublados por la tristeza.

—También se han ido. Por fin los has liberado.

Mark avanzó con dificultad hacia la cámara funeraria. En el fondo de los sarcófagos se veía un polvillo coloreado. En las sepulturas, las momias descansaban en paz.

—Fue una gran dama —dijo Mark al observar el cuerpo de muñeca que tenía ante él—. Podía haber partido hacia la Tierra de Occidente hace tres mil años, y disfrutar la felicidad de la vida eterna. Pero decidió permanecer aquí, en este lugar horrible, errando durante tres milenios por el valle, esperando a que alguien resucitara a su esposo. Cuánto debió amarle...

Yasmina frunció el ceño y miró el delicado cadáver, la pequeña cabeza cubierta de vendas, pensando por un instante que no comprendía lo que estaba diciendo Mark. Luego dijo en voz baja:

—¿Qué vas a hacer con ellos?

—Habrá que llamar a las autoridades. Hay que dar cuenta de cinco muertes. Y debo mostrarles la tumba. Se llevarán las momias a El Cairo y las exhibirán en una vitrina.

Mark le cogió la mano.

—Ella esperó tres mil años hasta reunirse con él. Cuando vuelvan aquí para descansar, las momias habrán desaparecido y sus almas perecerán.

Mark levantó la vista hacia Yasmina.

—Nos queda la última tarea.

Ella lo interrogó con la mirada.

—Me las llevaré con el Land Rover. El cañón tiene grietas muy profundas. Buscaré una que quede dentro de los sagrados límites de Ajenatón. No será difícil enterrarlas en la profundidad de la montaña y cubrir la entrada a fin de que nadie las descubra. Luego, grabaré sus nombres en la roca para que sepan dónde reposan sus cuerpos. ¿Quieres ayudarme, Yasmina?

—Sí.

Cuando iba a levantar el frágil cuerpo, Yasmina dijo:

—¿A qué te referías cuando dijiste que buscó durante tres mil años a alguien que pudiera resucitar a su esposo? ¿Cómo lo sabes?

Él se detuvo un momento, inclinándose sobre el sarcófago.

—Es una larga historia, Yasmina, y disponemos de poco tiempo. Pero en cuanto los hayamos enterrado, cuando hayamos recitado las plegarias para guiar sus almas, después de llamar a las autoridades, hablar con la policía y los periodistas, en cuanto acabe todo... —Mark la observó a través de la penumbra.

—Tendremos todo el tiempo del mundo —murmuró Yasmina—. Tendremos toda la eternidad.